jogo perigoso

Stephen King

jogo perigoso

Tradução
Lia Wyler

6ª reimpressão

Copyright © 1992 by Stephen King

Grafia atualizada segundo o Acordo Ortográfico da Língua Portuguesa de 1990, que entrou em vigor no Brasil em 2009.

Título original
Gerald's Game

Capa
Rodrigo Rodrigues

Imagem de capa
WIN-Initiative/Getty Images

Copidesque
Nely Coelho

Revisão
Beatriz Sarlo
Raquel Correa

cip-Brasil. Catalogação na fonte
Sindicato Nacional dos Editores de Livros, rj

K64j
    King, Stephen
        Jogo perigoso / Stephen King; tradução Lia Wyler. — 2ª ed. – Rio de Janeiro: Suma, 2013.
        336p.

        Tradução de: Gerald's game.
        isbn 978-85-8105-044-7

        1. Romance americano. 1. Wyler, Lia, 1934-. ii. Título.

11-7326   cdd: 813
                                cdu: 821.111(73)-3

Todos os direitos desta edição reservados à
editora schwarcz s.a.
Praça Floriano, 19, sala 3001 — Cinelândia
20031-050 — Rio de Janeiro — rj
Telefone: (21) 3993-7510
www.companhiadasletras.com.br
www.blogdacompanhia.com.br
facebook.com/editorasuma
instagram/editorasuma
twitter.com/Suma_br

*Dedico este livro, com amor
e admiração, a seis mulheres de bem:*

MARGARET SPRUCE MOREHOUSE
CATHERINE SPRUCE GRAVES
STEPHANIE SPRUCE LEONARD
ANNE SPRUCE LABREE
TABITHA SPRUCE KING
MACELLA SPRUCE

(Sadie) recompôs-se. Ninguém poderia descrever o escárnio de sua expressão ou o ódio e desprezo que pôs em sua resposta.
— Vocês homens! Seus porcos imundos! Vocês são todos iguais. Porcos! Porcos!

— W. Somerset Maugham,
Rain

Capítulo Um

JESSIE podia ouvir a porta dos fundos bater levemente, aleatoriamente, à brisa de outono que soprava em volta da casa. O batente sempre empenava nessa época do ano e era preciso dar um puxão na porta para fechá-la. Dessa vez eles tinham se esquecido. Pensou em mandar Gerald voltar e fechar a porta antes de se envolverem demais no jogo, senão aquele bate-bate ia deixá-la maluca. Então pensou que seria ridículo aquele pedido nas presentes circunstâncias. Estragaria o clima todo.
Que clima?
Boa pergunta. E, quando Gerald girou o cilindro do segundo cadeado e ela ouviu o clique quase imperceptível acima do ouvido esquerdo, concluiu que, por ela, não valia a pena preservar clima algum. Para começar, tinha sido essa a razão de ter reparado na porta destrancada, é claro. Para ela, a excitação sexual dos jogos sadomasoquistas não tinha durado muito.
O mesmo não se podia dizer de Gerald. Vestia agora apenas cueca, e nem era preciso erguer os olhos até o rosto dele para ver que seu entusiasmo continuava inabalável.
Isso é uma idiotice, pensou, mas a palavra idiotice não dizia tudo. A coisa assustava um pouco. Não gostava de admitir, mas era verdade.
— Gerald, por que não deixamos isso para lá?
Ele hesitou um instante, amarrou um pouco a cara e atravessou o quarto até a cômoda que ficava à esquerda da porta do banheiro. Então, relaxou. Ela o observava deitada na cama, os braços erguidos e abertos,

parecendo a mocinha do filme *King Kong* acorrentada à espera do gorila. Seus pulsos tinham sido presos com algemas aos pilares da cabeceira de mogno da cama. As correntes permitiam a cada mão um movimento de uns 15 centímetros. Não era muito.

Ele deixou as chaves em cima da cômoda — dois estalinhos mínimos, os ouvidos de Jessie pareciam estar excepcionalmente aguçados para uma tarde de quarta-feira — e em seguida voltou para a cama. Acima de sua cabeça, reflexos de sol produzidos pelo lago dançavam e corriam pelo teto branco e alto do quarto.

— Que é que você me diz? Isto já não tem a mesma graça de antes.
— *E para começar, nunca teve muita mesmo,* ela não acrescentou.

Ele deu um sorriso. Tinha uma cara rosada coberta por cabelos muito negros que formavam um bico de viúva, e aquele sorriso sempre lhe despertara uma sensação que não lhe agradava muito. Não sabia dizer exatamente o que era, mas...

Ah, claro que sabia. Faz Gerald parecer idiota. Pode-se praticamente ver o QI dele despencar dez pontos a cada centímetro que aquele sorriso se alarga. Em sua amplitude máxima, aquele sorriso fazia o advogado empresarial de sucesso com quem você se casou parecer um zelador debiloide que o hospício local liberou para trabalho externo.

O pensamento era cruel, embora não fosse mentira. Mas como alguém ia dizer ao marido de quase vinte anos que todas as vezes que sorria lembrava um retardado mental? A resposta era muito simples: não se dizia. Já o seu riso era um caso bem diferente. Era um belo riso — ela achava que fora aquele riso, tão caloroso e bem-humorado, que, para começar, a persuadira a sair com ele. Lembrara-lhe o riso do pai quando contava acontecimentos engraçados do dia enquanto bebericava um gim-tônica antes do jantar.

Mas aquilo não era o riso. Era o *sorriso* — a versão que ele aparentemente reservava só para essas sessões. Jessie tinha a impressão de que, para Gerald, que via a coisa de dentro, o sorriso lhe dava um ar de conquistador. De pirata, talvez. Porém, do seu ponto de vista, deitada ali com os braços erguidos acima da cabeça e nua, exceto pela calcinha, o sorriso parecia apenas idiota. Não... *retardado.* Afinal de contas, ele não era nenhum aventureiro irresponsável, desses que apareciam nas revistas masculinas sobre as quais ele despejara as violentas ejaculações de uma puberdade solitária e obesa; era um advogado com um rosto grande demais e rosado, com um bico de viúva que afinava implacavelmente para a calvície total. Apenas um advogado com uma ereção que lhe armava e deformava a cueca. E nem a armava tanto assim.

O tamanho da ereção, porém, não era o mais importante. O mais importante era o sorriso. Não se alterara nadinha, o que significava que Gerald não a levara a sério. Fazia parte do *seu papel* protestar; afinal essa era a regra do jogo.

— Gerald? Estou falando sério.

O sorriso se alargou. Deixou à mostra mais uns daqueles dentinhos inofensivos de advogado; seu QI rolou mais vinte ou trinta pontos ladeira abaixo. E ele continuava a não escutá-la.

Você tem certeza disso?

Tinha. Não era capaz de adivinhar os pensamentos do marido — imaginava que eram necessários muito mais de 17 anos de casamento para se atingir tal ponto — mas achava que normalmente tinha uma boa ideia do que se passava naquela cabeça. Alguma coisa estaria fora dos eixos se não tivesse.

Se isso é verdade, boneca, então por que ele não lhe entende? Por que não percebe que isso não é uma cena nova na farsa sexual de sempre?

Agora era sua vez de franzir levemente a testa. Sempre ouvira vozes interiores — achava que todo mundo as ouvia, embora as pessoas normalmente não as mencionassem, como tampouco mencionavam as funções intestinais — e a maioria era de velhas amigas com quem sentia o mesmo conforto de chinelos macios. Esta, porém, era nova... e não a fazia sentir-se nem um pouco confortável. Era uma voz forte, de timbre jovem e vigoroso. Também soava impaciente. Agora retomava a palavra, respondendo à própria pergunta.

Não é que ele não consiga *entendê-la; é que às vezes, boneca, ele não* quer *entendê-la.*

— Gerald, francamente... não estou a fim. Apanhe as chaves e me solte. Fazemos outra coisa. Fico por cima, se você quiser. Ou você pode ficar deitado com as mãos na nuca e eu faço você gozar, sabe, do outro jeito.

Tem certeza de que quer fazer isso? — perguntou a nova voz. *Tem certeza de que quer fazer sexo com esse homem?*

Jessie fechou os olhos, como se assim pudesse fazer a voz calar. Quando os reabriu, Gerald estava parado ao pé da cama, a frente da cueca em riste como a proa de um navio. Bom... talvez um navio de brinquedo. O sorriso se ampliara ainda mais, expondo os últimos dentes — aqueles com obturações a ouro — dos dois lados. Não era questão de não gostar daquele sorriso burro, percebeu; desprezava-o.

— *Deixo* você se levantar... se for muito, mas muito boazinha mesmo. Você sabe ser muito, muito boazinha, Jessie?

Cafona, comentou a nova voz decidida. *Cafonérrimo*.

Ele enganchou os polegares no cós da cueca parecendo um pistoleiro surreal. A cueca baixou bem depressa, vencidos os pneus nada desprezíveis. Pronto, lá estava. Não a formidável máquina de amor que conhecera ainda adolescente nas páginas de *Fanny Hill*, mas um membro modesto, cor-de-rosa e circuncidado; 12 centímetros e pouco de ereção absolutamente comum. Havia uns dois ou três anos, em uma de suas viagens pouco frequentes a Boston, assistira a um filme intitulado *A barriga do arquiteto*. Pensou, *Certo*. E agora estou vendo *O pênis de um advogado*. Teve de morder as bochechas por dentro para não rir. Rir numa altura dessas não seria nada político.

Ocorreu-lhe uma ideia, então, que sufocou qualquer vontade de rir. Foi a seguinte: Gerald não sabia que ela estava falando sério porque, para ele, Jessie Mahout Burlingame, mulher de Gerald, irmã de Maddy e Will, filha de Tom e Sally, mãe de ninguém, não estava realmente presente. Desaparecera dali quando as chaves produziram aquele barulhinho metálico nas fechaduras das algemas. As revistas masculinas de aventuras da puberdade de Gerald tinham sido substituídas por uma pilha de revistas de sacanagem guardadas na última gaveta da escrivaninha, revistas em que mulheres, vestidas só com um colar de pérolas, se ajoelhavam em tapetes de pele de urso e homens com equipamentos sexuais que faziam o de Gerald parecer um brinquedinho possuíam-nas por trás. Na quarta capa dessas revistas, entre os classificados do disque-putaria com seus novecentos números, apareciam anúncios de mulheres infláveis anatomicamente corretas, segundo diziam — o conceito mais bizarro com que Jessie já topara. Pensou agora naquelas bonecas infláveis, peles rosadas, corpos sem curvas como os de desenho animado e rostos sem traços, com uma espécie de assombro revelador. Não era horror — não chegava a tanto —, mas um clarão intenso lampejou em sua cabeça, e a paisagem que mostrou foi sem dúvida mais assustadora do que esse jogo idiota, ou o fato de o jogarem desta vez na casa de verão à beira do lago, muito depois de o verão ter fugido por mais um ano.

Mas a imagem não afetara sua audição. Agora ouvia uma motosserra, rosnando sem parar nas matas, a uma distância considerável — talvez a uns 8 quilômetros. Mais perto, vindo do lago Kashwakamak, um mergulhão que se atrasara para a migração rumo ao sul lançou seu grito alucinado no ar azulado do outono. Ainda mais perto, em algum ponto ali na praia ao norte, um cachorro latiu. Era um som feio, de catraca, mas estranhamente Jessie achou-o reconfortante. Significava que mais alguém estava ali, fosse meio de semana em outubro ou não. De resto havia apenas o ruído da porta, solta como um dente velho numa gengiva podre, batendo no portal empenado. Sentiu que se tivesse de escutar aquilo durante muito tempo, enlouqueceria.

Gerald, agora nu exceto pelos óculos, ajoelhou-se na cama e começou a engatinhar em direção a ela. Seus olhos continuavam a brilhar.

Jessie tinha uma ideia de que fora aquele brilho que a levara a continuar jogando muito depois de saciada a curiosidade inicial. Fazia anos que não via tanto tesão no olhar de Gerald ao fitá-la. Não era feia — conseguira se manter magra e seu corpo não mudara muito —, mas o interesse de Gerald diminuíra do mesmo jeito. Suspeitava que a bebida era em parte culpada pelo desinteresse — bebia muito mais agora do que no início do casamento —, mas sabia que não era só a bebida. Como era mesmo o velho ditado, "a intimidade gera o desprezo"? Presumia-se que isso não afetasse homens e mulheres apaixonados, a se crer nos poetas românticos que estudara em literatura inglesa, mas desde então descobrira que havia realidades da vida que John Keats e Percy Shelley jamais descreveram. Mas é claro que os dois tinham morrido muito mais jovens do que ela e Gerald eram no presente momento.

No entanto, tudo isso não importava muito aqui e agora. O que talvez importasse é que continuara a jogar mais tempo do que realmente queria porque gostara daquele brilhozinho de ardor nos olhos de Gerald. Fazia com que se sentisse jovem, bonita e desejável. Mas...

... mas, se realmente pensou que ele estava te vendo quando tinha aquele brilho no olhar, você foi enganada, boneca. Ou talvez você mesma

tenha se enganado. E talvez agora tenha de decidir — decidir para valer — se pretende continuar a tolerar essa humilhação. Porque não é isso mesmo que está sentindo? Humilhação?

Ela suspirou. É. Era isso mesmo.

— Gerald, *não* estou brincando. — Elevou a voz agora, e pela primeira vez o brilho nos olhos dele vacilou um instante. Ótimo. Afinal parecia que era capaz de ouvi-la. Então as coisas talvez continuassem bem. Nada fantásticas, havia muito tempo que não dava para dizer que estivessem fantásticas, mas bem. Então o brilho reapareceu, e logo em seguida o sorriso idiota.

— Vou aplicar um corretivo em *você* minha altiva bela — disse. Realmente *disse* essas palavras, pronunciando *bela* com a entonação de senhorio de melodrama vitoriano de segunda classe.

Deixe-o trepar então. Deixe-o trepar e acabou.

Era uma voz que já conhecia bem melhor, e ela pretendia seguir seu conselho. Não sabia se as feministas aprovariam e pouco lhe importava; o conselho tinha a atração de coisa eminentemente prática. Deixe-o transar e acabou. *Quod erat demonstrandum.*

Então ele esticou a mão — aquela mão macia de dedos curtos e pele rosada, como a que recobria a cabeça do pênis — e agarrou-lhe o seio, e dentro dela alguma coisa de repente se rompeu como um tendão tenso demais. Ela empinou os quadris e as costas bruscamente, sacudindo a mão para longe.

— Chega, Gerald. Abra essas algemas imbecis e me deixe levantar. Esse jogo perdeu a graça desde março, quando ainda havia neve no chão. Não me sinto sensual; me sinto ridícula.

Desta vez ele a ouviu até o fim. Percebeu-o na maneira com que o brilho de seu olhar se apagou de repente, como a chama de uma vela sob forte rajada de vento. Imaginava que as duas palavras que finalmente o atingiram tinham sido *imbecis* e *ridícula*. Gerald fora um garoto gordo com óculos de lentes grossas, um garoto que não saíra com meninas até os 18 anos — um ano depois de entrar numa dieta rigorosa e começar a se exercitar, num esforço para sufocar as banhas que o envolviam antes que elas o sufocassem. Quando chegou ao segundo ano da universidade, podia dizer que a sua vida estava "mais ou menos sob controle" (como se a vida — a dele, pelo menos — fosse um cavalo xucro que o tivessem mandado domar), mas ela sabia que seus tempos de escola tinham sido um show de horrores que lhe deixara um profundo desprezo por si mesmo e uma desconfiança de todos.

Seu sucesso como advogado empresarial e o casamento dos dois (que acreditava que também tivesse desempenhado um papel, quem sabe até decisivo) contribuíram para restaurar sua segurança e amor-próprio, mas Jessie supunha que alguns pesadelos jamais desapareciam por completo. Num canto profundo da mente, os valentões continuavam a dar puxões fortes e inesperados na cueca de Gerald na sala de estudo, continuavam a rir de sua incapacidade nas aulas de ginástica, em que só conseguia fazer flexões de meninas, e havia palavras — *imbecil* e *ridículo*, por exemplo — que traziam todas aquelas lembranças à tona como se a escola tivesse sido ontem... ou assim ela suspeitava. Os psicólogos conseguiam ser incrivelmente burros em muita coisa, quase deliberadamente burros, era a impressão que por vezes lhe davam, mas, quando tratavam da horrível persistência de certas lembranças, acertavam na mosca. Algumas lembranças prosperavam na mente das pessoas como sanguessugas malignas, e certas palavras — imbecil e ridículo, por exemplo — eram capazes de trazê-las instantaneamente a uma vida fervilhante, febril.

Ela esperou sentir uma pontada de remorso por usar um golpe baixo desses e se alegrou — ou talvez sentisse alívio — quando a pontada não veio. *Talvez esteja apenas cansada de fingir*, pensou, e essa ideia levou a outra: poderia ter uma agenda sexual só sua, e, se tivesse, essa história de algemas seria definitivamente excluída. Faziam-na se sentir ofendida. A coisa toda a fazia se sentir assim. Ah, certa excitação contrafeita acompanhara as primeiras experiências — aquelas com os lenços — e umas duas vezes tivera orgasmos múltiplos, e isso era uma raridade em seu caso. Mesmo assim sentira efeitos colaterais de que não gostara, e a sensação de aviltamento fora apenas um deles. Tivera pesadelos após cada uma dessas versões iniciais dos jogos de Gerald. Acordava suada e ofegante, os punhos cerrados como se fossem esferas, metidos entre as pernas. Só se lembrava de um desses sonhos, uma lembrança distante, difusa: estivera jogando *croquet* pelada e de repente o sol se eclipsou.

Deixa para lá, Jessie; você pode pensar nessas coisas outro dia. Agora o que importa é conseguir que ele a solte.

Verdade. Porque não era um jogo dos dois; era um jogo só dele. Ela continuara a participar apenas porque Gerald quis que o fizesse. E isso agora já não bastava.

O mergulhão emitiu de novo o seu grito solitário lá no lago. O sorriso idiota de expectativa no rosto de Gerald fora substituído por uma expressão mal-humorada de desagrado. *Você estragou meu brinquedo, sua vaca*, dizia aquela expressão.

Jessie se viu lembrando a última vez que dera uma boa olhada naquela expressão. Em agosto, Gerald aparecera com um folheto em papel acetinado, apontara o que queria, e ela concordou, claro que podia comprar um Porsche se quisesse. E eles certamente *tinham dinheiro* para um Porsche, mas achou que o marido faria melhor se comprasse um título da academia Forest Avenue, como vinha ameaçando fazer havia dois anos.

— Você não está com físico para Porsche no momento — dissera-lhe, sabendo que não estava sendo muito diplomática, mas também que não era hora para diplomacias. Além do mais, Gerald a irritara tanto que ela queria mais que se danassem os seus sentimentos. O que vinha ocorrendo com maior frequência ultimamente, e isso a desanimava, mas não sabia como evitá-lo.

— O que isto quer dizer exatamente? — ele perguntara com firmeza. Ela nem se deu ao trabalho de responder; tinha aprendido que, quando Gerald fazia essas perguntas, eram quase sempre retóricas. A mensagem importante era o subtexto: *Você está me aborrecendo, Jessie. Você não está jogando direito.*

Mas naquela ocasião — quem sabe não tinha sido um ensaio inconsciente para a de hoje — ela decidira desprezar o subtexto e responder à pergunta.

— Quer dizer que você vai fazer 46 anos de idade agora no inverno com Porsche ou sem Porsche, Gerald, e vai continuar 14 quilos acima do seu peso ideal. — Cruel, sim, mas poderia ter feito bem pior; poderia ter mencionado a imagem que lhe ocorrera quando viu a foto do carro esporte na capa do folheto em papel acetinado que Gerald lhe entregara. Naquele piscar de olhos vira um garoto gorducho com o rosto rosado e um bico de viúva metido na boia de pneu que levara para a velha piscina natural.

Gerald arrancara o folheto de suas mãos e se retirara com altivez sem dizer palavra. O assunto do Porsche nunca mais fora levantado... mas ela o vislumbrava com frequência naquele olhar rancoroso tipo Não Estou Achando Graça Nenhuma.

Nesse instante contemplava uma versão ainda mais irada daquele olhar.

— Você disse que parecia *divertido*. Foram suas palavras exatas: "Parece divertido."

Será que *dissera* aquilo? Provavelmente sim. Mas fora um erro. Uma mancadinha à toa, um escorregão numa casca de banana. Claro. Mas como é que se dizia isso ao marido quando ele armava uma tromba que mais parecia uma criança mimada se aprontando para um ataque de birra?

Não sabia, por isso baixou os olhos... e viu uma coisa que não lhe agradou nem um pouco. A versão geraldiana do sr. Feliz não murchara nadinha. Aparentemente o sr. Feliz não fora informado da mudança de planos.

— Gerald, eu simplesmente não...

— ... está a fim? Ótimo, uma surpresa e tanto, não é? Tirei o dia todo de folga. E se passarmos a noite aqui, perco a manhã de trabalho também. — Refletiu um instante sobre o assunto e em seguida repetiu: — Você disse que parecia divertido.

Ela começou a desfiar desculpas como uma velha parceira cansada (*É, mas agora estou com dor de cabeça; É, mas agora está me dando uma cólica pré-menstrual de lascar; É, mas sou mulher, logo tenho o direito de mudar de ideia; É, mas agora que estamos aqui isolados do mundo você está me assustando, seu brutamontes maravilhoso*), mentiras que alimentavam seus equívocos ou seu ego (os dois eram em geral intercambiáveis), mas antes que pudesse escolher uma carta, qualquer carta, a nova voz falou. Era a primeira vez que falava alto, e Jessie ficou fascinada de descobrir que o tom era o mesmo dentro ou fora de sua cabeça: forte, seco, decidido, seguro.

Era também curiosamente familiar.

— Tem razão... acho que *disse* isso, mas o que me pareceu realmente divertido foi dar uma escapulida com você como costumávamos fazer antes de seu nome ir parar na porta junto aos dos chefões. Pensei que talvez pudéssemos sacudir um pouco a cama, depois sentar no deque e curtir o sossego. Talvez jogar palavras cruzadas quando anoitecesse. Será que isso é crime, Gerald? Que é que você acha? Diga, porque eu quero realmente saber.

— Mas você disse...

Durante os últimos cinco minutos tentara lhe dizer de várias maneiras que queria se livrar daquelas malditas algemas, e ele continuava a mantê-la presa. Sua impaciência se transformou em fúria.

— Droga, Gerald, isso parou de ter graça para mim quase assim que começamos, e, se você não fosse obtuso, teria percebido!

— Essa sua língua. Essa língua ágil e sarcástica. Às vezes me cansa tanto...

— Gerald, quando você mete uma ideia na cabeça, meiguice e humildade não conseguem lhe sensibilizar. E de quem é a culpa?

— Não gosto de você quando fala assim, Jessie. Não gosto nadinha de você quando fala assim.

As coisas iam de mal a pior e daí para horríveis, e o que assustava era a velocidade com que isso acontecia. De repente ela se sentiu muito cansada e lhe ocorreu um verso de uma velha canção de Paul Simon: "Não quero nada com esse amor ensandecido." No alvo, Paul. Você pode ser baixinho, mas não é burro...

— Sei que não gosta. E está bem que não goste, porque no momento a questão são essas algemas e não se você gosta ou deixa de gostar de mim quando lhe digo que mudei de ideia sobre alguma coisa. Quero que me livre dessas algemas. Está ouvindo?

Não, percebeu com desalento. Ele realmente não estava ouvindo. Continuava na cena anterior.

— Você é tão irritantemente *incoerente*, tão irritantemente *sarcástica*. Amo você, Jessie, mas odeio sua maldita insolência. Sempre odiei. — Passou a palma da mão esquerda pelo beicinho rosado de aborrecimento e contemplou-a com tristeza: pobrezinho do Gerald, encalhado com uma mulher que o atraíra para a selva primitiva e em seguida se recusava a cumprir suas obrigações sexuais. Pobre Gerald enganado, que não fazia o menor movimento para apanhar as chaves das algemas na cômoda junto à porta do banheiro.

A apreensão de Jessie tinha se transformado em outra coisa — enquanto mantinha as costas viradas, por assim dizer. Transformara-se numa mistura de raiva e medo que só se lembrava de ter sentido uma vez. Quando estava por volta dos 12 anos, o irmão Will tinha dado uma cutucada no seu cu em uma festa de aniversário. Todos os seus amigos tinham visto e caído na gargalhada. *Ha-ha, que grande piada, minha senhora.* Para ela não tinha sido piada nenhuma.

Will era quem mais gargalhava, e com tanto exagero que chegara a se dobrar apoiando as mãos nos joelhos, os cabelos a lhe caírem pelo rosto. Isso acontecera um ano e pouco depois do aparecimento dos Beatles, dos Rolling Stones, dos Searchers e outros, e era uma senhora cabeleira que caía pelo rosto de Will. Aparentemente isso bloqueara sua visão, porque nem percebeu a intensidade da raiva de Jessie... e em circunstâncias normais prestava muita atenção às mudanças de humor da irmã. Continuara a rir até que a espuma de raiva subiu a tal ponto que Jessie percebeu que ou tomava alguma atitude ou simplesmente explodiria. Então cerrou a mão delicada e mandou um soco na boca do irmão querido quando finalmente ele levantara a cabeça para olhá-la. O soco derrubou-o como se fosse uma garrafinha de boliche e ele chorou para valer.

Depois tentara dizer a si mesma que o irmão tinha chorado mais de surpresa do que de dor, mas sabia, mesmo aos 12 anos, que não era verdade. Ela o machucara, e muito. O lábio inferior de Will abrira em um ponto e o superior em dois, e ela o machucara, e muito. E por quê? Porque ele fizera uma imbecilidade? O irmão só tinha 9 anos — completara-os naquele dia — e nessa idade *todas* as crianças são imbecis. Não, não fora pela imbecilidade de Will. Fora pelo seu medo — medo de que, se não fizesse alguma coisa com aquela feia espuma de raiva e constrangimento, ela

(apagaria o sol)

a faria explodir. A verdade, que descobrira naquele dia, era a seguinte: possuía no íntimo um poço de água envenenada, e, ao cutucá-la, William baixara um balde pelo poço, que subira cheio de escória borbulhante. Odiara-o por isso e achava que fora realmente o ódio que a fizera agredir o irmão. Essa coisa profunda a apavorara. Agora, tantos anos depois, estava descobrindo que continuava a apavorá-la... e a enfurecê-la, também.

Você não vai apagar o sol, pensou sem ter a menor ideia do que isso queria dizer. *Não vai mesmo.*

— Não quero discutir ninharias, Gerald. Apanhe as chaves dessas porras e *me solte*!

Então ele disse uma coisa que a surpreendeu de tal maneira que em princípio não conseguiu entender:

— E se eu não soltar?

O que percebeu primeiro foi a mudança na voz de Gerald. Ele normalmente falava num tom franco, rude, cordial — *Sou eu que mando aqui, e isso é uma sorte para todos nós, não é mesmo?*, o tom proclamava — mas este era baixo, ronronante, um tom que ela não conhecia. O brilho voltara aos seus olhos — aquele brilhinho afogueado que no passado a excitara como uma bateria de refletores. Não conseguia discerni-lo muito bem — os olhos de Gerald pareciam duas fendas estufadas por trás do óculos de aros de ouro —, mas estava presente. Sem dúvida alguma.

Havia ainda o caso do estranho sr. Feliz. O sr. Feliz não murchara nada. Parecia, de fato, estar mais ereto do que em qualquer ocasião de que se lembrasse... mas talvez isso fosse apenas sua imaginação.

Você acha, boneca? Eu não.

Ela processou toda essa informação antes de finalmente retomar a última coisa que ele falara — aquela surpreendente pergunta. *E se eu não soltar?* Desta vez ela desprezou o tom e foi direto às palavras e, quando as compreendeu integralmente, sentiu a raiva e o medo subirem um ponto. Lá dentro aquele balde descia de novo pelo poço para mergulhar na gosma — para se encher de escuma infestada de micróbios quase tão venenosa quanto uma cobra-coral.

A porta da cozinha bateu contra o portal e o cachorro começou a latir no mato outra vez, parecendo mais perto que nunca. Era um som estilhaçante, desesperado. Ouvir aquilo durante muito tempo sem dúvida provocava enxaqueca.

— Olhe aqui, Gerald — ouviu a nova voz firme dizer. Tinha consciência de que a nova voz poderia ter escolhido um momento melhor para quebrar seu silêncio, afinal Jessie se encontrava ali numa praia deserta do lago Kashwakamak, algemada aos pilares da cama, vestindo apenas uma exígua calcinha de náilon, mas descobria que a admirava. Quase a contragosto a admirava. — Você ainda está escutando? Sei que ultimamente não escuta quando sou eu que falo, mas desta vez é muito importante que me escute. Então... está finalmente me escutando?

Ele estava ajoelhado na cama, observando-a como a um inseto até então desconhecido. Tinha as bochechas, em que serpeavam intrincadas redes de veiazinhas vermelhas (imaginava-as como marcas do que Gerald bebia), quase roxas. Uma faixa semelhante atravessava sua testa. A cor era tão escura, a forma tão delineada, que parecia um sinal de nascença.

— Estou — respondeu, e no seu novo tom ronronante a palavra saiu *esss-tou*. — Estou escutando, Jessie. Sem a menor dúvida.

— Ótimo. Então irá até a cômoda e apanhará as chaves. Abrirá isto — chocalhou o pulso direito contra o espelho da cama — e depois abrirá isto — chocalhou igualmente o pulso esquerdo. — Se fizer isso logo, poderemos ter uma relaçãozinha normal, indolor, com orgasmo mútuo antes de regressarmos à nossa vida normal e indolor em Portland.

Sem objetivo, pensou. *Deixou de incluir essa. Vida normal, indolor, sem objetivo, em Portland.* Talvez fosse verdade ou talvez apenas um excesso de teatralidade (estar algemada a uma cama fazia emergir a teatralidade de uma pessoa, começava a descobrir), mas provavelmente fora bom não ter incluído a falta de objetivo. Indicava que a nova voz pode-parar, afinal não era tão indiscreta. Então, como se quisesse contradizê-la, ouviu a voz — que era, afinal, a voz *dela* — começar a se elevar em inconfundíveis batidas e pulsações de raiva.

— Mas, se continuar a encher o saco e me aborrecer, vou daqui direto para a casa de minha irmã, descubro quem fez o divórcio dela e ligo para a advogada. Não estou brincando. *Não quero entrar nesse jogo!*

Agora algo realmente incrível estava ocorrendo, algo que ela jamais suspeitaria em um milhão de anos: o sorriso dele reaparecia. Emergia como um submarino que finalmente chegasse a águas amigas depois de uma longa e perigosa viagem. Mas isso não era o mais incrível. O incrível mesmo era que o sorriso deixara de fazer Gerald parecer um retardado inofensivo. Fazia-o parecer um louco perigoso.

A mão de Gerald se esticou outra vez, acariciou seu seio esquerdo e, em seguida, apertou-o para provocar dor. Finalizou o gesto desagradável com um beliscão no mamilo, coisa que jamais fizera antes.

— Ai, Gerald! Isso *dói*!

Ele fez um gesto solene e apreciativo com a cabeça que combinou muito estranhamente com o horrível sorriso.

— Que ótimo, Jessie. Tudo isso, quero dizer. Você poderia ser atriz. Ou garota de programa. Uma daquelas realmente bem pagas. — Hesitou e então acrescentou: — Isto é um elogio.

— De que é que você está falando? — Só que tinha plena certeza de que sabia. Estava realmente assustada agora. Alguma coisa maligna soltara-se no quarto; girava sem parar como um pião negro.

Mas também continuava furiosa — tão furiosa quanto no dia em que Will a cutucara.

Gerald chegou a dar uma risada.

— Do que estou *falando*? Por um instante você me fez acreditar na sua cena. É *disso* que estou falando. — Deixou cair a mão sobre a coxa direita de Jessie. Quando tornou a falar, a voz era enérgica e curiosamente impessoal. — Bom... você vai abrir as pernas para mim, ou terei de abri-las? Isso faz parte do jogo também?

— Deixa eu me *levantar*!

— Claro... depois. — Esticou a outra mão. Desta vez foi o seio direito que ele beliscou, e desta vez o beliscão foi tão forte que produziu centelhinhas nervosas por toda a lateral do seu corpo até o quadril. — Por ora, abra as lindas pernas, minha altiva bela!

Observou-o mais atentamente e constatou uma coisa horrível: ele sabia. Sabia que não estava brincando ao dizer que não queria continuar com o jogo. Sabia, mas preferira *fingir* que não sabia. Será que uma pessoa podia fazer isso?

Com toda certeza, disse a voz chega-de-papo. *Quando se é mestre em trapaças na maior firma de advocacia do norte de Boston ao sul de Montreal, acho que se é capaz de saber o que se quer saber e desconhecer o que não se quer saber. Acho que você está metida numa enrascada, queridinha. O tipo de enrascada que acaba com casamentos. É melhor cerrar os dentes e apertar os olhos, porque acho que vai levar um* puta *golpe.*

Aquele sorriso. Aquele sorriso perverso e mesquinho.

Fingindo ignorância. E fazendo isso com tanto empenho que mais tarde seria capaz de passar ileso por um detetor de mentiras. *Achei que fazia parte do jogo*, diria ofendido, com olhar de inocência. *Pensei mesmo*. E se insistisse, agredindo-o com sua raiva, ele finalmente recorreria à defesa mais antiga do mundo... e se meteria por ela, como um lagarto numa fenda de rocha: *Você bem que gostou. Sabe que sim. Por que não admite?*

Fingindo ignorar. Sabendo, mas planejando prosseguir mesmo assim. Algemara-a aos pilares da cama, fizera-o com a sua colaboração, e agora, que merda, não vamos dourar a pílula, agora pretendia estuprá-la, estuprá-la *de verdade* enquanto a porta batia e o cachorro latia e a serra rosnava e o mergulhão alternava falsetes e graves lá no lago. Realmente tencionava estuprá-la. Sim senhor, quá-quá-quá, você nunca comeu uma xota até provar uma que salta debaixo de você como frango numa grelha em brasa. E se ela fosse *mesmo* para a casa de Maddy quando o exercício de humilhação terminasse, ele continuaria a insistir que a ideia de estupro nem tinha passado por sua cabeça.

Ele colocou as mãos rosadas nas coxas de Jessie e começou a afastar suas pernas. Ela não resistiu muito; no momento, pelo menos, sentia-se tão horrorizada e surpresa com o que acontecia ali que não opôs muita resistência.

E essa é a atitude certa, afirmou a voz mais conhecida em seu íntimo. *Fique deitada aí quietinha e deixe-o dar uma gozada. Afinal, qual é o problema? Já fez isso no mínimo mil vezes antes e você nunca teve náuseas. E caso tenha esquecido, já faz um bom tempo que deixou de ser uma virgenzinha envergonhada.*

E o que aconteceria se não escutasse e seguisse os conselhos daquela voz? Qual seria a alternativa?

Como que em resposta surgiu-lhe uma imagem horrenda na mente. Viu-se prestando depoimento numa vara de família. Não sabia se ainda existiam tais varas no Maine, mas isso não diminuiu em nada a nitidez da visão. Viu-se metida num conservador tailleur rosa, com uma blusa de seda pêssego por baixo. Trazia os joelhos e tornozelos virtuosamente juntos. A pequena carteira, branca, descansava no colo. Viu-se contando ao juiz, que lembrava o âncora solene, que, sim, era verdade que acompanhara Gerald à casa de verão de livre e espontânea vontade, sim, permitira que ele a amarrasse aos pilares da cama com dois pares de algemas, também de livre e espontânea vontade, e, sim, de fato *tinham* praticado tais jogos antes, embora jamais o fizessem na casa do lago.

Sim, Meritíssimo. Sim.

Sim, sim, sim.

Enquanto Gerald abria suas pernas, Jessie se ouviu contando ao juiz-âncora que tinham começado com lenços de seda, e que permitira que o jogo continuasse e progredisse de lenços para cordas e daí para algemas, embora se cansasse muito depressa da coisa toda. Sentira repulsa. Tanta repulsa, na realidade, que permitira que Gerald a transportasse de carro os 133 quilômetros que separam Portland do lago Kashwakamak em um dia útil de outubro; tão revoltada que permitira mais uma vez que ele a acorrentasse como cachorro; tão entediada com a coisa toda que vestira apenas uma calcinha de náilon tão fina que era possível ler através dela a seção de classificados de um jornal. O juiz acreditaria em tudo e se compadeceria profundamente. Claro que sim. Quem não se compadeceria? Podia até se ver sentada ali no banco das testemunhas a dizer:

— Então, eu estava ali, algemada aos pilares da cama, praticamente nua a não ser pela calcinha erótica e o sorriso, mas mudei de ideia no último instante, e Gerald sabia disso, o que configura o estupro.

Sim, senhor, isso resolveria o seu caso. Aposto.

Acordou dessa fantasia espantosa e deu de cara com Gerald arrancando sua calcinha. Estava ajoelhado entre suas pernas, o rosto tão compenetrado que alguém poderia até pensar que se preparava para enfrentar os exames da Ordem dos Advogados e não a esposa relutante. Escorria do meio de seu grosso lábio inferior um filete de saliva clara.

Deixa que ele te coma. Deixa que dê uma gozada. É a pressão no saco que está enlouquecendo o homem, e você sabe disso. Enlouquece todos eles. Quando ele se livrar da pressão, conseguirão conversar de novo. Poderá lidar com ele. Portanto não crie caso — fique quietinha aí e espere até que ele se desafogue.

Um bom conselho e provavelmente ela o teria seguido não fosse aquela nova presença em seu íntimo. A recém-chegada anônima achava sem sombra de dúvida que a fonte normal de conselhos de Jessie — a voz que com o tempo ela passara a considerar uma espécie de Esposa Perfeita — era uma grandessíssima boboca. Jessie talvez tivesse deixado os acontecimentos seguirem seu curso, mas duas coisas aconteceram simultaneamente. Primeiro, a percepção de que, embora tivesse os pulsos algemados aos pilares, seus pés e pernas estavam livres. No instante em que percebeu isso, um filete de baba escorreu do queixo de Gerald.

Balançou um momento, alongou-se e em seguida caiu em sua barriga, ali acima do umbigo. Havia alguma coisa familiar nessa sensação, e ela foi assaltada por uma impressão intensíssima de déjà-vu. O quarto pareceu escurecer à sua volta, como se as janelas e a claraboia tivessem sido substituídas por vidraças fumês.

É a ousadia dele, pensou, embora soubesse muito bem que não era. *É a deslavada ousadia dele.*

Sua reação não era tanto dirigida a Gerald quanto à sensação odienta que veio subindo como um vagalhão do fundo de sua mente. Num sentido muito real agiu sem pensar, apenas revidou com a repugnância terrível e instintiva de uma mulher que percebe que a coisa que se debate presa em seus cabelos é um morcego.

Encolheu as pernas, no movimento o joelho direito errou por um triz o promontório do queixo de Gerald, e em seguida investiu os pés descalços como pistões. A sola e o arco do pé direito se enterraram na parte convexa da barriga do marido. O calcanhar do esquerdo bateu contra a raiz dura do pênis e os testículos que pendiam logo abaixo como frutos claros e maduros.

Ele rolou para trás, o traseiro desceu sobre as panturrilhas gordas e lisas. Girou a cabeça para o alto em direção à claraboia e ao teto branco estampado de ondas luminosas e soltou um grito agudo e ofegante. O mergulhão no lago tornou a gritar naquela hora, em infernal contraponto; a Jessie pareceu o grito de solidariedade de um macho para outro.

Os olhos de Gerald não pareciam fendas agora; tampouco brilhavam. Arregalavam-se, azuis como o céu perfeito daquele dia (a ideia de ver aquele céu sobre o lago despovoado de outono fora fator decisivo quando Gerald ligara do escritório para dizer que tivera um adiamento e lhe perguntar se gostaria de passar o dia na casa de verão e, quem sabe, a noite), e revelaram uma expressão agônica que ela mal conseguia encarar. Os tendões saltavam nos lados do pescoço. Jessie pensou: *Não vejo isso desde o verão chuvoso em que ele praticamente abandonou a jardinagem e adotou o uísque como passatempo favorito.*

Seu grito começou a emudecer. Era como se alguém com um controle remoto estivesse reduzindo seu volume. Não era bem o caso, naturalmente; estivera gritando durante um tempo extraordinário, talvez por uns trinta segundos, e estava simplesmente perdendo o fôlego. *Devo tê-lo machucado muito*, pensou. A redinha vermelha em suas bochechas e a faixa que cruzava a testa começaram a arroxear.

Você conseguiu!, a voz desanimada da Esposa Perfeita exclamou. *Você realmente conseguiu!*

É, um direto sensacional, não foi?, a nova voz comentou.

Você acertou o saco do seu marido!, a Esposa Perfeita berrou. *Quem lhe deu o direito de fazer uma coisa dessas? Quem lhe deu o direito de até mesmo brincar com uma coisa dessas?*

Sabia a resposta para essa pergunta, ou pensou que sabia: reagira porque o marido pretendera estuprá-la e fazer parecer mais tarde que fora um mal-entendido entre cônjuges de um casamento essencialmente harmonioso em que andavam fazendo um inofensivo jogo sexual. *A culpa era do jogo*, diria, dando de ombros. *Do jogo e não minha. Não precisamos jogar outra vez, Jessie, se você não quiser.* Sabendo, é claro, que nada que pudesse oferecer a levaria jamais a oferecer os pulsos para ser algemada de novo. Não, fora um caso em que a última vez vale por todas. Gerald sabia disso, e pretendera tirar o maior proveito possível.

Aquela coisa negra que ela pressentira no quarto entrou num rodopio descontrolado, exatamente como receara que o fizesse. Gerald ainda parecia estar gritando, embora nenhum som (que ela pudesse ouvir) saísse de sua boca contraída em agonia. O rosto tornara-se tão congestionado que chegava a parecer negro em alguns pontos. A veia jugular — ou talvez fosse a artéria carótida, se é que fazia diferença numa hora dessas — pulsava com violência sob a pele cuidadosamente escanhoada da garganta do marido. Qualquer que fosse o nome, parecia prestes a explodir, e Jessie sentiu uma desagradável e súbita punhalada de terror.

— Gerald? — Sua voz ecoou fraca e hesitante, a voz de uma menina que quebrou um objeto de valor na festa de aniversário de uma amiga. — Gerald, você está bem?

Era uma pergunta imbecil, é claro, incrivelmente imbecil, mas era muito mais fácil fazê-la do que outras que de fato tinha em mente: *Gerald, você está muito machucado? Gerald, você acha que pode morrer?*

É claro que ele não vai morrer, a Esposa Perfeita respondeu nervosa. *Você o machucou, não resta dúvida, e deveria estar arrependida, mas ele não vai morrer. Ninguém vai* morrer *aqui.*

A boca contraída e enrugada de Gerald continuava a tremer em silêncio, mas ele não respondeu à pergunta. Levara uma das mãos à barriga; a outra envolvia os testículos atingidos. Agora as duas subiram lentamente e pousaram na altura do mamilo esquerdo. Assentaram como um par de rechonchudos passarinhos rosados, demasiado cansados para voar além. Jessie via a marca de um pé descalço — o pé *dela* — aparecer na barriga rotunda do marido. Era um vermelho vivo e acusador naquela pele rosada.

Ele exalava, ou tentava exalar, soprando uma névoa insistente que cheirava a cebolas em decomposição. *É a respiração residual,* pensou. *Os dez por cento inferiores de nossos pulmões contêm ar residual, não foi isso que nos ensinaram em biologia na escola secundária? Acho que foi. Respiração residual, o famoso último arquejo dos que se afogam ou sufocam. Depois que expelimos o ar, ou desmaiamos ou...*

— Gerald! — exclamou num tom áspero de censura. — Gerald, *respire*!

Os olhos dele saltaram das órbitas como bolas de gude azuis num pedaço de massa de modelagem, e ele de fato conseguiu puxar um único bocadinho de ar. Usou-o para dizer uma última palavra, esse homem que às vezes parecia feito de palavras.

— ... coração...

Foi tudo.

— *Gerald!* — Agora seu tom expressava choque além de censura, a professora solteirona que surpreendesse um menininho assanhado levantando sua saia para mostrar à turma os coelhinhos em sua calcinha. — *Gerald, pare já com isso e respire, droga!*

Gerald não obedeceu. Em vez disso, seus olhos reviraram nas órbitas, revelando córneas amareladas. A língua saltou para fora da boca, produzindo um som de peido. Um jato de urina fumegante e alaranjado saiu de seu pênis murcho e gotas escaldantes banharam os joelhos e coxas de Jessie. Ela soltou um guincho longo e cortante. Desta vez não teve consciência de dar puxões nas algemas, de usá-las para se afastar o máximo dele, enroscou as pernas sob o próprio corpo nesse movimento.

— *Pare com isso, Gerald! Pare senão você vai cair da c...*

Tarde demais. Mesmo que ainda a ouvisse, o que sua mente racional duvidava, era tarde demais. As costas curvadas de Gerald arquearam a parte superior do seu corpo para além da beirada da cama e a gravidade fez o resto. Gerald Burlingame, com quem Jessie uma vez comera picolés recheados na cama, tombou para trás, os joelhos para o alto e a cabeça para baixo, como um garoto desajeitado tentando impressionar os amiguinhos no dia de entrada franca na piscina da ACM. O som do crânio se chocando contra o chão de madeira de lei fez Jessie guinchar mais uma vez. Lembrou-lhe o som de um enorme ovo se partindo contra a borda de uma tigela de pedra. Teria dado qualquer coisa para não precisar ouvir aquilo.

Seguiu-se o silêncio, interrompido apenas pelo ronco distante da motosserra. Uma grande rosa cinzenta abriu-se no ar diante dos olhos arregalados de Jessie. As pétalas foram se desdobrando sem parar e, quando tornaram a se fechar sobre ela como as asas empoeiradas de enormes mariposas descoloridas, obliterando tudo por instantes, a única sensação clara que teve foi de gratidão.

Capítulo Dois

APARENTEMENTE encontrava-se em um longo e frio corredor imerso em nevoeiro branco, um corredor que se inclinava muito para um lado como aqueles em que as pessoas estão sempre andando em filmes como *A Hora do Pesadelo* e seriados de TV como *Além da Imaginação*. Estava despida e o frio começava a afetá-la, fazendo seus músculos doerem — principalmente nos ombros, costas e pescoço.

Tenho que sair daqui ou vou adoecer, pensou. *Já estou sentindo cãibras provocadas pela névoa e a umidade.*

(Embora soubesse que não era a névoa nem a umidade.)

Além disso, há algum problema com Gerald. Não consigo me lembrar exatamente qual, mas acho que talvez esteja doente.

(Embora soubesse que doente não era bem a palavra certa.)

Mas, e isso era curioso, uma outra parte dela realmente não queria fugir do corredor inclinado e nevoento. Essa parte sugeria que estaria bem melhor ali. Que, se saísse, iria se arrepender. Por isso continuou no corredor mais um pouco.

O que a trouxe finalmente de volta foi um cachorro latindo. Era um latido extremamente feio, basicamente grave mas que se decompunha em frases agudas nos registros superiores. Todas as vezes que o animal dava aquele latido, parecia que estava vomitando uma bocada de estilhaços cortantes. Ouvira aquele latido antes, embora talvez fosse melhor — de fato bem melhor — se conseguisse não se lembrar de quando ou onde, ou do que acontecera então.

Mas pelo menos levou-a a se movimentar — pé esquerdo, pé direito, um, dois, feijão com arroz — e de repente lhe ocorreu que veria melhor no nevoeiro se abrisse os olhos, e assim fez. Não foi nenhum corredor mal-assombrado de *Além da imaginação* que viu, mas o quarto principal de sua casa de verão no extremo norte do lago Kashwakamak — a área conhecida por baía Notch. Imaginou que a razão do frio era que estava usando apenas uma calcinha, e o pescoço e os ombros doíam porque, algemada aos pilares da cama, seu traseiro escorregara cama abaixo quando desmaiara. Não havia corredor inclinado; não havia umidade nevoenta. Só o cachorro era real, e continuava se esbaldando de latir. Agora parecia bem próximo da casa. Se Gerald ouvisse aquilo...

A lembrança de Gerald produziu um tremor e disparou complexas espirais de sensibilidade por seus bíceps e tríceps dormentes. As centelhas foram diminuindo até desaparecerem nos cotovelos, e Jessie percebeu, com o desânimo difuso de quem acaba de acordar, que seus antebraços estavam praticamente insensíveis e não faria diferença se as mãos fossem luvas estofadas com purê de batata congelado.

Isto vai doer, pensou, e então tudo voltou à lembrança... principalmente a imagem de Gerald mergulhando de cabeça pela beirada da cama. O marido encontrava-se no chão, morto ou inconsciente, e ela deitada ali em cima na cama, pensando na chateação que era ter os antebraços e as mãos dormentes. Como alguém podia ser tão egoísta e egocêntrica?

Se ele está morto, a culpa é só dele, disse a voz chega-de-papo. Tentou acrescentar outras verdades de ordem prática também, mas Jessie a amordaçou. Seu estado não de todo consciente lhe oferecia uma perspectiva mais clara dos arquivos mais fundos em seus bancos de memória e, de repente, percebeu de quem era a voz — ligeiramente anasalada, brusca, sempre na iminência de uma risada perspassada de ironia. Pertencia à sua companheira de quarto na universidade, Ruth Neary. Agora que sabia, Jessie descobriu que não sentia a menor surpresa. Ruth sempre fora extremamente generosa em dar opiniões, e seus conselhos muitas vezes escandalizaram a companheira inexperiente de 19 anos que viera de Falmouth Foreside... o que sem dúvida fora sua intenção, pelo menos em parte; o coração de Ruth sempre estivera no lugar certo, e

Jessie jamais duvidara que realmente acreditasse em sessenta por cento do que dizia e realmente tivesse feito quarenta por cento do que dizia ter feito. Quando se tratava de sexo, a percentagem era provavelmente ainda mais alta. Ruth Neary, a primeira mulher que Jessie conhecera que se recusava terminantemente a raspar as pernas e as axilas; Ruth, que certa vez enchera a fronha de uma orientadora chata com espuma para higiene vaginal, perfume morango; Ruth, que por princípio comparecia a toda manifestação estudantil e assistia a toda peça experimental do campus. *Se tudo falhar, boneca, algum cara bonitão provavelmente vai tirar a roupa*, confidenciara a uma perplexa, mas fascinada Jessie, quando voltaram de uma peça estudantil intitulada O Filho do Papagaio de Noé. *Bem, não é sempre, mas* normalmente *acontece — acho que é para isso que realmente servem as peças escritas e produzidas por estudantes, para que os rapazes e as garotas possam tirar as roupas e se bolinar em público.*

Não pensava em Ruth havia anos e agora Ruth estava dentro de sua cabeça, dispensando pérolas de sabedoria como fizera no passado. Bem, por que não? Quem seria mais habilitada para aconselhar os mentalmente confusos e emocionalmente perturbados do que Ruth Neary, que saíra da Universidade de New Hampshire para três casamentos, duas tentativas de suicídio e quatro reabilitações por toxicomania e alcoolismo? Querida Ruth, mais um brilhante exemplo da maneira acertada com que a antiga Geração do Amor estava fazendo a transição para a meia-idade.

— Nossa, só faltava essa, Querida, e infernal, Conselheira — exclamou, e sua voz arrastada e pastosa assustou-a mais do que a dormência nas mãos e nos antebraços.

Tentou içar-se de volta à posição semissentada que conquistara pouco antes da exibiçãozinha de mergulho de Gerald (Será que aquele horrível ruído de ovo partindo fizera parte do seu sonho? Rezava para que assim fosse), e os pensamentos sobre Ruth foram engolfados por um repentino acesso de pânico quando não conseguiu se mexer nem um milímetro. As espirais de sensibilidade perpassaram seus músculos de novo, mas foi só o que aconteceu. Seus braços continuaram pendurados acima e ligeiramente atrás dela, tão imóveis e insensíveis quanto gravetos de lenha para fogão. A sensação de embriaguez na cabeça desapareceu — o pânico, estava descobrindo, dava de dez nos sais para desmaios — e seu coração engrenou uma quarta, mas foi só. Uma imagem nítida destacada de um texto de história antiga lampejou em sua retina por instantes: um círculo de gente que ria e apontava para uma moça com a cabeça e as mãos presas num tronco de tortura. A mulher curvava-se como uma bruxa de conto de fadas e seus cabelos caíam pelo rosto lembrando uma mortalha de penitente.

O nome dela é Esposa Perfeita Burlingame e está sendo castigada por ter ferido o marido, pensou. *Estão castigando a Esposa Perfeita porque não conseguem pegar a verdadeira culpada pelo ferimento... a que fala como a minha antiga companheira de quarto.*

Mas será que *ferir* era a palavra certa? Não era bem provável que estivesse dividindo o quarto com um morto? Não era também bem provável que, com ou sem cachorro, a área do lago em que se situava a baía Notch estivesse inteiramente deserta? Que, se começasse a gritar, só obteria resposta do mergulhão? Só isso e nada mais?

Foi em princípio este pensamento, que ecoava tão estranhamente *O Corvo* de Edgar Allan Poe, que lhe trouxe a percepção exata do que estava ocorrendo, da situação em que se metera, e um terror pleno e irracional engolfou-a de repente. Durante uns vinte segundos (se lhe perguntassem quanto tempo durara aquele acesso de pânico, ela provavelmente teria calculado no mínimo três minutos e provavelmente até cinco) permaneceu totalmente em seu poder. Restou uma nesguinha de racionalidade bem lá no fundo, mas era inútil — uma simples espectadora que observava a mulher se debater na cama com os cabelos a esvoaçar enquanto sacudia a cabeça de um lado para outro num gesto de negação, ouvindo seus gritos roucos e aterrorizados.

Uma dor vítrea e profunda na base do pescoço, pouco acima do ponto onde começava o ombro esquerdo, pôs fim ao pânico. Era uma cãibra muscular, fortíssima. Gemendo, Jessie deixou a cabeça pender para trás contra as tabuinhas de mogno que formavam a cabeceira da cama. O músculo distendido se imobilizara numa posição forçada e parecia uma pedra de tão duro. O fato de seu movimento violento provocar choques de sensibilidade até os antebraços e as palmas das mãos pouco significava comparado àquela dor excruciante, e descobriu que se recostar na cabeceira da cama apenas sobrecarregava o músculo dolorido.

Movendo-se instintivamente, sem ao menos pensar, Jessie plantou os calcanhares na colcha, ergueu as nádegas, e deu impulso com os pés. Seus cotovelos dobraram e a pressão nos ombros e braços diminuiu. Minutos depois a rigidez no seu deltoide começou a ceder. Ela exalou um longo e rouco suspiro de alívio.

O vento — reparou que aumentara bastante desde a brisa inicial — soprava em rajadas, rumorejando pelos pinheiros na encosta entre a casa e o lago. Na cozinha (que era outro universo no que lhe tocava), a porta que ela e Gerald tinham deixado mal fechada batia contra o portal empenado: uma vez, duas vezes, três vezes, quatro. Esses eram os únicos sons; só esses e nada mais. O cachorro parara de latir, pelo menos por ora, e a motosserra parara de roncar. Até o mergulhão parecia ter parado para um cafezinho.

A imagem de um mergulhão lacustre na hora do cafezinho, quem sabe flanando em volta do bebedouro e passando cantadas em senhoritas mergulhões, provocou um som seco e crocitante em sua garganta. Em circunstâncias menos desagradáveis, aquele som poderia ser considerado um riso gutural. Isso acabou de dissipar o seu pânico, deixando-a ainda amedrontada, mas novamente no comando de seus pensamentos e ações. Deixava-lhe também um desagradável gosto metálico na boca.

Isso é adrenalina, boneca, ou que nome tenha a secreção glandular que o corpo descarrega quando se criam garras e se começa a subir pelas paredes. Se alguém um dia lhe perguntar o que é pânico, você poderá informar: um vazio emocional que deixa a gente com a sensação de estar chupando moedas.

Seus antebraços vibravam, e o formigamento de sensibilidade se espalhara pelos dedos também. Jessie abriu e fechou as mãos várias vezes, estremecendo ao fazê-lo. Ouvia o som fraco das correntes das algemas ao chocalharem contra os pilares da cama e tirou um tempinho para pensar se ela e Gerald teriam enlouquecido — era o que parecia agora, embora não duvidasse que milhares de pessoas em todo o mundo faziam jogos semelhantes todos os dias. Lera que havia até gente sexualmente livre que se pendurava em armários e se masturbava enquanto a circulação de sangue no cérebro se estancava lentamente. Tais notícias só serviam para aumentar sua crença de que os homens não eram abençoados com pênis mas amaldiçoados com eles.

Mas se *tinha sido* apenas um jogo (apenas isso e nada mais), por que Gerald sentira necessidade de comprar algemas de verdade? *Essa* era uma pergunta bem interessante, não era?

Talvez, mas creio que não é uma pergunta realmente importante no momento, não é, Jessie?, Ruth Neary perguntou dentro de sua cabeça. Era realmente surpreendente em quantas faixas a mente humana conseguia operar ao mesmo tempo. Em uma ela se descobria perguntando que fim levara Ruth, a quem vira fazia dez anos. E fazia pelo menos três que tivera notícias dela. A última comunicação fora um cartão-postal de um rapaz com um enfeitado traje de veludo vermelho com gola em babado. Tinha a boca aberta, e estirava a comprida língua sugestivamente. UM DIA MEU PRÍNCIPE CHUPARÁ, dizia o cartão. Humor da Nova Era, Jessie lembrou-se de ter pensado então. Os vitorianos tiveram Anthony Trollope, um cronista incomparável; a Geração Perdida teve um crítico mordaz em H. L. Menken; nós ficamos entalados com cartões de felicitações pornográficos e ditos espirituosos em para-choques do tipo SOU O DONO DA ESTRADA, SIM.

O cartão trazia um carimbo ilegível do Arizona e informava que Ruth entrara para uma comunidade lésbica. Jessie não se surpreendera muito com a notícia; chegara até a refletir que talvez a velha amiga, que era capaz de ser extremamente irritante e surpreendente, ansiosamente meiga (por vezes no mesmo fôlego), tinha enfim encontrado no grande tabuleiro da vida o furo destinado a encaixar o seu pino desconforme.

Pôs o cartão de Ruth na gaveta superior esquerda da escrivaninha, aquela em que guardava uma variedade de correspondências que provavelmente jamais responderia, e fora a última vez que pensara na antiga companheira de quarto até o momento — Ruth Neary, que cobiçava uma possante Harley-Davidson sem jamais ter conseguido dominar uma transmissão padrão, nem mesmo uma simplezinha como a do Ford Pinto de Jessie; Ruth, que muitas vezes se perdia no campus da Universidade de New Hampshire mesmo depois de passar três anos lá; Ruth, que sempre chorava quando se esquecia que estava cozinhando alguma coisa no fogareiro elétrico e estorricava tudo. Agia assim com tanta freqüência que era realmente um milagre que não tivesse incendiado o quarto das duas — ou até o dormitório inteiro. Estranho que a voz chega-de-papo, tão segura, pertencesse a Ruth.

O cachorro recomeçou a latir. Não parecia mais próximo, tampouco parecia mais afastado. Seu dono não andava caçando pássaros, isso era certo; nenhum caçador iria querer conversa com um cachorro tagarela. E se o bicho e o dono tinham saído para um simples passeio à tarde, por que os latidos partiam do mesmo lugar nos últimos minutos?

Porque você estava com a razão, sua mente sussurrou. *Não há nenhum dono.* A voz não era de Ruth, nem da Esposa Perfeita e tampouco era uma voz que pudesse considerar sua (qualquer que fosse); era muito jovem e muito assustada. E, como a de Ruth, era curiosamente familiar. *É só um cão vira-lata, que anda vagando por conta própria. Não vai ajudá-la, Jessie. Não vai nos ajudar.*

Mas isso talvez fosse uma avaliação muito pessimista. Afinal de contas, ela não *sabia* se era um cachorro vira-lata, sabia? Não com toda a certeza. E, até que descobrisse, recusava-se a acreditar na avaliação.

— Se não gostar, pode me processar — disse, a voz baixa e rouca.

E ainda havia o problema de Gerald. Em seu pânico e dor subsequente, ele quase saíra de seus pensamentos.

— Gerald? — Sua voz continuava poeirenta, como que ausente. Pigarreou e tentou mais uma vez. — Gerald!

Nada. Lhufas. Nenhuma resposta.

Mas isto não significa que esteja morto. Portanto, fique na sua — não vá se descabelar outra vez.

Estava na dela, muito bem obrigada, e não tinha a menor intenção de se descabelar outra vez. Ainda assim, sentia um desânimo profundo se avolumando em suas vísceras, uma sensação que lembrava uma enorme saudade de casa. A ausência de resposta de Gerald não significava que estivesse morto, verdade, mas significava que estava no mínimo inconsciente.

E provavelmente morto, acrescentou Ruth Neary. *Não quero estragar o seu desfile, Jess — verdade —, mas você está ouvindo ele respirar? Bem, em geral ouve-se as pessoas inconscientes respirarem; aspiram grandes bocados de ar aos roncos, falhados, não é mesmo?*

— Como é que eu vou saber, pô? — respondeu, mas era uma imbecilidade. Sabia sim, porque fora uma dedicada voluntária de enfermagem durante quase todo o curso secundário e não era preciso muito tempo para se ter uma boa ideia dos sons que um morto produzia: nenhum. Ruth sabia tudo a respeito do tempo que passara no hospital municipal de Portland — que Jessie por vezes denominava O Tempo da Comadre —, mas a voz teria sabido mesmo que Ruth não soubesse, porque essa não era a voz de *Ruth*; essa voz era *ela*. Precisava se lembrar sempre, porque curiosamente essa voz era o seu próprio eu.

Como as vozes que ouviu antes, murmurou a voz jovem. *As vozes que você ouviu depois do dia de escuridão.*

Mas não queria pensar nisso. *Jamais* queria pensar nisso. Já não tinha problemas suficientes?

Mas a voz de Ruth tinha razão; pessoas inconscientes — especialmente aquelas que perderam os sentidos em consequência de uma boa pancada na moleira — em geral roncavam *mesmo*. O que significava que...

— Ele provavelmente está morto — concluiu naquela voz poeirenta. — É isso aí.

Virou-se para a esquerda, mexendo-se com cuidado, consciente do músculo que entrara tão dolorosamente em cãibra na base do pescoço daquele lado. Não tinha ainda usado toda a extensão da corrente que prendia o pulso direito quando viu um braço rosado e gorducho e metade de uma mão — na realidade os dois dedos da ponta. Era a mão direita dele; sabia disso porque não havia aliança no anular. Dava para ver as meias-luas das unhas. Gerald sempre fora muito vaidoso com as mãos e as unhas. Nunca percebera a *extensão* dessa vaidade até o momento. Era engraçado como se via pouco, às vezes. Como se via pouco mesmo depois de pensar que se vira tudo.

Suponho que sim, mas vou lhe dizer uma coisa, queridinha: no momento pode baixar as persianas, porque não quero ver mais nada. Não, nem mais uma coisinha. Mas recusar-se a ver era um luxo que não podia se dar, pelo menos por ora.

Continuou a se mexer com exagerado cuidado e, protegendo o pescoço e o ombro, Jessie escorregou para a esquerda o máximo que a corrente permitiu. Não era muito — uns 8 centímetros, se tanto —, mas ampliou suficientemente o ângulo para poder ver parte do braço de Gerald, parte do ombro direito, e um pedacinho da cabeça. Não tinha certeza, mas achou que via também gotículas de sangue nas bordas do seu cabelo ralo. Supunha que era no mínimo tecnicamente possível que fosse imaginação. Esperava que sim.

— Gerald? — sussurrou. — Gerald, está me ouvindo? Por favor, diga que está.

Nenhuma resposta. Nenhum movimento. Sentia aquele profundo desânimo carregado de saudade avolumar-se sempre mais, como uma ferida aberta.

— Gerald? — sussurrou outra vez.

Por que está sussurrando? Ele está morto. O homem que uma vez lhe surpreendeu com uma viagem de fim de semana a Aruba — Aruba, imagine só — *e uma vez pendurou seus sapatos de crocodilo nas orelhas em uma festa de ano-novo... esse homem está morto. Então, para que está sussurrando, pô?*

— Gerald! — Desta vez gritou o nome dele. — Gerald, acorde.

O som da própria voz a gritar quase a mergulhou de novo em mais um interlúdio convulsivo de pânico, e o que assustava mais não era a incapacidade permanente de Gerald de se mexer ou responder, era a percepção de que o pânico continuava presente, continuava *ali*, incansável a sitiar sua mente consciente com a mesma paciência com que um predador cerca a fogueira de uma mulher que por alguma razão se afastou dos amigos e se perdeu no emaranhado escuro e profundo da mata.

Você não está perdida, disse a Esposa Perfeita, mas Jessie não confiava naquela voz. Sua segurança soava falsa, sua racionalidade era apenas um verniz. *Sabe exatamente onde está.*

Sabia, sim. Estava no fim de uma estradinha de terra, que saía de Bay Lane a uns 3 quilômetros ao sul dali. A estradinha parecia um corredor atapetado de folhas amarelas e vermelhas quando ela e Gerald passaram, e as folhas testemunharam silenciosas que o ramal que levava à margem da baía Notch, no Kashwakamak, fora muito pouco usado, ou até nem fora usado, nas três semanas em que as folhas tinham começado a se colorir e cair. Esta margem do lago era quase exclusivamente o domínio de veranistas e, pelo que Jessie sabia, a estradinha talvez não fosse usada desde o feriado do início de setembro. Eram 8 quilômetros que começavam no ramal, percorriam a Bay Lane e saíam na estrada 117, onde havia umas poucas casas habitadas o ano inteiro.

Estou aqui sozinha, meu marido jaz morto no chão, e eu algemada à cama. Posso gritar até ficar roxa e não vai adiantar nada; ninguém vai ouvir. O cara da motosserra é provavelmente quem está mais próximo, e isso são no mínimo uns 6 quilômetros de distância. Talvez até esteja na outra margem do lago. O cachorro provavelmente me ouviria, mas é quase certamente um vira-lata. Gerald está morto, o que é uma pena — nunca tive intenção de matá-lo, se é que fiz isso — mas pelo menos foi uma morte relativamente rápida para ele. Não será rápida para mim; se ninguém em Portland começar a se preocupar conosco, e não há nenhuma razão para que se preocupem, pelo menos por ora...

Não deveria estar pensando assim; trazia o pânico mais perto. Se não tirasse os pensamentos dessa rodeira, logo depararia com os olhos imbecis e aterrorizados do tal pânico. Não, absolutamente não deveria estar pensando assim. A merda era que, uma vez que se começava, era muito difícil parar.

Mas talvez seja o que você merece — a voz insolente e febril da Esposa Perfeita inesperadamente se fez ouvir. *Talvez seja. Porque você realmente o matou, Jessie. Deixe de se enganar, porque eu não vou deixar. Tenho certeza de que ele não andava em grande forma, e tenho certeza de que isso teria acontecido mais cedo ou mais tarde — um ataque cardíaco no escritório, ou talvez na pista do pedágio a caminho de casa numa noite dessas, ele com um cigarro na mão, tentando acendê-lo, e uma baita carreta na cola dele, buzinando para fazê-lo voltar logo à pista da direita e deixar a passagem livre. Mas você não podia esperar pelo mais cedo ou mais tarde, não é mesmo? Ah não, não você, não a filhinha querida de Tom Mahout. Não podia deixar ele dar aquela trepada, não é mesmo? A menina da* Cosmo girl, Jessie Burlingame, *diz: "Nenhum homem vai me acorrentar." Tinha de acertá-lo na barriga e no saco, não é? E tinha de fazer isso quando o termostato dele já passara muito da linha vermelha. Vamos cortar os enfeites, querida: você assassinou Gerald. Por isso talvez mereça estar aqui, algemada a essa cama. Talvez...*

— Mas que baboseira — falou. Foi um alívio inexprimível ouvir aquela outra voz — a de Ruth — sair de sua boca. Ela às vezes (bem... talvez *muitas* vezes seria mais próximo da verdade) odiava a voz da Esposa Perfeita; odiava e temia. Era com frequência tola e inconstante, reconhecia isso, mas era também tão *forte*, tão difícil de contrariar.

A Esposinha estava sempre pressurosa para lhe dizer que comprara o vestido errado, ou que escolhera o bufê errado para a festa de fim de verão que Gerald oferecia todo ano aos outros sócios da firma e suas mulheres (só que na verdade era Jessie quem oferecia; Gerald era apenas o cara que circulava e exclamava "que nada" e ganhava os elogios). Esposinha era a tal que sempre insistia que ela precisava perder uns 2 quilos ou mais. Aquela voz não lhe dava descanso nem quando suas costelas começavam a aparecer. *Esqueça as costelas!* gritava em tom de justificado horror. *Olhe só os seus seios, garota! E se eles não forem suficientes para fazê-la vomitar, olhe as suas coxas!*

— Mas que *baboseira* — disse, tentando ser ainda mais incisiva, mas agora percebeu um tremorzinho de nada na voz e isso não era tão bom. Não era nada bom. — Ele sabia que eu estava falando sério... ele *sabia*. Então de quem foi a culpa?

Mas será que isso era realmente verdade? De um lado era — vira quando ele decidiu rejeitar o que lia em seu rosto e ouvia em sua voz porque isso estragaria o jogo. Mas de outro lado — muito mais fundamental — ela sabia que isso não era nem um pingo verdade, porque Gerald praticamente não a levava a sério em nada, nos últimos dez ou 12 anos de sua vida em comum. Fizera quase uma segunda carreira de não ouvir o que ela dizia a não ser quando o assunto fosse comida ou o lugar em que deveria ir a tal hora em tal noite (não se esqueça, hein, Gerald!). As outras únicas exceções às Regras de Ouvido eram os comentários antipáticos que fazia sobre o peso dele ou o exagero na bebida. Ele ouvia o que tinha a dizer sobre esses assuntos e não gostava, mas os comentários eram descartáveis porque integravam uma ordem natural mítica: o peixe tem de nadar, o passarinho tem de voar, a mulher tem de chatear.

Então, exatamente o que esperava desse homem? Que dissesse "Sim, Querida, vou soltá-la agora mesmo, e, por falar nisso, obrigado por ampliar minha consciência".

É; suspeitava que uma parte ingênua sua, uma parte jovenzinha, intocada, de olhos orvalhados, tinha esperado exatamente isso.

A motosserra, que rosnara e cortara o ar de novo durante um bom tempo, de repente emudeceu. Cachorro, mergulhão e até o vento também emudeceram, ao menos temporariamente, e o silêncio pareceu tão denso e palpável quanto dez anos de poeira acumulada em uma casa vazia. Não ouvia nenhum carro nem motor de caminhão, nem mesmo muito distante. E agora a voz que falou pertencia apenas a ela: *Meu Deus*, disse. *Meu Deus, estou completamente sozinha aqui. Estou completamente só.*

Capítulo Três

JESSIE fechou os olhos com força. Há seis anos passara um inútil período de cinco meses fazendo psicoterapia, sem contar ao Gerald porque sabia que ele faria comentários sarcásticos... e provavelmente se preocuparia com as histórias que ela poderia estar contando. Declarara que seu problema era tensão, e Nora Callighan, a terapeuta, lhe ensinara uma técnica simples de relaxamento.

A maioria das pessoas associa o ato de contar até dez com o esforço de manter a calma, dissera Nora, *mas o que essa contagem realmente faz é nos dar uma chance de reajustar os nossos marcadores emocionais... e qualquer um que não precise de um reajuste, no mínimo uma vez por dia, provavelmente tem problemas bem mais sérios do que os seus ou os meus.*

Esta voz também era clara — suficientemente clara para produzir um sorrisinho melancólico em seu rosto.

Eu gostava de Nora. Gostava muito dela.

Será que ela, Jessie, sabia disso à época? Ficou um pouco admirada ao descobrir que não conseguia se lembrar disso com precisão, como também não conseguia se lembrar com precisão por que deixara de se consultar com Nora nas tardes de terça-feira. Imaginava que mil coisas — o Fundo Comunitário, o teto para os desabrigados da rua do Tribunal, talvez a campanha de fundos para a nova biblioteca — tivessem ocorrido todas ao mesmo tempo. "Essas coisas acontecem", outro dos dizeres insossos da Nova Era que passam por sabedoria. De qualquer modo fizera bem em suspender as consultas. Se não se impusesse um limite em algum ponto, a terapia iria continuar indefinidamente, até você e o terapeuta, trôpegos, partirem juntos para a grande sessão de terapia de grupo no paraíso.

Deixa isso pra lá — faça a sua contagem, começando pelos dedos dos pés. Faça exatamente como ela lhe ensinou.

E por que não?

Um é para os pés, são dez dedinhos, engraçadinhos, perfiladinhos.

Só que os oito estavam comicamente grudados uns nos outros e os dedões pareciam cabeças de martelos de bola.

Dois é para as pernas, um belo e longo par.

Bem, nem tão longo assim — afinal tinha apenas 1,70m de altura e cintura baixa —, mas Gerald dizia que as pernas ainda eram seu ponto forte, pelo menos no departamento de atração sexual. Sempre se divertira com essa afirmação que parecia perfeitamente sincera por parte do marido. Por alguma razão ele não reparara nos joelhos, que eram feios como nós de macieira, e nas coxas gorduchas.

Três é para o meu sexo, o que é certo não pode ser errado.

Meio engraçadinho — um pouco engraçadinho demais, alguns diriam —, mas não revelava muito. Ergueu um pouco a cabeça, como se quisesse olhar o objeto em questão, mas manteve os olhos fechados. Em todo o caso não precisava de olhos para vê-lo; vivia com aquele determinado acessório fazia muito tempo. O que havia entre os ossos dos quadris era um triângulo de pelos ruivos muito crespos que protegia uma fenda despretensiosa com a beleza estética de uma cicatriz mal sarada. Essa coisa — esse órgão que na verdade era pouco mais que uma prega funda de carne aninhada em uma trama de fibras musculares — lhe parecia uma improvável fonte de mitologia, sem dúvida possuía status mítico na mente coletiva masculina; era o vale encantado, não era? O redil onde até o mais selvagem dos unicórnios acabava preso?

— Nossa mãe, que baboseira — disse, sorrindo brevemente mas sem abrir os olhos.

Só que *não era* baboseira, não de todo. Aquela fenda era o objeto do desejo de todo homem — pelo menos dos heterossexuais —, mas era também com frequência objeto de seu inexplicável desdém, desconfiança e ódio. Não se percebia aquela raiva remoída em todas as piadas masculinas, mas estava presente em muitas, e bem visível por vezes, crua como uma ferida: *O que é uma mulher? Um sistema vivo de apoio para uma boceta.*

Pare com isso, Jessie, falou a Esposa Perfeita. Tinha a voz alterada e desgostosa. *Pare agora mesmo.*

Era uma ótima ideia, decidiu Jessie, e voltou os pensamentos para a contagem de Nora. Quatro era para os quadris (largos demais), e cinco para a barriga (muito gorda). Seis era para os seios, que *ela* achava seu ponto forte — Gerald, imaginava, ficava desapontado com o leve traço de veias azuis sob as curvas suaves; os seios das garotas encartadas nas revistas não mostravam essas marcas de tubulações internas. As garotas das revistas tampouco tinham pelinhos minúsculos crescendo nas aréolas.

Sete eram os seus ombros excessivamente largos, oito, o pescoço (que costumava ser bonito mas nos últimos anos decididamente lembrava o de uma galinha), nove era o seu queixo recuado, e dez...

Pode parar! Pode parar aí, pô!, a voz chega-de-papo interrompeu-a furiosa. *Que espécie de jogo idiota é esse?*

Jessie fechou os olhos com mais força, perplexa com o nível de raiva na voz e assustada com sua *autonomia*. Na raiva que expressava, a voz nem parecia saída da raiz central de sua mente, mas uma verdadeira intrometida — um espírito alienígena que quisesse possuí-la como o espírito de Pazuzu possuíra a garotinha em *O Exorcista*.

Não quer responder?, Ruth Neary — dublê de Pazuzu — perguntou. *Tudo bem, talvez a pergunta seja demasiado complicada. Vamos simplificar bem a coisa para você, Jess: quem transformou a ladainhazinha de rimas pobres que Nora Callighan inventou para relaxar em um mantra de ódio a si mesma?*

Ninguém, pensou humildemente em resposta e percebeu, no ato, que a voz chega-de-papo jamais aceitaria aquela resposta, portanto acrescentou: *A Esposa Perfeita. Foi ela.*

Não, não foi, não — a voz de Ruth retrucou rapidamente. Parecia desgostosa com aquele esforço capenga de transferir a culpa. *A Esposinha é meio burra e, no momento, está apavorada, mas no fundo é uma pessoa meiga, e suas intenções sempre foram boas. As intenções de quem reeditou a lista de Nora foram ativamente más, Jessie. Não está vendo? Não...*

— Não vejo *nada*, porque meus *olhos* estão fechados — respondeu numa voz trêmula de criança. Quase abriu-os, mas algo lhe disse que poderia piorar a situação ao invés de melhorá-la.

Quem foi, Jessie? Quem lhe ensinou que era feia e insignificante? Quem escolheu Gerald Burlingame para seu companheiro espiritual e Príncipe Encantado, provavelmente anos antes de você realmente encontrá-lo naquela festa do Partido Republicano? Quem decidiu que ele era não só o que você precisava mas exatamente o que merecia?

Com um esforço extraordinário, Jessie afastou aquela voz — *todas as vozes*, esperava fervorosamente — de sua mente. Recomeçou o mantra, desta vez em voz alta.

— Um são meus dedinhos, perfiladinhos, dois são minhas pernas, um belo e longo par, três é o meu sexo, o que Deus fez certo não pode ser errado, quatro são meus quadris, redondos e charmosos, cinco é minha barriga, onde armazeno o que como. — Não conseguia lembrar o resto dos versos (o que era provavelmente uma bênção; tinha uma forte suspeita de que Nora os inventara, provavelmente com ideia de publicá-los em uma das amenas e suspirosas revistas de autoajuda que deixava na mesinha de sua sala de espera), por isso continuou sem eles:

— Seis são meus seios, sete, meus ombros, oito, meu pescoço...

Parou para tomar fôlego e sentiu alívio em descobrir que os batimentos do seu coração tinham passado de um galope para um trote rápido.

— ... nove é meu queixo, e dez são meus olhos. Olhos, abram!

Passou das palavras à ação e o quarto explodiu em luminosa existência à sua volta, novo e — ao menos por ora — quase tão prazeroso quanto fora para ela quando o casal passara o seu primeiro verão na casa. Em 1979, um ano que já ressoara a ficção científica e agora parecia incrivelmente antiquado.

Jessie contemplou as paredes de lambris largos e cinzentos, o alto teto branco que refletia as cintilações do lago, e as duas grandes janelas, uma de cada lado da cama. A da esquerda se abria para oeste e descortinava uma vista do deque, da terra ondulada que se estendia além e do azul forte e comovente do lago. A da direita oferecia uma vista menos romântica — o caminho para carros e a imponente Mercedes cinzenta, que agora com oito anos começava a revelar os primeiros pontinhos de ferrugem no painel inferior das portas.

Diretamente à sua frente viu a borboleta de batique pendurada sobre a cômoda, e lembrou-se, com uma supersticiosa ausência de surpresa, de que fora presente de Ruth em seu décimo terceiro aniversário. De onde se encontrava não via a minúscula assinatura bordada com linha vermelha, mas sabia que estava lá: *Neary '83*. Mais um ano de ficção científica.

Não muito longe da borboleta (e destoando absurdamente, embora ela nunca tivesse reunido coragem suficiente para dizer isto ao marido), ficara o canecão de cerveja da fraternidade universitária de Gerald, pendurado em um gancho cromado. A Alpha Gamma Rho não era uma estrela muito brilhante no universo das fraternidades — os outros iniciados costumavam chamá-la de Alfa Gadanhô —, mas Gerald usava o distintivo com uma espécie de orgulho pervertido, guardava o canecão na parede e todo ano bebia nele a primeira cerveja do verão, quando vinham para o lago em junho. Era uma espécie de ritual que, por vezes, a fazia pensar, muito antes das festividades de hoje, se estaria de posse de suas faculdades mentais quando casara com Gerald.

Alguém deveria ter me impedido, pensou melancolicamente. *Alguém realmente deveria, porque veja só no que deu.*

Sobre a cadeira, do outro lado da porta do banheiro, via a elegante saia-calça e a blusa de mangas cavadas que usara naquele dia quente, atípico no outono; o sutiã ficara pendurado na maçaneta da porta. E, cruzando a colcha e suas pernas, havia uma faixa luminosa do sol da tarde que transformava os pelinhos macios das coxas em fios de ouro. Não era o quadrado de luz que o sol projetava à uma hora da tarde, tampouco o retângulo que se formava às duas horas; era uma faixa larga que logo encolheria para uma listra e, embora uma interrupção de energia tivesse alterado a leitura do rádio-relógio digital sobre a cômoda (ele piscava 12 horas sem parar, com a inexorabilidade de um letreiro de bar em néon), a faixa luminosa indicava que ia dar quatro horas. Dentro em pouco, a listra começaria a escorregar da cama e ela veria sombras nos cantos e sob a mesinha junto à parede. E quando a listra se transformasse em um fio, que primeiro deslizaria pelo chão e depois subiria a parede mais afastada, empalidecendo no caminho, as sombras começariam a se esgueirar dos cantos e a se assenhorar do quarto como manchas de tinta que engolissem a luz ao crescer. O sol inclinava-se para oeste; dentro de uma hora, hora e meia no máximo, ia se pôr; mais ou menos 45 minutos depois, estaria escuro.

Tal pensamento não lhe causou pânico — pelo menos por ora —, mas estendeu um véu de sombras sobre sua mente e uma atmosfera úmida de medo sobre seu coração. Viu-se deitada ali, presa com algemas à cama, com Gerald morto no chão ao seu lado; viu-os deitados ali no escuro muito depois que o homem da motosserra tivesse voltado para a mulher, os filhos e a casa bem iluminada e o cachorro tivesse ido embora e só restasse aquele maldito mergulhão lá fora no lago por companhia — só o pássaro e mais nada.

O sr. e sra. Gerald Burlingame passam uma última e longa noite juntos.

Ao contemplar o canecão de cerveja e a borboleta de batique, vizinhos improváveis que só podiam ser tolerados numa casa de temporada única como esta, Jessie pensou que era fácil refletir sobre o passado e igualmente fácil (embora bem menos agradável) sair imaginando possíveis versões do futuro. A tarefa realmente ingrata era, ao que parecia, permanecer no presente, mas achou melhor se esforçar o máximo para fazê-lo. Essa situação sórdida ia ficar ainda mais sórdida se não tentasse. Não podia confiar em um *deus ex machina* para tirá-la da encrenca em que se metera, uma *bad trip*, mas, se conseguisse resolver a coisa sozinha, haveria um prêmio: pouparia a si mesma o constrangimento de ficar ali quase pelada enquanto um delegado qualquer abria suas algemas, perguntava que diabo acontecera, e dava uma boa olhada no corpo branco da nova viúva, tudo ao mesmo tempo.

Havia ainda duas outras coisas ocorrendo ao mesmo tempo. Teria dado qualquer coisa para esquecê-las, ainda que temporariamente, mas não pôde. Precisava ir ao banheiro e sentia sede. No momento a necessidade de desaguar era mais forte do que a necessidade de se aguar, mas era a vontade de beber água que a preocupava. Ainda não era um problema sério, mas isso logo mudaria se não conseguisse se livrar das algemas e chegar a uma torneira. Mudaria de um jeito que nem queria pensar.

Teria graça se eu morresse de sede a 200 metros do nono maior lago do Maine, pensou, e sacudiu a cabeça. Não era o nono maior lago do Maine; onde é que andava com a cabeça? O nono era Dark Score, aquele aonde ela, os pais, o irmão e a irmã tinham ido tantos anos. Volte antes das vozes. Volte antes...

Interrompeu-se. Difícil. Fazia muito tempo que não pensava no lago Dark Score e não pretendia começar agora, com ou sem algemas. Era melhor pensar na sede.

Que há para pensar, boneca? É apenas uma reação psicossomática. Você sente sede porque sabe que não pode se levantar e apanhar água. Nada mais simples.

Mas não era. Tivera uma briga com o marido e os dois chutes rápidos que lhe mandara desencadearam uma reação em cadeia que finalmente resultara em morte. Ela própria estava sofrendo os efeitos de uma descarga hormonal. O termo técnico para isso era choque, e um dos sintomas mais comuns do choque era a sede. Deveria considerar-se uma mulher de sorte por sua boca não estar mais seca, pelo menos por ora, e...

E taí uma coisa em que eu talvez possa dar jeito.

Gerald era a quintessência do homem sistemático, e um dos seus hábitos era deixar um copo d'água do seu lado na prateleira sobre a cabeceira da cama. Virou a cabeça para cima e para a direita e lá estava um grande copo d'água com uma estrela de cubos de gelo à superfície. O copo com certeza estava sobre um descanso para não deixar marca na prateleira — assim era Gerald, tão cheio de consideração com os detalhezinhos. Gotículas de condensação porejavam no copo como suor.

Ao observá-las, Jessie sentiu a primeira pontada real de sede. Fez com que lambesse os lábios. Ela escorregou para a direita até onde a corrente da algema esquerda permitia. Eram apenas 15 centímetros, mas levou-a ao lado da cama de Gerald. O movimento também revelou várias manchas escuras do lado esquerdo da colcha. Contemplou-as distraída por algum tempo até que lembrou a maneira com que Gerald esvaziara a bexiga em sua última agonia. Então desviou rapidamente os olhos para o copo d'água, ali em cima no descanso redondo de cartão que provavelmente anunciava alguma marca de cerveja preferida pelos executivos, muito provavelmente Beck ou Heineken.

Esticou a mão para fora e para o alto, lentamente, desejando que a extensão de seu braço fosse suficiente. Não foi. As pontas de seus dedos pararam a uns 7 centímetros do copo. A pontada de sede — um ligeiro aperto na garganta, um ligeiro formigamento na língua — veio e se foi.

Se ninguém aparecer ou se eu não conseguir pensar num jeito de me libertar até amanhã de manhã, não suportarei sequer olhar para aquele copo.

A ideia trazia em si uma fria razoabilidade que aterrorizava em si e por si. Mas ela não estaria ali amanhã de manhã, essa era a questão. A ideia era totalmente absurda. Insensata. Uma piração. Nem valia a pena considerar. Era...

Pare, disse a voz chega-de-papo. *Simplesmente pare.* E ela obedeceu.

Precisava encarar que a ideia *não era* totalmente absurda. Recusava-se a aceitar ou sequer considerar a possibilidade de que poderia morrer ali — era uma piração, é claro —, mas talvez tivesse de enfrentar longas e desagradáveis horas se não espanasse as teias de aranha de sua velha máquina de pensar e a pusesse a funcionar.

Longas, desagradáveis... e talvez dolorosas, acrescentou nervosa a Esposa Perfeita. *Mas a dor seria um ato de penitência, não seria? Afinal, você provocou essa situação. Não quero ser cansativa, mas se você tivesse deixado ele dar aquela bimbadinha...*

— Você está sendo cansativa, Esposinha — interrompeu Jessie. Não se lembrava de ter algum dia falado em voz alta com alguma voz interior. Pensou se estaria ficando doida. Decidiu que não estava ligando a mínima, pelo menos por enquanto.

Jessie tornou a fechar os olhos.

Capítulo Quatro

DESTA vez não foi o próprio corpo que ela visualizou na escuridão sob as pálpebras cerradas, mas o quarto inteiro. Naturalmente ela ainda era a peça central, sem a menor dúvida — Jessie Mahout Burlingame, ainda não completara quarenta, ainda bastante elegante com seu metro e setenta e 57 quilos, olhos cinzentos, cabelos castanho-avermelhados (disfarçava os fios grisalhos que começaram a aparecer havia uns cinco anos com uma rinsagem luminosa e tinha quase certeza de que Gerald nunca percebera). Jessie Mahout Burlingame, que se metera nessa enrascada sem saber muito bem como ou por quê. Jessie Mahout Burlingame, agora presumivelmente viúva de Gerald, mãe de ninguém e presa a essa maldita cama por dois pares de algemas policiais.

Ela fez a parte imagética da mente fazer um close nas algemas. Um sulco de concentração surgiu entre seus olhos cerrados.

Quatro algemas ao todo, cada par separado por 15 centímetros de corrente de aço emborrachada, cada algema com o dizer "M-17" — um número de série, supunha — estampado no aço da chapa da fechadura. Lembrou-se de que Gerald dissera, quando o jogo ainda era novidade, que cada algema tinha um aro dentado que permitia ajustes. Também era possível encurtar as correntes até que as mãos do prisioneiro ficassem dolorosamente esmagadas, pulso contra pulso, mas Gerald lhe permitira a extensão máxima da corrente.

E por que não permitiria?, pensou agora. *Afinal de contas era apenas um jogo... certo, Gerald?* No entanto, a pergunta que fizera mais cedo tornou a lhe ocorrer, e mais uma vez se pôs a pensar se algum dia teria sido realmente apenas um jogo para Gerald.

Que é uma mulher?, uma outra voz — uma voz de óvni — sussurrou baixinho de um poço bem escuro dentro dela. *Um sistema vivo de apoio para uma boceta.*

Cai fora, pensou Jessie. *Cai fora, você não está ajudando nada.*

Mas a voz de óvni desprezou a ordem. Em vez disso, perguntou: *Por que uma mulher tem uma boca e uma boceta? Para poder urinar e gemer ao mesmo tempo. Mais alguma pergunta, mocinha?*

Não. Dada a qualidade perturbadoramente surreal das respostas, não faria mais perguntas. Jessie girou as mãos no interior das algemas. A pele esticada de seus punhos raspou no aço, fazendo-a estremecer, mas a dor era pequena e as mãos giraram com bastante facilidade. Gerald poderia ou não ter acreditado que a única finalidade de uma mulher era servir de sistema vivo de apoio para uma boceta, mas não apertara as algemas para machucar; ela teria reclamado na primeira vez, é claro (ou foi o que disse a si mesma, e nenhuma das vozes interiores foi suficientemente má para contradizê-la). Ainda assim, estavam demasiado justas para poder tirá-las sem abrir.

Estariam mesmo?

Jessie puxou-as para experimentar. As algemas escorregaram pulso acima enquanto as mãos desceram, mas as pulseiras de aço encravaram nos ossos e cartilagens das articulações no ponto em que os pulsos fazem a complexa e maravilhosa aliança com as mãos.

Puxou com mais força. Agora a dor era muito mais intensa.

Lembrou-se inesperadamente da vez que papai batera a porta da velha caminhonete na mão esquerda de Maddy, sem saber que ela estava descendo pelo lado do motorista para variar. Como ela berrara! Quebrara um osso — Jessie não conseguia lembrar qual —, mas se *lembrava* de que Maddy mostrava orgulhosamente o gesso ainda mole e dizia: "Também rompi o ligamento posterior." O comentário parecera engraçado a Jess e Will, porque todos sabiam que posterior era o nome científico de traseiro. Riram mais de surpresa que de desdém, mas mesmo assim Maddy saíra furiosa, uma nuvem tempestuosa no rosto, para contar à Mamãe.

Ligamento posterior, pensou, aplicando deliberadamente maior pressão apesar da dor crescente. *Ligamento posterior e radioulnar-qualquer-coisa. Não faz diferença. Se puder se livrar dessas algemas, é melhor fazer isso, boneca, e deixe os médicos se preocuparem em juntar seus cacos depois.*

Lentamente, firmemente, ela aumentou a pressão, desejando que as algemas descessem e saíssem. Se ao menos cedessem um *pouquinho* — 6 milímetros talvez desse, e 12 dariam com certeza — então venceriam a parte óssea mais volumosa e ela teria tecido mais elástico para trabalhar. Ou assim esperava. Havia ossos nos polegares, naturalmente, mas se preocuparia com eles quando, e se, chegasse a hora.

Puxou as algemas para baixo com mais força, os lábios se entreabriram e deixaram à mostra os dentes numa careta de dor e esforço. Os músculos nos braços saltaram em arcos rasos e brancos. O suor começou a porejar em sua testa, nas maçãs do rosto, até na ligeira depressão sob o nariz. Ela estirou a língua e lambeu esta umidade sem nem se dar conta.

A dor era muita, mas a dor não foi o que a fez parar. Foi a simples compreensão de que atingira a força máxima de seus músculos e não conseguira descer as algemas nem um tiquinho mais do que já tinham descido. Sua breve esperança de conseguir extrair as mãos das algemas oscilou e morreu.

Tem certeza de que puxou com todas as forças? Ou quem sabe está apenas se enganando um pouquinho porque a dor foi grande demais?

— Não — respondeu ainda sem abrir os olhos. — Puxei o máximo que pude. Verdade.

Mas a outra voz continuou, na realidade mais vislumbrável do que audível: algo semelhante a um ponto de interrogação em um desenho animado.

Havia sulcos profundos e brancos na pele dos pulsos de Jessie onde o aço mordera — sob a almofadinha do polegar, nas costas da mão e na renda delicada de veias azuis abaixo —, e os pulsos continuavam a latejar dolorosamente, embora ela tivesse aliviado a pressão das algemas erguendo as mãos até agarrar uma tabuinha da cabeceira da cama.

— Legal — exclamou, a voz trêmula e desigual. — A merda não pode ser maior!

Será que puxara com toda a força? Puxara *mesmo*?

Não importa, pensou, olhando para os reflexos luminosos no teto. *Não importa e vou lhe dizer por quê — se eu for capaz de puxar com mais força, o que aconteceu quando a porta bateu no pulso esquerdo de Maddy vai acontecer com os meus dois pulsos: os ossos vão se partir, os ligamentos posteriores vão romper como elásticos, e os sei-lá-o-quê do radioulnar vão se despedaçar como pombos de barro em uma galeria de tiro. A única alteração provável é que ao invés de ficar aqui acorrentada e sedenta, ficaria aqui acorrentada, sedenta e com dois pulsos fraturados. E, ainda por cima, inchados. Minha opinião é a seguinte: Gerald morreu antes mesmo de ter chance de me botar sela mas me fodeu para valer do mesmo jeito.*

Muito bem; que outras opções havia?

Nenhuma, a Esposa Perfeita falou no tom aquoso de uma mulher que está a uma lágrima do colapso.

Jessie esperou para ver se a outra voz — a de Ruth — emitiria uma opinião. Não emitiu. Pelo que sabia, Ruth andava pelo bebedouro do escritório com o resto dos mergulhões. Em todo caso, a abdicação de Ruth deixou a Jessie o encargo de se virar sozinha.

Então, tudo bem, se vire, pensou. *Que vai fazer com as algemas, agora que já se certificou de que é impossível simplesmente puxar as mãos? Que é que você pode fazer?*

Há duas algemas em cada conjunto — falou hesitante a voz jovem, aquela para a qual ainda não encontrara um nome. *Você tentou se livrar das algemas em que suas mãos estão presas e não conseguiu... mas e as outras? As que estão enganchadas nos pilares da cama? Já pensou nelas?*

Jessie empurrou a cabeça contra o travesseiro e arqueou o pescoço para poder ver a cabeceira e os pilares da cama. Mal registrou o fato de que os olhava de baixo para cima. A cama de casal não era das mais largas mas era bem maior do que uma cama de solteiro. Tinha um nome próprio — cama de viúva, talvez —, mas achava cada vez mais difícil guardar esses nomes à medida que envelhecia; não sabia se isso era bom senso ou senilidade progressiva. De qualquer forma, a cama em que se encontrava agora tinha o tamanho perfeito para trepar mas era um tanto pequena demais para os dois dormirem confortavelmente juntos uma noite inteira. Para ela e Gerald isso não fora inconveniente, porque nos últimos cinco anos dormiam em quartos separados, tanto aqui quanto na casa de Portland. A decisão fora sua e não do marido; cansara-se dos seus roncos, que pareciam piorar a cada ano. Nas raras ocasiões em que hospedavam alguém que ia passar a noite ali, ela e Gerald dormiam juntos — sem conforto — nesse quarto, mas de outro modo só usavam essa cama para transar. E os roncos não tinham sido a verdadeira razão por que ela se mudara; fora apenas a mais diplomática. A verdadeira razão fora olfativa. Jessie começara a detestar e depois a sentir verdadeira repugnância pelo cheiro do suor noturno do marido. Mesmo que ele tomasse banho pouco antes de deitar, o cheiro azedo de uísque começava a brotar de seus poros ali pelas duas da madrugada.

Até esse ano, o padrão fora fazer um sexo maquinal seguido de um cochilo (que para ela se tornara a parte mais gostosa da história toda), após o que ele tomava um banho e a deixava sozinha. Desde março, porém, houvera algumas mudanças. Os lenços e as algemas — particularmente as últimas — pareciam exaurir Gerald de uma maneira que o papai e mamãe jamais exaurira, e muitas vezes ele caía em sono profundo ao seu lado, ombro a ombro. Isso não a incomodava: a maioria desses encontros tinham sido matinês, e Gerald exalava um cheiro de suor normal em vez do cheiro de uísque aguado. Pensando bem, também não roncava muito.

Mas todas aquelas sessões — todas aquelas matinês com lenços e algemas — eram na casa de Portland, pensou. *Passamos a maior parte de julho e alguns dias de agosto aqui, mas as vezes que transamos — não foram muitas, mas transamos — foram do tipo papai-mamãe: Tarzan em cima, Jane embaixo. Nunca tínhamos feito jogos aqui até hoje. Por que seria?*

Provavelmente por causa das janelas, que eram demasiado altas e irregulares para receberem cortinas. Nunca tinham chegado a trocar o vidro transparente por vidraças espelhadas, embora Gerald continuasse a falar nisso até... bem...

Até hoje, terminou a Esposinha, e Jessie abençoou seu tato. *E você está certa — provavelmente foram as janelas, pelo menos o motivo principal. Ele não teria gostado se de uma hora para outra Fred Laglan ou Jamie Brooks parassem para perguntar se queria jogar nove buracos de golfe e o vissem dando uma tabacada na sra. Burlingame, que por acaso estava presa aos pilares da cama com um par de algemas de aço. Uma notícia dessas provavelmente se espalharia. Fred e Jamie são uns caras decentes, acho...*

Um casal de coroas nojentos, se quer saber minha opinião, interpôs Ruth com azedume.

... mas são apenas humanos, e uma história dessas seria boa demais para guardar. E tem mais uma coisa, Jessie...

Jessie não a deixou terminar. Não era um pensamento que quisesse ouvir expresso na voz agradável mas irremediavelmente afetada da Esposa Perfeita.

Era possível que Gerald nunca lhe tivesse pedido para jogar ali porque receara que algum brincalhão aparecesse pelo deque. Que brincalhão? *Bem,* pensou, *digamos que houvesse uma parte de Gerald que realmente não acreditava que uma mulher fosse apenas um sistema vivo de apoio para uma boceta... e que uma outra parte dele, que eu chamaria de "O lado bom de Gerald", à falta de um termo mais objetivo, soubesse disso. Essa parte poderia ter tido medo de que as coisas se descontrolassem. Afinal, não foi exatamente isso que aconteceu?*

Era uma ideia dura de se contra-argumentar. Se o acontecido não se enquadrasse na definição de descontrolado, Jessie não sabia o que mais se enquadraria.

Sentiu por instantes uma tristeza ansiosa e teve de refrear o impulso de se virar para olhar o lugar onde Gerald jazia. Não sabia se sentia ou não pesar pelo finado marido, mas sabia que se sentia, não era hora de tratar desse assunto. Ainda assim, era bom lembrar alguma coisa positiva do homem com quem passara tantos anos, e a maneira com que por vezes adormecera ao seu lado depois de terem relações era uma coisa boa. Não gostava dos lenços e passara a abominar as algemas, mas gostava de observá-lo adormecer; gostava da maneira com que as rugas se suavizavam em sua enorme cara rosada.

E, de certa forma, ele agora estava dormindo de novo ao seu lado... não estava?

A ideia lhe gelou até a pele das coxas, onde pousava o retalho minguante de sol. Ela afastou aquele pensamento — ou pelo menos tentou — e voltou a examinar a cabeceira da cama.

Os pilares estavam assentados pelos lados e deixavam seus braços abertos mas com algum conforto, particularmente com os 15 centímetros de folga que as correntes das algemas permitiam. Havia quatro tábuas horizontais entre os pilares. Eram igualmente de mogno com talhas em ondas simples mas agradáveis. Gerald certa vez sugerira mandar gravar as iniciais dos dois na tábua central — conhecia um homem em Tashmore Glen que teria prazer em vir fazer isso —, mas ela pusera terra na ideia. Parecia-lhe ao mesmo tempo pretensiosa e estranhamente infantil, como se fossem namoradinhos adolescentes gravando corações nas carteiras da sala de estudos.

A prateleira da cama estava presa acima da última tábua, suficientemente alta para garantir que alguém se sentando de repente não batesse a cabeça. Continha o copo d'água de Gerald, uns livros deixados no verão e, do seu lado, um punhado de cosméticos, também do verão anterior, e ela supunha que a essa altura tivessem ressecado. Uma grande pena — nada animava mais decididamente uma mulher algemada do que uma pincelada de blush Country Morning Rose. Todas as revistas femininas anunciavam isso.

Jessie ergueu as mãos bem devagar, esticando os braços para fora em um pequeno ângulo de modo que os punhos não se prendessem na parte inferior da prateleira. Manteve a cabeça curvada para trás, para ver o que acontecia na extremidade das correntes. As outras algemas estavam presas nos pilares entre a segunda e a terceira tábua. Ao erguer as mãos fechadas, parecendo uma mulher a se exercitar com uma barra de halteres invisíveis, as algemas deslizaram pelos pilares até a tábua de cima. Se conseguisse arrancar aquela tábua, e a outra além, poderia tirar as algemas pelas pontas dos pilares da cama com a maior simplicidade. *Voilà.*

Provavelmente bom demais para ser verdade, queridinha — fácil demais para ser verdade —, mas não custa nada tentar. Pelo menos é uma maneira de passar o tempo.

Ela enganchou as mãos em torno da tábua horizontal que barrava qualquer subida das algemas presas aos pilares. Inspirou profundamente, prendeu o ar, e puxou. Um puxão forte foi suficiente para demonstrar que aquele caminho também estava bloqueado; era o mesmo que tentar arrancar um vergalhão de aço de uma parede de concreto. Não conseguiu perceber nem um milímetro de flexão.

Poderia puxar essa merda dez anos e sequer abalá-la, quanto mais arrancá-la dos pilares, pensou, e deixou as mãos voltarem à posição sustentada pelas correntes folgadas, acima da cama. Deixou escapar um gritinho de desespero. Soou-lhe como o grasnido de um corvo sedento.

— Que vou fazer? — perguntou aos reflexos no teto e, finalmente, deu vazão às lágrimas de medo e desespero. — Que merda eu vou *fazer*?

Como se respondesse, o cachorro recomeçou a latir e desta vez estava tão próximo que o susto lhe arrancou um grito. Parecia, de fato, que estava bem diante da janela leste, na entrada de carros.

Capítulo Cinco

O cachorro não estava na entrada de carros; estava muito mais próximo. A sombra que se alongava pelo asfalto quase até o para-choque dianteiro da Mercedes indicava que se encontrava na varanda dos fundos. Aquela sombra longa e rasteira parecia pertencer a um cachorro torto e monstruoso de feira de horrores, e ela a odiou à primeira vista.

Não seja tão boba, ralhou consigo mesma. *A sombra só tem essa aparência porque o sol está se pondo. Agora abra a boca e faça algum barulho, mocinha — afinal não* tem *que ser um vira-lata.*

Era verdade; poderia haver um dono em cena em algum lugar, mas ela não alimentava muita esperança. Imaginava que o cachorro fora atraído para o *deque* traseiro pela lata de lixo telada logo à entrada da porta. Gerald por vezes chamara essa construçãozinha jeitosa, arrematada com telhas de cedro e dois trincos na tampa, de ímã para ratos. Desta vez atraíra um cachorro em vez de um rato, só isso — um vira-lata, muito provavelmente. Um mondrongo mal alimentado e sem sorte.

Mesmo assim precisava tentar.

— Eh! — gritou. — Eh! Tem alguém aí? Se tiver, preciso de ajuda! Tem alguém aí?

O cachorro parou de latir instantaneamente. Sua sombra aracnoide, distorcida, saltou, virou, começou a caminhar... e em seguida tornou a parar. Na viagem de Portland, ela e Gerald tinham comido sanduíches, as camadas cobertas de azeite e recheadas de salame e queijo, e a primeira coisa que fizera ao chegar fora recolher as sobras e embalagens e jogá-las na lata de lixo. O cheiro forte de azeite e carne fora o que provavelmente atraíra o cachorro, para começar, e sem dúvida o cheiro era o que o impedia de se embrenhar na mata ao som de sua voz. Aquele cheiro era mais poderoso do que os impulsos do seu coração ferino.

— *Socorro!* — Jessie berrou, e parte de sua mente tentou alertá-la que gritar era provavelmente um erro, que só servia para arranhar a garganta e aumentar a sede, mas aquela voz racional e prudente nunca teve a menor chance. Jessie captara o fedor do próprio medo, tão forte e compulsivo para ela quanto o cheiro dos restos de sanduíche para o cachorro, e isto a lançou imediatamente num estado em que não havia apenas pânico, mas uma espécie de insanidade temporária.

— *SOCORRO! ALGUÉM ME AJUDE! SOCORRO! SOCORRO! SOCOOOOOORRO!*

Enfim sua voz saiu. Ela virou a cabeça o máximo que pôde para a direita, os cabelos emplastrados nas faces e na testa, emaranhados e úmidos de suor, os olhos esbugalhados. O medo de ser encontrada acorrentada e nua, com o marido caído morto no chão ao seu lado, deixara de ser sequer um dado casual em seu pensamento. O novo acesso de pânico parecia um estranho eclipse mental — vedava a luz clara da razão e da esperança e lhe permitia entrever as piores possibilidades: inanição, loucura induzida por sede, convulsões, morte. Ela não era uma estrela de Hollywood e isso não era um filme de suspense rodado para a rede americana de TV a cabo. Não havia câmeras, nem refletores, nem diretor para gritar "corta". Isto *estava acontecendo* e, se não aparecesse ajuda, poderia muito bem continuar a acontecer até que ela cessasse de existir como forma de vida. Longe de se preocupar com as circunstâncias de sua detenção, chegara a um ponto em que teria dado as boas-vindas ao diretor e a toda a equipe de filmagem do programa de entrevistas pela TV, com lágrimas de gratidão.

Mas ninguém respondeu aos seus gritos desvairados — não havia vigia ali para verificar as casas à beira do lago, nenhum curioso das redondezas vagando com um cachorro (quem sabe à procura de descobrir qual dos vizinhos talvez cultivasse um pezinho de maconha entre os pinheiros rumorejantes), e certamente nenhum entrevistador de TV. Havia apenas aquela sombra longa e singularmente desagradável, que a fazia pensar em uma aranha canina esquisita equilibrando-se em quatro patas finas e febris. Jessie inspirou profundamente, estremecendo, e tentou recuperar o controle de sua mente inquieta. Sentia a garganta quente e seca, o nariz desconfortavelmente úmido e entupido de lágrimas.

E agora?

Não sabia. O desapontamento latejava em sua cabeça, grande demais por ora para permitir pensamentos construtivos. A única coisa de que tinha inteira certeza era que o cachorro não significava nada; ia apenas parar na varanda dos fundos por algum tempo e em seguida ir embora quando percebesse que aquilo que o atraíra era inatingível. Jessie deixou escapar uma exclamação em tom baixo e infeliz e fechou os olhos. As lágrimas brotaram sob seus cílios e lhe escorreram devagarinho pelas faces. No sol de fim de tarde, pareciam gotas de ouro.

E agora?, perguntou de novo. Lá fora o vento soprou em rajadas, fazendo os pinheiros rumorejarem e a porta solta bater. *E agora, Esposa Perfeita? E agora, Ruth? E agora, vocês todos, óvnis e parasitas? Uma de vocês — qualquer uma — tem alguma ideia? Estou com sede, preciso fazer xixi, meu marido está morto, e minha única companhia é um cachorro do mato cuja ideia de paraíso são os restos de um sanduíche com salame e três queijos. Não demora nada ele vai concluir que o cheiro é o mais próximo que vai chegar do paraíso, então vai se mandar. Então... e agora?*

Nenhuma resposta. Todas as vozes interiores tinham emudecido. Isso era ruim — pelo menos lhe faziam companhia —, mas o pânico também desaparecera, deixando apenas um gosto de metal pesado, e isso era bom.

Vou dormir um pouco, pensou, admirada de que realmente pudesse fazer isso se quisesse. *Vou dormir um pouco e quando acordar talvez tenha uma ideia. Na pior das hipóteses, posso fugir do medo por algum tempo.*

As ruguinhas de tensão nos cantos de seus olhos fechados e os dois vincos entre as sobrancelhas foram se suavizando. Sentiu que começava a vaguear. Deixou-se impelir para aquele refúgio das preocupações pessoais com alívio e gratidão. Desta vez, quando o vento voltou, suas rajadas pareciam estar longe, e o bate-bate incessante da porta ainda mais longe: *bam-bam, bam-bam, bam.*

Sua respiração, que ia se tornando mais profunda e lenta à medida que adormecia, repentinamente parou. Seus olhos se arregalaram. A única emoção que percebeu naquele primeiro momento de desorientação de quem acorda bruscamente foi uma espécie de irritação intrigada: quase *conseguira*, droga, então aquela maldita porta...

O que tem aquela maldita porta? O que tem?

Aquela maldita porta não terminara o duplo *bam* de sempre, esse era o problema. E, como se tal pensamento o materializasse, Jessie ouviu em seguida o clique-clique inconfundível das unhas de um cachorro no chão da entrada. O vira-lata entrara pela porta destrancada. Estava dentro de casa.

Sua reação foi imediata e inequívoca.

— *Fora daqui!* — gritou para o cachorro, inconsciente de que sua voz estressada tinha se transformado num vozeirão rouco.

— *Fora daqui, seu filho da puta! Está me ouvindo?* DÊ O FORA DA MI- NHA CASA!

Parou, respirando depressa, olhos muito abertos. Sua pele parecia estar entremeada de fios de cobre que conduziam eletricidade de baixa voltagem; as duas ou três camadas mais à superfície formigavam e fervilhavam. Tinha a ligeira sensação de que os pelinhos da nuca estavam em pé como as cerdas de um porco-espinho. A ideia de dormir fora riscada do mapa.

Ouviu o arranhar assustado das unhas do cachorro no piso da entrada... depois nada. *Devo tê-lo espantado. Provavelmente chispou-se porta afora de novo. Quero dizer, com certeza tem medo de gente e casas, por ser vira-lata.*

Não sei, boneca, disse a voz de Ruth. Parecia em dúvida, o que não era normal. *Não vejo a sombra dele na entrada da garagem.*

Claro que não. Provavelmente saiu pelo outro lado da casa e voltou para a mata. Ou desceu para o lago. Morto de medo numa carreira desenfreada. Não faz sentido?

A voz de Ruth não respondeu. Nem a da Esposinha, embora numa altura dessas Jessie teria gostado de ouvir qualquer das duas.

— Espantei *realmente* o cachorro — falou. — Tenho certeza que sim.

Mas ainda assim imobilizou-se, apurando o ouvido ao máximo, sem distinguir nada a não ser o surdo tum-tum do sangue nos ouvidos. Pelo menos, até ali.

Capítulo Seis

ELA não o espantara.

O cachorro tinha medo de gente e casas, Jessie acertara, mas subestimara sua condição de desespero. Seu nome antigo — Príncipe — era espantosamente irônico agora. Deparara com uma quantidade de latas de lixo iguais às dos Burlingame no seu longo circuito de fome pelo lago Kashwakamak neste outono, e rapidamente se desinteressara pelo cheiro de salame, queijo e azeite que a lata exalava. O aroma era torturante, mas a amarga experiência ensinara ao ex-Príncipe que a fonte que o produzia estava fora do seu alcance.

Havia outros cheiros, porém; o cachorro sentia uma baforada cada vez que o vento escancarava a porta dos fundos. Os cheiros eram mais fracos do que os que vinham da lata e sua fonte situava-se dentro da casa, mas eram bons demais para serem desprezados. O cachorro sabia que provavelmente seria escorraçado pelos donos esbravejantes que perseguiam e chutavam com pés estranhos e duros, mas os cheiros eram mais fortes do que o seu medo. Uma coisa poderia ter detido sua terrível fome, mas ele ainda não conhecia armas. Isso iria mudar se vivesse até a temporada de caça aos veados, mas ainda faltavam duas semanas e os donos esbravejantes com seus dolorosos pés duros eram a pior coisa que poderia imaginar até o momento.

Esgueirou-se pela porta quando o vento a abriu e ensaiou um trote pela entrada... mas não foi muito longe. Preparou-se para bater rapidamente em retirada assim que houvesse uma ameaça de perigo.

Seus ouvidos lhe informaram que a habitante da casa era uma dona, que estava muito consciente da presença do cachorro porque gritara com ele, mas o que o vira-lata ouvira na voz alterada da dona fora medo e não raiva. Após o estremecimento inicial de susto, o cachorro resistiu. Esperou que outro dono reforçasse os gritos da dona ou viesse correndo, mas, como isso não aconteceu, o cachorro esticou o pescoço para a frente e farejou o ar ligeiramente abafado da casa.

Primeiro virou-se para a direita, em direção à cozinha. Era dali que vinham as baforadas de aromas que se dispersavam pela porta solta. Os cheiros eram secos, mas agradáveis: manteiga de amendoim, bolachas, passas, cereal (este vinha de uma caixa em um dos armários — um rato faminto roera um buraco no fundo da caixa).

O cachorro deu um passo naquela direção, então virou a cabeça para se certificar de que nenhum dono se aproximava sorrateiro — geralmente os donos gritavam, mas também sabiam ser ardilosos. Não havia ninguém no corredor que saía para a esquerda, mas o cachorro farejou um odor muito mais forte vindo dali, um odor que deu cãibras no estômago de tanta saudade.

O cachorro espiou o corredor, os olhos cintilando numa louca mistura de medo e desejo, focinho enrugado para trás como um tapetinho amarfanhado, o longo lábio superior subindo e descendo em um esgar nervoso e espasmódico que deixava seus dentes à mostra em lampejos brancos. A ansiedade fez esguichar um fluxo de urina que tamborilou pelo chão, marcando o corredor da frente — e, com isso, toda a casa — como seu território. O ruído foi muito discreto e breve até para os ouvidos apurados de Jessie.

O que o cachorro farejou foi sangue. O cheiro era ao mesmo tempo forte e errado. No final, sua extrema fome desequilibrou a balança; precisava comer logo ou morrer. O ex-Príncipe começou a caminhar devagar pelo corredor em direção ao quarto. O cheiro se tornou mais forte à medida que ele foi avançando. Era sangue, sim, senhor, mas era o sangue errado. Era sangue de dono. Ainda assim, aquele cheiro, pujante e arrebatador, penetrara seu pequeno e desesperado cérebro. O cachorro continuou a andar e, quando se aproximou da porta do quarto, desatou a rosnar.

Capítulo Sete

JESSIE ouviu o clique-clique das unhas do cachorro e percebeu que ele continuava de fato dentro de casa e caminhava em sua direção. Começou a gritar. Sabia que provavelmente era a pior coisa que alguém podia fazer — contrariava todos os conselhos que até ali ouvira de jamais revelar a um animal potencialmente perigoso que sentia medo —, mas não conseguiu se conter. Tinha uma ideia muito clara do que estava atraindo o vira-lata para o quarto.

Encolheu as pernas usando, ao mesmo tempo, as algemas para se puxar contra a cabeceira. Durante esse tempo, seus olhos não se desviaram da porta do corredor. Agora ouvia o cachorro rosnar. O som fez seus intestinos se sentirem soltos, quentes e líquidos.

O cachorro parou à porta. Ali as sombras já tinham começado a cair e para Jessie o bicho era apenas uma forma vaga próxima ao chão — não era grande, nem um *poodle* miniatura, tampouco um *chihuahua*. Duas meias-luas amarelo-alaranjadas que refletiam o sol marcavam seus olhos.

— Passa fora! — Jessie berrou. — Passa fora! Fora daqui. Você... você não é bem-vindo aqui! — Que frase mais ridícula... mas, nas circunstâncias, o que não era? *Daqui a pouco estarei pedindo a ele que apanhe as chaves em cima da cômoda para mim*, pensou.

Havia um movimento que vinha da parte traseira da forma sombria à porta: ele começara a abanar o rabo. Em um romance sentimental para mocinhas, o gesto provavelmente significaria que o vira-lata confundira a voz da mulher na cama com a voz de alguma dona que amara e perdera há muito tempo. Jessie não tinha ilusões. Cachorros não abanavam o rabo apenas quando estavam contentes; eles — como os gatos — também o abanavam quando estavam indecisos, quando tentavam avaliar a situação. O cachorro mal se encolhera ao som de sua voz, mas também não confiava na penumbra do quarto. Pelo menos, por enquanto.

O ex-Príncipe ainda não travara conhecimento com as armas, mas aprendera muitas outras lições espinhosas nas seis semanas ou pouco mais desde o último dia de agosto. Nessa data, o sr. Charles Sutlin, um advogado de Braintree, Massachusetts, abandonara-o na mata para morrer em vez de levá-lo de volta para casa e pagar os setenta dólares do imposto municipal-estadual sobre cães. Setenta dólares por um canino de araque era uma grana muito alta na opinião de Charles Sutlin. Um pouco alta *demais*. Comprara um barco a motor para seu uso ainda em junho, verdade que fora uma compra de cinco algarismos, e só podia concluir que o governo andava maluco quando comparava o custo do barco e o imposto sobre cachorros — claro que podia, *qualquer um* podia, mas a questão não era bem essa. A questão é que o barco fora uma compra *planejada*. Uma aquisição que passara dois anos ou mais na prancheta do velho Sutlin. Já o cachorro fora uma compra impulsiva numa barraca de hortaliças de beira de estrada em Harlow. Jamais o teria comprado se sua filha não estivesse junto e não se apaixonasse pelo filhote.

— Aquele, papai! — dissera apontando. — Aquele com a mancha branca no focinho, aquele que está de pé sozinho como um príncipe. — Então comprara o cachorrinho para ela — ninguém podia dizer que não sabia fazer a filhinha feliz —, mas setenta paus (talvez até cem se Príncipe fosse enquadrado na Classe B, cães de grande porte) era uma grana muito alta por um vira-lata que viera sem nem um atestadozinho. Grana demais, decidira o sr. Charles Sutlin quando se aproximou a hora de fechar o chalé no lago até o ano seguinte. Levá-lo de volta a Braintree no banco traseiro do Saab também seria uma aporrinhação — ia largar pelo no carro, talvez até vomitasse ou fizesse cocô no tapete. Sutlin poderia comprar uma casinha para transporte, mas aquelas belezas custavam mais de trinta dólares. De todo modo um cachorro como Príncipe não seria feliz em um canil. Seria muito mais feliz em liberdade, tendo toda a mata por reino. É, Sutlin dissera a si mesmo naquele último dia de agosto ao estacionar num trecho deserto de Bay Lane e em seguida convencer o cachorro a descer do banco traseiro. O velho Príncipe tinha o coração de um vagabundo feliz — era só dar uma boa olhada nele para perceber isso. Sutlin não era nada burro e parte dele sabia que aquilo era uma baboseira conveniente, mas a outra parte também se animara com a *ideia* da coisa, e, quando embarcou no carro e se foi, deixando Príncipe na beira da estrada a segui-lo com o olhar, ia assoviando o tema de *A História de Elza*, a leoazinha, que entrecortava aqui e ali com um trecho da letra: "Naaasci liiivre... para seguir o meu *coraçããáooo*!" Sutlin dormiu bem aquela noite, sem sequer pensar no Príncipe (em breve, ex-Príncipe), o qual passara a noite enroscado sob uma árvore caída, tremendo de frio, insone e faminto, ganindo de medo cada vez que uma coruja piava ou um animal se mexia na mata.

Agora, o cachorro que Charles Sutlin abandonara ao tema de *A História de Elza* achava-se parado à porta da suíte da casa de verão dos Burlingames (o chalé dos Sutlin era no extremo do lago e as duas famílias não se conheciam, embora tivessem trocado informais acenos de cabeça no cais da cidadezinha nos últimos três ou quatro verões). Príncipe trazia a cabeça baixa, os olhos bem abertos e os pelos eriçados. Não tinha consciência do seu rosnido contínuo; concentrava toda a sua atenção no quarto. Compreendia de forma profunda e instintiva que o cheiro de sangue breve venceria qualquer cautela. Antes que isso acontecesse, precisava se certificar o melhor que pudesse de que aquilo não era uma armadilha. Não queria ser apanhado pelos donos de pés duros e dolorosos ou pelos outros que arremessavam os torrões de terra que apanhavam.

— Passa fora! — Jessie tentou gritar, mas a voz saiu fraca e trêmula. Não ia fazer o cachorro ir embora com gritos; o filho da mãe pressentira de alguma maneira que ela não podia se levantar da cama para machucá-lo.

Isso não pode estar acontecendo, pensou. *Como poderia, se há apenas três horas eu estava sentada do lado direito da Mercedes, com o cinto passado, escutando os Rainmakers no toca-fitas enquanto anotava mentalmente que precisava ver o que estava passando nos cinemas próximos, caso decidíssemos passar a noite no lago? Como pode meu marido estar morto se estávamos cantando juntos com Bob Walkenhorst?* "Mais um verão", cantamos, "mais *uma chance, mais uma tentativa de romance." Nós dois sabemos a letra completa, porque é uma grande canção, e sendo assim, como é possível Gerald estar morto? Como é possível as coisas terem mudado tanto? Desculpe, pessoal, mas isso tem de ser um sonho. É absurdo demais para ser realidade.*

O vira-lata começou a entrar lentamente no quarto, as pernas contraídas de cautela, o rabo caído, os olhos abertos e negros, o focinho arreganhado revelando todo o complemento dentário. Nada sabia de conceitos que definem o absurdo.

O ex-Príncipe, com quem Catherine Sutlin, de 8 anos, em tempos brincara alegremente (pelo menos até ganhar de aniversário uma boneca caipira chamada Marnie e temporariamente perder o interesse nele), era parte labrador e parte *collie*... um mestiço, mas estava muito longe de ser um vira-lata. Quando Sutlin o abandonara em Bay Lane no final de agosto, ele pesava uns 36 quilos e tinha o pelo macio e brilhante, uma mistura até bonita de castanho e negro (com a franja branca característica dos collies no peito e na garganta). Agora mal alcançava 18 quilos, e se alguém passasse a mão por seus flancos, sentiria cada costela esticada, para não falar na pulsação rápida e febril de seu coração. Uma das orelhas tinha um corte feio. A pelagem estava sem brilho, enlameada e cheia de bardanas. Uma cicatriz rosa quase fechada, lembrança de uma corrida por baixo de uma cerca de arame farpado, ziguezagueava por uma anca, e umas cerdas de porco-espinho projetavam-se do seu focinho como bigodes tortos. Encontrara o bicho morto debaixo de um tronco havia uns dez dias, mas desistira depois de encher o focinho de espinhos. Sentira fome então, mas não desespero.

Agora sentia os dois. Sua última refeição fora uns restos cheios de larvas que extraíra de um saco de lixo em uma vala que corria paralela à estrada 117, e isso fora dois dias antes. O cachorro, que aprendera rápido a trazer para Catherine Sutlin a bola vermelha que ela atirava pelo piso da sala de estar ou do corredor, literalmente mal se aguentava em pé de inanição.

É, mas ali — bem ali, no chão, *à vista,* havia quilos e quilos de carne fresca, gordura e ossos cheios de tutano. Parecia uma dádiva do deus dos vira-latas.

O antigo queridinho de Catherine Sutlin continuou a avançar para o corpo de Gerald Burlingame.

Capítulo Oito

ISTO não vai acontecer, Jessie disse a si mesma. *Nem pensar, por isso relaxe.*

Ela continuou a repetir isso até o momento em que a parte de cima do vira-lata desapareceu do seu ângulo de visão junto ao lado esquerdo da cama. Seu rabo começou a abanar mais depressa que nunca, e ela ouviu um som que reconheceu — o som de um cachorro bebendo água de uma poça em um dia quente de verão. Só que não era *exatamente* igual. Esse som era mais áspero, não era tanto o som de um cão que sorve, mas que *lambe*. Jessie observou o rabo que abanava rápido e sua imaginação imediatamente lhe mostrou o que o ângulo da cama ocultava de seus olhos. Esse vira-lata sem eira nem beira com o pelo emaranhado de bardanas e os olhos cansados e desconfiados estava lambendo o sangue dos cabelos ralos de seu marido.

— NÃO! — Ergueu as nádegas da cama e girou as pernas para a esquerda. — *SE AFASTE DELE! SE AFASTE JÁ!* — Impeliu-as com força e um dos calcanhares passou de raspão pelos nós da espinha dorsal do cachorro.

Ele recuou instantaneamente e ergueu o focinho, os olhos tão arregalados que mostravam delicados círculos brancos. Os dentes se arreganharam e na luz falecente da tarde os fios de saliva muito tênues que se estendiam dos incisivos superiores aos inferiores lembravam fios de ouro. Ele avançou para o seu pé nu. Jessie puxou-o de volta com um grito, sentindo a umidade quente da respiração do cachorro em sua pele, mas salvando os dedos dos pés. Enroscou novamente as pernas sob o corpo sem perceber o que fazia, sem ouvir os gritos de indignação dos músculos nos ombros distendidos, sem sentir as juntas girarem relutantes nos berços ósseos.

O cachorro fitou-a mais um instante, continuando a rosnar, ameaçando-a com os olhos. *Vamos fazer um acordo, madame,* diziam os olhos. *Você cuida do que é seu e eu cuido do que é meu. Esse é o acordo. Tá bom assim? É melhor que esteja, porque, se você atravessar o meu caminho, vou te ferrar. Além do mais, ele está morto — a madame sabe disso tão bem quanto eu, e por que desperdiçá-lo se estou faminto? Você faria o mesmo. Duvido que compreenda isso agora, mas talvez acabe pensando como eu, e mais cedo do que imagina.*

— *FORA!* — gritou. Então sentou-se nos calcanhares com os braços esticados um para cada lado, parecendo mais que nunca a heroína de *King Kong* deitada no altar de sacrifícios.

Sua postura — a cabeça erguida, o peito estufado para fora, os ombros tão jogados para trás que empalideceram nas extremidades de tanto esforço, profundos triângulos de sombra na base do pescoço — era a de uma *pinup* extraordinariamente gostosa numa revista masculina. Faltava, porém, o beicinho obrigatório sensualmente convidativo; a expressão em seu rosto era a de uma mulher muito próxima à fronteira entre o país dos sãos e o dos loucos.

— *FORA DAQUI!*

O cachorro continuou a fitá-la e a rosnar por um momento. Então, quando aparentemente se certificara de que o pontapé não se repetiria, desinteressou-se dela e baixou de novo a cabeça. Não houve sorvida nem lambida desta vez. Em vez disso, Jessie ouviu um estalo alto. Lembrou-lhe os beijos entusiasmados que seu irmão Will costumava sapecar na bochecha da vó Joan quando a visitavam.

O rosnado continuou durante alguns segundos, mas agora estranhamente abafado, como se alguém tivesse enfiado uma fronha na cabeça do vira-lata. De sua nova posição sentada, em que os cabelos quase tocavam o fundo da prateleira acima, Jessie conseguia ver um dos pés gorduchos de Gerald e, também, a mão e o braço direitos. O pé balançava para a frente e para trás, como se Gerald estivesse acompanhando um suingue daqueles — o *One More Summer* dos Rainmakers, por exemplo.

Do seu novo ponto de observação, podia ver melhor o cachorro; seu corpo agora achava-se visível até a raiz do pescoço. Teria podido ver a cabeça, também, se estivesse levantada. Não estava. O vira-lata tinha a cabeça baixa e as pernas traseiras bem fincadas no chão. De repente ouviu um som grave de dilaceração — um som *repulsivo,* como se alguém muito gripado tentasse pigarrear. Ela gemeu.

— Pare... ah, por favor, será que não pode parar?

O cachorro não lhe deu atenção. Houve tempo em que se sentava à espera de sobras da mesa, os olhos parecendo rir, a boca aberta simulando um sorriso, mas esse tempo, como o seu antigo nome, já acabara há muito e seria difícil reencontrá-lo. Isto agora era o presente e as coisas eram o que eram. A sobrevivência não era uma questão de polidez ou justificativa. Fazia dois dias que não comia, havia comida aqui, e, embora houvesse um dono aqui que não queria deixá-lo comer (o tempo em que os donos riam, lhe davam tapinhas na cabeça, chamavam-no de BOM CACHORRO e lhe atiravam sobras de comida pelo seu pequeno repertório de gracinhas fora-se), os pés desse dono eram pequenos e macios ao invés de duros e dolorosos, e sua voz indicava que estava impotente.

Os rosnados do ex-Príncipe se transformaram em arquejos abafados devido ao esforço e, enquanto Jessie observava, o resto do corpo de Gerald começou a balançar ao ritmo do pé, primeiro um simples balanço de um lado para o outro e em seguida começou mesmo a deslizar, como se ele tivesse se lançado de corpo e alma à dança, estivesse morto ou não.

Arrasa, Gerald Pé de Valsa! Jessie pensou alucinada. Esqueça a dança da galinha e o *shag* — dance a do cachorro!

O vira-lata não poderia tê-lo arrastado se o tapete ainda estivesse no chão, mas Jessie mandara encerar o chão uma semana depois do feriado do início de setembro. Bill Dunn, o vigia, abrira a porta para os homens da firma de faxina e eles tinham feito um ótimo trabalho. E, querendo que a madame apreciasse devidamente o trabalho da próxima vez que viesse, deixaram o tapete do quarto enrolado no armário da entrada, e, uma vez que o vira-lata começou a puxar Gerald Pé de Valsa pelo chão lustroso, ele deslizava quase com a mesma vontade de John Travolta nos *Embalos de Sábado à Noite.* O único problema do cachorro era manter a força de tração. Suas unhas longas e sujas ajudavam a tarefa, cravando e inscrevendo marcas curtas e denteadas na cera macia, à medida que recuava com os dentes enterrados até as gengivas no braço flácido de Gerald.

Eu não estou vendo isso, sabe? Nada disso está realmente acontecendo. Ainda agorinha estávamos escutando os Rainmakers, e Gerald reduziu o volume tempo suficiente para me falar que andava pensando em dar uma chegada em Orono para o jogo de futebol de sábado. Universidade de Massachusetts contra Universidade de Boston. Lembro-me de vê-lo coçar o lóbulo da orelha direita enquanto falava. Então como pode estar morto com um cachorro arrastando-o pelo braço quarto afora?

O bico de viúva de Gerald estava desalinhado — provavelmente porque o cachorro lambera o sangue que havia ali —, mas os óculos continuavam firmes no lugar. Jessie via seus olhos, semiabertos e vidrados nas órbitas inchadas, espiando fixamente as ondulações agora desmaiadas que o sol produzia no teto. O rosto de Gerald ainda era uma máscara de feias manchas vermelhas e roxas, como se nem a morte tivesse podido aplacar a raiva que sentira por sua repentina e caprichosa (será que ele a entendera como um capricho? Claro que sim) mudança de ideia.

— Largue-o — ela ordenou ao cachorro, mas sua voz agora soava humilde, triste e débil. O cachorro mal mexeu as orelhas àquela voz e sequer parou. Continuou a puxar a coisa com o bico de viúva em desalinho e o rosto manchado. A coisa já não parecia o Gerald Pé de Valsa — nem um pouquinho. Agora era apenas o Gerald Defunto, deslizando pelo chão do quarto, com os dentes de um cachorro enterrados em seu bíceps flácido.

Uma aba de pele dilacerada cobria o focinho do cachorro. Jessie tentou dizer a si mesma que aquilo parecia papel de parede, mas papel de parede não vinha — que ela soubesse — com sinais e marcas de vacina. Agora já podia ver a barriga carnuda e rosada de Gerald, marcada apenas pelo umbigo, um furinho de bala de pequeno calibre. O pênis mole balançava em um ninho de pelos púbicos negros. As nádegas roçavam suavemente pelas tábuas de madeira de lei com espantosa ausência de atrito.

Bruscamente a atmosfera sufocante de terror foi cortada por um raio de cólera tão vívido que pareceu uma tempestade magnética em sua cabeça. Jessie foi além na aceitação dessa nova emoção; considerou-a bem-vinda. A fúria poderia não ajudá-la a sair desse pesadelo, mas sentiu que poderia servir de antídoto contra sua impressão de chocante e crescente irrealidade.

— Seu filho da puta — xingou em voz baixa e trêmula. — Seu *filho da puta* traiçoeiro e covarde.

Embora não conseguisse alcançar nada na prateleira da cama do lado do Gerald, Jessie descobriu que, se girasse o pulso esquerdo dentro da algema de modo a apontar a mão por sobre o ombro, ela podia caminhar com os dedos por um pequeno trecho do seu lado da prateleira. Não conseguia virar a cabeça o suficiente para ver as coisas que tocava — estavam um pouco além do ponto difuso que as pessoas chamam de canto do olho —, mas isso realmente não importava. Tinha uma boa ideia do que havia ali em cima. Apalpou para a frente e para trás, correu as pontas dos dedos levemente sobre tubos de cosméticos, empurrando uns para o fundo da prateleira e derrubando outros para fora. Alguns desses últimos caíram na colcha; outros bateram na cama ou em sua coxa esquerda e foram parar no chão. Nenhum deles sequer parecia com o tipo de coisa que procurava. Seus dedos agarraram um pote de creme facial e, por um momento, ela se permitiu pensar que serviria, mas era apenas um pote de amostra, pequeno e leve demais para machucar o cachorro, mesmo que fosse feito de vidro e não de plástico. Largou-o de volta na prateleira e retomou a busca cega.

Na extensão máxima, seus dedos exploradores encontraram a borda redonda de um objeto de vidro que até ali era a maior coisa que tocara. Por um momento não conseguiu identificá-lo, mas em seguida lembrou. O canecão pendurado na parede era apenas uma lembrança dos tempos da Alpha Gamma Rho; estava tocando em outra. Era um cinzeiro, e a única razão de não reconhecê-lo prontamente é que pertencia ao lado de Gerald da prateleira, ao lado do copo d'água com gelo. Alguém, possivelmente a sra. Dahl, a faxineira, possivelmente o próprio Gerald, mudara-o para o seu lado da cama, talvez na hora em que espanava a prateleira, ou talvez para abrir espaço para outra coisa qualquer. A razão não importava. Estava ali, e no momento era o que interessava.

Jessie fechou os dedos na borda redonda, sentindo dois sulcos no objeto — os encaixes para apoiar cigarros. Agarrou com força o cinzeiro, recuou a mão o máximo que pôde, e em seguida lançou para a frente. Estava com sorte e virou o pulso no instante em que a corrente da algema deu um esticão, como um arremessador de beisebol da primeira divisão ao interromper uma curva. Agiu por puro impulso, procurou o míssil, encontrou-o e arremessou-o sem se dar tempo para fracassar no arremesso, refletindo sobre a probabilidade mínima de uma mulher, que na universidade recebera nota D em manejo de arco nos dois anos de educação física obrigatória, atingir um cachorro com um cinzeiro, principalmente porque o bicho se encontrava a quase 5,5 metros de distância e a mão que fazia o arremesso por acaso estava algemada ao pilar da cama.

Contudo, ela *atingiu* o alvo. O cinzeiro deu uma cambalhota no ar, revelando brevemente o lema da Alpha Gamma Rho. Não conseguiu lê-lo de onde se achava e nem precisava; as palavras em latim para serviço, crescimento e coragem circunscreviam uma tocha. O cinzeiro começou a dar nova cambalhota, mas colidiu com os ombros ossudos e tensos do cachorro antes de poder completar o giro.

O vira-lata deu um ganido de surpresa e dor e Jessie sentiu um instante de violento e primitivo triunfo. Sua boca se abriu de um canto a outro numa expressão que tinha sabor de sorriso, mas parecia um berro. Jessie uivou delirantemente ao mesmo tempo que arqueava as costas e estirava as pernas. Mais uma vez perdia a consciência da dor nos ombros enquanto as cartilagens se distendiam e as juntas que havia muito tempo tinham esquecido a agilidade dos 21 anos eram forçadas quase ao ponto de se deslocarem. Ela sentiria tudo isso mais tarde — cada movimento, sacudidela e torção que experimentara —, mas por ora estava arrebatada de selvagem prazer com o sucesso do seu arremesso, e achava que, se não expressasse de alguma forma esse delírio de triunfo, poderia explodir. Sapateou os pés na colcha e balançou o corpo de um lado para outro, os cabelos suados fustigaram as bochechas e as têmporas, os tendões no pescoço saltaram como grossos arames.

— *HAH!* — exclamou. — *ACERTEI... VOCÊÊÊ! HAH!*

O cachorro virou-se bruscamente para trás quando o cinzeiro o acertou, e mais uma vez quando o cinzeiro quicou e se espatifou no chão. Suas orelhas se achataram com a mudança na voz da dona. O que ouvia agora não era medo, mas triunfo. Logo levantaria da cama e começaria a distribuir chutes com seus pés estranhos, que afinal não seriam macios, mas duros. O cachorro percebeu que seria machucado de novo como fora machucado antes se permanecesse ali; precisava correr.

Virou a cabeça para se certificar de que o caminho da retirada continuava aberto, e, ao fazê-lo, o cheiro extasiante de carne e sangue frescos atingiu-o de novo. O estômago do cachorro contraiu-se, azedo e exigente de fome, e ele ganiu inquieto. Ficou imobilizado, em perfeito equilíbrio entre dois impulsos opostos, e, na ansiedade, expeliu um novo fio de urina. O cheiro da própria secreção — um odor que denunciava doença e fraqueza ao invés de força e confiança — aumentou sua frustração e aturdimento, e ele recomeçou a latir.

Jessie encolheu-se fugindo daquele som desagradável, estilhaçante — teria tapado os ouvidos se pudesse —, e o cachorro percebeu outra mudança no quarto. Alguma coisa no cheiro da dona mudara. Seu cheiro-alfa estava desaparecendo enquanto ainda era novo e fresco, e o cachorro começou a sentir que quem sabe o golpe que levara nos ombros afinal não significava que outros golpes se seguiriam. De qualquer modo o primeiro golpe assustara mais do que doera. O cachorro experimentou dar um passo em direção ao braço mole que largara... em direção ao fedor forte e delicioso de carne e sangue misturados. Observou atentamente a dona enquanto se movia. Sua avaliação inicial de que a dona era inofensiva, impotente, ou as duas coisas, talvez estivesse errada. Teria de tomar muito cuidado.

Jessie continuava na cama, agora ligeiramente consciente de que os ombros latejavam, mais consciente de que a garganta agora realmente doía, e mais consciente ainda de que, com ou sem cinzeiro, o cachorro continuava ali. No primeiro impulso caloroso de triunfo concluíra que inevitavelmente o cachorro fugiria, mas por alguma razão ele resistira. Pior, começava a avançar de novo. Cautelosa e sorrateiramente, verdade, mas avançava. Ela sentiu uma bolsa verde de veneno inchada pulsando em algum lugar dentro dela — uma secreção amarga, repelente como uma cicuta. Receava que, se a bolsa arrebentasse, engasgaria com a própria raiva de frustração.

— Fora, seu merda — ordenou ao cachorro com a voz rouca que começara a ruir. — Fora ou vou lhe matar. Não sei como, mas juro por Deus que vou.

O cachorro parou de novo, fitando-a com uma expressão profundamente inquieta.

— É isso mesmo, é bom prestar atenção em mim — Jessie falou. — É bom, porque falei sério. Cada palavra que disse. — Então sua voz aumentou de novo num grito, embora saísse aos sussurros aqui e ali à medida que a voz forçada começava a falhar. — Vou lhe matar, vou, juro que vou, portanto FORA DAQUI!

O cachorro que um dia fora o Príncipe da pequena Catherine Sutlin olhou da dona para a carne; da carne para a dona; mais uma vez da dona para a carne. Chegou ao tipo de decisão que o pai de Catherine teria chamado de conciliadora. Curvou-se para a frente, ao mesmo tempo que revirava os olhos para vigiar Jessie atentamente, e abocanhou a aba do tendão dilacerado, gordo e cartilaginoso que fora o bíceps direito de Gerald Burlingame. Rosnando, deu-lhe um safanão. O braço de Gerald se levantou; seus dedos inertes pareciam apontar pela janela leste para a Mercedes parada na entrada da garagem.

— *Pare com isso!* — Jessie gritou com estridência. Sua voz prejudicada agora falhava mais frequentemente no registro agudo em que os gritos se transformavam em sussurros arfados em falsete. — *Já não fez o bastante? Deixe ele em paz!*

O vira-lata não atendeu. Sacudiu a cabeça rapidamente de um lado para outro, como fizera muitas vezes quando ele e Cathy Sutlin brincavam de cabo de guerra com seus brinquedos de borracha. Isto, porém, não era brincadeira. Coalhos de espuma voavam das mandíbulas do vira-lata enquanto ele trabalhava para soltar a carne do osso. A mão cuidadosamente manicurada de Gerald agitava-se violentamente para a frente e para trás no ar. Agora ele lembrava um maestro pedindo aos músicos que acelerassem o compasso da música.

Jessie ouviu outra vez aquele som grave de pigarro e de repente percebeu que tinha de vomitar.

Não, Jessie! Era a voz de Ruth, e soava alarmada. *Não, você não pode fazer isso! O cheiro pode atraí-lo para você... trazê-lo para cima de você!*

O rosto de Jessie se contraiu numa careta tensa enquanto lutava para controlar a ânsia de vômito. Ouviu novamente o ruído de dilaceramento e deu uma rápida olhada no cachorro — mais uma vez tinha as patas dianteiras tensas e firmes, e parecia estar parado na ponta de uma tira grossa e escura de borracha da cor da vedação de um pote de conservas — antes de fechar os olhos. Ela tentou cobrir o rosto com as mãos, na aflição esquecendo temporariamente que estava algemada. Suas mãos se imobilizaram a uns 70 centímetros uma da outra, e as correntes tilintaram. Jessie gemeu. Era um som que passava da desesperança ao desespero. Um som de desistência.

Mais uma vez ela ouviu aquele som úmido e repulsivo de dilaceramento. Terminou com outra beijoca de felicidade. Jessie não abriu os olhos.

O vira-lata começou a recuar em direção à porta do corredor, os olhos fixos na dona em cima da cama. Nas mandíbulas levava um grande naco luzidio de Gerald Burlingame. Se a dona na cama pretendia tentar retomá-lo, ela faria sua jogada agora. O cachorro não sabia pensar — pelo menos não na acepção que os homens dão a essa palavra —, mas a sua complexa rede de instintos lhe oferecia uma eficiente alternativa para o pensamento, e ele sabia que aquilo que fizera — e o que estava prestes a fazer — constituía uma espécie de maldição. Mas sentira fome durante muito tempo. Fora abandonado na mata por um homem que voltara para casa assoviando o tema de *A História de Elza*, e estava famélico. Se a dona tentasse lhe tomar a carne agora, ele lutaria.

Lançou-lhe um olhar final, viu que não fazia nenhum movimento para sair da cama, e virou-lhe as costas. Levou a carne para a entrada e acomodou-se prendendo-a firmemente entre as patas. O vento soprou em rajadas, primeiro abrindo a porta e, em seguida, batendo-a de volta. O vira-lata olhou brevemente naquela direção e certificou-se, à sua maneira canina semipensante, que poderia abrir a porta empurrando-a com o focinho e fugir imediatamente se precisasse. Depois de resolver esse último problema, começou a comer.

Capítulo Nove

A ÂNSIA de vomitar passou muito devagar, mas passou. Jessie, deitada, os olhos fechados com força, agora começava realmente a sentir o doloroso latejamento nos ombros. Vinha em lentas ondas espasmódicas e ela teve a impressão desalentadora de que isso era apenas o começo.

Quero dormir, pensou. Era a voz da criança de novo. Expressava choque e medo. Não tinha nenhum interesse em lógica, nem paciência para o que podia ou não podia fazer. *Estava quase dormindo quando o cachorro mau entrou, e só quero uma coisa agora — dormir.*

Jessie se solidarizava sinceramente. O único problema era que perdera a vontade de dormir. Acabara de ver um cachorro arrancar um naco do marido e não sentia sono algum.

Sentia *sede, isso sim.*

Jessie abriu os olhos e a primeira coisa que viu foi Gerald, deitado no próprio reflexo no chão muito lustroso do quarto, como um grotesco atol humano. Os olhos continuavam abertos, continuavam a fitar intensamente o teto, mas os óculos agora estavam tortos, com uma das pernas enfiada na orelha em vez de contorná-la por cima. Tinha a cabeça tombada num ângulo tão fechado que a gorda bochecha esquerda quase descansava no ombro. Entre o ombro e o cotovelo direito não havia nada exceto um sorriso rasgado vermelho-escuro com farrapos brancos nas bordas.

— Meu Deus! — murmurou Jessie. Desviou rapidamente o olhar para a janela oeste. A luz dourada — agora quase uma luz crepuscular

— ofuscou-a e ela tornou a fechar os olhos, reparando que ocorriam fluxos e refluxos, vermelhos e pretos, à medida que o coração bombeava sangue em suas pálpebras cerradas. Decorridos alguns instantes, notou que os mesmos padrões cintilantes se repetiam indefinidamente. Era quase o mesmo que observar protozoários ao microscópio, protozoários numa lâmina tingida de vermelho. Achou esse padrão que se repetia tanto curioso quanto calmante. Supunha que não era preciso ser gênio para compreender a atração que essas formas repetitivas exercem em determinadas circunstâncias. Quando todos os padrões e rotinas normais da vida desmoronavam — e com chocante subitaneidade —, era preciso encontrar alguma coisa a que se agarrar, alguma coisa normal e previsível. Se o espiralamento regular do sangue nas camadas finas de pele, que protegiam os olhos dos últimos raios de sol de um dia de outubro, era a única opção que havia, então a pessoa a aceitava e dizia muitíssimo obrigada. Porque, se não conseguisse encontrar *alguma coisa* a que se agarrar, alguma coisa que fizesse algum sentido, os elementos desconhecidos da nova ordem mundial poderiam levá-la à loucura.

Elementos como os sons que agora vinham da entrada, por exemplo. Os sons que significavam um vira-lata imundo e faminto comendo parte do homem que a levara para ver o seu primeiro filme de Bergman, o homem que a levara ao parque de diversões na praia Old Orchard, convencera-a a subir num enorme barco viking que balançava para lá e para cá no ar, como um pêndulo, e depois rira até as lágrimas saltarem dos olhos quando ela lhe disse que queria dar mais uma volta. O homem que uma vez transara com ela na banheira até fazê-la literalmente gritar de prazer. O homem que agora estava descendo pela garganta daquele cachorro em tiras e nacos.

Elementos alheios desse tipo.

— Dias estranhos, mãezinha — disse. — Dias realmente estranhos. — Sua voz se transformara num gemido seco e doloroso. Imaginou que seria bom calar a boca e dar um descanso à voz, mas quando o quarto ficou silencioso ouviu o pânico, que continuava ali, continuava se esgueirando sobre os almofadões macios das patas do cachorro, à espreita de uma oportunidade, à espera de que ela baixasse a guarda. Além do mais, não havia *realmente* silêncio. O cara da motosserra encerrara o dia, mas o mergulhão ainda soltava um grito ocasional e o vento aumentava com a aproximação da noite, batendo a porta com maior ruído — e maior frequência — que nunca.

E mais, é claro, o som do cachorro que jantava seu marido. Enquanto Gerald esperara para receber e pagar os sanduíches na Amato, Jessie tinha dado uma chegada no Michaud's Market ao lado. O peixe no Michaud's era sempre bom — tão fresco que chegava quase a pular, como diria sua avó. Comprara uns bonitos filés de linguado, pensando em grelhá-los, caso decidissem passar a noite no lago. Linguado era uma boa opção porque Gerald, que, se ninguém cuidasse, viveria numa dieta em que só entrariam rosbife e frango frito (com uma ocasional porção de cogumelos fritos como se fosse um complemento nutritivo), dizia que gostava de linguado. Comprara o peixe sem a menor premonição de que o marido seria comido antes de poder comê-lo.

— Lá fora é uma selva, menina — comentou Jessie com a voz seca de corvo e percebeu que estava fazendo mais do que *pensar* na voz de Ruth Neary; na verdade estava *falando* com a voz de Ruth, que nos tempos de universidade, se ninguém cuidasse, viveria só de uísque e cigarros.

Aquela voz dura chega-de-papo manifestou-se, como se Jessie tivesse esfregado uma lâmpada mágica. *Lembra daquela canção de Nick Lowe que você ouviu no rádio quando voltava da aula de cerâmica no inverno passado? Aquela que fez você rir?*

Lembrava. Não queria lembrar, mas lembrava. Fora uma musiquinha de Nick Lowe que se chamava, tinha a impressão, "Ela Costumava Ser uma Campeã (Hoje é Apenas Comida de Cachorro)", uma meditação pop cínica e divertida sobre a solidão cantada ao ritmo de uma música incoerentemente alegre. Engraçadíssima no inverno passado, verdade, Ruth tinha razão, mas bem menos engraçada agora.

— Pare com isso, Ruth — gemeu ela. — Se você vai ficar como parasita na minha cabeça, ao menos tenha a decência de parar de me gozar.

Gozar você? Puxa, boneca. Não estou gozando você; estou tentando acordá-la!

— Eu *estou* acordada! — retrucou ranzinza. No lago o mergulhão gritou de novo, como se reforçasse sua afirmação. — Em parte graças a você!

Não, não está não. Não anda acordada — realmente desperta *— há muito tempo. Quando alguma coisa ruim acontece, Jess, sabe o que você faz? Diz a si mesma: "Ah, por que me preocupar, é apenas um sonho mau. Tenho esses sonhos de vez em quando, são muito comuns, e assim que voltar a me deitar de costas a coisa passa." E isso é o que você faz, babaca. Isso é o que você faz.*

Jessie abriu a boca para responder — acusações assim não deveriam passar em branco, estivesse ou não com a boca seca e a garganta inflamada —, mas a Esposa Perfeita ergueu as muralhas de defesa antes mesmo que a própria Jessie pudesse começar a organizar os pensamentos.

Como pode dizer coisas tão espantosas? Você é horrível! Vá embora!

A voz chega-de-papo de Ruth soltou outra daquelas gargalhadas cínicas que mais pareciam um latido, e Jessie percebeu que era inquietante — *terrivelmente* inquietante — ouvir parte da própria mente rir imitando a voz de uma velha conhecida que sumira há tempos, só Deus sabia onde.

Ir embora? Você bem que gostaria, não é? Bonequinha engraçadinha, Filhinha do Papai. Sempre que a verdade chega muito perto, sempre que começa a suspeitar que o sonho talvez não seja apenas sonho, você foge.

Isso é ridículo.

É mesmo? Então o que aconteceu com Nora Callighan?

Por um momento o choque fez a voz da Esposinha — e a sua própria, aquela que normalmente falava alto e mentalmente como "Eu" — silenciar, mas no silêncio formou-se a curiosa imagem conhecida: uma roda de gente — na maioria mulheres — que ria e apontava para uma moça ao centro, com a cabeça e as mãos metidas no tronco de tortura. Era difícil vê-la por causa da grande escuridão — deveria ser pleno dia, porém, por alguma razão, estava escuríssimo —, mas o rosto da moça se conservaria oculto mesmo em dia claro. Os cabelos caíam-lhe pelo rosto como a mortalha de um penitente, embora fosse difícil crer que ela pudesse ter feito alguma coisa *tão* horrível assim; visivelmente não teria mais de 12 anos, se tanto. Qualquer que fosse a razão do seu castigo, não poderia ter sido por ferir o marido. Essa filha de Eva era jovem demais até para ter regras mensais, quanto mais um marido.

Não, não é verdade, manifestou-se inesperadamente a voz vinda dos níveis mais profundos de sua mente. Era uma voz musical e ao mesmo tempo assustadoramente forte, como o grito de uma baleia. *As regras começaram quando tinha apenas 10 anos e meio. Talvez fosse esse o problema. Talvez ele farejasse o sangue, como fez aquele cachorro na entrada. Talvez isso o deixasse alucinado.*

Cala a boca!, exclamou Jessie. Ela própria sentia-se inesperadamente alucinada. *Cala a boca, não se fala nesse assunto!*

E, por falar em cheiros, qual era aquele outro?, Ruth perguntou. Agora a voz mental era áspera e ansiosa... a voz de um garimpeiro que finalmente topou com um veio de minério, que há muito tempo suspeitava existir, mas nunca fora capaz de localizar. *Aquele cheiro mineral, uma mistura de sal e moedinhas velhas...*

Não se fala nesse assunto, já não disse?

Ela estava deitada sobre a colcha, com os músculos tensos sob a pele fria, o cativeiro e a morte do marido esquecidos — pelo menos por ora — diante dessa nova ameaça. Sentia Ruth, ou alguma parte isolada sua pela qual Ruth falava, ponderar se devia ou não continuar no assunto. Quando decidiu que não (pelo menos diretamente), Jessie e a Esposa Perfeita suspiraram aliviadas.

Tudo bem — vamos falar então sobre a Nora, propôs Ruth. *Nora, sua psicoterapeuta? Nora, sua conselheira? Aquela que você começou a consultar na época em que deixou de pintar porque algumas de suas cerâmicas estavam lhe apavorando? Que foi a mesma época, coincidência ou não, que o interesse sexual de Gerald por você pareceu evaporar e você começou a cheirar o colarinho das camisas dele à procura de vestígios de perfume? Lembra-se da Nora, não lembra?*

Nora Callighan era uma vaca bisbilhoteira!, a Esposa Perfeita rosnou.

— Não — Jessie murmurou. — Ela era bem-intencionada, não tenho a menor dúvida, só que queria sempre ir mais além. Sempre fazer uma pergunta a mais.

Você disse que gostava dela à beça. Será que não a ouvi dizer isso?

— Quero parar de pensar — retorquiu Jessie. Tinha a voz trêmula e insegura. — E principalmente quero parar de ouvir vozes e de ter de responder ao que dizem, também. Isso é uma piração.

Bom, é melhor escutar assim mesmo, disse Ruth séria, *porque não vai poder fugir disso como fugiu de Nora... aliás, do mesmo jeito que fugiu de mim.*

Nunca fugi de você, Ruth! Uma negativa chocante, mas pouco convincente. Fora exatamente o que fizera, claro. Simplesmente arrumara as malas e se mudara do apartamento, feioso mas agradável, que ela e Ruth dividiam no alojamento universitário. Não tomara essa atitude porque Ruth começara a fazer muitas perguntas inconvenientes — perguntas sobre a infância de Jessie, perguntas sobre o lago Dark Score, perguntas sobre o que poderia ter acontecido lá durante o verão, logo depois que Jessie começou a menstruar. Não, somente uma falsa amiga teria se mudado por essas razões. Jessie não se mudara porque Ruth *começara* a fazer perguntas; mudara-se porque Ruth não *parara* de fazê-las quando Jessie pediu. Isso, na opinião de Jessie, fazia de *Ruth* uma falsa amiga. Ruth entendera os limites que Jessie traçara... e deliberadamente os ultrapassara. Nora Callighan fizera o mesmo, anos depois.

Além do mais, a ideia de fugir nas presentes condições era bem risível, não era? Afinal de contas estava algemada à cama.

Não insulte minha inteligência, engraçadinha, disse Ruth. *Sua mente não está algemada à cama, e nós duas sabemos disso. Você ainda pode fugir se quiser, mas a minha sugestão — minha sugestão enfática — é que não faça isso, porque sou a sua única opção. Se ficar deitada aí fingindo que está tendo um sonho mau porque dormiu do lado esquerdo, vai morrer algemada. É isso que você quer? É esse o seu prêmio por viver a vida toda em algemas, desde...*

— Não quero pensar nisso! — Jessie berrou para o quarto vazio.

Por um momento Ruth guardou silêncio, mas, antes que Jessie pudesse sequer alimentar esperanças de que se fora, Ruth voltou a acossá-la, mordendo-a como um terrier morde um trapo.

Vamos, Jess — você provavelmente prefere pensar que está maluca para não ter de escavar aquele velho túmulo, mas sabe que não está. Eu sou você, a Esposa Perfeita é você... aliás, todas somos você. Tenho uma boa ideia do que aconteceu naquele dia em Dark Score, quando o resto da família saiu, e a minha curiosidade não se prende aos acontecimentos em si. Minha curiosidade é a seguinte: há uma parte de você — que não conheço — que quer dividir com Gerald o espaço na barriga do cachorro amanhã por essas horas? Só pergunto, porque isto não me parece lealdade; me parece insanidade.

As lágrimas correram pelo rosto de Jessie de novo, mas ela não sabia se estava chorando por causa da possibilidade — finalmente enunciada — de que podia realmente morrer ali ou porque, pela primeira vez em pelo menos quatro anos, quase pensara naquela outra casa de verão, a do lago Dark Score, e no que acontecera ali, no dia em que o sol desapareceu.

Havia muito tempo, quase deixara escapar aquele segredo num grupo feminino de conscientização... no início dos anos 1970, e naturalmente a ida àquela reunião fora ideia de sua companheira de quarto, mas Jessie a acompanhara de boa vontade, pelo menos no início; parecera-lhe bastante inofensiva, mais uma atração do assombroso parque de diversões que era a universidade então. Para Jessie, aqueles primeiros dois anos de universidade — particularmente com uma guia turística como Ruth Neary, que a levava a jogos, passeios e exposições — tinham sido, no conjunto, maravilhosos, um tempo em que o destemor parecia normal e o sucesso inevitável. Um tempo em que nenhum quarto do alojamento universitário estava completo sem um pôster psicodélico, e se alguém se cansasse dos Beatles — não que isso acontecesse — sapecava um Hot Tuna ou um MC5 no toca-discos. Tinha sido um tempo radioso demais para ser real, como as coisas que se veem durante uma febre que não é suficientemente alta para ameaçar a vida. Na verdade, aqueles dois primeiros anos tinham sido um estouro.

O estouro acabara naquela primeira reunião do grupo feminino de conscientização. Ali, Jessie descobrira um espinhoso mundo cinzento que parecia, simultaneamente, prever o futuro adulto que a esperava nos anos 1980 e murmurar sombrios segredos de infância que enterrara vivos na década de 1960... mas não queriam ficar lá. Havia vinte mulheres na sala de estar de uma casa anexa à Capela Interconfessional de Neuworth, algumas jogadas no velho sofá, outras espiando das sombras projetadas pelas orelhas dos enormes e maciços cadeirões paroquiais, a maioria sentada de pernas cruzadas no chão formando um círculo irregular — vinte mulheres entre 18 e 40 e poucos anos de idade. Tinham se dado as mãos e guardado um momento de silêncio no início da sessão. Depois, Jessie fora assaltada por terríveis histórias de estupro, incesto, tortura física. Ainda que vivesse cem anos jamais esqueceria a loura bonita e tranquila que levantara o suéter para mostrar cicatrizes antigas de queimaduras de cigarro sob os seios.

Foi quando o parque de diversões acabou para Jessie Mahout.

Acabou? Não, não foi bem assim. Foi como se lhe tivessem permitido um vislumbre dos *bastidores* da cena; tivessem permitido ver os campos cinzentos e desertos de outono que constituíam realmente a verdade: apenas maços vazios de cigarros, camisinhas usadas e um punhado de prêmios baratos e quebrados enganchados no capim alto, à espera que o vento os levasse ou a neve de inverno os cobrisse. Ela viu aquele mundo estéril, estúpido e silencioso aguardando atrás da fina lona remendada, a única coisa que o separava da claridade espetacular do centro do parque de diversões, do vozerio dos anunciantes de atrações, do glamour cintilante dos brinquedos, e isso a aterrorizou. Pensar que seu futuro era apenas isso, apenas isso e nada mais, era terrível; pensar que deixara isso também no *passado*, mal disfarçado pela lona remendada e berrante de suas próprias lembranças adulteradas, era insuportável.

Depois de mostrar os seios a todas, a moça loura e bonita baixou o suéter e explicou que não podia contar aos pais o que os amigos do irmão tinham-lhe feito no fim de semana que os pais viajaram a Montreal, porque poderia vir à tona o que o *irmão* andara fazendo com ela, embora sem regularidade, durante todo o ano anterior, e os pais jamais teriam acreditado *naquilo*.

A voz da loura expressava a mesma tranquilidade que o rosto, o tom perfeitamente racional. Quando terminou, houve uma pausa de estupefação — um momento em que Jessie sentiu alguma coisa se rasgar e soltar por dentro e ouviu uma centena de vozes fantasmagóricas berrando em seu íntimo, numa mistura de esperança e terror — e então Ruth se manifestara.

— Por que seus pais não *iriam* acreditar em você? — perguntou. — Nossa, Liv, os rapazes a queimaram com *cigarros em brasa*! Você tinha as queimaduras para provar! Por que não iriam acreditar em você? Eles não a amavam?

Amavam, Jessie pensou. *Eles a amavam. Mas...*

— Amavam — respondeu a loura. — Eles me amavam, sim. Ainda me amam. Mas *idolatravam* meu irmão Barry.

Sentada ao lado de Ruth, o punho não muito firme apoiando a testa, Jessie se lembrava de ter murmurado:

— Além do mais isto a teria matado.

Ruth virou-se para ela e ia perguntando:

— Que...? — Mas a loura, ainda com os olhos secos, ainda estranhamente tranquila, continuou:

— Além do mais, descobrir uma coisa dessas teria matado minha mãe.

E então Jessie sentiu que ia explodir se não saísse dali. Por isso levantou-se, saltou do cadeirão com tal pressa que quase derrubou a peça feia e maciça. Precipitou-se para fora da sala, sabendo que todas a olhavam, mas não se importou. O que elas pensavam não fazia diferença. O que importava era que o sol desaparecera, *o sol em si*, e, se ela contasse, só não acreditariam em sua história se Deus fosse bom. Se Deus estivesse de mau humor, elas *acreditariam* em Jessie... e mesmo que isso não matasse sua mãe, destruiria a família como uma banana de dinamite explode uma abóbora podre.

Então saíra correndo da sala, atravessara a cozinha e teria fugido pela porta dos fundos, se não a encontrasse trancada. Ruth correu atrás dela, gritando-lhe que parasse, Jessie, pare. Parara, mas somente porque aquela maldita porta trancada a impedira de continuar. Encostara o rosto no vidro escuro e frio, na verdade, pensando — embora por um momento — em enfiar a cabeça no vidro e cortar o pescoço, ou qualquer coisa que apagasse aquela horrível visão cinzenta do futuro e do passado, mas por fim simplesmente se virou, deixou-se escorregar até o chão, segurando as pernas nuas abaixo da saia curta que usava, descansou a testa nos joelhos erguidos e fechou os olhos. Ruth sentou-se a seu lado e abraçou-a pelos ombros, ninando-a, cantando para ela, alisando seus cabelos, encorajando-a a falar, a se livrar do problema, a vomitá-los para esquecê-los de vez.

Agora, deitada ali na casa à beira do lago Kashwakamak, pôs-se a imaginar que fim teria levado a loura de olhos secos, estranhamente tranquila, que lhes contara a história do irmão Barry e seus amigos — rapazes que obviamente pensavam que uma mulher era apenas um sistema vivo de apoio para uma boceta e que marcar uma moça a fogo era um castigo perfeitamente justo quando ela achava errado trepar com os colegas do irmão, mas não com o irmão. Mais precisamente, Jessie pôs-se a pensar o que dissera a Ruth quando se sentaram abraçadas com as costas apoiadas na porta da cozinha. A única coisa que conseguia lembrar com certeza era uma frase do tipo "Ele nunca me queimou, ele nunca me queimou, ele nunca me machucou". Mas devia ter contado muito mais, porque as perguntas que Ruth se recusava a parar de fazer apontavam claramente em uma única direção: o lago Dark Score e o dia que o sol desaparecera.

No fim preferira abandonar Ruth a contar... do mesmo jeito que preferira parar de ver Nora para não contar. Correra o mais rápido que as pernas lhe permitiram — Jessie Mahout Burlingame, também conhecida como A Ruiva Fantástica, a última maravilha de uma era ambígua, sobrevivente do dia em que o sol desaparecera, agora algemada à cama e incapaz de correr.

— Me ajude — disse para o quarto vazio. Agora que se lembrara da loura de rosto e voz estranhamente tranquilos e as marcas de velhas cicatrizes redondas naqueles seios de outra forma bonitos, Jessie não conseguia tirá-la da cabeça, tampouco o conhecimento de que não era tranquilidade, de jeito nenhum, mas um alheamento fundamental do episódio terrível por que passara. Seja como for, o rosto da loura se transformara no seu rosto, e, quando Jessie falou, falou na voz trêmula e humilde do ateu que perdeu tudo exceto a última oração. — Por favor, me ajude.

Não foi Deus quem respondeu, mas aquela sua parte que aparentemente só conseguia falar mascarada de Ruth Neary. A voz agora soava gentil... mas pouco esperançosa. *Vou tentar, mas você tem de me ajudar. Sei que está disposta a gestos dolorosos, mas talvez tenha de repensar lembranças dolorosas, também. Está preparada para isso?*

— Não estamos falando de *pensar* — falou Jessie vacilante, e pensou: *Então essa é a voz da Esposa Perfeita quando fala alto.* — Estamos falando de... bem... de *fugir*.

E você talvez tenha que amordaçá-la, disse Ruth. *Ela é uma parte válida de você, Jessie — de nós —, e na realidade não é má pessoa, só que dirigiu todo o espetáculo sozinha durante um tempo demasiado longo, e numa situação dessas, seu jeito de enfrentar o mundo não é grande coisa. Quer discutir a questão?*

Jessie não queria discutir nem essa nem nenhuma outra questão. Estava cansada demais. A luz que entrava pela janela oeste tornava-se cada vez mais quente e vermelha anunciando o pôr do sol. O vento soprava em rajadas, empurrando as folhas ruidosamente pelo deque na fachada do lago, agora vazio; toda a mobília fora empilhada na sala de estar. Os pinheiros ramalhavam; a porta dos fundos batia; o cachorro fez uma pausa e em seguida recomeçou a estalar a língua, a dilacerar e a mastigar.

— Estou com tanta sede — lamentou-se.

Muito bem, então — é por aí que devemos começar.

Ela virou a cabeça para o outro lado até sentir o último calorzinho do sol sobre o pescoço e os cabelos úmidos grudados no rosto, e em seguida reabriu os olhos. Viu diante de si o copo d'água de Gerald, e sua garganta imediatamente emitiu um grito seco e imperativo.

Vamos iniciar essa fase das operações esquecendo o cachorro, disse Ruth. *O cachorro está fazendo apenas o que tem de fazer para viver, e você precisa fazer o mesmo.*

— Não sei se *posso* esquecê-lo — respondeu Jessie.

Acho que pode, boneca — tenho certeza. Se você conseguiu varrer para debaixo do tapete o que aconteceu no dia em que o sol desapareceu, acho que consegue varrer qualquer coisa para debaixo do tapete.

Por um instante quase se lembrou de tudo, e compreendeu que *era capaz* de se lembrar de tudo, se realmente quisesse. O segredo daquele dia nunca se afundara completamente no subconsciente, como ocorria com segredos desse gênero nas novelas de televisão e nos melodramas de cinema; na melhor das hipóteses fora enterrado em uma cova rasa. Ocorrera uma amnésia seletiva, mas de tipo inteiramente voluntário. Se quisesse se lembrar do que acontecera no dia que o sol sumiu, achava que provavelmente conseguiria.

Como se tal ideia fosse um convite, imediatamente teve uma visão mental de uma claridade dilacerante: um pedaço de vidro de janela seguro com uma pinça de churrasco. Uma mão protegida por uma luva pega-panelas virava-o para cá e para lá na fumaça de um foguinho de turfa.

Jessie se enrijeceu na cama e fez a imagem desaparecer.

Vamos esclarecer bem uma coisa, pensou. Supunha que estava se dirigindo à voz de Ruth, mas não tinha certeza absoluta; na realidade não tinha mais certeza de nada. *Não quero me lembrar. Entendeu? Os*

acontecimentos daquele dia não têm a menor relação com os acontecimentos de hoje. São como laranjas e bananas. É bastante fácil entender as correspondências — dois lagos, duas casas de veraneio, dois casos de
(os segredos calam a dor do ferimento)
relações sexuais aberrantes — mas lembrar do que me aconteceu em 1963 não pode fazer nada por mim a não ser aumentar minha infelicidade. Vamos parar de falar nesse assunto, está bem? Vamos esquecer o lago Dark Score.

— Que me diz, Ruth? — perguntou em voz baixa, e desviou o olhar para a borboleta de batique do outro lado do quarto. Por um breve instante surgiu outra imagem — uma menininha, a Bobrinha fofinha de alguém que cheirava a um perfume gostoso de loção pós-barba e espiava o céu através de um pedaço de vidro esfumaçado — e então misericordiosamente a imagem desapareceu.

Ela contemplou a borboleta por mais algum tempo, querendo se certificar de que aquelas velhas lembranças iam *permanecer* esquecidas, e então voltou os olhos para o copo d'água de Gerald. Parecia inacreditável, mas ainda havia uns pedacinhos de gelo flutuando na superfície, embora a penumbra do quarto ainda conservasse o calor do sol da tarde e ainda fosse mantê-lo algum tempo.

Jessie deixou o olhar vagar pelo copo, deixou-o abarcar as bolhinhas geladas de condensação que o cobriam. Não conseguia realmente ver o descanso sob o copo — a prateleira o escondia —, mas não precisava vê-lo para imaginar o anel de umidade que se formava no descanso à medida que as gotículas de condensação escorriam pelas paredes do copo e iam empoçando à sua volta.

Ela estirou a língua e lambeu o lábio superior, sem conseguir umedecê-lo.

Quero água!, a voz amedrontada e exigente da criança — da Bobrinha fofinha de alguém — gritou. *Quero água e quero... AGORA MESMO!*

Mas ela não alcançava o copo. Era um caso óbvio de uma coisa tão perto e, no entanto, tão longe.

Ruth: *Não desista tão depressa — se você conseguiu atingir o maldito cachorro com um cinzeiro, boneca, talvez possa pegar o copo. Talvez possa.*

Jessie ergueu a mão direita de novo, forçando-a o máximo que o ombro latejante permitia, e ainda assim ficaram faltando uns 6 centímetros. Engoliu em seco, fazendo uma careta após a contração espasmódica e áspera da garganta.

— Viu? — perguntou. — Está satisfeita agora?

Ruth não respondeu, mas Esposinha, sim. Falou com brandura e quase a se desculpar na cabeça de Jessie. Ela disse *pegue o copo e, não, estenda a mão para o copo. Talvez... não sejam a mesma coisa.* Esposinha riu meio constrangida como quem diz quem-sou-eu-para-meter-minha-colher, e Jessie parou para pensar mais uma vez como era extraordinariamente curioso sentir uma parte da gente rir daquele jeito, como se fosse realmente uma entidade independente. *Se eu tivesse mais algumas vozes, poderíamos organizar um torneio de bridge aqui dentro.*

Contemplou mais algum tempo o copo e se deixou afundar nos travesseiros de modo a poder estudar a parte inferior da prateleira. Descobriu que não estava pregada à parede; apoiava-se em quatro suportes de aço com a forma de eles maiúsculos invertidos. E a prateleira não estava pregada neles, tinha certeza disso. Lembrava-se de uma vez em que Gerald falava ao telefone e distraidamente tentara descansar a mão na prateleira. O lado oposto começara a levantar, levitando como a ponta de uma gangorra e, se Gerald não tivesse retirado imediatamente a mão, a prateleira teria dado uma cambalhota no ar com a leveza de uma ficha de jogo da pulga.

A lembrança do telefone distraiu-a por um instante, mas *apenas* por um instante. O aparelho descansava numa mesa baixa diante da janela leste, a da vista panorâmica em que havia a entrada da garagem e a Mercedes, mas por ela poderia estar em outro planeta, porque não tinha qualquer serventia na situação atual. Seus olhos voltaram a observar a parte inferior da prateleira e, primeiro, estudou a prancha em si, depois reexaminou os suportes.

Quando Gerald se apoiara do lado dele, o *dela* levantara. Se ela exercesse suficiente pressão do lado dela para levantar o *dele*, o copo de água...

— Talvez deslize — disse numa voz rouca e pensativa. — Talvez deslize para o meu lado. — Naturalmente, também poderia passar alegremente por ela e se espatifar no chão, ou bater em algum obstáculo oculto na prateleira e tombar antes de chegar até ela, mas valia a pena tentar, não valia?

Claro, acho que sim, pensou. *Quero dizer, eu estava planejando pegar o meu Learjet para Nova York — jantar no Four Seasons, dançar a noite inteira na Birdland —, mas com Gerald morto acho que seria um tanto impróprio. E considerando que todos os bons livros estão, neste momento, fora do meu alcance — e aliás, todos os ruins também —, acho que seria melhor tentar o prêmio de consolação.*

Muito bem; como deveria agir?

— Com muito cuidado — disse. — *Claro.*

Usou as algemas para se içar mais uma vez e se deteve a estudar melhor o copo. A impossibilidade de ver realmente a superfície da prateleira agora lhe parecia uma desvantagem. Tinha uma boa ideia do que havia do seu lado, mas não tinha muita certeza quanto ao lado de Gerald e a terra de ninguém entre os dois. O que não era surpresa nenhuma; a não ser alguém dotado de uma memória eidética, quem mais poderia desfiar um inventário completo dos objetos numa prateleira de quarto? Quem pensaria que isso pudesse interessar?

Bem, interessa agora. Estou vivendo em um mundo onde todas as perspectivas mudaram.

Sem dúvida alguma. Neste mundo um vira-lata consegue apavorar mais do que Freddy Krueger, o monstro de *A Hora do Pesadelo*, o telefone se encontrava *Além da Imaginação* e o oásis buscado por milhares de legionários da Legião Estrangeira, em uma centena de romances passados no deserto, era um copo d'água com as últimas lasquinhas de gelo flutuando à superfície. Na ordem desse novo mundo, a prateleira do quarto de dormir se transformara numa via marítima tão vital quanto o canal do Panamá, e um velho romance de faroeste ou de mistério no lugar errado poderia se transformar numa barreira mortífera.

Não acha que está exagerando um pouco?, perguntou a si mesma sem graça, mas na verdade não exagerava. Seria uma operação cheia de percalços na melhor das hipóteses, mas se houvesse uma obstrução na pista, nada feito. Um único e magrinho Agatha Christie — ou uma das aventuras da *Jornada nas Estrelas* que Gerald lia e depois largava como um guardanapo usado — não seria visto na prateleira, mas seria suficiente para paralisar ou derrubar o copo d'água. Não, não estava exagerando. As perspectivas deste mundo *tinham* realmente mudado, e o suficiente para fazê-la pensar naquele filme de ficção científica em que o herói começava a encolher e ia ficando cada vez menor até passar a morar na casa de bonecas da filha e morrer de medo do gato da família. Ela ia aprender as novas regras depressa... aprendê-las e respeitá-las.

Não perca a coragem, Jessie, a voz de Ruth sussurrou.

— Não se preocupe — respondeu. — Vou tentar — juro que vou. Mas às vezes é bom conhecer as dificuldades a enfrentar. Acho que, às vezes, faz diferença.

Ela girou o pulso direito para fora o máximo que pôde, em seguida levantou o braço. Nessa posição parecia uma figura de mulher numa carreira de hieróglifos egípcios. Mais uma vez apalpou a prateleira com os dedos, procurando obstruções no trecho em que esperava que o copo pararia.

Tocou numa folha de papel grosso e sentiu-o com o polegar, tentando adivinhar o que era. Seu primeiro palpite foi uma folha do bloco de papel que em geral ficava submerso na bagunça da mesa do telefone, mas não era suficientemente fino. Por acaso seu olhar bateu numa revista — *Time* ou *Newsweek,* Gerald trouxera as duas — largada com a capa para baixo junto ao telefone.

Lembrou-se de vê-lo folheando rapidamente uma das revistas enquanto tirava as meias e desabotoava a camisa. O pedaço de papel na prateleira era provavelmente uma dessas antipáticas ofertas de assinatura que sempre enchem os exemplares das revistas compradas nas bancas. Gerald, muitas vezes separava os cartões para usá-los como marcadores de livros. Poderia ser outra coisa, mas Jessie concluiu que, de todo modo, não interessava aos seus planos. Não era bastante grosso para deter o copo nem derrubá-lo. Não havia mais nada ali, pelo menos ao alcance de seus dedos, que se encolhiam e esticavam.

— Muito bem — Jessie falou. Seu coração começara a bater com força. Uma emissora pirata e sádica, em sua mente, tentava transmitir a imagem de um copo rolando da prateleira, mas ela bloqueou imediatamente a cena. — Calma; vamos com calma. Devagar se vai ao longe, espero.

Mantendo a mão direita na mesma posição, embora dobrar a mão para mantê-la afastada do corpo naquela direção não funcionasse muito bem e doesse para danar, Jessie levantou a mão esquerda (*a mão-de-ar-*

remessar-cinzeiro, pensou com um sombrio lampejo de humor) e agarrou a prateleira bem além do último suporte do seu lado da cama.

Lá vamos nós, pensou, e começou a pressionar a prateleira para baixo com a mão esquerda. Nada aconteceu.

Provavelmente estou puxando muito perto do último suporte para conseguir suficiente alavancagem. O problema é a maldita corrente da algema. Não tenho a folga que precisaria para chegar ao ponto certo da prateleira.

Provavelmente era verdade, mas essa percepção não alterava o fato de que não estava deslocando a prateleira com a mão esquerda na posição em que estava. Teria de espalhar os dedos mais para fora, como uma aranha — isto é, se pudesse —, e esperar que funcionasse. Era física de revista em quadrinhos, simples, mas certeira. A ironia era que podia tocar a parte inferior da prateleira e empurrá-la para cima quando quisesse. Havia um pequeno problema, porém — desequilibraria o copo para a ponta errada, a de Gerald, e daí para o chão. Quando se examinava o problema com atenção, via-se que a situação realmente possuía um lado cômico; era como um segmento das videocassetadas mais engraçadas selecionadas pelo diabo.

Inesperadamente o vento amainou e os ruídos da entrada ganharam um volume inusitado.

— *Está gostando do jantar, seu babaca?* — Jessie berrou. A dor dilacerou sua garganta, mas ela não parou, não pôde parar. — *Espero que sim, porque a primeira coisa que vou fazer quando me livrar dessas algemas é estourar seus miolos!*

Está falando grosso, pensou. *Está falando muito grosso para uma mulher que nem lembra se a velha espingarda de Gerald — aquela que pertencia ao pai — está aqui ou no sótão da casa de Portland.*

Ainda assim, houve um prazeroso momento de silêncio no mundo sombrio para além da porta da suíte. Era quase como se o cachorro estivesse dedicando à sua ameaça a mais sóbria e atenta consideração.

Então os estalos e a mastigação recomeçaram.

O pulso direito de Jessie rangiu um alerta, ameaçando entrar em cãibra, avisando que era melhor continuar a cuidar do seu problema depressinha... se é que havia algum problema a cuidar.

Ela se inclinou para a esquerda e estendeu a mão o máximo que a corrente lhe permitiu. Em seguida recomeçou a pressionar a prateleira.

Em princípio não aconteceu nada. Ela puxou com mais força, os olhos quase fechados, os cantos da boca voltados para baixo. Era o rosto de uma criança que espera uma dose de remédio ruim. E, pouco antes de atingir a pressão máxima para baixo que os músculos doloridos do braço podiam produzir, sentiu um movimento mínimo na tábua, uma mudança na ação uniforme da gravidade tão ínfima que a intuiu mais do que sentiu.

Você confundiu o desejo com a realidade, Jess — foi isso que aconteceu. Só isso e nada mais.

Não. Talvez fosse a contribuição dos sentidos que tinham ido parar na estratosfera em consequência do terror, mas não era uma confusão do desejo com a realidade.

Largou a prateleira e acomodou-se por algum tempo, inspirando profunda e lentamente para deixar os músculos se recuperarem. Não queria que entrassem em espasmos nem cãibras na hora H; já tinha problemas suficientes, obrigada. Quando achou que estava pronta, enroscou frouxamente o pulso esquerdo no pilar da cama e deslizou-o para cima e para baixo até secar o suor na palma da mão e o mogno rangir. Então esticou o braço e agarrou de novo a prateleira. Estava na hora.

Preciso ter cuidado, porém. A prateleira mexeu, não havia dúvida, e vai mexer ainda mais, mas vai exigir toda a minha força para pôr o copo em movimento... isto é, se é que vou conseguir fazer isso. E quando alguém chega próximo do fim de suas forças, o controle se torna desigual.

Isso era verdade, mas não era o problema. O problema era o seguinte: não tinha ideia do ponto em que a prateleira desequilibrava. Nem sonhava.

Jessie lembrou-se do verão em que andou de gangorra com a irmã Maddy no playground atrás da escola primária de Falmouth — a família voltara mais cedo do lago e Jessie tinha a impressão de que passara o mês de agosto inteiro gangorreando naquelas pranchas descascadas tendo Maddy por companheira — e a maneira com que elas mantinham um equilíbrio perfeito sempre que queriam. Só precisava Maddy, que pesava um pouquinho mais, chegar a medida de um traseiro para o centro. Longas tardes quentes de treinamento, cantando músicas infantis enquanto subiam e desciam, tinham permitido às duas descobrir o ponto em que cada gangorra desequilibrava com uma exatidão quase científica; aquela meia dúzia de pranchas verdes empenadas que se enfileiravam no pátio escaldante pareciam às duas quase ter vida. Não sentia essa vida sob os dedos agora. Simplesmente teria de fazer o melhor que soubesse e rezar para dar certo.

E, apesar do que a Bíblia possa dizer em contrário, não deixe a mão esquerda esquecer o que a direita deve fazer. A esquerda pode ser a mão-de-arremessar-cinzeiros, mas é melhor que a direita seja a mão-de-apanhar-copos, Jessie. Há apenas uns poucos centímetros de prateleira em que terá a chance de apanhá-lo. Se o copo passar desse ponto, não vai fazer diferença continuar em pé ou não — estará tão fora do seu alcance quanto agora.

Jessie não pensava que podia esquecer o que a mão direita fazia — doía demais. Se iria corresponder ao que precisava que fizesse era outro caso. Aumentou então a pressão sobre o lado esquerdo da prateleira aos pouquinhos e com a firmeza que pôde. Uma gota ardida de suor entrou no canto do olho e Jessie piscou para expulsá-la. Longe, a porta dos fundos batia novamente, mas juntara-se ao telefone naquele outro universo. Neste havia apenas o copo, a prateleira e Jessie. Parte dela esperava que a prateleira levantasse de um salto como um boneco de mola e catapultasse tudo para o alto, e ela tentava se fortalecer contra um possível desapontamento.

Preocupe-se com isso quando acontecer, boneca. Agora, não se desconcentre. Acho que há alguma coisa acontecendo.

E havia. Ela sentiu aquele movimento mínimo outra vez — aquela sensação de que, em algum ponto do lado de Gerald, a prateleira começava a soltar as amarras. Desta vez Jessie não diminuiu a pressão, pelo contrário, aumentou-a, os músculos de seu braço esquerdo saltando em arquinhos duros que estremeciam ao esforço. Ela deixou escapar uma série de sílabas explosivas. A impressão de que a prateleira se desprendia foi aumentando cada vez mais.

E, de repente, a superfície da água no copo de Gerald transformou-se num plano inclinado e ela ouviu as últimas lasquinhas de gelo chocalharem levemente quando a ponta direita da tábua realmente se ergueu. O copo em si não se mexeu, porém, e lhe ocorreu um pensamento terrível: e se o pouco de água que escorreu pela parede do copo tivesse se infiltrado sob o descanso de papelão? E se tivesse formado uma sucção e colado o copo à prateleira?

— Não, isso não pode acontecer. — As palavras escaparam num único sussurro, como a oração maquinal de uma criança cansada. Ela puxou o lado esquerdo da prateleira para baixo com mais empenho, usando toda a força. Requisitou até o último cavalo: o estábulo se esvaziara. — Por favor, não *deixe* isso acontecer. *Por favor*.

A prateleira do lado de Gerald continuou a se erguer, a ponta oscilando livre. Um tubo de blush Max Factor correu pelo lado de Jessie e foi aterrissar no chão próximo ao lugar onde repousara a cabeça de Gerald antes do cachorro aparecer e arrastá-lo para longe da cama. E agora uma nova possibilidade — na verdade, uma probabilidade — lhe ocorreu. Se aumentasse demais o ângulo da prateleira, ela simplesmente escorregaria pela fileira de suportes, com copo e tudo, como um tobogã que desce uma montanha nevada. Pensar na prateleira como uma gangorra poderia metê-la numa fria. *Não era* uma gangorra; não havia um ponto de apoio central a que estivesse presa.

— *Escorregue, filho da mãe!* — gritou para o copo numa voz alta e fina. Esquecera Gerald; esquecera a sede; esquecera tudo exceto o copo, agora inclinado em um ângulo tão agudo que a água quase transbordava, e era difícil entender por que ele simplesmente não caía. Mas o fato é que não caiu; continuou de pé onde estivera o tempo todo, como que colado à prateleira. — *Escorregue!*

De repente ele escorregou.

O movimento contrariou de tal modo as piores expectativas de Jessie que ela se viu quase incapaz de compreender o que estava acontecendo. Mais tarde lhe ocorreria que a aventura do copo deslizante indicava algo pouco elogiável no seu modo de pensar: de certa forma ela fora condicionada para o fracasso. O sucesso é que a deixava chocada e boquiaberta.

A viagem curta e suave do copo, prateleira abaixo, até sua mão direita, de tal forma a espantou que Jessie quase aumentou a força da esquerda, um movimento que certamente teria desequilibrado a prateleira precariamente inclinada, fazendo-a despencar no chão. Então seus dedos tocaram o copo, e ela gritou de novo. Era um berro, sem palavras, que expressava o prazer de uma mulher ao saber que ganhara na loteria.

A prateleira oscilou, começou a deslizar, e parou, como se tivesse uma mente rudimentar autônoma e pudesse refletir se realmente queria ou não fazer aquilo.

O tempo é curto, boneca, avisou Ruth. *Agarre a droga do copo enquanto pode.*

Jessie tentou, mas as almofadinhas dos dedos apenas derrapavam na superfície escorregadia do maldito copo úmido. A água esparrinhou em sua mão, e agora ela sentia que, ainda que a prateleira se firmasse, o copo não tardaria a virar.

Imaginação, boneca — aquela velha ideia de que uma Bobrinha triste como você jamais consegue fazer nada *certo.*

Não estava muito longe da verdade — próximo demais para o seu sossego —, mas não a atingira *em cheio*, não dessa vez. O copo estava se preparando para virar, de fato estava, e ela não tinha a menor ideia do que fazer para evitar que isso acontecesse. Por que tinha de ter dedos tão curtos, grossos e feios? *Por quê?* Se ao menos conseguisse esticá-los um pouco mais para abarcar o copo...

Ocorreu-lhe uma imagem de pesadelo de um comercial de TV: uma mulher sorridente, penteada à moda dos anos 1950, usava um par de luvas de borracha azuis. *Tão flexíveis que você pode apanhar uma moedinha!*, a mulher gritava entre sorrisos. *Que pena você não ter um par de luvas assim, Bobrinha, ou Esposa Perfeita, ou quem diabo seja! Talvez pudesse pegar aquela porra do copo antes que tudo que está em cima da maldita prateleira tomasse o elevador expresso!*

Jessie de repente percebeu que a mulher que gritava entre sorrisos e usava luvas Playtex era sua mãe, e deixou escapar um soluço seco.

Não desista, Jessie!, gritou Ruth. *Ainda não! Você está quase conseguindo! Juro que está!*

Ela usou o restinho das forças para pressionar o lado esquerdo da prateleira, rezando incoerentemente para que não escorregasse — ainda não. *Por favor, meu Deus, ou seja quem for, não deixe a prateleira escorregar, agora não, ainda não.*

A tábua realmente deslizou... mas apenas um pouquinho. Então parou de novo, talvez momentaneamente presa numa lasca ou numa farpa da madeira. O copo escorregou um pouquinho mais para a concha de sua mão, e agora — a loucura ia piorando — parecia que o maldito *copo* estava falando também. Lembrava um daqueles grisalhos taxistas de cidade grande, que têm um permanente tesão contra o mundo: *Caramba, madame, que mais quer que eu faça? Que deixe crescer uma asa e me transforme na porra de uma jarra para a senhora?* Outro filete de água escorreu pela tensa mão direita de Jessie. Agora o copo cairia; agora era inevitável. Mentalmente já conseguia sentir o friozinho da água gelada banhando sua nuca.

— *Não!*

Ela torceu o ombro direito um pouquinho mais, abriu os dedos um tiquinho mais, deixou o copo escorregar um tantinho mais para a concha tensa de sua mão. A algema ia se cravando nas costas da mão, provocando pontadas de dor que chegavam aos cotovelos, mas Jessie não ligou. Os músculos do braço esquerdo vibravam violentamente, agora, e os tremores se comunicavam à prateleira empinada e instável. Mais um tubo de cosmético rolou para o chão. As últimas lasquinhas de gelo tilintaram levemente. Acima da prateleira, ela via a sombra do copo na parede. À luz inclinada do poente parecia mais um silo de grãos inclinado por um forte vento de planície.

Mais... só mais um pouquinho...
Não HÁ *nenhum mais!*
É melhor haver. Tem *de haver.*

Ela esticou a mão direita até quase romper o tendão e sentiu o copo escorregar um pouquinho mais pela prateleira abaixo. Então tornou a fechar os dedos, rezando para que finalmente fossem suficientes, porque agora não havia realmente mais nada — usara todos os seus recursos até os limites absolutos. Quase não foram suficientes; ainda sentia o copo molhado tentando escapar. Ele começara a parecer um corpo vivo, um ser sensível com um traço de perversidade da largura de uma autoestrada. Seu objetivo era flertar com Jessie e, em seguida, negacear até que sua sanidade se rompesse e ela ficasse ali no lusco-fusco algemada e delirante.

Não o deixe escapar Jessie, não se atreva. NÃO SE ATREVA A DEIXAR A PORRA DO COPO ESCAPAR...

E, embora não restasse mais nada, nem meio quilo de força, nem um milímetro de extensão, ela conseguiu reunir mais alguma coisa, girando o pulso direito um último bocadinho para o lado da tábua. E dessa vez, quando fechou os dedos em torno do copo, ele não escapuliu.

Acho que talvez tenha conseguido. Não tenho muita certeza, mas quem sabe. Talvez.

Ou talvez tivesse finalmente chegado ao desejo e não à sua realização. Não importava. O talvez isso e o talvez aquilo e todos os talvezes não importavam mais e isso era realmente um alívio. Havia apenas uma certeza: não podia continuar a segurar a prateleira. Erguera-a uns 10 centímetros, 13 no máximo, mas tinha a sensação de que se agachara e levantara a casa inteira pelo canto. *Essa* era a certeza.

Pensou: *Tudo é perspectiva... e a narração que as vozes fazem do mundo para a gente, suponho. Elas importam. As vozes dentro da cabeça.*

Com uma oração incoerente pedindo que o copo continuasse seguro quando já não tivesse a prateleira como apoio, ela soltou a mão esquerda. A prateleira bateu nos suportes com estrondo, apenas ligeiramente de banda, deslocada uns cinco centímetros para a esquerda. O copo continuou *de fato* em sua mão, e agora ela via o descanso. Achava-se grudado ao fundo do copo como um disco voador.

Por favor, meu Deus, não me deixe largá-lo agora. Não me deixe larg...

Uma cãibra torceu seu braço esquerdo, fazendo-a recuar num movimento brusco de encontro à cabeceira. Seu rosto se contraiu para dentro até os lábios virarem uma cicatriz branca, e os olhos, duas fendas de agonia.

Espere, isso vai passar... vai passar...

Claro que ia. Já tivera suficientes cãibras musculares na vida para saber, mas enquanto isso, puxa, como doía. Se pudesse tocar o bíceps do braço esquerdo com a mão direita, sabia que a pele ali pareceria esticada sobre um punhado de pedrinhas lisas que alguém costurara com uma linha invisível. A sensação não era de uma rigidez muscular; a sensação era de uma puta rigidez cadavérica.

Não, é apenas uma rigidez muscular, Jessie. Como a que teve há pouco. Dê um tempo que passa. Dê um tempo e pelo amor de Deus não deixe o copo d'água cair.

Ela esperou, e transcorridas uma ou duas eternidades, os músculos do braço começaram a relaxar e a dor a diminuir. Jessie soltou um longo e áspero suspiro de alívio, em seguida se preparou para beber a recompensa. *Beba, sim,* pensou Esposinha, *mas acho que você merece um pouco mais do que um bom copo d'água fresca, minha querida. Aproveite a recompensa... mas aproveite-a com dignidade. Nada de engolir a água como uma porquinha!*

Esposinha, você não muda nunca, pensou, mas quando ergueu o copo exibiu a calma solene de um comensal na corte, sem tomar conhecimento da secura alcalina no céu da boca e do latejamento amargo na garganta que a sede produzira. Porque pode-se menosprezar Esposinha o quanto se quiser — às vezes ela praticamente suplica que alguém faça isso —, mas a ideia de se comportar com um pouquinho de dignidade nas circunstâncias (*particularmente* nessas circunstâncias) não era nada má. Esforçara-se para conseguir a água; por que não gastar tempo para se aplaudir, saboreando a água? Quando o primeiro golinho frio passasse por seus lábios e serpeasse pela superfície quente da língua, ia ter gosto de vitória... e, depois da maré de azar que acabara de atravessar, aquele gosto, sem dúvida, merecia ser saboreado.

Jessie aproximou o copo da boca, concentrando-se na doçura úmida que a esperava, no aguaceiro que encharca. Suas pupilas se contraíram de expectativa, os dedos dos pés se encolheram, e sentiu uma pulsação furiosa sob o ângulo do queixo. Percebeu que seus mamilos tinham endurecido, como faziam às vezes quando se excitava. *Segredos da sexualidade feminina com que você jamais sonhou, Gerald*, pensou Jessie. *Me algeme aos pilares da cama e nada acontece. Me mostre um copo de água e me transformo numa delirante ninfomaníaca.*

O pensamento a fez sorrir e, quando o copo parou abruptamente a um palmo e meio do rosto, derramando água em sua coxa nua e provocando uma onda de arrepios, o sorriso em princípio não desapareceu. Ela não sentiu nada naqueles primeiros segundos a não ser uma espécie de estupefação e

(*hum?*)

incompreensão. Qual era o problema? Que problema *poderia* haver?

Você sabe muito bem qual, respondeu uma das vozes óvnis. Falou com tranquilidade e segurança que Jessie achou apavorantes. É, supunha que *realmente* sabia, bem no íntimo, mas não queria deixar aquele conhecimento entrar no círculo iluminado da consciência. Algumas verdades eram duras demais para serem aceitas. Injustas demais.

Infelizmente, algumas verdades eram também evidentes por si mesmas. Quando Jessie olhou para o copo, seus olhos injetados e inchados foram se enchendo de horrorizada compreensão. A *corrente* era a razão por que não conseguia beber. A porra da corrente da algema era curta demais. O fato era tão óbvio que ela absolutamente não o percebera.

Jessie de repente viu-se recordando a noite em que George Bush se elegera presidente. Ela e Gerald tinham sido convidados a uma grande comemoração no restaurante de cobertura do Hotel Sonesta. O senador William Cohen era o convidado de honra, e esperava-se que o presidente eleito, o Solitário George em pessoa, desse um "telefonema televisivo" em circuito fechado, pouco antes da meia-noite. Gerald alugara uma limusine cinza-nevoeiro para a ocasião, que o motorista estacionou na entrada da garagem às sete horas em ponto, mas dez minutos depois ela continuava sentada na cama com o melhor vestido preto, revirando a caixa de joias e xingando à procura de um determinado par de brincos de ouro. Gerald metera a cabeça no quarto, impaciente, para ver o que retinha a mulher, escutou-a com aquela expressão no rosto "Por que vocês, mulheres, são tão tolas?" que ela decididamente *odiava*, então falou que não tinha certeza, mas achava que os brincos que ela procurava estavam em suas orelhas. Era verdade. Isso a fizera se sentir pequena e burra, uma justificativa perfeita para a expressão de superioridade de Gerald. Também tivera vontade de avançar nele e quebrar aqueles belos dentes restaurados com jaquetas com os saltos finos dos sapatos requintados mas desconfortáveis que estava usando. O que sentira então era pouco comparado ao que sentia agora, e se alguém merecia ter os dentes quebrados era ela própria.

Projetou então a cabeça para a frente o máximo que pôde, fazendo um biquinho com os lábios como a heroína de um daqueles filmes antigos, melosamente românticos, em preto e branco. Chegou tão perto do copo que distinguiu até as bolhinhas de ar presas nas últimas lascas de gelo, tão perto que sentiu o cheiro dos minerais na água de poço (ou imaginou que sentia), mas não conseguiu chegar o suficiente perto para beber do copo. Quando atingiu o ponto em que simplesmente não havia mais o que esticar, os lábios me-dá-um-beijo ainda estavam a meio palmo do copo. Era quase suficiente, mas quase, como Gerald (e, pensando bem, seu pai) gostavam de dizer, era palavra que, em inglês, só se aplicava a ferraduras.

— Não acredito — ela se ouviu dizer na nova voz rouca tipo uísque-com-Marlboros. — Simplesmente não acredito.

A raiva subitamente irrompeu dentro dela e lhe gritou na voz de Ruth Neary para atirar o copo do outro lado do quarto; se não podia beber a água, a voz de Ruth anunciava áspera, deveria castigar o copo; se não podia satisfazer a sede, podia ao menos satisfazer a mente com o ruído do copo se despedaçando em milhares de caquinhos contra a parede.

Apertou o copo com mais força e a corrente de aço arqueou-se frouxamente quando ela recuou a mão para fazer exatamente o que Ruth sugerira. Que injustiça! Que enorme injustiça!

A voz que a deteve foi a voz meiga e hesitante da Esposa Perfeita.

Talvez haja um jeito, Jessie. Não desista — talvez ainda haja um jeito.

Ruth não verbalizou nenhuma resposta à ponderação, mas não havia equívoco no seu incrédulo desdém; tinha o peso do ferro e o azedume do limão. Ruth continuava querendo que ela atirasse o copo. Nora Callighan teria, sem dúvida, dito que Ruth estava fortemente motivada pelo conceito da desforra.

Não dê atenção à Ruth, falou a Esposa Perfeita. Sua voz perdera a extraordinária hesitação; parecia quase animada agora. *Ponha o copo de volta na prateleira, Jessie.*

E aí?, Ruth indagou. *E aí, ó Grande Guru Branco, ó Deusa dos Utensílios de Plástico e Santa Padroeira da Igreja das Compras pelo Reembolso Postal?*

Esposinha explicou e a voz de Ruth calou-se, enquanto Jessie e as outras vozes a escutavam com atenção.

Capítulo Dez

CUIDADOSAMENTE ela repôs o copo na prateleira, com atenção para não deixá-lo em balanço fora da borda. Tinha agora a sensação de que sua língua se transformara numa lixa nº 5 e a garganta chegava a parecer infeccionada de tanta sede. Lembrou-lhe o que sentira no outono em que completara 10 anos, quando uma combinação de gripe e bronquite a impedira de frequentar a escola um mês e meio. Tinha havido longas noites durante aquele cerco em que despertava de pesadelos confusos e destemperados de que não se recordava muito bem (*recorda, sim, Jessie, você sonhava com aquele vidro esfumaçado; você sonhava com o sol desaparecendo; você sonhava com o cheiro salobre de minerais em água de poço; você sonhava com as mãos dele*), empapada de suor, porém fraca demais para esticar o braço e apanhar a jarra d'água na mesa de cabeceira. Lembrava-se de ficar deitada ali, molhada, pegajosa, exalando febre por fora, ressequida e assombrada de fantasmas por dentro; deitada ali, refletia que sua verdadeira doença não era bronquite, mas sede. Agora, tantos anos depois, se sentia exatamente igual.

Sua mente continuava a querer voltar ao momento terrível em que percebeu que seria incapaz de vencer os últimos centimetrinhos entre o copo e a boca. Continuava a ver as bolhinhas de ar no gelo que se derretia, continuava a sentir o leve aroma de minerais depositados no lençol de água muito abaixo do lago. Essas imagens a atormentavam como uma coceira inatingível entre as omoplatas.

Ainda assim, forçou-se a esperar. Sua parte Esposinha Perfeita disse que ela precisava dar um tempo, apesar das imagens de tormento e do latejo da garganta. Precisava esperar o coração desacelerar, os músculos pararem de tremer, as emoções se amainarem.

Lá fora, a última réstia de cor desapareceu do ar; o mundo adquiriu um tom cinzento solene e melancólico. No lago, o mergulhão lançou seu grito estridente no crepúsculo noturno.

— Feche essa matraca, sr. Mergulhão — disse Jessie e riu. A risadinha tinha o som de uma dobradiça enferrujada.

Muito bem, querida, disse a Esposa Perfeita. *Acho que está na hora. Antes que escureça. Mas primeiro é bom secar as mãos novamente.*

Ela fechou as mãos em torno dos pilares da cama, desta vez esfregou-as para baixo e para cima até rangirem. Ergueu a mão direita e sacudiu-a diante dos olhos. *Eles riam quando eu me sentava ao piano*, pensou. Então, com muito cuidado, esticou a mão um pouco além do ponto em que se encontrava o copo na beirada da prateleira. Recomeçou a apalpar a madeira com os dedos. A algema retiniu contra o copo e ela gelou, esperando que ele virasse. Como isso não aconteceu, retomou a cautelosa exploração.

Quase concluíra que o objeto que procurava escorregara pela prateleira — ou para fora dela — quando finalmente tocou na aresta do cartão de assinatura. Pinçou-o com o indicador e o dedo médio da mão direita e, cuidadosamente, ergueu e puxou o cartão para afastá-lo da prateleira e do copo. Jessie usou o polegar para firmar o cartão na mão e examinou-o com curiosidade.

Era roxo vivo, com cornetas e apitos enviesados na borda superior como se dançassem. Confetes e serpentinas desciam pelos dizeres. A *Newsweek* estava comemorando DESCONTOS MUITO ESPECIAIS, anunciava o cartão, e convidava-o a participar da festa. Os redatores da *Newsweek* manteriam a leitora em dia com os acontecimentos mundiais, mostrariam os bastidores das lideranças mundiais e ofereceriam uma ampla cobertura dos esportes, artes e política. Embora o cartão não dissesse isso abertamente, insinuava que a *Newsweek* ajudaria Jessie a entender todo o universo. E o melhor era que aqueles simpáticos malucos do departamento de assinaturas da *Newsweek* ofereciam um negócio tão espantoso que era capaz de fazer sua urina fumegar e a cabeça explodir: se ela usasse AQUELE CARTÃO para fazer uma assinatura por três anos da revista, receberia o exemplar POR MENOS DA METADE DO PREÇO DAS BANCAS! Problemas com o pagamento? Decididamente não! Pagaria depois.

Quem sabe eles também têm um Serviço de Quarto Direto para senhoras algemadas, pensou Jessie. *Talvez venha com um comentarista conservador ou outro merdinha pomposo qualquer para virar as páginas da revista para nós — sabe, as algemas atrapalham demais.*

Contudo, sob o sarcasmo, sentia uma espécie de assombro nervoso e singular, aparentemente, não conseguia parar de estudar o cartão roxo gênero vamos-dar-uma-festa, os espaços em branco para preencher com nome e endereço, e os quadradinhos com as siglas dos cartões de crédito. *Passei a vida toda xingando esses cartões — particularmente quando tenho de me abaixar para apanhar uma dessas porcarias ou me vejo como mais uma sujismunda — sem jamais desconfiar de que a minha sanidade, e talvez até a minha vida, pudessem algum dia depender de um cartão desses.*

Sua vida? Será que isto era mesmo possível? Será que precisava realmente admitir uma ideia tão radical em seus cálculos? Com relutância, Jessie começava a acreditar que sim. Provavelmente ficaria ali por muito tempo até que alguém a encontrasse, e claro, era bem possível que a diferença entre a vida e a morte viesse a se resumir num único gole d'água. A ideia era surreal, mas já não parecia obviamente ridícula.

O mesmo que antes, querida — devagar se vai ao longe.

Sei... mas quem teria acreditado que iam estabelecer a linha de chegada nesse fim de mundo?

Movimentou-se devagar e com atenção, porém, e sentiu alívio em descobrir que manusear o cartão de assinatura com uma mão não era tão difícil quanto receara. O que se devia, na realidade, às dimensões do cartão, 10 x 15 — quase o tamanho de duas cartas de baralho lado a lado —, mas, principalmente, a não estar tentando fazer nada complicado com o cartão.

Segurou o cartão no sentido do comprimento, entre o indicador e o médio, depois usou o polegar para dobrar para baixo um centímetro e meio da borda. A dobra não ficou uniforme, mas ela achava que serviria, além do mais, não ia aparecer ninguém para avaliar o seu trabalho; a

Hora de Trabalhos Manuais das Bandeirantes, nas noites de quinta-feira, na Primeira Igreja Metodista de Falmouth, era coisa do passado.

Novamente pinçou com firmeza o cartão roxo entre os dedos e dobrou mais outro centímetro e meio. Gastou quase três minutos e sete dobras para chegar ao fim do cartão. Quando finalmente terminou, tinha na mão uma coisa que lembrava um baseado gigante toscamente enrolado em vistoso papel roxo.

Ou, se forçarmos um pouquinho a imaginação, um canudinho.

Jessie meteu-o na boca, tentando manter unidas com os dentes as dobras tortas. Quando conseguiu firmar o canudo o melhor que pôde, começou a apalpar de novo à procura do copo.

Continue a ser cautelosa, Jessie. Não estrague tudo por impaciência!

Obrigada pelo aviso. E também pela ideia. Foi maravilhosa — falo com sinceridade. Mas, agora, gostaria que ficasse calada um tempinho para eu tentar a sorte. Está bem?

Quando as pontas de seus dedos tocaram a superfície lisa do copo, ela o envolveu com a delicadeza e a cautela de uma jovem amante escorregando a mão pela braguilha do namorado pela primeira vez.

Agarrar o copo na nova posição foi uma questão relativamente simples. Girou o copo e ergueu-o o máximo que a corrente permitiu. As últimas lasquinhas de gelo tinham se derretido, observou; o *tempus* andara *fugitindo* alegremente apesar da impressão de que estacara na altura em que o cachorro apareceu em sua vida. Mas não ia pensar no cachorro. Na verdade, ia fazer força para acreditar que nenhum cachorro estivera ali.

Você é boa em fazer desacontecer as coisas, não é, bonequinha?

Eh, Ruth — estou tentando me controlar e ao mesmo tempo controlar este maldito copo, caso não tenha reparado. Se uns joguinhos mentais me ajudam, não vejo qual é o problema. Cala a boca por um tempo, está bem? Dá um descanso à língua e me deixa cuidar da vida.

Aparentemente, porém, Ruth não tinha a menor intenção de dar descanso à língua. *Cala a boca!*, admirou-se. *Puxa, como isso traz o passado de volta — é mais eficaz que um sucesso antigo dos Beach Boys tocando no rádio. Você sempre foi boa em mandar calar a boca, Jessie — lembra aquela noite no alojamento quando voltamos da sua primeira e última sessão de conscientização em Neuworth?*

Não quero me lembrar, Ruth.

Tenho certeza de que não quer, por isso vou lembrar por nós duas, que tal? Você não parava de repetir que a moça com cicatrizes nos seios tinha lhe perturbado, só ela e nada mais, e quando tentei lhe recordar o que me contara na cozinha — que seu pai e você tinham ficado sozinhos na casa do lago Dark Score quando o sol desapareceu em 1963, e que ele fizera uma coisa a você — você me mandou calar a boca. Como não calei, você tentou me estapear. E como insisti, agarrou o casaco, saiu casa afora e passou a noite em outro lugar — provavelmente na cabaninha pulguenta da Susie Timmel junto ao rio, aquela que costumávamos chamar de Susie's Lez Hotel. Até o fim da semana, você já encontrara umas garotas que alugavam um apartamento no centro da cidade e precisavam de mais uma companheira. Bum, num abrir e fechar de olhos... mas tenho de reconhecer que você sempre foi capaz de se mexer com rapidez quando se decide, Jess. E, como disse, sempre fui boa em mandar calar a boca.

Cal...

Está vendo? Que foi que eu disse?

Me deixa em paz!

Também conheço essa muito bem. Sabe o que mais me magoou, Jessie? Não foi o problema da confiança — eu sabia, mesmo à época, que não era nada pessoal, que você achava que não podia confiar a ninguém, nem mesmo a você, a história do que acontecera naquele dia. O que me magoou foi saber que chegara tão perto de desembuchar tudo, ali na cozinha da casa paroquial de Neuworth. Estávamos sentadas com as costas apoiadas na porta, abraçadas uma à outra, e você começou a falar. Você disse:

— Eu jamais poderia contar, aquilo teria matado minha mãe, e mesmo se não matasse, ela o teria largado e eu o amava. Nós todos o amávamos, todos precisávamos dele, teriam posto a culpa em mim, e ele de fato não tinha feito nada.

Perguntei a você quem não tinha feito nada e você falou tão depressa que parecia que passara os últimos nove anos esperando que alguém lhe fizesse essa pergunta.

— Meu pai — você falou. — Estávamos no lago Dark Score no dia em que o sol desapareceu.

Você teria me contado o resto — sei que teria —, mas aquela vaca burra entrou e perguntou: "Ela está bem?" Como se aquilo fosse cara de quem está bem, entende o que quero dizer? Nossa, às vezes não consigo acreditar na vastidão da burrice das pessoas. Devia haver uma lei obrigando as pessoas a tirarem uma carteira, ou pelo menos uma licença de aprendizagem, antes de poderem falar. Até passarem no Teste de Conversa, teriam de ficar mudas. Isto resolveria um bocado de problemas. Mas as coisas não são bem assim e tão logo o computador falante respondeu à Irmã Paula, você se fechou como uma ostra. Não houve maneira de fazer você se abrir outra vez, embora Deus seja testemunha do quanto eu tentei.

Você devia ter me deixado em paz!, Jessie respondeu. O copo d'água estava começando a sacudir em sua mão, e o arremedo de canudinho tremia entre os lábios. *Você devia ter parado de bisbilhotar! Não era da sua conta!*

Às vezes os amigos não podem evitar se preocupar, Jessie, disse a voz interior, e expressava tanta bondade que Jessie não teve resposta. *Pesquisei, sabe. Deduzi ao que deveria estar se referindo e pesquisei. Não me lembrava de um eclipse no início dos anos 1960, mas naturalmente morava na Flórida na ocasião, e andava muito mais interessada em pesca submarina e no guarda-vidas Delray — tinha uma paixonite incrível por ele — do que em fenômenos astronômicos. Acho que quis me certificar de que a coisa toda não era uma fantasia maluca — talvez desencadeada pela moça com as horríveis queimaduras nos seios. Não era fantasia. Tinha havido um eclipse total do sol no estado de Maine, e sua casa de veraneio no lago Dark Score estaria situada bem na faixa de sombra. Julho de 1963. Só a menina e o papai, observando o eclipse. Você não me contou o que seu paizinho lhe fez, mas eu sabia duas coisas, Jessie: que ele era seu pai, o que era mau, e que você ia fazer 11 anos, o limite entre a infância e a puberdade... e isso era ainda pior.*

Ruth, por favor, pare. Você não poderia ter escolhido um momento pior para começar a escarafunchar toda essa velha...

Mas Ruth não queria calar. A Ruth companheira de quarto de Jessie sempre estivera disposta a dizer o que pensava — até a última palavra — e a Ruth que agora era companheira de cabeça de Jessie aparentemente não mudara nada.

Quando me dei conta, você estava morando fora do campus universitário com três Patricinhas da Irmandade — princesas dos suéteres e blusas colantes, cada qual dona de uma coleção daquelas calcinhas bordadas com os dias da semana. Acho que por aquela época você tomou a decisão consciente de treinar para a equipe de Espanadoras e Enceradeiras Olímpicas. Você desaconteceu aquela noite na casa paroquial de Neuworth, você desaconteceu as lágrimas, a mágoa e a raiva, você me desaconteceu. Ah, ainda nos víamos de vez em quando — dividíamos uma pizza ocasional e uma jarra de vinho em uma cantina —, mas a nossa amizade realmente terminou, não foi? Quando chegou a hora de escolher entre mim e o que lhe aconteceu em julho de 1963, você escolheu o eclipse.

O copo d'água tremia com mais força.

— *Por que agora, Ruth?* — perguntou, inconsciente de que estava enunciando claramente aquelas palavras no quarto que escurecia. *Por que agora, é o que eu gostaria de saber, uma vez que nesta encarnação você é realmente parte de mim, por que agora? Por que no momento exato em que menos posso me dar ao luxo de me perturbar ou me distrair?*

A resposta mais óbvia a essa pergunta era também a menos convidativa: porque havia em seu íntimo uma inimiga, uma vaca triste e má que gostava que ela fosse daquele jeito — algemada, dolorida, sedenta, apavorada e infeliz — perfeito. Que não queria ver o menor alívio nessa situação. Que se rebaixaria a qualquer coisa para garantir que nada mudasse.

O eclipse total do sol durou pouco mais de um minuto naquele dia, Jessie... exceto em sua mente. Ali, o eclipse ainda não acabou, não é mesmo?

Jessie fechou os olhos e concentrou todo o pensamento e a vontade em firmar o copo na mão. Agora falou mentalmente à voz de Ruth sem a menor inibição, como se de fato estivesse falando com outra pessoa e não com uma parte de seu cérebro que inesperadamente decidira que aquela era a melhor hora para fazer um trabalhinho de conscientização, como diria Nora Callighan.

Me deixe em paz, Ruth. Se ainda quiser discutir esse assunto, depois de eu tentar arranjar um gole d'água, tudo bem. Mas por ora, por favor, quer...

— Calar a porra dessa boca — terminou num murmúrio baixinho.

Está bem, Ruth respondeu imediatamente. *Sei que há alguma coisa, ou alguém dentro de você, que tenta jogar terra nas engrenagens, e sei que às vezes usa a minha voz — é uma grande ventríloqua, não há dúvida nenhuma —, mas não sou eu. Amei você no passado e a amo agora. Por isso é que tentei prolongar o nosso contato por tanto tempo... porque amava você. E, suponho, porque nós, mulheres cheias de si, temos de nos unir.*

Jessie, com o arremedo de canudo na boca, deu um sorrisinho, ou pelo menos tentou.

Agora manda ver, Jessie, e sem vacilo.

Jessie esperou um tempinho, mas nada mais aconteceu. Ruth se fora, pelo menos por ora. Reabriu os olhos, e, então, lentamente curvou a cabeça para a frente, o cilindro de cartão espetado na boca como a piteira do presidente Franklin Roosevelt.

Por favor, meu Deus, estou te suplicando... faça isto dar certo.

Seu arremedo de canudo mergulhou na água. Jessie fechou os olhos e chupou. Por um instante nada aconteceu, puro desespero invadiu sua mente. Então a água chegou à boca, fresca, doce e concreta, provocando nela um surpreendente êxtase. Teria soluçado de gratidão se a boca não estivesse tão contraída apertando a ponta do cartão de assinatura enrolado; nas circunstâncias, só conseguiu produzir um apito pelo nariz.

Engoliu a água, sentindo-a molhar sua garganta como cetim líquido, e em seguida recomeçou a chupar. Chupou ardente e irrefletidamente como uma bezerra faminta mamando na teta da mãe. O canudinho estava muito longe da perfeição, canalizava apenas pequenos sorvos e filetes, em vez de um fluxo contínuo, e a maior parte do que aspirava pelo canudo vazava, devido à vedação imperfeita e às dobras tortas. Em algum nível da consciência ela sabia disso, ouvia a água pingando na colcha como gotas de chuva, mas sua mente agradecida continuava a acreditar piamente que aquele canudo era uma das maiores invenções já idealizadas pela inteligência de uma mulher e que, naquele momento, beber a água do copo do finado marido era o apogeu de sua vida.

Não beba tudo, Jess — guarde um pouco para depois.

Ela não soube dizer qual das fantasmas falara dessa vez, e não importava. Era um ótimo conselho, mas era o mesmo que dizer a um menino de 18 anos, quase ensandecido ao fim de seis meses de altos amassos, que o que importava não era se a garota finalmente cedera; se não tivesse camisinha, não devia transar. Estava descobrindo que, às vezes, era impossível seguir o conselho da mente, por melhor que fosse.

Às vezes o corpo simplesmente se rebelava e engavetava todos os bons conselhos. Estava descobrindo outra coisa — que se render às simples necessidades físicas podia trazer um inexprimível alívio.

Jessie continuou a chupar o cartão enrolado, inclinando o copo para manter o nível da água acima da ponta do cartão roxo empapado e deformado, consciente, bem no fundinho da cabeça, de que o cartão vazava mais que nunca e que era loucura não parar e esperar que secasse, mas continuava a chupar assim mesmo.

O que finalmente a fez parar foi a percepção de que estava chupando apenas ar, e já havia alguns segundos. Ainda havia água no copo de Gerald, mas a ponta do arremedo de canudo não chegava lá. A colcha sob o canudo de cartão escurecera de tanta umidade.

Mas eu poderia beber o restinho. Poderia. Se conseguir virar a mão um pouco mais, forçando-a para trás, como na hora em que precisei apanhar essa droga de copo, acho que posso esticar o pescoço um pouco mais para a frente e beber os últimos golinhos de água. Acho que posso? Sei que posso.

Sabia *realmente* e mais tarde poderia testar a ideia, mas, por ora, os caras de colarinho branco no último andar — aqueles que ficam com todas as vistas panorâmicas — tinham retomado o controle dos operários diaristas e especializados que tocavam o maquinário; o motim terminara. Faltava muito para saciar inteiramente sua sede, mas a garganta parara de latejar e já se sentia bem melhor... mental e fisicamente. Tinha os pensamentos mais aguçados e a sua visão do mundo mais clara.

Descobriu que ficara satisfeita de ter deixado aquele restinho no copo. Dois pequenos goles de água tomados com um canudo roto provavelmente não fariam diferença entre permanecer algemada à cama e descobrir sozinha uma maneira de se livrar dessa complicação — muito menos entre viver e morrer —, mas resgatar aqueles dois golinhos poderia ocupar sua mente quando, e se, tentasse reverter aos seus artifícios mórbidos. Afinal, a noite se aproximava, o marido jazia morto ali perto, e pelo jeito, ela ia acampar.

O quadro não era animador, principalmente quando se acrescentava o vira-lata faminto que estava acampando com ela, mas Jessie descobriu que, ainda assim, começava a sentir sono outra vez. Procurou pensar em razões para combater a crescente sonolência e não conseguiu encontrar nenhuma que a convencesse. Mesmo o pensamento de acordar com os braços dormentes até os cotovelos não lhe pareceu um problema particularmente grande. Bastaria movimentá-los até que o sangue recomeçasse a fluir na velocidade normal. Não seria agradável, mas não duvidava de sua capacidade para tanto.

Além disso, quem sabe você tem uma ideia enquanto está dormindo, querida, disse a Esposa Perfeita. *Isso sempre acontece nos livros.*

— Talvez você tenha — respondeu Jessie. — Afinal, até agora foi você quem teve a melhor ideia.

Ela deixou o corpo deitar, usando as omoplatas para empurrar o travesseiro o mais próximo possível da cabeceira da cama. Seus ombros doíam, os braços (particularmente o esquerdo) latejavam, e os músculos do estômago ainda vibravam com o esforço de manter o tronco curvado para beber do canudo... mas sentia-se curiosamente satisfeita, assim mesmo. Em paz.

Satisfeita? Como pode se sentir satisfeita? Seu marido, afinal de contas, está morto, e você teve participação nisso, Jessie. E suponha que a encontrem? Suponha que a salvem? Já pensou na impressão que vai causar em quem a encontrar? Aliás, que impressão acha que o guarda Teagarden vai ter disso tudo? Quanto tempo acha que ele vai levar para decidir chamar a polícia estadual? Trinta segundos? Talvez quarenta? É verdade que eles pensam mais devagar aqui no campo — pode ser que Teagarden leve dois minutos inteiros.

Ela não tinha argumentos para discordar. Era verdade.

Então como pode se sentir satisfeita, Jessie? Como é possível se sentir satisfeita com tudo isso ameaçando desabar na sua cabeça?

Não sabia, mas o fato é que estava satisfeita. Sua sensação de tranquilidade era envolvente como um colchão de penas em noite de março, quando a tempestade de granizo chega roncando de noroeste, quentinha como um edredom de penas num colchão de penas. Suspeitava que a maior parte dessa sensação tinha causas puramente físicas; quando se tem muita sede, aparentemente era possível ficar dopada com meio copo d'água.

Mas havia uma parte mental também. Dez anos atrás, desistira, com relutância, do emprego de professora substituta, cedendo finalmente à pressão da lógica insistente (ou talvez "incessante" fosse a palavra) de Gerald. Ele estava ganhando quase 100 mil dólares por ano àquela altura; perto disso os seus 5 ou 7 mil pareciam bem insignificantes. Na verdade, eram uma chateação na hora de entregar a declaração de rendimentos e o governo levava quase tudo e ainda saía xeretando as contas do casal, perguntando onde tinham escondido o resto.

Quando reclamou dessa desconfiança, Gerald olhara para ela com uma mistura de amor e exasperação. Não era bem a expressão "Por que vocês mulheres são sempre tão tolas?" — essa só começou a aparecer regularmente cinco ou seis anos depois —, mas quase isso. *Eles veem o que eu faturo,* disse à mulher, *veem dois carrões alemães na garagem, olham para as fotos da casa no lago, e finalmente olham para sua declaração de rendimentos e veem que está trabalhando para ganhar o que chamam de trocados. Não conseguem acreditar — parece trapaça, uma artimanha para esconder outra coisa —, por isso saem bisbilhotando, procurando o que poderia ser essa outra coisa. É que não conhecem você como eu conheço.*

Fora incapaz de explicar a Gerald o que significava para ela aquele contrato de substituição... ou talvez ele não estivesse disposto a escutar. Tanto fazia: ensinar, mesmo em meio expediente, completava-a de uma forma importante, e Gerald não entendeu isso. Tampouco fora capaz de entender que o emprego de substituta criava uma ponte com a vida que levara antes de encontrar Gerald naquela festa do partido republicano, quando ensinava inglês em tempo integral na escola secundária de Waterville, uma mulher independente que ganhava a vida, que era querida e respeitada pelos colegas e não tinha compromissos com ninguém. Fora incapaz de explicar (ou ele não quisera ouvir) que deixar de ensinar — mesmo naquele bico — fazia com que se sentisse triste, perdida e, de certo modo, inútil.

Aquela sensação de desorientação — provavelmente causada tanto por sua incapacidade de engravidar quanto pela decisão de não renovar o contrato — desaparecera de seu consciente após um ano e pouco, mas nunca abandonara inteiramente as profundezas de seu coração. Havia vezes que se sentia como um clichê de si mesma — jovem professora casa-se com advogado brilhante cujo nome é anunciado à porta (profissionalmente, é claro) aos 30 anos. A jovem (bem, *relativamente* jovem) com o tempo entra no saguão daquele palácio de enigmas que é conhecido por meia-idade, olha à volta e de repente descobre que está sozinha — não tem emprego, não tem filhos, e tem um marido inteiramente concentrado (para não dizer fixado; o que talvez fosse mais exato, mas também menos caridoso) em escalar a fabulosa rampa do sucesso.

Essa mulher, prestes a enfrentar os quarenta na próxima curva da estrada, é justamente o tipo que tem a maior probabilidade de arranjar problemas com drogas, bebidas, ou outro homem. Um rapaz mais jovem, em geral. Nada disso aconteceu com *esta* jovem (bom... *ex*-jovem), mas Jessie ainda se via com uma assustadora margem de tempo nas mãos — tempo para jardinagem, tempo para compras, tempo para cursos (pintura, cerâmica, poesia... e poderia ter tido um caso com o professor de poesia se quisesse, e quase quisera). Também tinha havido tempo para se cuidar, e fora assim que acabara conhecendo Nora. No entanto, nenhuma dessas coisas a fizera sentir o que sentia agora, como se as suas fadigas e dores fossem condecorações de bravura e sua sonolência uma merecida recompensa... a versão do pausa para cerveja das senhoras algemadas, por assim dizer.

Eh, Jessie — a maneira com que pegou aquela água foi realmente fantástica.

Mais uma óvni, mas desta vez Jessie não se importou. Desde que Ruth ficasse algum tempo longe. Ruth era interessante, mas era também exaustiva.

Muita gente sequer teria pegado o copo, continuou a fã óvni, *e ainda por cima usar o cartão-assinatura como canudo... foi um golpe de mestre. Por isso, vá em frente, sinta-se bem. Não é proibido. Tirar uma soneca também não é proibido.*

Mas e o cachorro?, Esposinha perguntou em dúvida.

Aquele cachorro não vai lhe incomodar nem um pouquinho... e você sabe por quê.

Sabia. A razão por que o cachorro não ia incomodá-la estava caída ali perto no chão do quarto. Gerald agora era apenas uma sombra entre sombras, pelo que Jessie se sentia muito grata. Lá fora, o vento recomeçou. Seu rumorejo quando atravessava o pinheiral era reconfortante, acalentador. Jessie fechou os olhos.

Mas cuidado para não sonhar!, Esposinha gritou para ela inesperadamente alarmada, mas a voz estava distante e fácil de resistir. Ainda assim, ela tentou novamente: *Cuidado com o que vai sonhar, Jessie! Estou falando sério!*

Claro que estava. A Esposa Perfeita sempre falava sério, o que significava também que era muitas vezes chata.

Seja qual for o sonho, pensou Jessie, *não será um em que sinta sede. Não tive muitas vitórias indiscutíveis nos últimos dez anos — na maioria uma sucessão de ações obscuras de guerrilha —, mas pegar aquele copo d'água foi um êxito indiscutível. Não foi?*

Ah, isso foi, a voz óvni concordou. Era uma voz vagamente masculina, e ela se viu imaginando sonolentamente se não seria talvez a voz de seu irmão Will... Will quando era criança, na década de 1960. *Aposto que sim. Foi um barato.*

Cinco minutos depois Jessie dormia profundamente, os braços para cima formando um V inerte, os pulsos presos frouxamente aos pilares da cama pelas algemas, a cabeça caindo no ombro direito (o menos dolorido), roncos lentos e longos a saírem de sua boca. E em algum momento — muito depois de anoitecer e surgir uma nesguinha clara de lua no leste — o cachorro reapareceu à porta.

A exemplo de Jessie, estava mais calmo agora que a necessidade mais imediata fora satisfeita e o clamor do estômago de certa forma apaziguado. Observou-a durante muito tempo com a orelha boa em pé e o focinho empinado, tentando decidir se Jessie realmente dormia ou apenas fingia. Decidiu (principalmente com base no cheiro — o suor que agora secava, a ausência total do fedor ozônico da adrenalina) que se encontrava adormecida. Não haveria chutes nem gritos dessa vez — não, se tomasse cuidado para não acordá-la.

O cachorro caminhou de mansinho até o monte de carne no meio do chão. Embora sua fome fosse menor agora, a carne na verdade melhorara de cheiro. A razão é que a primeira refeição contribuíra muito para quebrar o antigo e congênito tabu contra esse tipo de carne, embora o cachorro não soubesse disso e nem teria ligado se soubesse.

Baixou a cabeça, primeiro farejando o aroma agora atraente do advogado morto com toda a delicadeza de um gourmet, para depois abocanhar gentilmente o lábio inferior de Gerald. Puxou-o, aplicando pressão aos poucos, esticando a carne mais e mais. Gerald começou a parecer que se concentrava em fazer um bico monstruoso. O lábio finalmente se rompeu, revelando seus dentes inferiores num largo sorriso congelado. O cachorro engoliu o piteuzinho de uma só vez e lambeu os beiços. Seu rabo recomeçou a abanar, desta vez em arcos lentos de satisfação. Dois minúsculos pontinhos luminosos dançavam lá no teto; era a lua que se refletia nas obturações de dois molares de Gerald. As obturações tinham sido feitas ainda na semana anterior e estavam novinhas e reluzentes como moedas recém-cunhadas.

O cachorro lambeu os beiços uma segunda vez, contemplando Gerald com amor. Então esticou o pescoço para a frente, quase da mesma maneira que Jessie o fizera para conseguir mergulhar o canudo no copo. O cachorro cheirou o rosto de Gerald, mas não fez *apenas* cheirar; permitiu ao nariz fazer uma espécie de excursão olfativa ali, primeiro, destacou o leve aroma de cera de assoalho no fundo da orelha esquerda do dono morto, depois os odores entremesclados de suor e creme para cabelos na linha do couro cabeludo, em seguida o cheiro forte e extasiante de sangue coagulado no topo da cabeça de Gerald. Demorou-se especialmente no nariz, conduzindo nesses canais agora sem ar uma delicada investigação com o focinho arranhado, sujo, mas extremamente sensível. Mais uma vez sobreveio aquela ideia de guloseimas, a sensação de que o cachorro selecionava um entre muitos tesouros. Finalmente cravou os dentes afiados na bochecha esquerda de Gerald, cerrou-os, e começou a puxar.

Na cama, os olhos de Jessie começaram a girar rapidamente sob as pálpebras e ela gemeu — um som alto e irresoluto, cheio de terror e reconhecimento.

O cachorro ergueu os olhos imediatamente, seu corpo encolheu numa reação instintiva de culpa e medo. Mas não durou muito; ele já começara a considerar essa montanha de carne como sua despensa particular, pela qual lutaria — e talvez morresse — se o desafiassem. Além do mais, era apenas um som que vinha da dona, e o cachorro agora tinha certeza de que a dona estava impotente.

Mergulhou a cabeça, tornou a agarrar a bochecha de Gerald Burlingame e puxou-a para si, sacudindo a cabeça com energia de um lado para o outro. Uma longa tira da bochecha do morto se soltou com um ruído semelhante ao da fita crepe quando a puxam do rolo rapidamente. Gerald exibia agora o feroz sorriso predatório de alguém que acabou de fazer uma sequência do mesmo naipe num jogo de pôquer valendo muito dinheiro.

Jessie gemeu outra vez. O som seguiu-se de um fluxo de palavras guturais e ininteligíveis. O cachorro tornou a olhá-la. Tinha certeza de que ela não podia sair da cama para incomodá-lo, mas aqueles sons o deixavam inquieto do mesmo jeito. O velho tabu esmaecera, mas não desaparecera de todo. Além disso, saciara sua fome; não estava propriamente comendo, apenas beliscava. Virou-se e trotou para fora do quarto mais uma vez. A maior parte da bochecha de Gerald sacudia em sua boca como o escalpo de uma criancinha.

Capítulo Onze

QUATORZE de agosto de 1965 — faz pouco mais de dois anos desde o dia em que o sol desapareceu. É aniversário de Will; ele passou o dia inteiro dizendo a todos solenemente que completava agora um ano para cada tempo de um jogo de beisebol. Jessie não consegue compreender por que isso parece ser tão importante para o irmão, mas evidentemente é, e ela conclui que, se Will quer comparar a vida a um jogo de beisebol, tudo bem.

Durante algum tempo a festa de aniversário do irmão corre muito bem. Tocam Marvin Gaye na vitrola, verdade, mas não é aquela música ruim, a música perigosa. "Tenho que reconhecer", Marvin canta, fingindo ameaçar, "há muito teria partido, baby..." Uma música realmente bonitinha e, para dizer a verdade, aquele dia correra para lá de bem, pelo menos até ali; tinha sido, nas palavras da tia-avó Katherine, "mais harmonioso que música de violino". Até papai concorda, embora não tivesse demonstrado muita vontade de voltar a Falmouth para o aniversário de Will quando surgiu a ideia. Jessie ouviu-o dizer à mamãe: *Afinal, acho que foi uma boa ideia,* e isso a deixa feliz, porque foi ela — Jessie Mahout, filha de Tom e Sally, irmã de Will e Maddy, esposa de ninguém — que deu aquela ideia. Ela é a razão de estarem ali e não no interior, em Sunset Trails.

Sunset Trails é o acampamento da família (embora, após três gerações de expansão familiar desordenada, já é realmente grande o suficiente para ser chamado de condomínio) na margem norte do lago Dark

Score. Este ano a família interrompeu as habituais nove semanas de retiro ali porque Will quer — só uma vez, disse ao pai e à mãe, em tom de lamentação digno de um velho aristocrata que sofre em silêncio e sabe que não pode mais continuar a enganar a morte — festejar seu aniversário ao mesmo tempo com a família e os amigos-do-ano-inteiro.

Tom Mahout no início veta a ideia. Trabalha como corretor da bolsa e divide o tempo entre Portland e Boston, e há anos diz à família que não acredita em tudo que ouve sobre os caras que trabalham de paletó e gravata e passam o dia matando o tempo — no bebedouro ou ditando convites para almoçar com belas secretárias louras.

— Nenhum plantador de batatas deste município dá mais duro que eu — diz à família com frequência. — Me manter atento ao mercado não é fácil, nem é tão glamouroso assim, apesar do que possam ter ouvido em contrário.

A verdade é que nenhum deles ouvira dizer *nada* em contrário, todos (e muito provavelmente até sua mulher, embora Sally nunca dissesse nada) acham que o emprego de Tom parece chatíssimo, e apenas Maddy tem uma vaga ideia do que o pai faz.

Tom insiste que *precisa* daquela temporada no lago para se recuperar das tensões do trabalho, e que no futuro o filho terá *muitos* aniversários com os amigos. Afinal, Will vai completar 9 anos, e não 90.

— E mais — Tom acrescenta —, festinhas de aniversário com os colegas não têm muita graça até se chegar à idade de beber umas cervejinhas.

Com isso o pedido de Will para festejar o aniversário na casa da cidade provavelmente teria sido negado não fosse pelo súbito e inesperado apoio de Jessie ao plano (o que para Will é uma *grande* surpresa; Jessie é três anos mais velha e muitas vezes Will duvida que ela se lembre de que *tem* um irmão). Depois que sugeriu com voz mansa que talvez fosse divertido voltar para casa — só por uns dois ou três dias, é claro — e preparar uma festa no jardim, com jogos, churrasco, lanternas japonesas acesas ao anoitecer, Tom começou a se animar com a ideia. Ele é o tipo de homem que se julga "um puta obstinado" e muitas vezes os outros o consideram um "bode velho teimoso"; de um jeito ou de outro, ele sempre foi um homem difícil de demover uma vez que bata o pé no chão... e faça queixo duro.

Quando se trata de demovê-lo — de fazê-lo mudar de ideia —, a filha mais nova tem mais sorte do que todos os outros juntos. Jessie sempre encontra um jeito de chegar ao pai por alguma abertura ou passagem secreta vedadas ao resto da família. Sally acredita — com alguma razão — que a filha do meio sempre foi a favorita de Tom e ele finge acreditar que nenhum dos outros sabe. Maddy e Will simplificam: acreditam que Jessie puxa o saco do pai e que ele, por sua vez, lhe faz todas as vontades.

— Se papai apanhasse *Jessie* fumando — Will comentou com a irmã mais velha no ano anterior, depois que Maddy foi punida por esse mesmo delito — provavelmente daria a ela um isqueiro de presente. — Maddy riu, concordou e abraçou o irmão. Nenhum dos dois, nem a mãe, têm a menor ideia do segredo podre que há entre Tom Mahout e a filha mais nova.

A própria Jessie acredita que está apenas concordando com o pedido do irmãozinho — que está dando uma força. Não tem ideia, pelo menos conscientemente, do quanto passou a odiar Sunset Trails e que vontade tem de ir embora. Também passou a odiar o lago que antigamente amava com paixão — principalmente aquele leve cheiro salobro de minerais. Em 1965 ela mal suporta nadar no lago, mesmo nos dias mais quentes. Sabe que a mãe pensa que é por causa de seu corpo — Jessie começou a amadurecer precocemente, como a própria Sally, e aos 12 anos tinha um corpo quase de mulher —, mas não é o corpo. Acostumou-se a ele, e sabe que, com os seus velhos maiôs desbotados, está longe de ser a garota do mês da *Playboy*. Não, não são os seios, nem os quadris, nem o bumbum. É aquele *cheiro*.

Sejam quais forem as razões e motivações que estejam por trás do pedido de Will Mahout, ele é finalmente aprovado pelo chefe da família Mahout. Viajaram de volta à cidade ontem, partindo bem cedo para Sally (pressurosamente ajudada pelas duas filhas) preparar a festa. E hoje é 14 de agosto, e 14 de agosto é certamente a apoteose do verão em Maine, um dia de céu azul-claro e nuvens brancas e gordas, refrescado por uma brisa salina.

No interior — e isso inclui o distrito dos lagos, onde se situa Sunset Trails às margens do lago Dark Score, desde que o avô de Tom Mahout construiu a primeira cabana em 1923 —, as matas, lagos, poços e pântanos são abafados por temperaturas na faixa dos 35 graus e uma umidade um tantinho abaixo do ponto de saturação, mas ali no litoral faz apenas 27 graus. A brisa do mar é um prêmio extra, que torna a umidade insignificante e sopra para longe pernilongos e micuins. O gramado está cheio de meninos, a maioria amigos de Will, mas também de meninas conhecidas de Maddy e Jessie, e, uma vez na vida, *mirabile dictu*, todos parecem estar se dando bem. Não houve uma única discussão, e por volta das cinco horas, quando Tom leva à boca o primeiro martíni do dia, olha para Jessie, parada ali perto com o taco de *croquet* ao ombro como o rifle de uma sentinela (e que evidentemente se encontra ao alcance do que parece uma conversa casual entre marido e mulher, que, na realidade, pode ser um elogio disparado à filha com uma astuta tacada), e em seguida volta a atenção para a mulher:

— Afinal, acho que a ideia não foi nada má — diz.

Foi mais que boa, pensa Jessie. *Absolutamente genial e totalmente bárbara, se quer saber a verdade.* E isso ainda não é o que quer dizer, o que realmente pensa, mas seria perigoso dizer o resto em voz alta; seria desafiar os deuses. O que realmente pensa é que o dia está perfeito — fora de série. Até a música que explode do toca-fitas portátil de Maddy (que a irmã mais velha trouxe cheia de boa vontade para alegrar a festa, embora a peça seja normalmente o Grande Ícone Intocável) está legal. Jessie jamais vai *gostar* realmente de Marvin Gaye — como jamais vai gostar daquele leve cheiro mineral que emana do lago nas tardes quentes de verão —, mas *essa* música é legal. "Tenho que reconhecer que você é uma gracinha... beei-bi": bobinha, mas não oferece perigo.

Hoje é 14 de agosto de 1965, um dia que ficou, um dia que *continua* na mente de uma mulher que dorme algemada à cama numa casa às margens de um lago, 64km ao sul de Dark Score (mas tem o mesmo cheiro mineral, aquele cheiro asqueroso, evocativo, nos dias quentes e parados de verão), e, embora a menina de 12 anos não veja Will se esgueirando por trás quando ela se curva para bater a bola de *croquet*, transformando o traseiro em um alvo simplesmente irresistível para o moleque, que só viveu um ano para cada tempo do jogo de beisebol, parte de sua mente sabe que o irmão está ali, e que ali fica a costura em que o sonho se une ao pesadelo.

Ela prepara a tacada, concentrando-se no arco a uns 2 metros de distância. Uma tacada difícil, mas não *impossível*, e se puder fazer a bola passar por dentro do arco, talvez consiga alcançar Caroline. Isso seria ótimo, porque Caroline quase *sempre* ganhava no croquet. Então, na hora em que dá impulso no taco, a música que vem do toca-fitas muda.

"*Oh, ouçam todos vocês*", Marvin Gaye canta e desta vez pareceu a Jessie muito mais que uma falsa ameaça, "*principalmente os brotinhos...*"

Ondas de arrepios percorreram os braços bronzeados de Jessie.

"*... é direito me deixarem sozinho quando o meu amor nunca está em casa? Eu amo demais, meus amigos às vezes dizem...*"

Os dedos de Jessie adormecem e ela deixa de sentir o taco em suas mãos. Seus pulsos formigam, como se estivessem presos por

(tronco Esposinha está no tronco venham ver Esposinha no tronco venham rir de Esposinha no tronco)

torniquetes invisíveis e seu coração repentinamente se enche de desânimo. É a outra música, a música errada, a música ruim.

"*... mas acredito... acredito... que uma mulher deve ser amada assim...*"

Ergue os olhos para o grupo de garotas que estão esperando por sua tacada e descobre que Caroline sumiu. Parada em seu lugar acha-se Nora Callighan. Tem os cabelos em tranças, uma pelota de pasta d'água na ponta do nariz, calça os tênis amarelos de Caroline e o pingente de Caroline — aquele onde guarda uma foto minúscula de Paul McCartney —, mas aqueles são os olhos verdes de Nora, que a contemplam com profunda compaixão. Jessie repentinamente se lembra de que Will — sem dúvida instigado pelos coleguinhas, tão excitados com as Coca-Colas e o bolo de chocolate quanto Will — se aproxima sorrateiro por trás dela, que se prepara para enfiar a mão no seu traseiro. Ela vai reagir violentamente quando ele a tocar, vai virar para trás e lhe dar um soco na boca, o que talvez não estrague totalmente a festa, mas dê um toque dissonante numa festa até ali perfeita. Ela tenta largar o taco, quer se endireitar e se virar antes que aquilo aconteça. Quer mudar o passado, mas o passado é pesado — ao tentar mudá-lo ela descobre que é o mesmo que levantar a casa por um canto e procurar embaixo dela coisas que se perderam, esqueceram ou esconderam.

Atrás dela, alguém aumentou o volume do pequeno toca-discos de Maddy e aquela música horrível berra mais alto que nunca, triunfal, ofuscante e sádica. "ME DÓI TANTO POR DENTRO... SER TÃO MALTRATA-DO... ALGUÉM, EM ALGUM LUGAR... DIGA A ELA QUE NÃO É JUSTO..."

Jessie tenta novamente se livrar do taco — atirá-lo longe — mas não consegue; é como se alguém a tivesse algemado ao taco.

Nora!, ela grita. *Nora, você precisa me ajudar! Segure ele!*

(Foi neste ponto do sonho que Jessie gemeu pela primeira vez, assustando momentaneamente o cachorro e fazendo-o largar o corpo de Gerald.)

Nora balança a cabeça, lenta e solenemente. *Não posso ajudá-la, Jessie. Você está por conta própria — todos estamos. Em geral não digo isso aos meus pacientes, mas acho que no seu caso é melhor ser sincera.*

Você não está entendendo! Não posso passar por isso de novo! NÃO POSSO!

Ah, não seja boba, diz Nora, com inesperada impaciência. Ela começa a se afastar, como se não pudesse aguentar a visão do rosto de Jessie voltado para ela, frenético. *Você não vai morrer; isso não é veneno.*

Jessie olha desesperada (embora continue incapaz de se levantar, de furtar aquele alvo tentador ao irmão que a ameaça) e vê que sua amiga Tammy Hough sumiu; parada ali vestindo os shorts brancos e a frente-única amarela de Tammy encontra-se Ruth Neary. Segura em uma mão o taco listrado de vermelho de Tammy e na outra um Marlboro. Tem os cantos da boca erguidos no seu habitual sorriso sardônico, mas os olhos estão sérios e pesarosos.

Ruth, me ajude!, Jessie grita. *Você tem de me ajudar!*

Ruth dá uma grande tragada no cigarro, depois esmaga-o na grama com a sandália de sola de cortiça de Tammy Hough. *Putz-grila, boneca — ele vai enfiar a mão na sua bunda, não vai enfiar um ferro em brasa. Você sabe disso tão bem quanto eu; já passou por tudo isso antes. Então qual é o problema?*

Não é *apenas um dedo! Não é, e você sabe disso!*

A velha coruja piadeira pia para o ganso, Ruth diz.

Que? Que quer d...

Quer dizer: como posso saber qualquer coisa de QUALQUER COISA?, Ruth dispara de volta. Há raiva aparente em sua voz, há mágoa profunda por baixo. *Você não quis me contar — você não quis contar a ninguém. Você fugiu. Você fugiu como um coelho que vê a sombra de uma coruja piadeira no gramado.*

EU NÃO PODIA *contar!* — Jessie guincha. Agora vê uma sombra ao seu lado no gramado, como se as palavras de Ruth a tivessem materializado. Não é a sombra de uma coruja, porém; é a sombra do irmão. Ouve os risinhos abafados dos amigos dele, sabe que está esticando a mão para cutucá-la, e ainda assim não consegue nem se endireitar, muito menos se afastar. Sente-se impotente para alterar o que vai acontecer, e compreende que isto é a própria essência do pesadelo e da tragédia.

EU NÃO PODIA*!*, guinchou para Ruth outra vez. *Não poderia, nunca! A história teria matado mamãe... ou destruído a família... ou as duas coisas! Ele disse! Papai disse!*

Odeio ser portadora desta má notícia, boneca, mas o seu velho e querido paizinho fará 12 anos de morto no próximo dezembro. E será que não poderíamos esquecer um pouquinho esse melodrama? Ele não pendurou você no varal pelos bicos dos seios nem tocou fogo em você depois, sabe.

Mas ela não quer ouvir falar disso, não quer cogitar — sequer em sonho — em reavaliar o passado que sepultou; uma vez que os dominós começam a cair, quem sabe onde as coisas irão parar? Por isso fecha os ouvidos ao que Ruth está dizendo e continua a fitar a velha companheira de quarto com aquele olhar profundo de súplica que tantas vezes levou Ruth (cuja casca grossa era na realidade apenas um verniz) a rir e ceder a qualquer coisa que Jessie lhe pedisse para fazer.

Ruth, você tem de me ajudar! Você tem de me ajudar!

Mas dessa vez o olhar suplicante não comoveu. *Acho que não, boneca. As coleguinhas de alojamento já partiram, o tempo de calar terminou, fugir está fora de questão, e acordar não é uma opção possível. Estamos no trem fantasma, Jessie. Você é a gatinha; eu sou a coruja. Aqui vamos nós — todos a bordo. Aperte o cinto, e aperte-o bem. Vai dar uma voltinha de classe E.*

Não!

Mas agora, para desespero de Jessie, o dia começava a escurecer. Podia ser apenas o sol se escondendo atrás de uma nuvem, mas ela sabe que não é. O sol está desaparecendo. Em breve as estrelas vão cintilar no céu de verão e a coruja piadeira vai piar para a pombinha. Chegou a hora do eclipse.

Não!, ela torna a gritar. *Isso foi há dois anos!*

Errou, boneca, diz Ruth Neary. *Para você a coisa nunca terminou. Para você o sol jamais reapareceu.*

Abre a boca para negar a afirmação, para dizer a Ruth que ela peca pelo mesmo excesso de dramatização que Nora, que não parava de empurrá-la para portas que não queria abrir, que não parava de dizer que se pode melhorar o presente examinando o passado — como se alguém pudesse melhorar o sabor do jantar de hoje acrescentando os restos bichados do jantar de ontem. Quer dizer a Ruth, como disse a Nora no dia em que saiu de seu consultório para nunca mais voltar, que há uma grande diferença entre viver com uma coisa e ser prisioneira dessa coisa. *Suas patetas, vocês não compreendem que o Culto do Eu é apenas mais um culto?* Quer dizer isso, mas mal abre a boca, ocorre a invasão: uma mão entre as suas pernas ligeiramente abertas, o polegar no seu traseiro, dedos que forçam o tecido do short, acima da vagina, e desta vez não é a mãozinha inocente do irmão; a mão entre suas pernas é muito maior que a de Will e não é nada inocente. A música ruim toca no rádio, as estrelas brilham no céu de três horas da tarde, e

(você não vai morrer, não é veneno)

é assim que gente grande cutuca uma a outra.

Ela se vira, esperando ver o pai. Ele fez uma coisa parecida durante o eclipse, uma coisa que ela supõe que os Chorões-do-Culto-do-Eu, os Habitantes-do-Passado, como Ruth e Nora, chamariam de abusar sexualmente de uma criança.

Fosse o que fosse, seria ele — disso tem certeza —, e teme que sofrerá um terrível castigo pelo que o pai fez, por mais séria ou trivial que fosse a coisa: ela vai levantar o taco de croquet e meter na cara dele, arrebentar seu nariz e quebrar seus dentes, e quando ele cair no gramado os cachorros vão comê-lo.

Só que não é Tom Mahout ali; é Gerald. E está nu. O Pênis do Advogado espia Jessie por baixo da abóbada macia e rosada da barriga. Ele segura um par de algemas de polícia em cada mão. Estende-as para ela na estranha escuridão da tarde. O brilho sobrenatural das estrelas se reflete nas mandíbulas de aço onde estamparam M-17 porque o fornecedor não tinha algemas F-23 em estoque.

Vamos, Jess, Gerald diz sorrindo. *Você conhece bem o jogo. Além do mais, você gostou. Aquela primeira vez você gozou com tanta violência que quase explodiu. Não me importo de confessar que aquele foi o melhor rabo que comi na vida, tão bom que às vezes sonho com ele. E sabe por que foi tão bom? Porque você não teve de fazer nada. Quase todas as mulheres preferem quando o homem faz tudo — é um dado comprovado da psicologia feminina. Você gozou quando seu pai a molestou, Jessie? Aposto que gozou. Aposto que gozou com tanta violência que quase explodiu. As pessoas que cultuam o Eu podem querer discutir essas coisas, mas nós conhecemos a verdade, não é? Algumas mulheres sabem dizer que querem, outras precisam de um homem para lhes dizer o que querem. Você pertence ao segundo grupo. Mas tudo bem, Jessie; é para isso que servem as algemas. Só que nunca foram algemas de verdade. São pulseiras de amor. Por isso ponha as algemas, meu amor. Ponha.*

Ela recua, sacudindo a cabeça, sem saber se quer rir ou chorar. O assunto em si é novo, mas a retórica é bem familiar. *Conversa de advogado não funciona comigo, Gerald — faz um tempão que estou casada com um. O que nós dois sabemos é que o problema que houve com as algemas nunca foi comigo. Foi com você... para ser franca, foi você que quis estimular um pouquinho o velho tesão que a bebida derrubou. Portanto pode guardar sua versão de merda sobre psicologia feminina, está bem?*

Gerald sorri de maneira desconcertante e astuta. *Boa tentativa, belezinha. Não surtiu efeito, mas foi uma tacada e tanto. A melhor defesa é uma boa ofensa, certo? Acho que fui eu que lhe ensinei isso. Não importa. No momento você precisa fazer uma escolha. Ou põe as algemas ou levanta o taco e me mata outra vez.*

Ela olha à volta e percebe, em meio ao pânico e ao desalento que sobrevêm, que todas as pessoas na festa de aniversário de Will observam seu confronto com esse homem nu (isto é, exceto pelos óculos), gordo, sexualmente excitado... e não são apenas a família e os amiguinhos de infância, não. A sra. Henderson, que será sua orientadora no primeiro ano de universidade, encontra-se parada ao lado da poncheira; Bobby Hagen, que vai acompanhá-la ao baile de formatura — e depois transar com ela no banco traseiro do Oldsmobile 88 do pai —, está no pátio com a loura da paróquia de Neuworth, aquela cujos pais a amavam, mas era ao filho que idolatravam.

Barry, Jessie pensa. *É a Olívia e o irmão Barry.*

A loura ouve o que diz Bobby Hagen, mas observa Jessie, tem o rosto tranquilo porém meio abatido. Usa uma blusa de moletom com estampa que exibe Mr. Natural, personagem de Robert Crumb, caminhando apressado por uma rua da cidade. No balão que sai da boca do Mr. Natural está impresso o dizer "Vício é bom, mas incesto é muito melhor". Atrás de Olívia, Kendall Wilson, que dará a Jessie o primeiro emprego de professora, corta um pedaço do bolo de chocolate do aniversário para a sra. Paige, professora de piano de Jessie na infância. A sra. Paige tem um ar animadíssimo para uma mulher que morreu de infarto há uns dois anos quando escolhia maçãs num hortifrúti em Alfred.

Jessie pensa: *Isto não parece sonho; parece um afogamento. Todos que conheci parecem estar presentes sob esse estranho céu de tarde estrelado, observando meu marido pelado tentar me algemar enquanto Marvin Gaye canta "Can I get a witness".** *Há apenas um consolo, se houver algum: as coisas não podem ficar piores do que já estão.*

Mas ficam. A sra. Wertz, professora de Jessie no primário, cai na risada. O velho sr. Cobb, jardineiro da família até 1964, quando se aposentou, ri com a professora. O riso contagia Maddy, Ruth e a Olívia dos seios queimados. Kendall Wilson e Bobby Hagen quase se dobram de rir e dão tapas um nas costas do outro, como homens que ouviram a piada suja na barbearia local. Talvez aquela em que a graça é a frase *um sistema vivo de apoio para uma boceta.*

Jessie baixa a cabeça para se olhar e descobre que agora está nua também. No peito, escritas com batom Delícia de Hortelã, as três palavras malditas: FILHINHA DO PAPAI.

Preciso acordar, pensa. *Caso contrário, vou morrer de vergonha.*

Mas não acorda, pelo menos não imediatamente. Ergue os olhos e vê que o sorriso astuto e desconcertante de Gerald virou uma ferida aberta. Inesperadamente o focinho melado de sangue do vira-lata irrompe por entre os dentes de Gerald. O cachorro também sorri, e a cabeça que surge entre suas presas como o início de um parto obsceno pertence ao pai de Jessie. Seus olhos, sempre muito azuis, agora estão cinzentos e abatidos sobre seu sorriso. São os olhos de Olívia, Jessie percebe, e então percebe mais uma coisa: o cheiro salobro de minerais da água do lago, tão leve porém tão desagradável, está por toda parte.

---

* Posso ter uma testemunha?

"I love too hard, my friends sometimes say"* — seu pai canta de dentro da boca do cachorro que está dentro da boca de Gerald. *"But I believe, I believe that a woman shoud be loved that way..."*** Ela atira o taco para um lado e corre, aos berros. Ao passar pelo monstrengo com a exótica cadeia de cabeças encaixadas umas nas outras, Gerald fecha uma das algemas em seu pulso.

Peguei você! — urra vitorioso. *Peguei-a, minha altiva bela!*

Em princípio ela pensa que o eclipse ainda não é total, porque o dia continua a escurecer ainda mais. Então lhe ocorre que provavelmente está desmaiando. Esse pensamento é acompanhado de uma sensação de profundo alívio e gratidão.

Não seja tola, Jess — não se pode desmaiar em sonho.

Mas ela acha que talvez esteja fazendo exatamente isso e, ao fim, não importa se é um desmaio ou apenas um recesso mais profundo do sono em que se refugia como se tivesse sobrevivido a um cataclismo. O que importa é que, enfim, está escapando do sonho que a assaltou de uma forma mais fundamental do que o gesto do pai no deque naquele dia, enfim está escapando, e a gratidão lhe parece uma reação maravilhosamente normal às circunstâncias.

Quase alcançou o recesso escuro e confortável quando aquele som se interpõe: um som feio e estilhaçante como um forte espasmo de tosse. Ela tenta fugir do som e descobre que é impossível. Ele a prende como se fosse um gancho, e como um gancho começa a puxá-la em direção ao vasto, mas frágil céu prateado que separa o sono da consciência.

---

* Meus amigos às vezes dizem que o meu amor é intenso demais.
** Mas acredito, acredito mesmo, que é assim que se deve amar uma mulher...

Capítulo Doze

O EX-PRÍNCIPE, que em tempos fora o orgulho e alegria da jovem Catherine Sutlin, sentou-se à entrada da cozinha por uns dez minutos depois da última investida no quarto. Tinha a cabeça erguida, os olhos muito arregalados. Sobrevivera com uma ração muito pobre nos últimos dois meses, se alimentara bem esta noite — se empanturrara mesmo — e deveria estar se sentindo pesado e sonolento. Sentira-se assim algum tempo, mas agora a sonolência acabara. Fora substituída por uma inquietação que piorava sem parar. Alguma coisa rompera os finíssimos sensores estendidos na zona mística em que intuição e sentidos caninos se sobrepunham. A dona continuava a gemer no outro quarto e a produzir ocasionais sons de conversa, mas esses ruídos não eram a fonte do nervosismo do vira-lata; não foram a razão de se sentar quando estava quase adormecendo placidamente, nem a razão de sua orelha boa se empinar para a frente em posição de alerta, e o focinho enrugar deixando à mostra as pontas dos dentes.

Era outra coisa... uma coisa esquisita... uma coisa possivelmente perigosa.

Quando o sonho de Jessie atingiu o auge e começou a espiralar para o final, o cachorro subitamente se ergueu, incapaz de suportar a vibração constante nos nervos. Virou-se, empurrou a porta dos fundos com o focinho e saltou para a escuridão da noite de ventania. Ao sair, um odor estranho e inidentificável chegou às suas narinas. Havia perigo naquele cheiro... perigo quase certo.

O cachorro correu para a mata o mais rápido que lhe permitiu a barriga pesada e inchada. Quando ganhou a segurança das moitas, virou-se e, contrafeito, refez um pedacinho do caminho até a casa. O cachorro batera em retirada, é bem verdade, mas um bom número de sinais de alarme dentro dele teria de soar para ele considerar abandonar a maravilhosa despensa de comida que encontrara.

Escondido em segurança, a cara inteligente e cansada riscada de ideogramas desenhados pelas sombras do luar, o vira-lata começou a latir, e foi a repetição desse som que trouxe Jessie de volta à consciência.

Capítulo Treze

DURANTE os verões que passavam no lago no início dos anos 1960, antes que William pudesse fazer mais que dar braçadas no raso com um par de boias cor de laranja preso às costas, Maddy e Jessie, sempre boas amigas apesar da diferença de idade, frequentemente iam nadar na casa dos Neidermeyers. Os Neidermeyers tinham uma plataforma flutuante equipada com trampolim, e foi ali que Jessie começou a desenvolver a habilidade que lhe valeu o primeiro lugar na equipe de natação da escola e, mais tarde, em 1971, na equipe estadual. A segunda melhor lembrança da época em que mergulhava do trampolim dos Neidermeyers (a primeira — então e sempre — era mergulhar cortando o ar quente de verão em direção às águas azul-metálicas) era a sensação de emergir do fundo do lago atravessando camadas contrastantes de água quente e fria.

Emergir desse sonho atormentado era igual.

Primeiro havia uma confusão escura e estrondosa em que se sentia dentro de uma nuvem de tempestade. Atravessou-a aos tropeços, sem ter a menor ideia de quem ou *quando* era, e muito menos onde estava. Depois uma camada mais quente e menos agitada: tivera o pior pesadelo da história (pelo menos de *sua* história), mas *não passara* de um pesadelo, e agora findara. Entretanto, ao se aproximar da superfície, deparou com outra camada fria: uma ideia de que a realidade que a aguardava era quase tão ruim quanto o pesadelo. Talvez pior.

Que será?, perguntou-se. *Que poderia ser pior do que o pesadelo por que acabei de passar?*

Recusava-se a pensar nisso. A resposta estava ao seu alcance, mas, se lhe ocorresse, poderia optar por uma cambalhota e abanar as nadadeiras para retornar às profundezas. Tomar tal decisão seria se afogar, e embora o afogamento talvez não fosse a pior maneira de pular fora — era menos ruim do que meter a Harley num paredão de pedra ou aterrissar de paraquedas numa rede de alta tensão, por exemplo —, a ideia de abrir o corpo àquele cheiro salobro de minerais, que lhe lembrava ao mesmo tempo cobre e ostras, era insuportável. Jessie continuou a nadar mal-humorada em direção à superfície, dizendo a si mesma que se preocuparia com a realidade quando, e se, chegasse à tona.

A última camada que atravessou era quente e assustadora como sangue recém-derramado: seus braços provavelmente estariam mais inertes que pedaços de pau. Só esperava poder obrigá-los a se mexer até o sangue voltar a circular.

Jessie arfou, estremeceu e abriu os olhos. Não fazia a menor ideia de quanto tempo dormira, e o rádio-relógio sobre a cômoda, preso em seu próprio inferno de repetição obsessiva (12-12-12, piscava na escuridão, como se o tempo tivesse parado para sempre à meia-noite), não servia para nada. Só tinha certeza de que era noite e a lua agora entrava pela claraboia e não mais pela janela leste.

Seus braços se agitavam numa dança nervosa como se estivessem em brasa. Em geral detestava essa sensação, mas era mil vezes preferível às cãibras musculares, preço que pagava para reavivar as extremidades adormecidas. Pouco depois notou uma umidade que se espalhava sob suas pernas e nádegas e percebeu que a vontade de urinar desaparecera. O corpo cuidara do problema enquanto ela dormia.

Dobrou os pulsos e cautelosamente se levantou um pouco, fazendo careta com a dor que o movimento provocava nos pulsos e, mais profundamente, nas costas das mãos. *A maior parte dessa dor vem da tentativa de me livrar das algemas,* pensou. *Não pode culpar ninguém a não ser você mesma, queridinha.*

O cachorro recomeçara a latir. Cada latido cortante era como uma farpa martelada em seu tímpano, e ela percebeu que foram aqueles ruídos que a arrancaram do sono na hora em que ia mergulhar mais fundo para escapar ao pesadelo. A direção dos latidos lhe informou que o cachorro se encontrava no quintal da casa. Ficou contente que tivesse saído, mas meio intrigada também. Talvez ele não se sentisse bem dentro de casa depois de passar tanto tempo ao ar livre. Essa ideia fazia um certo sentido... tanto quanto qualquer outra coisa nas circunstâncias.

— Controle-se, Jess — aconselhou a si mesma em tom solene e turvo de sono, e talvez, apenas talvez, estivesse fazendo exatamente isso. O pânico e a vergonha irracional que sentira durante o sonho estavam sumindo. O sonho em si parecia estar murchando, assumindo o aspecto curiosamente ressecado de uma foto superexposta. Logo, percebeu, desapareceria de todo. Os sonhos que antecediam o despertar eram como casulos vazios de mariposas ou cápsulas rompidas de marias-sem-vergonha, cascas vazias onde a vida momentaneamente transformou-se numa furiosa mas frágil tempestade. Houve momentos em que a amnésia, se é que era isso, lhe parecera triste. Agora não. Nunca em sua vida igualara o esquecimento à misericórdia tão rápida e completamente.

E não importa, pensou. *Afinal, foi apenas um sonho. Quero dizer, todas aquelas cabeças saindo de dentro de cabeças. Dizem que os sonhos são simbólicos, naturalmente — sei disso —, e suponho que haja algum simbolismo nesse... talvez até alguma verdade. Não fosse por outra razão, acho que agora compreendo por que bati em Will quando ele me cutucou naquele dia. Nora Callighan sem dúvida vibraria — chamaria isso de progresso. E é provável que seja. Mas não tem serventia para me tirar dessas pulseiras de presidiária, e isso continua a ser a minha prioridade número um. Alguém discorda?*

Nem Ruth nem Esposinha responderam; as vozes óvnis permaneceram igualmente caladas. A única reação, de fato, veio de seu estômago, que ficou morrendo de tristeza com todo o acontecido, mas, ainda assim, se sentia compelido a protestar contra o cancelamento do jantar com um ronco discreto e prolongado. Engraçado, de certa forma... mas é bem capaz de ter menos graça amanhã de manhã. Até lá a sede teria retornado com intensidade, também, e Jessie não tinha a ilusão de que dois golinhos de água a manteriam saciada.

Preciso me concentrar — é o jeito. O problema não é a comida, nem a água. No momento essas coisas importam tão pouco quanto a razão pela qual meti a mão na cara do Will no seu aniversário de 9 anos. O problema é como vou...

Suas reflexões se interromperam subitamente como um nó de madeira estourando em uma fogueira. Seu olhar, que vagava distraído pela penumbra do quarto, fixou-se no canto mais afastado, onde as sombras produzidas pelo vento no pinheiral dançavam com vivacidade à luz rosada que entrava pela claraboia.

Havia um homem parado ali.

Um terror maior do que jamais sentira invadiu-a sorrateiro. A bexiga, que na realidade aliviara apenas o desconforto excedente, se esvaziou agora num jato indolor e quente. Jessie não tomara conhecimento disso ou de qualquer outra coisa.

O terror varrera temporariamente sua cabeça de parede a parede, do teto ao chão. Nenhum ruído lhe escapava, nem mesmo o mínimo rangido; estava tão incapaz de falar quanto de pensar. Os músculos dos braços, ombros e pescoço pareciam estar se dissolvendo em água morna e ela foi escorregando para baixo até ficar pendurada pelas algemas numa espécie de desmaio. Não perdeu a consciência — nem de longe —, mas aquele vazio mental e a total incapacidade física que o acompanhava foram piores do que a inconsciência. Quando o pensamento tentou voltar, em princípio foi bloqueado por uma muralha escura e disforme de medo.

Um homem. Um homem no canto.

Ela distinguia seus olhos escuros observando-a com uma atenção fixa e imbecil. Via a palidez cerosa do rosto fino e da testa larga, embora as feições reais do intruso estivessem borradas pelo diorama de sombras que passavam voando por elas. Via ombros curvados e braços pendentes como os de um macaco, que terminavam em longas mãos; percebia pés em algum ponto do triângulo de sombra projetado pela cômoda, mas era só isso.

Não fazia ideia de quanto tempo passara naquele horrível semidesmaio paralisada, mas consciente, como um besouro picado por uma aranha. Pareceu-lhe uma eternidade. Os segundos passaram lentos e ela se sentiu incapaz sequer de fechar os olhos, menos ainda de desviá-los do estranho visitante. O primeiro momento de terror diante do homem começou a diminuir um pouquinho, mas o que sobreveio foi pior: um horror e uma repugnância irracional e atávica. Jessie mais tarde concluiu que a fonte dessas sensações — as emoções mais fortes e negativas que já experimentara na vida, incluindo as que sentira pouco antes, quando contemplava o cachorro se preparar para jantar Gerald — era a absoluta imobilidade da criatura. Entrara silenciosamente enquanto ela dormia e agora simplesmente postava-se num canto, camuflado pela incessante maré de sombras que perpassava seu rosto e corpo, observava-a com olhos negros estranhamente ávidos, tão grandes e extasiados que lhe lembravam das órbitas vazias de um crânio.

O visitante apenas parara no canto; só isso, nada mais.

Algemada, os braços estirados acima da cabeça, sentia-se uma mulher no fundo de um grande poço. O tempo passava marcado apenas pelo pisca-pisca insano do relógio que anunciava 12, 12, 12 horas, e finalmente um pensamento coerente voltou ao seu cérebro, um pensamento que lhe pareceu ao mesmo tempo perigoso e imensamente reconfortante.

Não há mais ninguém aqui além de você, Jessie. O homem que está vendo no canto é uma combinação de sombras e imaginação — nada mais.

Esforçou-se para voltar à posição sentada, içando-se com os braços, contraindo as feições com a dor nos ombros sobrecarregados, empurrando com os pés, tentando fincar os calcanhares na colcha, arfando com o esforço... e, durante todo o tempo, seus olhos não abandonaram um só instante o vulto alongado no canto.

É alto demais e magro demais para ser um homem de verdade, Jess — não está vendo? É apenas vento, sombras, um raio de luar... e alguns resíduos do seu pesadelo, imagino. Concorda?

Quase. Ela começou a se acalmar. Então, de fora o cachorro emitiu outra saraivada de latidos histéricos. E não é que o vulto no canto — o vulto que era apenas vento, sombras e um raio de luar —, não é que o vulto inexistente virou ligeiramente a cabeça naquela direção?

Não, claro que não. Claro que foi apenas mais uma brincadeira do vento, da escuridão e das sombras.

Talvez fosse; de fato estava quase segura de que aquela parte — de virar a cabeça — fora ilusão. Mas, e o resto? O vulto em si? Não conseguia se convencer de todo que era *apenas* sua imaginação. Certamente nenhum vulto que parecesse *tanto* com um homem poderia ser apenas uma ilusão... poderia?

Esposa Perfeita manifestou-se inesperadamente e, embora houvesse receio em sua voz, não havia histeria, pelo menos por ora. Estranhamente, foi a parte Ruth de Jessie que mais se apavorou com a possibilidade de não estar sozinha no quarto, e era a parte Ruth que continuava gaguejando.

Se aquela coisa não é real, disse Esposinha, *por que o cachorro se retirou? Eu acho que ele não teria saído sem uma razão muito boa, e você?*

No entanto, Jessie compreendia que Esposinha estava profundamente amedrontada e ansiosa por ouvir uma explicação para a saída do cachorro que não envolvesse o vulto que Jessie viu ou pensou que viu parado no canto. Esposinha lhe suplicava que dissesse que sua primeira ideia, a de que o cachorro simplesmente saíra porque não se sentia bem dentro de casa, era muito mais plausível. Ou talvez, pensou, tivesse ido embora pela razão mais antiga do mundo: farejara outro vira-lata, uma cadela no cio. Supunha que até fosse possível que o cachorro se assombrasse com algum ruído — um galho batendo numa janela do primeiro andar, digamos. Gostava mais desta explicação, porque sugeria uma espécie de justiça sumária: que o cachorro também se assombrara com um intruso imaginário, e pretendesse com seus latidos assustar o recém-chegado inexistente, afastando-o do seu banquete de pária.

Por favor, dê uma explicação assim, Esposinha suplicou, *e mesmo que você não acredite em nenhuma, me faça acreditar.*

Mas Jessie não se achava capaz disso e a razão encontrava-se de pé no canto junto à cômoda. Havia alguém ali. Não era alucinação, não era uma combinação de sombras impelidas pelo vento e imaginação, não era um restinho de sonho, um fantasma momentâneo vislumbrado na notória terra de ninguém entre o sono e a vigília. Era um

(*monstro, é um monstro, um bicho-papão que veio me comer*)

homem, não um monstro, um homem, parado ali imóvel a observá-la enquanto o vento soprava, fazendo a casa ranger e as sombras dançarem pelo estranho rosto que ela entrevia.

Desta vez o pensamento — *Monstro! Bicho-papão!* — emergiu dos níveis mais profundos da mente até o palco iluminado de sua consciência. Negou-o outra vez, mas sentia o terror voltar, do mesmo jeito. A criatura no extremo oposto do quarto poderia ser um homem, mas, mesmo que fosse, adquiria cada vez mais certeza de que havia alguma coisa muito errada naquele rosto. Se ao menos pudesse vê-lo melhor!

Você não ia querer, a voz sussurrante e agourenta de uma óvni aconselhou-a.

Mas tenho que falar com ele — tenho que fazer contato, Jessie pensou, e na mesma hora alguém lhe respondeu nervosa, em tom de censura, que parecia combinar as vozes de Ruth e Esposinha: *Não veja o vulto como uma coisa, Jessie — veja-o como uma pessoa. Pense num homem, alguém que talvez tenha se perdido na mata, alguém que está tão apavorado quanto você.*

Bom conselho, talvez, mas Jessie descobriu que não podia pensar na figura no canto como uma pessoa, da mesma forma que também não podia pensar no vira-lata como uma pessoa. Também não podia pensar na criatura nas sombras como alguém perdido ou assustado. O que sentia vir do canto eram ondas longas e lentas de malevolência.

Isso é uma idiotice! Fale com ele, Jessie! Fale com ele!

Ela tentou pigarrear e descobriu que não havia nada preso na garganta — estava seca como um deserto e mais lisa que pedra-sabão. Agora sentia o coração batendo no peito, uma palpitação muito leve, muito rápida, muito irregular.

O vento soprava novas rajadas. As sombras projetavam desenhos pretos e brancos pelas paredes e pelo teto, fazendo-a se sentir uma mulher presa no interior de um caleidoscópio para daltônicos. Por um instante ela pensou ter visto um nariz — fino, longo e branco — sob os olhos negros e imóveis.

— Quem...

Em princípio conseguiu enunciar apenas aquele único sussurrinho que não poderia ter sido ouvido no extremo oposto da cama, muito menos no do quarto. Parou, umedeceu os lábios e tentou outra vez. Tinha consciência de que trazia os punhos doloridos cerrados com força, e forçou os dedos a se descontraírem.

— Quem é você? — Ainda um sussurro, mas um pouco mais alto que o anterior.

O vulto não respondeu, continuou parado com as mãos brancas e estreitas batendo pelos joelhos, e Jessie pensou: *Joelhos? Joelhos? Não é possível, Jess — quando os braços de alguém estão caídos ao longo do corpo, as mãos batem na primeira metade das coxas.*

Ruth respondeu, a voz tão baixa e temerosa que Jessie mal a reconheceu. *As mãos de uma pessoa* normal *batem na metade superior das co-*

xas, não é isso que quer dizer? Mas você acha que uma pessoa normal entraria sorrateiramente na casa de alguém no meio da noite e ficaria parada num canto observando, ao descobrir a dona da casa algemada à cama? Fica parada ali e acabou?

Então aquilo mexeu uma perna... ou talvez tenha sido apenas mais um movimento diversivo das sombras, dessa vez vislumbrado pelo quadrante inferior de sua visão. A combinação de sombras, luar e vento emprestava uma incrível ambiguidade ao episódio, e mais uma vez Jessie se viu duvidando da concretude do visitante. Ocorreu-lhe a possibilidade de que ainda estivesse adormecida, que o sonho com a festa de aniversário de Will simplesmente tivesse tomado uma estranha direção... mas ela não acreditou realmente nisso. Estava muito acordada.

Se, de fato, a perna mexeu ou não (ou até mesmo se *havia* uma perna), o olhar de Jessie foi momentaneamente atraído para baixo. Ela pensou ver um objeto escuro no chão entre os pés da criatura. Era impossível dizer o que seria porque a sombra da cômoda tornava aquele o canto mais escuro do quarto, mas lembrou-se de repente daquela tarde, quando tentara persuadir Gerald de que realmente falava sério. Os únicos sons que havia eram o vento, a porta batendo, os latidos do cachorro, o mergulhão e...

A coisa no chão entre os pés do visitante era uma motosserra.

Jessie teve imediata certeza disso. O visitante usara-a antes, mas não para cortar lenha. Fora *gente* que ele andara cortando de tarde, e o cachorro fugiu porque farejara a aproximação desse lunático, que subia pelo caminho do lago sacudindo na mão enluvada a serra suja de sangue....

Pare com isso!, Esposinha gritou indignada. *Pare com essa tolice agora mesmo e procure se controlar!*

Mas ela descobriu que não conseguia se controlar, porque isso não era um sonho e também porque sentia aumentar a certeza de que o vulto postado no canto, silencioso como o Frankenstein antes dos raios, era real. Mas, mesmo que fosse, não passara a tarde transformando gente em costeletas de porco com uma motosserra. Claro que não — isso era apenas uma variação cinematográfica das histórias simples e medonhas dos acampamentos de verão, que pareciam tão engraçadas quando a garotada se sentava ao redor da fogueira, assando marshmallows, e tão horríveis mais tarde, quando se tremia de medo dentro do saco de dormir, acreditando que cada graveto quebrado assinalava a aproximação do homem de Lakeview, o lendário sobrevivente da guerra da Coreia que teve os miolos estourados.

A coisa parada no canto não era o homem de Lakeview, tampouco o assassino da motosserra. *Havia* alguma coisa no chão (pelo menos disso tinha certeza), e Jessie supunha que *podia* ser uma motosserra, mas também podia ser uma mala... uma mochila... um mostruário de vendedor...

Ou minha imaginação.

Sim. Embora olhasse diretamente para a coisa qualquer que fosse, sabia que não podia descartar a possibilidade de estar imaginando. Porém, de uma forma perversa, isso apenas reforçava a ideia de que a criatura *em si* era real, e a cada momento se tornava mais difícil excluir a sensação de maldade que vinha do emaranhado de sombras escuras e do luar claro como um rosnido baixo e contínuo.

Aquilo me odeia, ela pensou. *Seja o que for, aquilo me odeia. Deve me odiar. Que outra razão teria para ficar parado ali sem me ajudar?*

Voltou a olhar para aquele rosto semioculto, para os olhos que pareciam brilhar com avidez tão febril nas órbitas redondas e escuras, e começou a chorar.

— Por favor, tem alguém aí? — Sua voz era humilde, afogada em lágrimas. — Se houver, será que quer, por favor, me ajudar? Está vendo essas algemas? As chaves estão bem aí do seu lado, em cima da cômoda...

Nada. Nenhum movimento. Nenhuma resposta. Apenas continuou parado ali — isto é, se é que estava ali — espiando-a por trás da máscara ferina de sombras.

— Se não quiser que eu conte a ninguém que o vi, não contarei — tentou de novo. Sua voz tremia, engrolava, sumia e derrapava. — Pode ter certeza que não! E ficaria tão... tão grata...

A coisa a observava.

Apenas isso e nada mais.

Jessie sentiu as lágrimas lhe escorrerem pelo rosto.

— Você está me apavorando, sabe? Não quer dizer alguma coisa? Não pode falar? *Se está realmente aí, será que pode, por favor, falar comigo?*

Uma histeria breve e terrível apoderou-se de Jessie, então, e saiu voando com uma parte sua, valiosa e insubstituível, presa firmemente nas garras ossudas. Ela chorou e suplicou ao vulto assustador, imóvel no canto do quarto; permaneceu o tempo todo consciente, mas, por vezes, vagava pelo curioso vazio reservado àqueles cujo terror crescia tão desmedidamente que se aproximava do êxtase. Ouvia-se pedindo ao vulto com voz rouca e chorosa para *por favor* libertá-la das algemas, para por favor ah por favor ah *por favor* libertá-la das algemas, e depois recuava para aquele estranho vazio. Sabia que sua boca ainda estava mexendo porque sentia os movimentos. Ouvia também os sons que emitia, mas, quando se encontrava no vazio, os sons não eram palavras, eram uma torrente descontrolada e ininteligível de sons. Ouvia, ainda, o vento soprando e o cachorro latindo, percebia-os sem tomar consciência, ouvia-os sem compreender, pois tudo se perdia no pavor da forma vislumbrada do horrível visitante, do hóspede indesejável. Não conseguia interromper a contemplação daquela cabeça estreita e disforme, das faces pálidas, dos ombros curvados... mas, cada vez mais, eram as mãos da criatura que atraíam os olhos de Jessie; aquelas mãos pendentes, de dedos longos, que chegavam muito mais abaixo do que mãos normais teriam o direito de chegar. Um lapso indefinido de tempo se escoava nesse vazio (*doze-doze-doze*, o relógio sobre a cômoda informava, sem serventia alguma) e então ela retornava um pouquinho, começava a pensar em vez de apenas experimentar o tropel interminável de imagens incoerentes, começava a ouvir palavras de seus lábios em vez de sons confusos. Mas mudara a tônica enquanto estivera no vazio; as palavras agora não se referiam às algemas ou às chaves sobre a cômoda. O que ouvia era o murmúrio fraco, agudo, de uma mulher reduzida a suplicar uma resposta... qualquer resposta.

— Que é você? — soluçou. — Um homem? Um demônio? *Por Deus, que é você?*

O vento soprou uma rajada.

A porta bateu.

Diante dela, o rosto do vulto pareceu mudar... pareceu se enrugar para cima num sorriso. Havia alguma coisa terrivelmente familiar naquele sorriso, e Jessie sentiu o cerne de sua sanidade, que suportara aquele assalto com extraordinária força até o momento, começar finalmente a fraquejar.

— Papai? — sussurrou. — Papai, é você?

Não seja boba!, exclamou Esposa Perfeita, mas Jessie sentia agora até mesmo aquela voz de apoio vacilar diante da histeria. *Pare de tolices, Jessie! Seu pai está morto desde 1980!*

Ao invés de ajudar, o comentário piorou a situação. Muito mais. Tom Mahout fora enterrado na cripta da família em Falmouth, a menos de 160 quilômetros dali. A mente febril e aterrorizada de Jessie insistia em lhe mostrar um vulto curvado, as roupas e sapatos podres emplastrados de bolor verde-azulado, atravessando, furtivo, terrenos banhados de luar, correndo por matagais entre loteamentos suburbanos; via a gravidade atuando nessa corrida sobre os músculos dos braços em decomposição, gradualmente esticando-os até que as mãos pendessem ao lado dos joelhos. Era seu pai. Era o homem que a encantara com passeios nos ombros aos 3 anos, que a consolora aos 6 quando um palhaço a assustou às lágrimas com suas cambalhotas, que lhe contara histórias na hora de dormir até os 8 anos — idade bastante, disse ele, para que as lesse sozinha. O pai, que improvisara filtros na tarde do eclipse e a segurara no colo quando o momento da escuridão total se aproximou, o pai que falara: *Não precisa se preocupar... não se preocupe e não olhe para os lados*. Mas achara que talvez ele estivesse preocupado, porque sua voz estava pastosa e trêmula, muito diferente da voz normal.

No canto, o sorriso da coisa pareceu se alargar e de repente o quarto se encheu daquele perfume, aquele que era meio metálico e meio orgânico; um aroma que lhe lembrava ostras com creme, o cheiro da mão depois que se segurava um punhado de moedas e o cheiro do ar pouco antes de um temporal.

— Papai, é você? — perguntou ao vulto no canto, e de algum lugar veio o grito distante do mergulhão. Jessie sentiu as lágrimas escorrerem lentamente pelo seu rosto. E agora acontecia algo esquisitíssimo, algo que jamais esperaria na vida. À medida que crescia sua certeza de que era o pai, de que era Tom Mahout parado no canto, estivesse ou não morto há 12 anos, o terror começou a abandoná-la. Encolhera as pernas, mas agora as deixara escorregar para baixo e caírem abertas. Ao fazer isso, lembrou um fragmento de seu sonho — FILHINHA DO PAPAI escrito sobre os seios com batom Delícia de Hortelã.

— Está bem, vá em frente — falou ao vulto. Tinha a voz um pouquinho rouca, mas firme. — Foi por isso que voltou, não foi? Então vá em frente. De qualquer modo, como poderia lhe deter? *Mas prometa que vai abrir minhas algemas depois. Que vai me libertar e me deixar ir embora.*

O vulto não deu resposta. Continuou parado naquele pega-varetas surreal de sombras e luar, sorrindo para ela. E à medida que os segundos passavam (*doze-doze-doze*, informava o relógio sobre a cômoda, parecendo sugerir que a ideia da passagem do tempo era uma ilusão, que o tempo na realidade congelara), Jessie pensou que talvez estivesse certa de início, que afinal não havia realmente ninguém ali. Começara a se sentir como um cata-vento à mercê das rajadas contraditórias e travessas do vento que, por vezes, sopra pouco antes de um forte temporal ou de um tornado.

Seu pai não pode voltar do além, Esposa Perfeita falou numa voz que se esforçava por ser firme, sem êxito. Ainda assim, Jessie rendeu homenagem àquele esforço. Acontecesse o que acontecesse, a Esposa Perfeita aguentava o rojão e não abandonava a partida. *Isto não é um filme de terror nem um episódio de* Além da Imaginação, *Jess; isto é realidade.*

Mas outra parte dela — a parte que talvez abrigasse aquela meia dúzia de vozes interiores que eram os verdadeiros óvnis, e não apenas grampos que seu subconsciente tivesse instalado em determinado momento em sua mente consciente — insistia que havia uma verdade mais sinistra ali, algo que se alongava dos calcanhares da lógica como uma sombra irracional (e talvez sobrenatural). Essa voz insistia que as coisas se *alteravam* no escuro. E as coisas se alteravam no escuro, dizia, *principalmente* quando a pessoa se encontrava sozinha. Quando isso acontecia, os cadeados caíam da gaiola que prendia a imaginação, e qualquer coisa — quaisquer *coisas* — podia voar.

Pode ser seu papai, sussurrou essa sua parte essencialmente alienígena, e com um arrepio de frio reconheceu nela as vozes da loucura e da razão misturadas. *Pode ser, nunca se deve duvidar. As pessoas quase sempre estão livres de almas penadas e assombrações e mortos-vivos à luz do dia, e em geral estão livres deles à noite quando têm companhia, mas, quando estão sós, o caso muda. Homens e mulheres sozinhos no escuro são como portas abertas, Jessie, e se chamam ou gritam pedindo ajuda, quem sabe que horrores podem responder? Quem sabe o que alguns homens e mulheres viram* na hora de uma morte solitária? Será muito difícil acreditar que possam ter morrido de medo, ainda que as certidões de óbito digam outra coisa?

— Não acredito nisso — Jessie falou numa voz hesitante e indistinta. E mais alto, procurando expressar uma firmeza que não sentia. — Você não é meu pai! Acho que não é *ninguém*! Acho que você é apenas um efeito do luar!

Como se respondesse, o vulto se curvou para a frente numa espécie de salamaleque debochado, e por um instante seu rosto — um rosto que parecia real demais para alimentar dúvidas — saiu das sombras. Jessy soltou um grito enferrujado quando o pálido luar que entrava pela claraboia pintou as feições do vulto com um brilho espalhafatoso. Não era seu pai; diante da maldade e loucura que viu no rosto do visitante, ela teria festejado a presença do pai, mesmo depois de passar 12 anos num caixão frio. Olhos avermelhados, pavorosamente cintilantes, observavam-na das órbitas fundas envoltas em rugas. Os cantos dos lábios finos erguiam-se num sorriso seco, revelando molares descoloridos e caninos pontiagudos que pareciam quase tão longos quanto as presas do vira-lata.

Uma das mãos brancas ergueu o objeto que ela semi-intuíra, semi-vislumbrara a seus pés na escuridão. No primeiro momento pensou que o vulto tivesse apanhado a pasta de Gerald no quartinho que ele usava naquela casa como escritório, mas quando a criatura ergueu o objeto retangular à luz ela viu que era bem maior e mais velho do que a pasta de Gerald. Lembrava o tipo de mostruário fora de moda que os caixeiros-viajantes costumavam carregar.

— Por favor — sussurrou com uma vozinha fraca e chiante. — Seja você o que for, por favor, não me machuque. Não precisa me soltar se não quiser, tudo bem, mas por favor não me machuque.

O sorriso dele se alargou, e ela viu pequenos reflexos de luz no fundo de sua boca — o visitante aparentemente tinha dentes ou obturações de ouro, tal como Gerald. Parecia rir em silêncio, como se se comprazesse com o terror que inspirava. Então os dedos longos abriram os trincos da mala

(*Acho que* estou *sonhando, agora* parece *mesmo um sonho, graças a Deus parece*)

e abriu-a para lhe mostrar. A mala continha ossos e joias. Ela viu ossos de mãos, anéis, dentes, pulseiras, ossos do antebraço e pingentes;

viu um diamante com tamanho suficiente para engasgar um rinoceronte refletir uma leitosa luz trapezoide do interior das curvas delicadas e rígidas do tórax de um bebê. Viu essas coisas e queria que fosse um sonho, sim, *queria* que fosse, mas, se era não se parecia com nenhum sonho que tivesse tido antes. Era a *situação* — algemada à cama enquanto um maníaco semivisível silenciosamente exibia seus tesouros —, isso tinha aparência de sonho. A sensação, porém...

A sensação era de realidade. Não tinha como escapar. *A sensação era de realidade.*

A coisa parada no canto manteve a mala aberta para sua inspeção, uma mão amparando o fundo. Mergulhou a outra no emaranhado de ossos e joias e revirou-o, produzindo um clique-clique e um farfalhar que lembravam castanholas cheias de lama. Observava-a ao fazer isso. Os traços de certa maneira disformes de seu estranho rosto enrugado para cima indicavam que a coisa estava se divertindo, a boca aberta naquele sorriso silencioso, os ombros curvados subindo e descendo num riso sufocado.

Não!, gritou Jessie, mas não saiu nenhum som.

Subitamente sentiu alguém — muito provavelmente a Esposa Perfeita, e puxa!, como subestimara a força visceral *dessa* senhora — correndo para os botões que controlavam os quebra-circuitos de sua cabeça. Esposinha vira aneizinhos de fumaça começarem a se infiltrar pelas rachaduras abertas nas portas daqueles painéis, compreendera o que significavam, e fazia um último e desesperado esforço para desligar a máquina antes que os motores superaquecessem e os rolamentos congelassem.

O vulto sorridente do lado oposto do quarto mergulhou as mãos no fundo da mala e estendeu à luz da lua um punhado de ossos e ouro para Jessie.

Produziu-se um lampejo intoleravelmente brilhante em sua cabeça e em seguida as luzes se apagaram. Ela não desmaiou bonito como a heroína em uma peça pastelão, mas despencou brutalmente contra a cama como um assassino condenado que, amarrado à cadeira elétrica, acabasse de levar a primeira descarga de eletricidade. Mesmo assim era um fim para o episódio de horror, e por ora era o bastante. Jessie Burlingame adentrou a escuridão sem um murmúrio de protesto.

Capítulo Quatorze

JESSIE lutou um pouquinho para recuperar a consciência algum tempo depois, ciente de apenas duas coisas: a lua dera a volta na casa até as janelas do oeste, e ela sentia um medo horrível... do que, não sabia, em princípio. Então se recordou: Papai estivera ali, talvez continuasse ali. A criatura não se parecia com ele, verdade, mas era somente porque papai estivera usando sua face eclíptica.

Ela lutou para se levantar, empurrando os pés com tanta força que removeu a colcha que estava sob seu corpo. Não pôde, porém, fazer muito com os braços. A sensação de formigamento tinha sumido enquanto estivera inconsciente, e os braços tinham tanta sensibilidade quanto as pernas de uma cadeira. Observou atentamente o canto junto à cômoda, os olhos muito abertos, prateados pela luz da lua. O vento amainara e as sombras estavam, ao menos por enquanto, paradas. Não havia nada no canto. O visitante sombrio se fora.

Talvez não, Jess — talvez tenha apenas mudado de lugar. Talvez esteja escondido debaixo da cama, que acha da ideia? Se estiver, poderá esticar o braço para o alto a qualquer minuto e pôr uma das mãos no seu quadril.

O vento recomeçou — um leve sopro, não uma rajada — e a porta dos fundos bateu frouxamente. Esses eram os únicos sons. O cachorro se calara, e foi principalmente isso que a convenceu de que o estranho partira. A casa era só sua.

O olhar de Jessie caiu sobre o amontoado escuro no chão.

Correção, pensou. *E lá está Gerald. Não posso esquecê-lo.*

Recostou a cabeça e fechou os olhos, consciente de uma pulsação lenta na garganta, sem querer acordar o suficiente para aquela pulsação se transformar no que realmente era: sede. Não sabia se podia ou não passar da inconsciência total para o sono comum, mas sabia que era isso que queria; mais do que tudo — exceto talvez que alguém chegasse de carro para salvá-la — queria dormir.

Não havia ninguém aqui, Jessie — você sabe disso, não é? Era, absurdo dos absurdos, a voz de Ruth. A Ruth durona, cujo lema permanente, copiado de uma canção de Nancy Sinatra: "Qualquer dia desses essas botas vão marchar por cima de você." Ruth, que fora reduzida pelo vulto a um monte de gelatina trêmula.

Vamos, boneca, falou Ruth. *Caçoe de mim o quanto quiser — talvez eu até mereça —, mas não engane a si mesma. Não havia ninguém aqui. Sua imaginação montou um showzinho de slides, nada mais. Foi só isso.*

Você está enganada, Ruth, Esposinha respondeu calmamente. *Alguém esteve aqui, sim, e Jessie e eu sabemos quem era. Não era igualzinho ao papai, mas foi porque estava usando seu rosto eclíptico. O rosto não era a parte importante, porém, nem mesmo a altura — poderia estar usando botas com saltos altos especiais, ou talvez calçasse sapatos com palmilhas. Pelo que sei poderia estar até trepado em pernas de pau.*

Pernas de pau!, Ruth exclamou admirada. *Deus do céu, não precisa dizer mais nada! Vamos esquecer que o homem morreu antes mesmo de que o smoking do presidente Reagan voltasse da tinturaria depois da posse. Tom Mahout era tão desastrado que deveria ter feito seguro para descer escadas. Pernas de pau? Ah, criança, você só pode estar me gozando!*

Isso não faz diferença, disse Esposinha com uma certa teimosia serena. *Era ele. Conheceria aquele cheiro em qualquer lugar — aquele cheiro forte, quente como o sangue. Não era o cheiro de ostras e moedinhas. Nem mesmo o cheiro de sangue. O cheiro de...*

O pensamento se interrompeu e saiu vagando.

Jessie adormeceu.

Capítulo Quinze

ELA acabou sozinha com o pai em Sunset Trails, na tarde de 20 de julho de 1963, por dois motivos. Um encobria o outro. A desculpa era que continuava a sentir um certo medo da sra. Gilette, embora já tivessem passado no mínimo cinco anos (quase seis) desde o incidente do biscoito e do tapa na mão. O motivo verdadeiro era muito simples: queria assistir com o pai a esse fenômeno especial que só ocorria uma vez na vida.

A mãe suspeitara disso, e não gostou de ser manobrada como uma peça de xadrez pelo marido e a filha de 10 anos, mas àquela altura o fato estava praticamente consumado. Jessie procurara o pai antes. Ainda faltavam quatro meses para o seu 11º aniversário, mas isso não fazia dela uma bobinha. A suspeita de Sally Mahout era verdadeira: Jessie lançara uma campanha consciente e bem planejada que lhe permitiria passar o dia do eclipse com o pai. Muito depois ocorreria a Jessie que essa era mais uma razão para calar a boca sobre os acontecimentos daquele dia; poderia haver quem dissesse — sua mãe, por exemplo — que ela não tinha o direito de se queixar; que na verdade recebera o que merecia.

Na véspera do eclipse, Jessie encontrara o pai sentado no deque diante do escritório lendo um exemplar de *Profiles in Courage,* enquanto a mulher, o filho e a filha mais velha se divertiam no lago embaixo. Ele sorriu para a filha que se sentou ao lado dele, e Jessie retribuiu o sorriso. Tinha colorido os lábios com batom para essa entrevista — Delícia de Hortelã, um presente que Maddy lhe dera de aniversário. Jessie não gostara do batom de início porque era cor de criança e tinha gosto de pasta de dentes — mas papai dissera que achava bonito, e isso transformara o batom no seu cosmético mais precioso, uma coisa a ser guardada e usada somente em ocasiões especiais como aquele dia.

Ele ouviu o que a filha dizia com atenção e respeito, mas não fez nenhum esforço especial para disfarçar o brilho de incredulidade nos olhos. *Você está realmente me dizendo que ainda tem medo de Adrienne Gilette?*, perguntou quando ela terminou a história muitas vezes recontada de que a sra. Gilette lhe dera um tapa na mão quando ela ia tirar o último biscoito do prato. *Isso deve ter sido há... nem sei, mas eu ainda trabalhava para o Dunninger, portanto deve ter sido antes de 1959. E você continua com medo tantos anos depois? Que coisa absolutamente freudiana, querida!*

Be-mmm... você sabe... só um pouquinho. Arregalou os olhos, tentando comunicar a ideia de que estava *falando* só uma coisinha, mas *dizendo* um mundo de coisas. Na verdade não sabia se ainda tinha medo da velha de cabelos azulados ou não, mas *sabia* que considerava a sra. Gilette uma estraga prazeres, e não tinha a menor intenção de passar o único eclipse total do sol que provavelmente veria na vida em sua companhia, se pudesse dar um jeito de assisti-lo com o papai, a quem adorava mais do que havia palavras suficientes para expressar. Avaliou o ceticismo do pai e concluiu com alívio que era amistoso, talvez até cúmplice. Sorriu e acrescentou: *Mas também quero ficar com você.*

Ele levou a mão de Jessie aos lábios e beijou seus dedos como um cavalheiro francês. Não se barbeara aquele dia — muitas vezes não o fazia quando estava no campo — e a aspereza de seu rosto produzira um gostoso arrepio nos braços e costas de Jessie.

Comme tu es douce, ele disse. *Ma jolie mademoiselle. Je t'aime.*

Ela riu encabulada, sem compreender o francês desajeitado do pai, mas teve a súbita certeza de que tudo ia correr conforme esperara.

Seria tão divertido, disse feliz. *Só nós dois. Eu poderia servir o jantar cedo e poderíamos comê-lo aqui mesmo no deque.*

Ele sorriu. *Eclipse-búrgueres* à deux?

Ela riu, concordando com a cabeça e batendo palmas de prazer.

Então ele disse uma coisa que lhe parecera estranha mesmo à época, porque não era homem de se preocupar muito com roupas e modas: *Você poderia usar aquele bonito vestido novo de verão.*

Claro, se você quiser, respondeu, embora já tivesse anotado mentalmente que pediria à mãe para tentar trocar o vestido. *Era* bem bonito — isto é, se a pessoa não se incomodava com listras vermelhas e amarelas que chegavam a berrar —, mas também era pequeno e justo demais. A mãe encomendara-o na Sears, guiando-se principalmente por instinto e, imagine, assinalando no pedido apenas um número maior do que Jessie usara no ano anterior. Acontece que ela crescera mais depressa do que se esperava, e de várias maneiras. Ainda assim, se Papai gostava... e ia ficar do seu lado no caso do eclipse e dar um empurrãozinho...

Ele *realmente* ficou do seu lado, e empurrou com a força de um Hércules. Começou naquela noite mesmo, sugerindo à mulher depois do jantar (e umas três taças de vinho tinto para amaciá-la) que Jessie fosse dispensada da excursão para assistir ao eclipse no alto do monte Washington. A maioria dos vizinhos veranistas ia participar: logo depois do feriado de maio, tinham começado a organizar reuniões informais para discutir como e onde ir assistir ao fenômeno solar que se aproximava (para Jessie essas reuniões tinham parecido coquetéis rotineiros de verão), e o pessoal tinha até escolhido um nome para o grupo — Os Adoradores do Sol de Dark Score. Os Adoradores do Sol alugaram um micro-ônibus da administração escolar para o evento e estavam planejando uma excursão até o cume da montanha mais alta de New Hampshire equipados com comida, óculos escuros Polaroid, caixas refletoras construídas para a ocasião, câmeras com filtros especiais... e champanhe, é claro. Muito champanhe. À mãe e à irmã mais velha de Jessie isso parecera a própria definição do divertimento grã-fino e sofisticado. À Jessie parecera a essência da chatice... e isso *antes* de acrescentar a presença da Estraga Prazeres à equação.

Retirou-se para o deque depois do jantar do dia 19, supostamente para ler vinte ou trinta páginas de *Longe do Planeta Silencioso*, de C. S. Lewis, antes do sol se pôr. Seu verdadeiro objetivo era bem menos intelectual: queria assistir à jogada do pai — *dos dois* — e silenciosamente torcer por ele. Ela e Maddy sabiam há anos que o conjunto sala de estar/jantar da casa de verão tinha propriedades acústicas especiais, provavelmente devidas ao teto alto de ângulo muito acentuado; Jessie imaginava que até Will sabia que o som da sala chegava até o deque. Somente os pais pareciam não se dar conta de que a sala era praticamente grampeada e que a maioria das decisões importantes que tomaram naquela sala enquanto bebericavam um conhaque ou um café depois do jantar era conhecida (pelo menos das filhas) muito antes das ordens de marcha serem despachadas do quartel-general.

Jessie reparou que estava lendo o livro de cabeça para baixo e se apressou a consertar o engano antes que Maddy aparecesse e a brindasse com uma gargalhada silenciosa. Sentia um remorsinho pelo que estava fazendo — uma coisa muito mais próxima da bisbilhotice do que da torcida, se analisada objetivamente —, mas o sentimento não era bastante forte para impedi-la de continuar. E de fato considerava que não ultrapassara a tênue linha da moral. Afinal não era o mesmo que se esconder num armário nem nada; estava sentada ali fora bem à vista de todos, iluminada pela luz forte do sol poente. Estava sentada ali fora com seu livro, imaginando se haveria eclipses em Marte e, caso houvesse, se haveria marcianos para assisti-los. E se os pais pensavam que ninguém podia ouvir o que conversavam só porque estavam sentados na sala, que culpa tinha *ela*? Será que era sua obrigação entrar lá e *avisar*?

— Creio que *não*, minha cara — sussurrou Jessie afetando o sotaque de Elizabeth Taylor em *Gata em Teto de Zinco Quente*, e, em seguida, sufocou uma grande risada idiota com as mãos. Calculou ainda que estava também a salvo da interferência da irmã mais velha, pelo menos por ora; dali ouvia as vozes de Maddy e Will no quarto de brinquedos, disputando bem-humorados uma partida de ludo ou de outro jogo qualquer.

Eu realmente acho que não faria mal a ela ficar amanhã comigo, que é que você acha?, o pai perguntava com a voz mais insinuante e bem-humorada.

Não, é claro que não, a mãe de Jessie respondeu, *mas tampouco iria matá-la se nos acompanhasse este verão a algum lugar. Ela virou uma completa Filhinha do Papai.*

Foi ao teatro de marionetes em Bethel com você e Will na semana passada. Aliás, não foi você que me contou que ela ficou com Will — e até comprou sorvete para o irmão com a própria mesada — enquanto você foi ao leilão?

E isso não foi nenhum sacrifício para a nossa Jessie, Sally retrucou. Parecia quase aborrecida.

Que está querendo dizer?

Quero dizer que ela foi ao teatro de marionetes porque quis e que cuidou de Will porque quis. O aborrecimento dera lugar a um tom mais familiar: exasperação. *Como pode entender o que estou dizendo?*, era a pergunta impícita no tom. *Como poderia entender, sendo homem?*

Era um tom que Jessie percebia cada vez com maior frequência na voz da mãe nos últimos anos. Sabia que em parte era porque ouvia e via mais à medida que crescia, mas tinha certeza de que era também porque a mãe usava aquele tom com maior frequência do que antigamente. Jessie não conseguia compreender por que o tipo de lógica do pai sempre deixava a mãe tão furiosa.

De repente o fato de que Jessie fazia alguma coisa porque queria era motivo de preocupação?, Tom perguntava agora. *Talvez conte ponto contra ela? O que faremos se ela desenvolver simultaneamente uma consciência social e familiar, Sal? Vamos interná-la numa instituição para meninas desencaminhadas?*

Não me trate com esse tom de superioridade, Tom. Você entendeu perfeitamente o que estou querendo dizer.

Não; desta vez você me deixou completamente confuso, amor. Supostamente estamos em férias de verão, lembra-se? E sempre pensei que, quando as pessoas estão de férias, devem fazer o que querem e ficar com quem querem. Na verdade, pensei que essa era a ideia geral.

Jessie sorriu, sabendo que a coisa terminara, exceto a gritaria. Quando começasse o eclipse amanhã à tarde, estaria ali com o papai em vez de ir ao monte Washington com a Estraga Prazeres e os demais Adoradores do Sol de Dark Score. Seu pai lembrava um enxadrista de primeira linha que dera uma oportunidade a uma amadora talentosa e agora encerrava rapidamente a partida.

Você poderia ir também, Tom — Jessie iria se você fosse.

Essa era perigosa. Jessie prendeu a respiração.

Não posso, meu amor — estou esperando uma ligação de David Adams sobre a carteira de ações da Brookings Pharmaceuticals. Coisa muito importante... e também muito arriscada. Nessa altura, segurar essas ações é o mesmo que manusear espoletas. Mas vou ser sincero com você; mesmo que pudesse, provavelmente não iria. Não morro de amores pela sra. Gilette, mas dá para levar. Já aquele idiota do Sleefort...

Psiu, Tom!

Não se preocupe — Maddy e Will *estão lá embaixo e Jessie está lá fora no deque da frente... bem ali!*

Naquele instante, Jessie teve a repentina certeza de que o pai conhecia *exatamente* a acústica da sala de estar/jantar; sabia que a filha estava escutando cada palavra da conversa. *Queria* que ela escutasse cada palavra que diziam. Um arrepio morno subiu por suas costas e desceu pelas pernas.

Eu devia saber que o problema era Dick Sleefort! A mãe parecia ao mesmo tempo se divertir e se aborrecer, uma combinação que fazia a cabeça de Jessie girar. Tinha a impressão de que somente os adultos conseguiam combinar emoções de maneira tão doida — se as emoções fossem comida, os sentimentos dos adultos seriam bife com cobertura de chocolate, purê de batatas com abacaxi, cereal com pimenta malagueta no lugar de açúcar. Jessie achava que ser adulto parecia mais um castigo do que uma recompensa.

Isso é realmente irritante, Tom — *o homem me deu uma cantada faz seis anos. Estava bêbado. Naquele tempo andava sempre bêbado, mas se recuperou. Polly Bergeron me disse que ele está frequentando os Alcoólicos Anônimos, e...*

Parabéns para ele, disse o pai secamente. *Devemos lhe mandar um cartão desejando uma rápida recuperação ou lhe dar uma medalha, Sally?*

Não exagere. Você quase quebrou o nariz do homem...

E fiz muito bem. Quando um cara entra na cozinha para buscar gelo e descobre o bebum da rua com uma mão na bunda de sua mulher e a outra pela frente...

Isso não interessa, disse Sally com firmeza, mas Jessie achou que a mãe parecia quase satisfeita. Muito curiosíssimo e muito curiosíssimo, pensou lembrando uma frase de *Alice no País das Maravilhas. A questão é que já é tempo de você descobrir que Dick Sleefort não é o diabo e de Jessie descobrir que Adrienne Gilette é apenas uma velha solitária que uma vez lhe deu um tapa na mão de brincadeira numa festa ao ar livre. Agora, por favor, Tom, não fique furioso comigo; não estou dizendo que a brincadeira teve graça; não teve. O que estou dizendo é que Adrienne não tinha consciência do que fazia. Não houve má intenção.*

Jessie baixou os olhos e viu que tinha o livro quase dobrado em dois na mão direita. Como é que sua mãe, uma mulher que se formara *cum laude* (o que quer que isso significasse) em Vassar, conseguia ser tão burra? A resposta parecia bastante clara para Jessie: não podia ser tão burra. Ou sabia das coisas ou se recusava a encarar a verdade, e a conclusão era a mesma qualquer que fosse a resposta escolhida como certa: quando a forçaram a escolher entre a velha horrorosa que vivia ali adiante na rua durante o verão e a própria filha, Sally Mahout escolhera Estraga Prazeres. Que legal!

Se eu for Filhinha do Papai, é por isso. Por essas e outras coisas que ela diz. É por isso, mas eu nunca poderia contar a ela nem ela jamais vai descobrir isso sozinha. Nem daqui a um bilhão de anos.

Jessie procurou descontrair a mão que segurava o livro. A sra. Gilette *tivera* intenção de machucar, *tivera* má intenção, mas, mesmo assim, a suspeita do pai de que já não tinha mais medo da coruja velha provavelmente estava mais certa do que errada. Além disso, ia conseguir o que pretendia, por isso nenhuma M-E-R-D-A que a mãe dissesse ia fazer diferença alguma. Ia ficar em casa com papai, não ia ter de aturar a velha Estraga Prazeres, e essas coisas boas iam acontecer porque...

— Porque ele me defende — murmurou.

Isso era o que interessava. O pai a *defendia* e a mãe a *atacava*.

Jessie observou Vênus piscando fraquinha no céu poente e de súbito percebeu que estivera no deque escutando o pai e a mãe contornarem o problema do eclipse — e o *dela* — durante quase 45 minutos. Descobriu uma realidade pequena, mas interessante naquela noite: o tempo corre mais depressa quando se bisbilhota uma conversa em que o assunto é a gente.

Sem pensar, ergueu a mão e fechou-a para formar um canudo, espiando ao mesmo tempo a estrela e recitando o versinho tradicional: quero querer, quero poder. *Seu desejo*, já em vias de ser concedido, era que a deixassem ficar em casa no dia seguinte com papai. Ficar com ele de qualquer maneira. Duas pessoas que sabiam defender uma a outra, sentadas no deque, saboreando eclipse-búrgueres *à deux*... como um velho casal.

Quanto a Dick Sleefort, ele se desculpou comigo depois, Tom. Não me lembro se lhe contei ou nã...

Contou, mas não me lembro de Sleefort jamais ter se desculpado comigo.

Provavelmente teve medo de que você quebrasse a cara dele, ou pelo menos tentasse, falando de novo naquele tom de voz que Jessie achava tão curioso — parecia uma mistura contrafeita de felicidade, bom humor e raiva. Jessie ficou imaginando um instante se era possível alguém falar assim e ser inteiramente normal, e em seguida abafou o pensamento rápida e completamente. *E tem mais uma coisa que quero dizer sobre Adrienne Gilette antes de encerrarmos esse assunto...*

Esteja à vontade.

Ela me contou — em 1959, ou seja, dois verões depois — que entrou na menopausa naquele ano. Nunca mencionou o nome de Jessie e o incidente do biscoito, mas acho que estava tentando se desculpar.

Ah. Era a exclamação mais fria, mais advocatícia do pai, "Ah!" *E uma das duas senhoras pensou em transmitir essa informação à Jessie... e lhe explicar o que significava?*

Silêncio de parte da mãe. Jessie, que tinha apenas uma vaguíssima ideia do que era menopausa, baixou os olhos e viu que mais uma vez apertara o livro com força suficiente para dobrá-lo e mais uma vez procurou descontrair as mãos.

Ou se desculparem? Seu tom era gentil... amoroso... letal.

Pare de me interrogar como se eu fosse uma testemunha!, Sally explodiu depois de mais um longo silêncio de reflexão. *Você está em casa e não numa câmara da Suprema Corte, caso não tenha reparado!*

Foi você que puxou o assunto, e não eu, ele disse. *Apenas perguntei...*

Ah, me dá um cansaço tão grande esse seu jeito de distorcer tudo que falo, disse Sally. Jessie percebeu pelo tom de voz que a mãe estava chorando ou prestes a chorar. Na sua lembrança era a primeira vez que o som das lágrimas da mãe não despertara solidariedade em seu coração, nem vontade de correr para consolá-la (provavelmente se desmanchando em lágrimas também). Em vez disso sentiu uma estranha e dura satisfação.

Sally, você se aborreceu. Por que não...

Que grande descoberta! As discussões com o meu marido têm o dom de provocar essa reação, não é curioso? Não é a coisa mais estranha que você já ouviu? E sabe qual é a causa da nossa discussão? Vou lhe dar uma dica, Tom — não é Adrienne Gilette, não é Dick Sleefort e não é o eclipse de amanhã. Nós estamos discutindo por causa de Jessie, *por causa de nossa filha, e que novidade há nisso?*

Ela ria por entre as lágrimas. Ouviu-se um sibilo seco quando riscou um fósforo para acender o cigarro.

Não dizem que é a roda que range que sempre recebe a graxa? É bem a nossa Jessie, não é? A roda que range. Nunca está satisfeita com o que se faz até ter a chance de dar o toque final. Nunca está satisfeita com os planos dos outros. Nunca é capaz de deixar as coisas como estão.

Jessie ficou perplexa ao perceber algo muito próximo do ódio na voz da mãe.

Sally...

Não importa, Tom. Ela quer ficar aqui com você? Ótimo. De qualquer maneira não seria um prazer levá-la; só ia mesmo puxar briga com a irmã e reclamar de ter de ficar de olho no Will. Em outras palavras, só iria ranger.

Sally, Jessie quase nunca reclama, e é muito boa para...

Ah, você não enxerga!, Sally Mahout exclamou, e o despeito em sua voz fez Jessie se encolher na cadeira. *Juro por Deus, às vezes você se comporta como se ela fosse sua namoradinha e... não sua filha!*

Desta vez o longo silêncio foi do pai, e, quando ele falou, a voz saiu suave e fria. *É nojento, mesquinho e injusto dizer uma coisa dessas*, retrucou finalmente.

Jessie, sentada no deque, contemplava a estrela e sentia o desânimo se aprofundar e se transformar em horror. Sentiu um impulso repentino de fechar a mão e fixar de novo a estrela — dessa vez para desejar o contrário de tudo, a começar pelo pedido ao pai de que desse um jeito de poder ficar com ele em Sunset Trails no dia seguinte.

Então ouviu a cadeira da mãe sendo arrastada para trás. *Desculpe*, disse Sally, e, embora ainda tivesse a voz zangada, Jessie achou que agora parecia um pouquinho receosa também. *Fique com ela amanhã, se é o que você quer. Ótimo! É sua.*

Então ouviu o som dos seus saltos batendo rapidamente em retirada, e um instante depois o clique do Zippo do pai acendendo um cigarro.

No *deque*, Jessie sentiu lágrimas quentes saltarem dos seus olhos — lágrimas de vergonha, mágoa e alívio de que a discussão tivesse acabado antes de ficar muito pior... porque ela e Maddy já não tinham notado que as discussões dos pais ultimamente estavam ficando mais altas e acaloradas? Que a frieza que se formava em seguida entre os dois custava mais a reaquecer? Seria possível que eles...

Não, interrompeu-se antes que o pensamento se completasse. *Não, não é. Não é nem um pouco possível, por isso cale a boca.*

Talvez uma mudança de cenário produzisse uma mudança de pensamento. Jessie se levantou, desceu correndo a escada do deque e, em seguida, tomou o caminho da beira do lago. Sentou-se ali, atirando pedrinhas na água, até que o pai saiu para procurá-la, meia hora depois.

— Eclipse-búrgueres para dois amanhã no deque — anunciou e beijou-a no pescoço. Barbeara-se e o queixo estava liso, mas aquele arrepiozinho delicioso subiu pelas costas de Jessie do mesmo jeito. — Está tudo arranjado.

— Ela ficou aborrecida?

— Nadinha — disse o pai animado. — Disse que tanto fazia para ela, porque você já completou todas as tarefas da semana e...

Ela esquecera a intuição anterior de que o pai sabia muito mais a respeito da acústica da sala de estar/jantar do que jamais deixara perceber, e a generosidade de sua mentira comoveu-a tão profundamente que quase caiu no choro. Virou-se para ele, abraçou-o pelo pescoço e cobriu-lhe o rosto e os lábios com beijinhos ardentes. A reação inicial do pai foi de surpresa. Suas mãos viraram para trás e, por um instante, empalmou os minúsculos seios da filha. Aquela sensação de arrepio perpassou o corpo de Jessie outra vez, mas muito mais forte agora — quase tão forte quanto uma dor, um choque — e acompanhou-a, como um estranho déjà-vu, aquela sensação recorrente das estranhas contradições nos adultos: um mundo em que se podia pedir bolo de carne com geleia ou ovos fritos em suco de limão sempre que se quisesse... e onde havia gente que realmente *fazia* isso. Então ele deslizou as mãos pelas costas da filha e, firmando-as nos ombros da menina, apertou-a carinhosamente contra o peito, e se as mãos estiveram onde não deviam por mais tempo do que deviam, ela mal notou.

Amo você, papai.

Amo você também, Bobrinha. Muito, muito, muito.

Capítulo Dezesseis

O DIA do eclipse amanheceu quente e pegajoso, mas relativamente claro — aparentemente os avisos da meteorologia de que nuvens baixas poderiam impedir a visão do fenômeno seriam infundados, pelo menos no Maine.

Sally, Maddy e Will saíram para tomar o ônibus dos Adoradores do Sol de Dark Score por volta das dez (Sally deu um beijinho seco e silencioso na bochecha de Jessie antes de sair, e Jessie retribuiu na mesma moeda), deixando Tom Mahout com a menina que a mulher chamara de "roda que range" na noite anterior.

Jessie trocou o short e a camiseta do acampamento Ossippee pelo novo vestido de verão, o que era bonito (isto é, se a pessoa não se incomodava com listras vermelhas e amarelas que chegavam a berrar) mas justo demais. Pôs um dedinho do perfume de Maddy, Meu Pecado, um pouco do desodorante da mãe, e realçou os lábios com o batom Delícia de Hortelã. E, embora não fosse pessoa de se demorar diante do espelho preocupando-se com a aparência (esse era o termo que a mãe usava, como em "Maddy, para de se preocupar com sua aparência e sai já daí"), levou tempo para prender os cabelos para cima porque o pai certa vez elogiara aquele penteado.

Quando pôs o último grampo no lugar, esticou a mão para o interruptor do banheiro e parou. A garota que a mirava do espelho não parecia em nada uma menina, mas uma adolescente. Não era o jeito com que o vestido acentuava os calombinhos que só virariam seios dentro de mais um ou dois anos, não era o batom, e não eram os cabelos, presos num coque desajeitado, mas curiosamente atraente; eram todas essas coisas juntas, uma soma maior do que as parcelas porque... o quê? Não sabia. Alguma coisa no jeito dos cabelos levantados acentuava o feitio das maçãs do rosto, talvez. Ou a curva do pescoço descoberto, muito mais sexy do que as "mordidas de mosquito" no peito do seu corpo de moleca. Ou talvez fosse apenas a expressão dos olhos — um brilho que estivera oculto até agora ou nunca estivera presente.

Fosse o que fosse, essa alguma coisa a fez deter-se por um instante, contemplando sua imagem, e de repente ouviu a mãe dizendo: *Juro por Deus, mas às vezes você se comporta como se ela fosse sua namoradinha, e não sua filha!*

Jessie mordeu os lábios pintados, enrugou a testa um pouquinho, lembrando-se da noite anterior — o arrepio que lhe percorrera o corpo quando ele a acariciou, o toque das mãos dele nos seus seios. Sentiu aquele arrepio querer se repetir, mas não deixou que isso acontecesse. Não fazia sentido se arrepiar por coisas idiotas que não conseguia entender. Nem pensar nelas.

Um bom conselho, pensou, e desligou a luz do banheiro.

Percebeu que sua excitação crescia à medida que depois do meio-dia a tarde avançava mais rápido para a hora do eclipse. Sintonizou o rádio portátil numa estação de rock de North Conway. Sua mãe odiava aquela estação, depois de trinta minutos de Del Shannon e Dee Dee Sharp e Gary "U.S." Bonds, obrigava quem a tivesse sintonizado (em geral Jessie ou Maddy, mas, às vezes, Will) a mudar para outra que transmitia música clássica do alto do monte Washington, mas seu pai parecia gostar da música hoje, estalava os dedos e cantarolava. Uma vez, durante a versão dos Duprees de "Você me Pertence", ele enlaçou Jessie por um instante e dançaram pelo deque. Jessie acendeu a churrasqueira às três e meia, uma hora antes do início do eclipse, e foi perguntar ao pai se ele queria dois hambúrgueres ou só um.

Encontrou-o do lado sul da casa, embaixo do deque onde ela estivera. Usava apenas um short (com os dizeres Yale Phys Ed estampados numa perna) e uma luva de pegar panelas. Amarrara um lenço na testa para o suor não escorrer para os olhos. Estava agachado ao pé de uma fogueirinha de turfa. A combinação do short com o lenço lhe dava um curioso mas simpático ar de juventude; Jessie pôde ver, pela primeira vez na vida, o homem por quem sua mãe se apaixonara no último verão de universidade.

Havia diversos quadrados de vidro — painéis despregados cuidadosamente da massa esfarinhada de uma velha janela de galpão — empilhados ao lado dele. O pai segurava um dos vidros na fumaça da fogueirinha, usando pinças de churrasco para virá-lo de um lado e de outro como se fosse uma iguaria exótica. Jessie caiu na gargalhada — achou graça principalmente na luva — e ele se virou, rindo também. O pensamento de que aquele ângulo permitia ao pai olhar debaixo de seu vestido lhe passou pela cabeça, mas fugazmente. Afinal era o *pai* dela, e não um gatinho como o Duane Corson lá da marina.

Que é que você está fazendo?, ela implicou. *Pensei que íamos comer hambúrgueres para o almoço, e não sanduíches de vidro!*

Óculos de eclipse, e não sanduíches, Bobrinha, ele respondeu. *Se você juntar dois ou três, poderá observar o eclipse até ficar tudo escuro sem prejudicar os olhos. Li que é preciso ter muito cuidado; podem-se queimar as retinas e só descobrir isso depois.*

Argh!, Jessie exclamou sentindo um calafrio. A ideia de se queimar sem saber pareceu-lhe incrivelmente repugnante. *Quanto tempo demora para o eclipse total, papai?*

Pouco tempo. Mais ou menos um minuto.

Bem, faça uns óculos extras — não quero queimar os olhos. Um eclipse-búrguer ou dois?

Um chega. Se for grande.

Tudo bem.

Virou-se para ir embora.

Bobrinha?

Olhou para o pai, um homem baixo e robusto com gotinhas de suor porejando na testa, um homem com poucos pelos no corpo como aquele com quem ela mais tarde se casaria, exceto pelos óculos de lentes grossas de Gerald e aquela barriga, e por um momento o fato de que esse homem era seu pai parecia o dado menos importante a seu respeito. Impressionou-se novamente com sua beleza e o ar de juventude. Enquanto observava, uma gota de suor rolou lentamente pelo tronco do pai, passou a leste do umbigo e produziu um pontinho escuro na cintura elástica do short. Olhou para o rosto do pai e se sentiu inesperadamente, estranhamente consciente do olhar com que ele a fitava. Mesmo apertados para se protegerem da fumaça, aqueles olhos eram absolutamente lindos, o cinza luminoso da alvorada nas águas de inverno. Jessie descobriu que precisava engolir antes de responder; tinha a garganta seca. Talvez a fumaça acre da fogueirinha de turfa. Talvez não.

Que é, papai?

Durante um longo intervalo ele não respondeu, continuou simplesmente a fitá-la, o suor escorrendo devagarinho pela testa, as bochechas e a barriga, e Jessie sentiu um repentino temor. Então ele sorriu outra vez e ficou tudo bem.

Você está muito engraçadinha hoje, Bobrinha. Na verdade, se não parecer muito idiota, você está linda.

Muito obrigada — não parece nada idiota.

O comentário do pai lhe agradou tanto (especialmente depois dos furiosos comentários da mãe na noite anterior, ou talvez por causa deles) que um nó apertou sua garganta e, por um momento, sentiu vontade de chorar. Em vez disso, sorriu, esboçou uma reverência para o pai e, em seguida, correu de volta para a churrasqueira com o coração rufando como um tambor. Uma das coisas que a mãe dissera, a mais horrível, tentou invadir sua mente

(*Você se comporta como se ela fosse sua*),

e Jessie esmagou a lembrança com a mesma crueldade com que teria esmagado uma vespa agressiva. Contudo, sentiu-se assaltada por uma daquelas misturas doidas de emoção adulta — sorvete e molho de carne, galinha assada recheada de balas azedinhas — de que parecia não conseguir escapar inteiramente. Tampouco tinha certeza de que *queria* escapar. Mentalmente continuava a ver aquela gota singela de suor escorrendo preguiçosamente pelo peito dele, para ser absorvida pelo algodão macio do short, deixando aquele pontinho escuro. Era principalmente aquela imagem que parecia ser a fonte primária da sua confusão emocional. A cena se repetia, repetia, repetia. Que maluquice.

E daí? Era um dia maluco, só isso. Até o sol ia fazer uma coisa meio maluca. Por que não parar por aí?

Isso, a voz que um dia se fantasiaria de Ruth Neary concordou. *Por que não?*

Os eclipse-búrgueres, guarnecidos de cogumelos e cebolas rosadas sauté, ficaram do outro mundo. *Com toda certeza eclipsam os últimos que sua mãe preparou*, comentou o pai, e Jessie riu desajeitadamente. Comeram no deque diante do escritório de Tom Mahout, equilibrando as bandejas de metal no colo. Uma mesa redonda de varanda, apinhada de temperos, pratos de papel e acessórios para observar eclipses, separava os dois. O equipamento de observação incluía óculos escuros Polaroid, duas caixas refletoras de papelão feitas em casa, iguais às que o resto da família levara para o monte Washington, vidros esfumaçados e uma pilha de pega-panelas trazidos da gaveta junto ao fogão da cozinha. Os vidros esfumaçados já estavam frios, Tom informou à filha, mas não cortara os vidros com muita competência, e receava que talvez houvesse lascas e bicos nas bordas de alguns.

A última coisa que preciso, disse o pai, *é sua mãe chegar em casa e encontrar um bilhete avisando que levei você para o pronto-socorro de Oxford Hills para os médicos costurarem seus dedos no lugar.*

Mamãe não estava lá muito entusiasmada com essa ideia, estava?, Jessie perguntou.

O pai lhe deu um breve abraço. *Não*, respondeu, *mas eu estava. Eu estava entusiasmado por nós dois.* E lhe deu um sorriso tão radiante que ela não pôde senão retribuir.

Foram as caixas refletoras que eles usaram primeiro quando se aproximou a hora do eclipse — 16h29, hora do leste americano. O sol no centro da caixa refletora de Jessie não era maior que uma tampinha de refrigerante, mas brilhava com tal intensidade que ela apalpou a mesa à procura dos óculos escuros e os colocou.

De acordo com o seu relógio, o eclipse já devia ter começado — ele indicava 16h30.

Acho que o meu relógio está adiantado, disse nervosa. *Ou então tem um grupo de astrônomos no mundo inteiro com cara de tacho.*

Olhe outra vez, disse Tom, sorrindo.

Quando voltou a olhar a caixa refletora, viu que o círculo brilhante deixara de ser um círculo *perfeito*; uma nesga escura surgia agora do lado direito. Um calafrio desceu-lhe pelo pescoço. Tom, que estivera a observar a filha em vez da imagem em sua caixa refletora, percebeu.

Bobrinha? Tudo bem?

Tá, mas... apavora um pouquinho, não é?

É, concordou o pai. Jessie espiou-o e sentiu um profundo alívio ao constatar que o pai falava sério. Parecia quase tão apavorado quanto ela, e isso só melhorava sua sedutora juventude. A ideia de que o pai pudesse sentir medo de alguma coisa jamais lhe passara pela cabeça. *Quer se sentar no meu colo, Jess?*

Posso?

Claro.

Ela deslizou para o seu colo, ainda segurando a caixa refletora. Ajeitou-se para se recostar no pai com conforto, achando gostoso o cheiro de sua pele ligeiramente suada e quente de sol com aroma longínquo de loção de barba — Redwood, achava que era o nome. O vestido de verão subiu por suas coxas (não poderia fazer outra coisa, curto como era), e ela quase não sentiu quando o pai pôs a mão em sua perna. Afinal era seu pai — seu *Paizinho*, não era o Duane Corson da marina, nem o Richie Ashlocke, o menino que provocava gemidos e risadinhas nela e nas colegas de escola.

Os minutos escoaram lentamente. De vez em quando ela se remexia, procurando uma posição mais confortável — o colo do pai parecia estranhamente cheio de ângulos esta tarde —, e num dado momento provavelmente cochilou uns três ou quatro minutos. Talvez até mais, porque a brisa que passou pelo deque e a acordou pareceu surpreendentemente fria nos seus braços suados, e a tarde mudara um pouco; as cores que pareciam vivas antes de se recostar no ombro do pai e fechar os olhos tinham empalidecido, e a luminosidade geral enfraquecera. Era como se o dia tivesse passado por um coador de pano, pensou. Espiou sua caixa refletora e ficou surpresa — na realidade, quase espantada — ao ver que agora só havia metade do sol. Consultou o relógio e viu que eram 17h09.

Está acontecendo, papai! O sol está desaparecendo!

Está, ele concordou. Sua voz soava meio estranha — cautelosa e pensativa na superfície, mas meio indistinta no fundo. *Bem no horário.*

Ela reparou, sem prestar muita atenção, que a mão do pai subira por sua coxa — aliás, subira bastante — enquanto estivera cochilando.

Já posso olhar pelos vidros esfumaçados, pai?

Ainda não, ele respondeu, e a mão avançou ainda mais pela coxa. Estava quente e suada, mas não era desagradável. Ela cobriu a mão do pai com a sua, virou-se para ele e sorriu.

É excitante, não é?

É, ele concordou no mesmo tom indistinto de antes. *É, Bobrinha. Na realidade, bem mais do que eu imaginei que seria.*

Passou-se o tempo. Na caixa refletora, a lua continuava a mordiscar o sol 17h25, depois às 17h30. Quase toda a atenção de Jessie agora focalizava a imagem que ia diminuindo na caixa refletora, mas alguma parte dela percebia mais uma vez, vagamente, a dureza estranha do colo do pai nessa tarde. Alguma coisa comprimia o seu bumbum. Não era doloroso, mas era insistente. Dava a Jessie a impressão de ser um cabo de ferramenta — uma chave de fenda, ou talvez o martelinho da mãe.

Ela se remexeu de novo, querendo encontrar um lugar mais confortável no colo, e Tom aspirou uma golfada rápida e sibilante de ar mordendo o lábio inferior.

Papai? Estou muito pesada? Machuquei você?

Não. Você está ótima.

Ela consultou o relógio. 17h37 agora; faltavam quatro minutos para a escuridão total, talvez um pouquinho mais se o seu relógio estivesse adiantado.

Já posso espiar o eclipse pelo vidro?

Ainda não, Bobrinha. Daqui a pouco.

Ouvia Debbie Reynolds cantando alguma coisa da Idade das Trevas, a cortesia de uma estação de North Conway. *"The old hooty-owl... hooty-hoots to the dove... Tammy Tammy Tammy's in love."** A música terminou com um turbilhão adocicado de violinos e, em seguida, o DJ anunciou que estava escurecendo na cidade dos esquiadores dos Estados Unidos (essa era a maneira com que os DJ's quase sempre se referiam a North Conway), mas que o céu se encontrava nublado do lado de New Hampshire impedindo a visão do eclipse. O DJ informava que havia muita gente desapontada usando óculos de sol do lado oposto da rua, no parque da cidade.

Nós não estamos desapontados, estamos, papai?

Nem um pouquinho, ele concordou, e mudou de posição sob a menina de novo. *Acho que somos praticamente as pessoas mais felizes do universo.*

---

* A velha coruja piadeira... pia pia para a pombinha... Tammy... Tammy... Tammy está apaixonada.

Jessie espiou a caixa refletora de novo, esquecendo tudo exceto a minúscula imagem que agora podia ver sem apertar os olhos para protegê-los apesar dos óculos Polaroid muito escuros.

A lua crescente do lado direito que sinalizara o início do eclipse agora se transformara numa cintilante lua solar do lado esquerdo. Era tão brilhante que quase parecia flutuar sobre a superfície da caixa refletora.

Olhe para o lago, Jessie!

Ela obedeceu e por trás dos óculos seus olhos se arregalaram. Na embevecida contemplação da imagem que encolhia na caixa refletora, perdera o que acontecia à sua volta. O colorido pastel desbotara até adquirir um tom de aquarela antiga. Um crepúsculo prematuro, ao mesmo tempo arrebatador e aterrorizante para uma menina de 10 anos, atravessava o lago Dark Score. Em algum ponto da mata, uma velha coruja piou de mansinho, e Jessie sentiu um tremor súbito e violento perpassar seu corpo. No rádio, terminou o comercial de uma transmissão para automóveis e Marvin Gaye começou a cantar: *"Ah, escuta minha gente, principalmente vocês, brotinhos, é certo deixarem você sozinho quando a pessoa que você ama nunca está em casa?"*

A coruja piou outra vez na mata, para os lados do norte. Era um som apavorante, Jessie percebeu de repente — um som muito apavorante. Dessa vez, quando estremeceu, Tom abraçou-a. Jessie recostou-se grata contra seu peito.

Dá medo, papai.

Não vai demorar, queridinha, e você provavelmente nunca verá outro. Procure não ter medo para poder apreciar.

Ela olhou a caixa refletora. Não havia nada lá.

"I love too hard my friends sometimes say..."

Pai? Papai? Desapareceu. Posso...

Pode. Agora pode. Mas quando eu disser para você parar, você tem de parar. Sem discussões, entendeu?

Ela entendeu muito bem. Achava a ideia de queimar as retinas — queimaduras que a gente nem sabia que estavam ocorrendo até ser tarde demais para tomar uma providência — muito mais apavorante do que uma coruja piadeira na mata. Mas nem pensar que não ia ao menos dar uma espiadinha, agora que a coisa estava ali, *acontecendo*. Nem *pensar*.

"But I believe", Marvin cantava com o fervor de um crente, *"yes, I believe... that a woman should be loved that way..."*

Tom Mahout entregou a Jessie uma das luvas pega-panelas e três pedaços de vidro esfumaçado empilhados. Respirava depressa, e Jessie de repente sentiu pena dele. O eclipse provavelmente o amedrontara também, mas, é claro, ele era um adulto e não podia deixar transparecer. De muitas maneiras os adultos eram uns pobres coitados. Pensou em se virar para consolá-lo, então concluiu que provavelmente ia fazer o pai se sentir ainda pior. Ia fazê-lo se sentir idiota. Jessie sabia ser solidária. Sentir-se idiota era o que mais detestava. Em vez disso, segurou os pedaços de vidro na frente do rosto, e lentamente tirou os olhos da caixa refletora para espiar pelos vidros.

"Now you chicks shoul all agree" * — Marvin cantava — *"this ain't the way it's s'posed to be, So lemme hear ya! Lemme hear ya yeah yeah!"***

O que Jessie viu quando olhou pelo visor improvisado...

---

* "Agora vocês brotinhos deviam concordar."
** "Não é assim que devia ser. Quero ouvir vocês gritarem! Quero ouvir vocês gritarem SIM SIM!"

Capítulo Dezessete

NESSE ponto, a Jessie algemada à cama na casa de verão à margem norte do lago Kashwakamak, a Jessie que já não tinha 10, mas 39 anos, e enviuvara havia quase 12 horas, repentinamente percebeu duas coisas: que estava dormindo, mas que não estava *sonhando* e sim *revivendo* o dia do eclipse. Continuou a dormir enquanto pensara que era sonho, apenas um sonho, como aquele do aniversário de Will, em que a maioria dos convidados já havia morrido ou era gente que ela não via fazia anos. O novo filme mental possuía a qualidade surreal-mas-sensível do anterior, mas esse padrão era pouco confiável porque aquele dia inteiro fora surreal e onírico. Primeiro o eclipse, depois o pai...

Chega, Jessie decidiu. *Chega, vou saltar fora.*

Fez um esforço convulsivo para despertar do sonho, ou lembrança, ou o que fosse. Seu esforço mental traduziu-se num tremor súbito do corpo, e as correntes das algemas produziram um tilintar abafado quando ela se contorceu violentamente de um lado para outro. Quase conseguiu; por um instante quase despertou. E *poderia* ter feito isso, *teria* feito isso, se não mudasse de ideia no último instante.

O que a impediu de despertar foi um terror inarticulado, mas avassalador de um vulto — um vulto à espreita que pudesse fazer o acontecido aquele dia no deque parecer insignificante... isto é, caso tivesse de enfrentá-lo.

Mas talvez eu não tenha. Ainda não.

E talvez o desejo de se esconder no sono não fosse tudo — talvez houvesse mais alguma coisa. Uma parte de Jessie pretendera tirar o caso a limpo de uma vez por todas, custasse o que custasse.

Tornou a se recostar no travesseiro, os olhos fechados, os braços estendidos para o alto em pose de sacrifício, o rosto pálido e contraído de tensão.

"Principalmente vocês, garotas" — murmurou na escuridão. "Principalmente todas vocês."

Afundou no travesseiro, e o dia do eclipse requisitou-a novamente.

Capítulo Dezoito

O QUE Jessie viu através dos óculos escuros e do filtro de luz caseiro foi tão estranho e assombroso que em princípio sua mente se recusou a compreender. Parecia haver no céu da tarde um enorme ponto negro, como a pinta que a atriz Anne Francis tinha no cantinho inferior da boca.

"If I talk in my sleep... 'cause I haven't seen my baby all week..."*

Foi nesse momento que ela sentiu a mão do pai tocar o mamilo do seu seio direito. Apertou-o carinhosamente um instante, passou para o esquerdo, e voltou ao direito, como se tivesse comparando o tamanho dos dois. Ele respirava forte agora; ao seu ouvido a respiração lembrava um trem a vapor, e ela estava outra vez consciente daquela coisa dura a pressionar o seu traseiro.

"Can I get a witness?", Marvin Gaye, aquele leiloeiro de almas, gritava. *"Witness, witness?"*

Papai? Você está se sentindo bem?

Ela sentiu outra vez um ligeiro formigamento nos seios — prazer e dor, peru glaçado ao forno com molho de chocolate —, mas desta vez sentiu também apreensão e uma certa perplexidade.

Estou, ele respondeu, mas sua voz parecia a de um estranho. *Estou ótimo, mas não olhe para os lados.* A mão que estivera em seu seio trocou

---

* "Se falo durante o sonho... é porque não vi o meu amor a semana inteira..."

de lado; a que estava na coxa subiu mais um pouco, empurrando a bainha do vestido para cima.

Papai, que é que você está fazendo?

Não havia exatamente um tom de medo na pergunta, mas sobretudo curiosidade. Ainda assim, havia uma pontinha de medo, algo como um fiozinho de linha vermelha. No alto, uma fornalha sobrenatural de luz brilhava com intensidade contornando o círculo negro chapado no céu anil.

Você me ama, Bobrinha?

Sim, claro...

Então não se preocupe com nada. Eu nunca a machucaria. Quero ser bonzinho com você. Observe o eclipse e me deixe ser bonzinho com você.

Não tenho muita certeza se quero, papai. A sensação confusa se aprofundava, o fio vermelho engrossava. *Estou com medo de queimar os olhos. De queimar as como-se-chamam?*

"But I believe" — Marvin cantava — *"a woman's a man's best friend... and I'm gonna stick by her... to the very end".**

Não se preocupe. Ele ofegava agora. *Você tem mais vinte segundos. No mínimo. Portanto não se preocupe. E não olhe para os lados.*

Ela ouviu um estalido de um elástico que encolhia, mas era o dele, e não o dela; sua calcinha continuava onde devia estar, embora ela soubesse que se olhasse para baixo poderia vê-la — de tanto que ele subira seu vestido.

Você me ama?, ele repetiu a pergunta, e embora ela fosse assaltada por uma terrível premonição de que a resposta certa a essa pergunta se tornara a errada, tinha apenas 10 anos e era a única resposta que sabia dar. Respondeu-lhe que sim.

"Witness, witness" — Marvin suplicava, terminando a canção.

O pai se ajeitou, comprimindo com mais firmeza a coisa dura contra o seu traseiro. Jessie percebeu de repente o que era — seguramente não era o cabo de uma chave de fenda ou de um martelinho da caixa de ferramentas na despensa — e o alarme que sentiu igualou-se a um momentâneo prazer vingativo que tinha mais relação com a mãe do que com o pai.

---

* "que a mulher é a melhor amiga do homem... e vou ficar do lado dela... até o fim".

Isso é o que você ganha por não me defender, pensou, observando o círculo negro no céu através das camadas de vidro esfumaçado, e em seguida: *acho que é o que nós duas ganhamos.* Sua vista subitamente turvou e o prazer desapareceu. Só restou a crescente sensação de alarme. *Puxa,* pensou. *São as minhas retinas... devem ser as minhas retinas começando a queimar.*

A mão em suas coxas agora deslizou por entre as pernas até a virilha e enconchou-se firmemente ali. Ele não devia estar fazendo aquilo, pensou. Era o lugar errado para sua mão estar. A não ser que...

Ele está enfiando o dedo no seu rabo, dentro dela uma voz inesperada falou.

Nos últimos anos aquela voz, que ela veio a considerar a da Esposa Perfeita, frequentemente a exasperava; era por vezes a voz da cautela, muitas, a voz da culpa, e quase sempre a voz da negação. Coisas desagradáveis, coisas que lhe diminuíam, coisas dolorosas... com o tempo desapareciam se você as desprezasse com bastante fervor, essa era a opinião da Esposa Perfeita. Era uma voz que insistia obstinadamente que até o mal mais óbvio era na realidade um bem, parte de um plano de bondade grande e complexo demais para ser compreendido por meros mortais. Houve vezes (principalmente entre seus 11 e 12 anos, quando batizou aquela voz de Senhorita Petrie, nome de uma professora da segunda série) em que chegava a levar as mãos aos ouvidos para tentar abafar aquela voz sensata e desagradável — inutilmente, é claro, porque a voz vinha do lado dos ouvidos que ela não poderia tapar —, mas naquele momento de desânimo emergente, enquanto o eclipse escurecia os céus do Maine ocidental e refletia estrelas gravadas nas profundezas do lago Dark Score, e ela percebeu (de certo modo) o que a mão entre suas pernas pretendia fazer, ouviu apenas a bondade e o senso prático, e se apegou ao que a voz lhe dizia com um alívio aterrorizante.

Ele está apenas lhe cutucando, nada mais, Jessie.

Você tem certeza?, gritou em resposta.

Tenho, — replicou a voz com firmeza. — Com o passar dos anos Jessie descobriria que aquela voz tinha quase sempre certeza, estivesse certa ou errada. *Ele está só brincando. Não sabe que está lhe assustando, portanto não abra a boca para estragar uma bela tarde. Não há mal nenhum.*

Não acredite nisso, boneca!, responde a outra voz — a durona. *Às vezes ele se comporta como se você fosse uma namoradinha qualquer e não a filha dele, e é isso que está fazendo neste exato momento! Ele não está te cutucando, Jessie! Ele está te fodendo!*

Jessie tinha quase certeza de que era mentira, quase certeza de que aquela palavra estranha e proibida que se usava no recreio da escola se referia a um ato que não podia ser executado apenas com a mão, mas as dúvidas permaneceram. De repente, lembrou-se com pavor de Karen Aucoin lhe dizendo que jamais deixasse um garoto meter a língua em sua boca, porque poderia gerar um bebê na garganta. Karen disse que às vezes a gravidez acontecia assim, e a mulher que precisava vomitar o bebê para expeli-lo quase sempre morria e o bebê também. *Não vou deixar nenhum garoto me dar beijo de língua nunca*, concluiu Karen. *Podia até deixar alguém me tocar na parte de cima, se eu realmente gostasse dele, mas não vou jamais querer um bebê na garganta. Como é que eu ia* COMER?

À época, Jessie achou aquele conceito de gravidez tão doido que chegava a ser engraçado — e quem a não ser Karen Aucoin, que se preocupava se a luz permanecia ou não acesa quando se fechava a porta da geladeira, poderia inventar uma coisa dessas? Agora, no entanto, a ideia refulgia com sua estranha lógica. Vamos supor — é só uma *suposição* — que fosse verdade? Se se podia engravidar com a língua de um menino, se *isso* podia acontecer, então...

E a coisa continuava a pressionar o seu traseiro. Aquela coisa que não era o cabo de uma chave de fenda nem o martelinho de sua mãe.

Jessie tentou fechar as pernas, um gesto que era ambíguo para ela, mas aparentemente não o era para ele. Ele arfou — um som dolorido e apavorante — e seus dedos pressionaram com mais força o volume sensível logo abaixo do fundilho da calcinha. Doeu um pouco. Ela se retesou contra ele e gemeu.

Ocorreu-lhe muito tempo depois que provavelmente o pai interpretara aquele som como paixão, e provavelmente foi bom que tivesse pensado aquilo. Qualquer que fosse sua interpretação, o gemido assinalou o clímax desse estranho interlúdio. Ele se arqueou subitamente sob o corpo dela, empurrando-a suavemente para o alto. O movimento foi ao mesmo tempo aterrorizante e estranhamente prazeroso... que o pai fosse tão forte, que a levantasse para o alto. Por um instante quase entendeu a natureza dos elementos químicos postos em ação ali, uma ação perigosa mas compulsiva, cujo controle estava ao alcance de suas mãos — isto é, se ela *quisesse* controlá-los.

Não quero, pensou. *Não quero me meter com isso. Seja o que for, é ruim, terrível, assustador.*

E a coisa dura que fazia pressão contra suas nádegas, a coisa que não era o cabo da chave de fenda nem o martelinho da mãe, entrou em espasmo, e espalhou um líquido quente que ensopou a calcinha.

É suor, a voz que um dia pertenceria à Esposa Perfeita disse prontamente. *É isso. Ele sentiu que você estava com medo dele, com medo de sentar no colo dele, e isso o deixou nervoso. Você devia arrepender-se.*

Suor, uma ova!, a outra voz, a que um dia pertenceria a Ruth, retorquiu. Falou com brandura, convicção e temor. *Você sabe o que é, Jessie — é aquela coisa que você ouviu Maddy e as outras garotas comentando naquela noite em que Maddy deu a festinha do pijama, depois que elas acharam que você tinha finalmente dormido. Cindy Lessard chamou a coisa de porra. Contou que era branco e que esguichava da coisa do cara como pasta de dente. É isso que gera bebês e não beijo de língua.*

Por um momento ela se equilibrou ali no alto da curva rígida do corpo do pai, confusa, receosa e de certa forma excitada, escutando-o aspirar lufadas rascantes de ar úmido. Então seus quadris e coxas lentamente se descontraíram e ele a desceu novamente.

Não olhe mais para o sol, Bobrinha, ele disse, e, embora ainda estivesse ofegante, sua voz praticamente voltara ao normal. A excitação assustadora desaparecera da voz e não havia mais ambivalência nos sentimentos de Jessie; havia um alívio simples e profundo. O que quer que tivesse acontecido — se é que acontecera — terminara.

Papai...

Não, não discuta. O seu tempo acabou.

Ele tirou com delicadeza a pilha de vidros esfumaçados de suas mãos. Ao mesmo tempo beijou-a no pescoço, ainda mais gentilmente. Enquanto isso Jessie olhava assombrada a estranha escuridão ir envolvendo o lago. Tinha uma vaga consciência de que a coruja ainda piava, e que os grilos enganados pela escuridão tinham começado a cantar duas ou três horas antes. Uma imagem residual flutuou diante de seus olhos como uma tatuagem negra e redonda contornada por uma auréola irregular de fogo verde e ela pensou: *Se eu olhasse para isso muito tempo, se queimasse as retinas, provavelmente teria que ficar vendo essa imagem o resto da vida, como acontece quando alguém dispara um flash nos olhos da gente.*

Por que você não vai lá dentro e veste uns jeans, Bobrinha? Acho que o vestido de verão talvez não tenha sido uma ideia tão boa.

Falou num tom impessoal que fez parecer que o uso do vestido de verão fora ideia dela (*E, mesmo que não tenha sido, você deveria ter tido mais juízo,* a voz da Senhorita Petrie falou na mesma hora), e inesperadamente uma nova ideia lhe ocorreu: E se ele resolvesse contar a mamãe o que aconteceu? A possibilidade era tão terrível que Jessie desatou a chorar.

Sinto muito, papai, choramingou, atirando-se ao seu pescoço e comprimindo o rosto no pescoço dele, sentindo o cheiro vago da sua loção pós-barba, colônia ou o que fosse. *Se fiz alguma coisa errada, sinto muito, muito mesmo.*

De maneira nenhuma, ele retorquiu, mas ainda naquela voz impessoal, preocupada, como se estivesse tentando decidir se deveria contar a Sally o que Jessie fizera, ou talvez varrer o incidente para baixo do tapete. *Você não fez nada errado, Bobrinha.*

Você ainda me ama?, ela insistiu. Ocorreu a Jessie que era uma loucura fazer aquela pergunta, uma loucura arriscar-se a receber uma resposta que poderia arrasá-la, mas *tinha* de perguntar. *Tinha.*

Claro, ele respondeu imediatamente. Sua voz pareceu ganhar um pouquinho de animação, suficiente para fazê-la compreender que estava dizendo a verdade (e ah, que alívio era isso), mas ela ainda suspeitava que alguma coisa mudara, e tudo por causa de alguma coisa que ela mal compreendia. Ela sabia que

(era uma mão em seu traseiro, só que uma variação)

tivera alguma ligação com sexo, mas não fazia ideia até que ponto ou que seriedade a coisa teria. Provavelmente não era o que as garotas na festinha do pijama tinham chamado de "ir até o fim" (exceto aquela Cindy estranhamente sabida; ela chamara isso de "mergulho em águas profundas com uma longa vara branca", um termo que parecera a Jessie ao mesmo tempo horrível e hilariante), mas o fato de que ele não pusera a coisa dele na coisa dela talvez não garantisse que estava a salvo de estar grávida. O que Karen Aucoin lhe contara no ano anterior quando regressavam da escola voltou à sua lembrança, e Jessie tentou afastá-la. Com certeza não era verdade, e, mesmo que fosse, ele não tinha metido a língua em sua boca.

Mentalmente ouviu a voz da mãe, alta e irritada: *Não dizem que a roda que range é a que sempre leva graxa?*

Sentiu novamente o calor úmido na calcinha contra as nádegas. Continuava a se espalhar. É, pensou. Acho que o ditado está certo. Acho que a roda que range *realmente* leva graxa.

Papai...

Ele ergueu a mão, um gesto que muitas vezes fazia à mesa de jantar quando a mãe ou Maddy (em geral a mãe) começavam a se esquentar por alguma coisa. Jessie não se lembrava do pai jamais ter feito esse gesto para ela, e isso reforçou sua sensação de que alguma coisa desandara barbaramente ali, e que talvez houvesse mudanças fundamentais e inapeláveis em consequência de algum erro terrível (provavelmente por ter concordado em usar o vestido de verão) que cometera. Essa ideia lhe provocou uma tristeza tão profunda que teve a sensação de que dedos invisíveis remexiam brutalmente dentro dela, repuxando e torcendo suas entranhas.

Pelo canto do olho, reparou que o short de ginástica do pai estava repuxado. Alguma coisa espiava para fora, alguma coisa rosada, e podia garantir que não era o cabo de uma chave de fenda.

Antes que pudesse desviar os olhos, Tom Mahout percebeu a direção do olhar da filha e acertou rapidamente o short, fazendo a coisa rosada desaparecer. Seu rosto se contraiu numa momentânea *expressão* de desagrado, e Jessie se encolheu por dentro outra vez. Ele a surpreendera olhando, e interpretara o olhar casual como uma curiosidade inconveniente.

O que acabou de acontecer, ele começou, em seguida pigarreou. *Precisamos conversar sobre o que aconteceu, Bobrinha, mas não agora. Corra lá dentro e mude de roupa, e aproveite para tomar um banho rápido. Ande depressa para não perder o fim do eclipse.*

Ela perdera todo o interesse pelo eclipse, embora jamais fosse confessar isso ao pai nem em um milhão de anos. Em vez disso, concordou, mas virou-se em seguida. *Papai, eu estou limpa?*

Ele a olhou surpreso, inseguro, cauteloso — uma mistura que aumentou em Jessie a sensação de que mãos raivosas remexiam-se dentro dela, pressionando suas entranhas... e notou subitamente que ele se sentia tão mal quanto ela. Talvez pior. E, num momento de clareza intocado por outras vozes exceto a sua, refletiu: *Devia se sentir mesmo! Putz, você é que começou isso!*

Está, respondeu o pai... mas seu tom não a convenceu de todo. *Limpa como água de chuva. Agora vá lá dentro e se arrume.*

Está bem.

Ela tentou sorrir — fez muita força — e acabou conseguindo dar um sorrisinho. O pai a olhou espantado por um momento, mas em seguida retribuiu o sorriso. Isso a aliviou um pouco, e as mãos que a pressionavam por dentro temporariamente a largaram. Até chegar ao grande quarto que dividia com Maddy no primeiro andar, porém, a sensação recomeçou. O pior de tudo era o temor de que ele se sentisse obrigado a contar à mãe o que acontecera. Que pensaria sua mãe?

É bem coisa da nossa Jessie, não é? A roda que range.

O quarto fora dividido ao meio por um varal como num acampamento para meninas. Ela e Maddy tinham pendurado uns lençóis velhos na corda, em que fizeram pinturas de cores vivas com os lápis de Will. Colorir os lençóis e dividir o quarto tinha sido uma grande diversão naquele momento, mas agora isso lhe parecia bobo e infantil. E a maneira com que sua sombra aumentada dançava no lençol do meio na realidade assustava; parecia a sombra de um monstro. Até mesmo o perfume de resina de pinheiros (que em geral apreciava) parecia pesado e pegajoso, como o spray que se usava para disfarçar um fedor desagradável numa sala.

É bem a nossa Jessie, não é? Nunca está satisfeita com o que se faz até ter a chance de dar o toque final. Nunca está satisfeita com os planos dos outros. Nunca é capaz de deixar as coisas como estão.

Correu para o banheiro, querendo vencer a voz, mas percebendo que não seria capaz. Acendeu a luz e despiu o vestido de verão pela cabeça com um movimento rápido. Atirou-o no cesto de roupa suja, contente de poder se livrar dele. Olhou-se no espelho, os olhos arregalados, e viu o rosto de uma menininha emoldurado por um penteado de moça... um penteado que agora se desprendia dos grampos em mechas, pompons e cachos. Era um corpo de menininha também — o peito liso e os quadris estreitos —, mas não continuaria assim por muito tempo.

Já começara a mudar, e com isso fizera alguma coisa ao pai que não deveria ter feito.

Nunca vou querer peitos nem quadris arredondados, pensou deprimida. Se fazem coisas como essas acontecer, quem vai querer?

O pensamento a fez reparar outra vez na umidade no fundilho da calcinha. Tirou-a — calcinha de algodão da Sears, verde quando nova, agora tão desbotada que mais parecia cinzenta — e ergueu-a curiosa, as mãos esticando a cintura de elástico. Havia alguma coisa no fundilho, sim, e não era suor. Nem lembrava nenhuma pasta de dentes que tivesse visto. Parecia mais um detergente cinza-pérola para lavar pratos. Jessie baixou a cabeça e cheirou-a com cautela. Tinha o leve odor que ela associava com o lago depois de uma temporada de calor abafado, e com a água do poço também. Uma vez apanhara para o pai um copo de água com um cheiro que achou particularmente forte e perguntou se *ele* o sentia.

O pai sacudira a cabeça. *Não,* respondeu animado, *mas isso não significa que não exista. Só significa que fumo demais. Acho que é o cheiro do lençol de água, Bobrinha. São resíduos minerais, só isso. Meio malcheirosos, por isso sua mãe tem de gastar uma fortuna em amaciantes para roupas, mas não vai lhe fazer mal. Juro por Deus.*

Resíduos minerais, pensou agora, e deu outra cheirada. Não era capaz de dizer por que aquele aroma fraco a fascinava, o fato é que fascinava. *É o cheiro do lençol de água, só isso. O cheiro de...*

Então a voz mais confiante se manifestou. Na tarde do eclipse lembrara um pouco a voz da mãe (primeiro porque a chamou de boneca, como Sally às vezes fazia quando se irritava com Jessie porque a filha fugira de suas tarefas ou esquecera alguma responsabilidade), mas Jessie tinha uma ideia de que era realmente a voz do seu eu adulto. Se aquele zurro combativo a incomodava um pouco, era apenas porque, a rigor, ainda era cedo para aquela voz. Mas mesmo assim estava presente. Estava ali e fazia o possível para juntar os seus cacos. Jessie achou aquela voz espalhafatosa curiosamente reconfortante.

É a coisa de que Cindy Lessard estava falando, é isso — é a porra dele, boneca. Suponho que deveria agradecer por ter ido parar nas suas calcinhas, e não em outro lugar, mas não fique inventando histórias da carochinha de que é o cheiro do lago, ou de resíduos minerais no lençol de água, ou outra coisa qualquer. Karen Aucoin é uma babaca, nunca houve uma mulher no mundo que tivesse gerado um filho na garganta e você sabe disso, mas Cindy Lessard não é nenhuma babaca. Acho que já viu a coisa, e agora você também viu. Coisa de homem. Porra.

Repentinamente revoltada — não tanto pelo que era, mas por de quem vinha —, Jessie jogou a calcinha no cesto de roupa suja por cima do vestido. Então teve uma visão da mãe, que era quem esvaziava os cestos e lavava a roupa na lavanderia do porão úmido, pescando essa calcinha desse cesto e descobrindo esses vestígios. E o que pensaria? Ora que a roda rangedora da família recebera graxa, é claro...

que mais pensaria?

Sua repugnância transformou-se em um pavor cheio de culpa, e Jessie rapidamente recolheu a calcinha do cesto. Na mesma hora o cheiro salobro pareceu encher suas narinas, denso, fraco e enjoativo. *Ostras e cobre*, pensou, e foi o bastante. Caiu de joelhos diante do vaso sanitário, a calcinha apertada numa mão, e vomitou. Deu descarga logo em seguida, antes que o cheiro do hambúrguer parcialmente digerido pudesse impregnar o ar, então abriu a torneira de água fria da pia e enxaguou a boca. Seu receio de que fosse passar a próxima hora ali dentro ajoelhada na frente do vaso vomitando começou a diminuir. O estômago parecia estar se acalmando. Se pudesse evitar sentir aquele cheiro leve e cremoso de cobre outra vez...

Prendendo a respiração, enfiou a calcinha debaixo da torneira, lavou-a, torceu-a e atirou-a de volta no cesto. Então inspirou profundamente, ao mesmo tempo que afastava os cabelos das têmporas com as costas das mãos molhadas. Se a mãe perguntasse o que fazia um par de calcinhas molhadas no cesto de roupa suja...

Você já está começando a pensar como uma criminosa, lamentou a voz que um dia pertenceria à Esposa Perfeita. *Está vendo no que dá ser uma menina má, Jessie? Está vendo? Sinceramente espero que você...*

Fica quieta, sua nojentinha, retrucou num rosnido a outra voz. *Você pode chatear o quanto quiser depois, mas agora estamos tentando resolver um probleminha aqui, se não se importa. Está bem?*

Silêncio. Essa foi boa. Jessie, nervosa, afastou de novo os cabelos, embora poucos fios tivessem voltado a cair sobre as têmporas. Se a mãe perguntasse o que faziam as calcinhas molhadas no cesto de roupa suja,

Jessie simplesmente diria que estava tão quente que dera um mergulho sem trocar de roupa. Todos os três tinham feito isso diversas vezes durante aquele verão.

Então é melhor lembrar de passar uma água no short e na camisa também. Certo, boneca?

Certo, ela concordou. *Boa lembrança.*

Vestiu o roupão que estava pendurado na porta do banheiro e voltou ao quarto para apanhar o short e a camiseta que estava usando quando a mãe, o irmão e a irmã mais velha saíram de manhã... milhares de anos atrás, parecia agora. Não os encontrou de imediato, e se ajoelhou para procurar debaixo da cama.

A outra mulher também está de joelhos, uma voz comentou, *e sente o mesmo cheiro. O cheiro de cobre e creme.*

Jessie ouviu sem ouvir. Seu pensamento estava no short e na camiseta — no álibi. Conforme suspeitara, estavam debaixo da cama. Esticou-se para apanhá-los.

Está saindo do poço, a voz acrescentou. *O cheiro do fosso do poço.*

Sei, sei, Jessie pensou, agarrando as roupas e voltando ao banheiro. O cheiro do fosso do poço, que ótimo, você é poeta e nem sabe disso.

Ela fez o homem cair dentro do poço, a voz continuou, e isso finalmente penetrou os pensamentos de Jessie. Ela estacou na porta do banheiro, os olhos arregalados. Sentiu um temor súbito, novo e fatal. Agora que estava realmente prestando atenção, percebeu que a voz não se parecia com nenhuma das outras; essa lembrava uma voz que a gente talvez sintonizasse no rádio à noite se as condições fossem ideais — uma voz que poderia vir de muito, muito longe.

Nem tão longe assim, Jessie; ela está na rota do eclipse também.

Por um instante, o corredor do primeiro andar da casa no lago Dark Score pareceu sumir. O que o substituiu foi um emaranhado de amoreiras, que não projetavam sombra sob o céu escurecido pelo eclipse, e um cheiro nítido de sal marinho. Jessie viu uma mulher magrela, vestida com roupa de ficar em casa, com os cabelos grisalhos presos num coque. Estava ajoelhada junto à tampa de ripa de madeira do poço. Havia um monte de tecido branco a seu lado. Jessie tinha certeza de que era a camisola da mulher magrela. Quem é você?, Jessie perguntou à mulher, mas ela já se fora... Isto é, se é que estivera ali.

Jessie chegou a lançar um olhar sobre o ombro para ver se talvez a mulher magra e fantasmagórica a seguira. Mas o corredor estava deserto; estava sozinha.

Olhou para os próprios braços e constatou que estavam grossos de arrepios.

Você está perdendo a razão, lamentou a voz que um dia seria da Esposa Perfeita. *Ah, Jessie, você foi má, você foi muito má, por isso vai ter de pagar perdendo a razão.*

Não estou — respondeu. Espiou seu rosto pálido e tenso no espelho do banheiro. *Não estou!*

Aguardou um instante numa espécie de estado terrível de suspensão para ver se alguma das vozes — ou a imagem da mulher ajoelhada junto à tampa do poço com a camisola amontoada no chão — voltaria, mas não ouviu nem viu mais nada. Aquela *outra* apavorante que contara a Jessie que empurrara um homem para dentro de um poço, bem, aparentemente desaparecera.

Tensão, boneca, comentou a voz que um dia seria de Ruth, e Jessie teve a nítida impressão de que, embora a voz não acreditasse no que dizia, decidira que era melhor Jessie começar a se mexer outra vez, e depressinha. *Você pensou numa mulher com uma camisola ao lado porque está com a cabeça cheia de roupa esta tarde, só isso. Eu esqueceria a coisa toda se fosse você.*

Uma grande sugestão. Jessie rapidamente molhou o short e a camiseta na torneira, torceu-os e em seguida entrou debaixo do chuveiro. Ensaboou-se, enxaguou-se, enxugou-se, correu de volta ao quarto. Normalmente não teria se dado ao trabalho de vestir o roupão para atravessar correndo o corredor, mas desta vez usou-o, fechando-o com a mão em vez de gastar tempo para prendê-lo com o cinto.

Parou de novo no quarto, mordendo o lábio, rezando para a estranha voz não voltar, rezando para não ter outra dessas alucinações ou ilusões ou o que fossem. Nada aconteceu. Ela largou o roupão em cima da cama, correu até a cômoda, escolheu calcinha e short limpos.

Ela sente o mesmo cheiro, pensou. *Quem quer que seja, a mulher sente o mesmo cheiro saindo do poço em que fez o homem cair, e isso está acontecendo agora, durante o eclipse. Tenho certeza...*

Virou-se, uma blusa limpa na mão, e congelou. O pai estava parado à porta, observando-a.

Capítulo Dezenove

JESSIE acordou na claridade suave e leitosa do amanhecer com a lembrança intrigante e agourenta da mulher ocupando sua mente — a mulher de cabelos grisalhos repuxados num apertado coque de camponesa, a mulher ajoelhada no emaranhado de amoreiras com a camisola empilhada ao lado, a mulher que estivera espiando por entre as ripas da tampa, sentindo aquele cheiro enjoativo. Jessie não pensava naquela mulher havia anos, e agora, recém-saída de um sonho de 1963, que não fora um sonho mas uma recordação, parecia que fora agraciada com uma espécie de visão sobrenatural daquele dia, uma visão talvez causada pela tensão que, em seguida, se perdera pela mesma razão.

Mas não tinha importância — não aquilo, não o que acontecera com o pai no deque, não o que acontecera depois, quando se virara e dera com ele parado à porta do quarto. Tudo isso acontecera muito tempo atrás, ao passo que o que estava acontecendo neste momento...

Estou numa enrascada. Acho que estou numa enrascada muito séria.

Recostou-se nos travesseiros e examinou os braços suspensos. Sentiu-se tão aturdida e desamparada quanto um inseto envenenado numa teia de aranha, querendo apenas voltar a dormir — desta vez sem sonhar, se possível —, os braços dormentes e a garganta seca em outro universo.

Não teve essa sorte.

Ouviu um zumbido lento e grave em algum lugar próximo. O primeiro pensamento é que fosse um *despertador*. O segundo, após cochilar dois ou três minutos com os olhos abertos, um *detector de fumaça*. Essa ideia provocou um breve e infundado surto de esperança que a deixou mais perto do verdadeiro despertar. Percebeu que aquilo que estava ouvindo não parecia em nada detector de fumaça. Parecia mais... bem... mais.

São moscas, boneca, certo? A voz chega-de-papo agora soava cansada e fraca. *Você já ouviu falar no* Boys of Summer, *de Roger Khan, não ouviu? Pois bem, essas são as Moscas de Outono e sua versão do Campeonato Mundial está sendo jogada neste momento no corpo de Gerald Burlingame, o conhecido advogado que tinha fetiche por algemas.*

— Essa não, tenho de me levantar — disse naquele grasnido rouco em que mal reconhecia sua voz.

Que diabo significa isso?, pensou, dando a própria resposta: — Merda nenhuma, graças a Deus — o que realizou a tarefa de despertá-la por completo. Ela não *queria* ficar acordada, mas tinha a impressão de que era melhor aceitar o fato de que estava acordada e tirar o melhor proveito dele, enquanto podia.

E provavelmente é melhor começar por acordar as mãos e os braços. Isto é, se eles quiserem acordar.

Examinou o braço direito, depois girou a cabeça na armadura enferrujada em que se transformara seu pescoço (apenas parcialmente dormente) e examinou o esquerdo. Jessie percebeu de repente, assustada, que examinava os braços de maneira inteiramente nova — examinava-os como se fossem móveis em uma vitrine.

Pareciam não ter a menor relação com Jessie Burlingame, e ela supunha que não havia nada estranho nisso; afinal estavam absolutamente dormentes. As sensações só começavam pouco abaixo das axilas.

Tentou se levantar e ficou desolada ao descobrir que o motim de seus braços era mais sério do que suspeitara. Não somente se recusavam a *movê-la;* recusavam-se a *se mover.* As ordens de seu cérebro eram totalmente ignoradas. Examinou-os de novo, e já não mais lhe pareceram mobília. Pareceram peças desbotadas de carne pendurada nos ganchos do açougue, e ela soltou um grito rouco de medo e raiva.

Não importa. Os braços não estavam acontecendo, pelo menos por ora, mas se enfurecer ou se amedrontar, ou ambos, não ia mudar nada. Quem sabe os dedos? Se pudesse enroscá-los em torno dos pilares, então talvez...

... ou talvez não. Os dedos pareciam tão inúteis quanto os braços. Após quase um minuto de esforço, Jessie foi recompensada com um único espasmo maquinal do polegar direito.

— Meu bom Deus — exclamou na voz rascante cheia-de-poeira-nas-frestas. Não havia mais raiva na voz, apenas medo.

As pessoas morriam em acidentes, é claro — supunha que tivesse visto centenas, talvez milhares de cenas de morte nos telejornais em sua vida. Sacos com cadáveres sendo removidos de carros batidos ou guindados do mato em lingas da defesa civil, os pés saindo por baixo de cobertores estendidos às pressas enquanto ao fundo edifícios pegavam fogo, testemunhas de rosto pálido, voz gaguejante apontando poças de uma coisa pegajosa e escura nos becos e no chão dos bares. Vira o corpo de John Belushi enrolado em uma mortalha branca sendo retirado do hotel Château Marmont em Los Angeles; vira o equilibrista Karl Wallenda vacilar e cair pesadamente no cabo que tentava atravessar (estendido entre dois hotéis, lembrava vagamente), agarrar-se por um momento e em seguida mergulhar para a morte. Os noticiários mostraram a cena repetidamente como se estivessem obcecados. Portanto, sabia que as pessoas morriam em acidentes, *claro* que sabia, mas até agora jamais percebera que havia gente *dentro* daqueles personagens, gente como ela, gente que não tinha tido a mínima ideia de que jamais voltaria a comer um cheeseburguer, a assistir a mais um round de um programa de perguntas (e por favor não deixe de dar sua resposta em forma de pergunta), ou ligar para os amigos e perguntar se um poquerzinho a um centavo o ponto na noite de quinta-feira ou fazer compras no sábado não seria uma *grande* ideia? Acabaram-se as cervejas, acabaram-se os beijos, e a fantasia de fazer amor numa rede durante um temporal jamais se realizaria, porque você ia estar muito ocupada em morrer. Qualquer manhã em que você se levantava da cama poderia ser a última.

É muito mais do que um talvez esta manhã, Jessie pensou. *Acho que agora é um provavelmente. A casa — nossa confortável e tranquila casa à beira do lago — poderá muito bem entrar para o noticiário de sexta ou sábado à noite. Aquele repórter, do sobretudo branco que eu tanto odeio, vai conversar com o microfone e se referir à "casa onde o eminente advogado de*

Portland Gerald Burlingame e sua mulher Jessie morreram". Então chamará o estúdio e entrará o comentarista de esportes, e não estou querendo ser mórbida, Jessie; não sou a Esposa Perfeita com seus lamentos, nem a Ruth com seus discursos. É...

Mas Jessie sabia. Era a verdade. Era apenas um acidentezinho bobo, o tipo de coisa que fazia a gente balançar negativamente a cabeça ao ler a matéria no jornal durante o café da manhã; a gente dizia "Escuta só isso, querido", e lia a notícia para o marido enquanto ele comia o seu grapefruit. Apenas um acidentezinho bobo, só que desta vez estava acontecendo com ela. A contínua insistência de sua mente de tratar isso como um engano era compreensível, mas irrelevante. Não havia Seção de Reclamações onde pudesse explicar que as algemas tinham sido ideia do Gerald e, portanto, era apenas justo que a deixassem fora disso. Se o engano ia ser corrigido, ela é quem teria de fazê-lo.

Jessie pigarreou, fechou os olhos e dirigiu-se ao teto:

— Deus? Quer me ouvir um instante? Preciso de uma ajudinha, preciso mesmo. Estou metida numa enrascada e me sinto aterrorizada. Por favor, me ajude a sair daqui, sim? Eu... hum... Te peço em nome de Nosso Senhor Jesus Cristo. — Esforçou-se para ampliar a oração e só lhe ocorreu uma coisa que Nora Callighan lhe ensinara, uma oração que hoje em dia andava na boca de todos os vigaristas da autoajuda e dos gurus de merda: — Deus, me dê serenidade para aceitar as coisas que não posso mudar, coragem para mudar as coisas que posso e sabedoria para saber diferençá-las. Amém.

Nada mudou. Não sentiu serenidade, nem coragem, muito menos sabedoria. Continuava a ser apenas uma mulher com os braços inertes e um marido morto, algemada aos pilares da cama como um cão vadio acorrentado ao poste de um quintal e condenado a morrer, sem ninguém notar nem lamentar, enquanto o dono cachaceiro passa trinta dias no xadrez municipal por dirigir sem licença e alcoolizado.

— Oh, por favor, não permita que doa — disse em voz baixa e trêmula. — Se vou morrer, meu Deus, por favor, não permita que doa. Suporto muito mal a dor.

Pensar em morrer numa altura dessas provavelmente é uma má ideia, boneca. Ruth fez uma pausa e acrescentou. *Pensando melhor, risque o provavelmente.*

Tudo bem, não vamos discutir — pensar em morrer foi uma má ideia. Então o que sobrou?

Viver. Ruth e Esposa Perfeita responderam ao mesmo tempo. Então, viver. O que a trouxe de volta aos braços, fechando o círculo.

Estão dormentes porque passei a noite inteira pendurada neles. Continuo pendurada neles. Aliviar o peso dos braços é o primeiro passo.

Tentou impulsionar-se para trás e para cima com os pés e sentiu um pânico súbito e opressivo quando no primeiro momento eles se recusaram a cooperar. Perdeu-se por instantes e então, quando voltou a si, estava flexionando as pernas rapidamente para cima e para baixo, empurrando a colcha, os lençóis e o forro do colchão para os pés da cama. Arfava como um ciclista vencendo a última subida numa maratona. Sua bunda, que também tinha adormecido, recuperava a animação.

O medo conseguira fazê-la despertar inteiramente, mas foram precisos os exercícios aeróbicos glúteos provocados pelo pânico para obrigar o coração a sair do ponto morto. Finalmente começou a perceber prenúncios de sensibilidade — junto aos ossos e, ameaçadores como uma trovoada distante, nos braços.

Se nada mais funcionar, boneca, não se esqueça daqueles últimos golinhos de água. Lembre-se de que nunca vai conseguir pegar naquele copo de novo se suas mãos e braços não estiverem em boas condições, e muito menos beber aquela água.

Jessie continuou a empurrar a cama com os pés enquanto o dia clareava. O suor empastou seus cabelos contra as têmporas e escorreu pelo seu rosto. Tinha consciência — muito vaga — de que estava aumentando sua carência de água a cada minuto que insistia nessa atividade fatigante, mas não tinha escolha.

Porque não tem nenhuma, boneca — nenhuma mesmo.

Boneca isto e boneca aquilo, ela pensou distraída. *Quer fazer o favor de calar a boca, sua vaca tagarela?*

Finalmente sua bunda começou a escorregar em direção à cabeceira da cama. Cada vez que ela se mexia, Jessie contraía os músculos da barriga e fazia uma semiflexão. O ângulo formado pelas partes superior e inferior do tronco começou a se aproximar dos noventa graus. Seus cotovelos começaram a dobrar, e, à medida que seu peso foi se transferindo dos braços e ombros, aumentou o formigamento que percorria sua pele. Ela não parou de movimentar as pernas até finalmente se sentar, e continuou a pedalar, procurando manter o coração acelerado.

Uma gota ardida de suor entrou em seu olho esquerdo. Ela a lançou longe sacudindo a cabeça com impaciência e continuou a pedalar. O formigamento foi aumentando, percorrendo os braços de alto a baixo, e cinco minutos após atingir uma determinada posição (parecia uma adolescente desengonçada jogada na poltrona do cinema), a primeira cãibra a assaltou. Parecia um golpe dado com o lado rombudo de um cutelo de açougueiro.

Jessie jogou a cabeça para trás, espalhando no ar uma névoa fina de suor da cabeça e dos cabelos, e gritou. Quando reunia fôlego para repetir o grito, outra cãibra. Foi muito pior que a primeira. Parecia que alguém laçara seu ombro esquerdo com uma corda preparada com cerol e depois puxara com força. Ela urrou, as mãos fecharam-se em punhos com tanta rapidez e selvageria que duas das unhas partiram no sabugo e começaram a sangrar. Seus olhos, afundados em olheiras escuras e inchadas, cerraram-se apertados, mas as lágrimas escapuliram mesmo assim e escorreram rosto abaixo, misturando-se aos filetes de suor que desciam dos cabelos.

Não pare de pedalar, boneca — não pare agora.

— Não me chame de boneca! — Jessie berrou.

O cachorro vira-lata voltara silenciosamente para a varanda dos fundos pouco antes do alvorecer, e ao som daquele berro ergueu bruscamente a cabeça. Havia uma expressão de surpresa quase cômica em sua cara.

— *Não me chame assim, sua vaca! Sua vaca odio...*

Mais uma cãibra, tão aguda e súbita quanto um infarto fulminante, atravessou o seu tríceps esquerdo até a axila, e suas palavras se dissolveram num longo e tremido grito de agonia. Contudo, continuava a pedalar.

Fosse como fosse, continuava a pedalar.

Capítulo Vinte

QUANDO o pior das cãibras passou — pelo menos, *esperava* que o pior tivesse passado —, ela fez uma pausa, recostou-se nas ripas de mogno que formavam a cabeceira da cama com os olhos fechados, e sua respiração foi gradualmente se acalmando: primeiro passou a um galope lento, depois a um trote e, finalmente, a um passo. Com sede ou sem sede, ela se sentiu surpreendentemente bem. Supunha que a razão residia em parte naquela velha piada que terminava com a frase: "Me sinto muito bem quando paro." Afinal tinha sido uma garota e uma mulher atlética até cinco anos atrás (está bem, talvez dez), e ainda era capaz de reconhecer um afluxo de endorfina quando produzia um. Absurdo, dadas as circunstâncias, mas também muito gostoso.

Talvez nem tão absurdo assim, Jess. Talvez útil. A endorfina clareia a cabeça, o que é uma das razões por que as pessoas trabalham melhor depois de se exercitarem um pouco.

E sua cabeça *clareara*. O pânico pior se dissolvera como os nevoeiros industriais empurrados por um vento forte, e se sentia mais do que racional: sentia-se inteiramente sã outra vez. Jamais imaginara isso possível, e achou que era uma prova assustadora da incansável adaptabilidade da mente e de sua quase insetífera determinação de sobreviver. *Tudo isso e ainda nem tomei o café da manhã*, pensou.

A imagem do café — escuro, em sua xícara favorita com um friso de flores azuis à volta — a fez lamber os lábios.

Também a fez pensar no programa de televisão *Today*. Se o seu relógio interno estivesse certo, o programa estaria entrando no ar agora. Homens e mulheres de todo o país — em geral sem algemas — estariam sentados à mesa da cozinha, bebendo suco e café, comendo pães doces e ovos mexidos (ou talvez um daqueles cereais que dizem acalmar o coração e ao mesmo tempo estimular os intestinos). Estariam assistindo Bryant Gumbel e Katie Couric que apresentavam o programa dando risadas com o comentarista Joe Garagiola. Um pouco depois assistiriam a Willard Scott desejar feliz aniversário a pessoas que completavam 100 anos. Haveria entrevistados — um falaria sobre uma tal de *prime rate* e a reserva monetária, outro mostraria aos telespectadores como impedir que o cãozinho chinês roesse os chinelos do dono, e um terceiro divulgaria seu último filme — e ninguém se daria conta de que no Maine ocidental ocorria um acidente; que uma das espectadoras razoavelmente assíduas não poderia sintonizar o canal esta manhã porque se encontrava algemada à cama a menos de 6 metros do marido nu, semidevorado por um cachorro e cheio de moscas.

Virou a cabeça para o lado direito e olhou para o copo que Gerald pousara descuidadamente do seu lado da prateleira, pouco antes de a festa começar. Há cinco anos, refletiu, o copo provavelmente não estaria ali, mas, à medida que Gerald aumentara o consumo de uísque, crescera também o seu consumo de outros líquidos — principalmente de água, mas ele também bebia toneladas de refrigerante diet e chá gelado. Para Gerald, pelo menos, a frase "problema de bebida" parecia não ter sido um eufemismo, mas a pura verdade.

Bom, pensou desanimada, *se tinha um problema de bebida, agora está curado, não é?*

O copo continuava exatamente onde ela o deixara, é claro; se o visitante da noite anterior não tivesse sido um sonho (*Não seja boba, é claro que foi um sonho*, disse a Esposa Perfeita, nervosa), com certeza não teve sede.

Vou apanhar aquele copo, pensou Jessie. *E também vou tomar muito cuidado, caso sinta mais cãibras musculares. Alguma pergunta?*

Não sentiu nenhuma cãibra, e desta vez apanhar o copo foi sopa porque estava bem mais à mão; não houve necessidade de números de equilibrismo. Ela teve uma boa surpresa quando apanhou o canudo improvisado. Ao secar, o cartão de assinatura se enrolara nas dobras que ela fizera. Esse estranho objeto geométrico parecia um origami de formas livres e funcionava com uma eficiência muito maior do que a da noite anterior. Beber o resto da água foi ainda mais fácil do que apanhar o copo, e, enquanto Jessie ouvia o barulhinho característico que o canudo improvisado produzia no fundo do copo, quando tentou sugar as últimas gotas, ocorreu-lhe que teria derramado muito menos água na colcha se soubesse que poderia "curar" o canudo. Tarde demais agora e não adiantava chorar a água derramada.

Os poucos golinhos só serviram para acentuar sua sede, mas teria de conviver com o problema. Pôs o copo de volta na prateleira e riu de si mesma. O hábito era um bicho resistente. Mesmo em circunstâncias bizarras como a atual, ele continuava um bicho resistente. Ela se arriscara a ter novas cãibras para devolver o copo vazio à prateleira em vez de largá-lo pelo lado da cama e deixar que se espatifasse no chão. E por quê? Porque ser limpa e arrumada era importante. Essa era uma das coisas que Sally Mahout ensinara à sua boneca, sua rodinha rangedora que nunca parecia receber graxa suficiente e não era capaz de deixar as coisas como estavam — sua bonequinha que não hesitava diante de nada, inclusive seduzir o próprio pai, para garantir que as coisas seguissem o curso que traçara.

Na lembrança, Jessie reviu Sally Mahout como muitas vezes no passado: o rosto vermelho de exasperação, os lábios comprimidos, as mãos em punhos plantadas nos quadris.

— E você teria acreditado nessa versão — Jessie disse baixinho. — Não é mesmo, sua vaca?

Não é justo, parte de sua mente reagiu constrangida. *Não é justo, Jessie!*

Só que *era* justo, e ela sabia disso. Sally estivera muito longe de ser uma mãe ideal, principalmente durante os anos em que seu casamento com Tom andara aos trancos como um carro velho com barro na transmissão. Seu comportamento naquela época tinha muitas vezes beirado a paranoia e a irracionalidade. Will, por alguma razão, fora quase completamente poupado de seus sermões e suspeitas, mas ela por vezes assustara as duas filhas, e muito.

Aquele lado sombrio não existia agora. As cartas que Jessie recebia do Arizona eram bilhetes banais e monótonos de uma velha senhora que vivia para o bingo das quintas à noite e recordava os anos de criação dos filhos como uma época calma e feliz. Aparentemente não se recordava de berrar a plenos pulmões que mataria Maddy a próxima vez que ela se esquecesse de enrolar o absorvente em papel higiênico antes de jogá-lo na cesta de lixo, ou de entrar numa manhã de domingo — por razões que Jessie jamais conseguira entender — no quarto da filha, atirar um par de sapatos altos nela, e sair de forma igualmente tempestuosa.

Às vezes, quando recebia os bilhetes e postais da mãe — *Tudo bem aqui, querida, tive notícias de Maddy, ela escreve regularmente, meu apetite melhorou desde que a temperatura caiu* —, Jessie tinha vontade de agarrar o telefone, ligar para a mãe e berrar: *Você se esqueceu de tudo, mamãe? Esqueceu do dia em que atirou os sapatos em mim, quebrou o meu jarro favorito e eu chorei porque achei que você sabia, que ele devia ter finalmente fraquejado e contado tudo, embora já tivessem passado três anos desde o eclipse? Esqueceu a frequência com que nos apavorava com os seus gritos e lágrimas?*

Isso é injusto, Jessie. Injusto e desleal.

Talvez fosse injusto, mas não era mentira.

Se ela tivesse sabido do que tinha acontecido naquele dia...

A imagem da mulher no tronco de tortura passou pela cabeça de Jessie tão depressa que quase não pôde reconhecê-la, quase como se fosse um anúncio subliminar: as mãos presas, os cabelos sobre o rosto como a mortalha de penitente, o grupinho de gente desdenhosa apontando para ela. Na maioria mulheres.

Talvez a mãe não tivesse dito abertamente, mas — *teria* acreditado que a culpa era de Jessie, e poderia realmente ter achado que fora uma sedução consciente. Não era muito grande a distância entre a roda que range e a Lolita, era? E, sabedora de que houvera alguma coisa sexual entre o marido e a filha, muito provavelmente a teria feito parar de pensar em ir embora e passar realmente à ação.

Acreditar? Pode *apostar* que ela teria acreditado.

Desta vez a voz da decência não fez sequer um protesto simbólico, e Jessie teve uma súbita intuição: o pai percebera instantaneamente o que ela levara quase trinta anos para entender. Soubera da verdade da mesma maneira que sabia da acústica estranha que havia na sala de estar/jantar na casa do lago.

O pai a usara de várias maneiras naquele dia.

Jessie aguardou um dilúvio de emoções negativas diante dessa triste constatação; tinha, afinal, feito papel de otária para um homem cuja obrigação fundamental era amá-la e protegê-la. O dilúvio não veio. Talvez isso resultasse, em parte, da ação duradoura das endorfinas, mas tinha a impressão de que a emoção que sentia estava mais próxima do alívio: por mais podre que aquela história fosse, ela finalmente conseguira vê-la objetivamente. Suas principais emoções eram o assombro de que tivesse guardado aquele segredo por tanto tempo e uma certa perplexidade apreensiva. Quantas das opções que fizera desde aquele dia teriam sido influenciadas direta ou indiretamente pelo minuto final que passara no colo do pai, observando aquela imensa pinta redonda no céu através de dois ou três pedaços de vidro esfumaçado? E seria a situação atual uma consequência do que acontecera durante o eclipse?

Ah, isso é demais, pensou. *Se ele tivesse me estuprado talvez fosse diferente. Mas o que aconteceu no deque aquele dia foi de fato apenas mais um acidente, e nem tão sério assim, para falar a verdade — se você quer saber o que é um acidente sério, Jess, olhe para a situação em que se encontra. É o mesmo que culpar a velha sra. Gilette por ter me dado um tapa na mão naquela festa, no verão em que fiz 4 anos. Ou um pensamento que tive no momento em que era parida. Ou os pecados cometidos em uma vida passada que ainda precisam ser expiados. Além do mais, o que ele fez comigo no deque não foi nada comparado ao que me fez no quarto.*

E não havia necessidade de sonhar essa parte; estava bem ali, perfeitamente clara e perfeitamente acessível.

Capítulo Vinte e Um

QUANDO ela ergueu os olhos e viu o pai parado à porta do quarto, seu primeiro gesto instintivo fora cruzar os braços sobre os seios. Então percebeu o ar triste e culpado no rosto dele e deixou cair os braços, embora sentisse um calor subir às bochechas e soubesse que o rosto ficaria desagradavelmente vermelho — sua versão de rubor virginal. Não tinha nada para mostrar ali (bem, *quase* nada), mas ainda assim se sentia mais nua do que a nudez, e tão constrangida que quase podia jurar que sentia a pele em brasa. Pensou: *E se os outros voltarem mais cedo? E se ela entrar neste instante e me encontrar assim, sem blusa?*

O constrangimento se transformou em vergonha, a vergonha em terror, e ainda assim, enquanto se enfiava na blusa e começava a abotoá-la, sentiu uma outra emoção por baixo dessas. Era um sentimento de raiva, e não era muito diferente da raiva cega que sentiria anos mais tarde quando percebeu que Gerald entendera muito bem o que ela dissera, mas fingira não entender. Sentiu raiva porque não *merecia* se sentir envergonhada e aterrorizada. Afinal, *ele* era o adulto, *ele* é que tinha deixado aquela gosma de cheiro esquisito no fundilho de sua calcinha, *ele* é que devia estar sentindo vergonha, e não era o que estava acontecendo. Não era o que estava acontecendo *mesmo*.

Até abotoar a blusa e metê-la para dentro do short, a raiva passara, ou — era igual — fora banida de volta para a toca. E a imagem que lhe ocorria todo o tempo era a mãe voltando mais cedo. Não fazia diferença se já estava completamente vestida. O fato de que algo de ruim acontecera estava estampado em seus rostos, bem visível, do tamanho do universo e duas vezes mais feio. Podia ver a culpa no rosto do pai e senti-la no próprio rosto.

— Você está bem, Jessie? — ele disse, com brandura. — Não está sentindo tonteira nem nada?

— Não. — Ela tentou sorrir, mas desta vez não conseguiu. Sentiu uma lágrima escorrer pelo rosto e enxugou-a depressa, cheia de culpa.

— Sinto muito. — A voz dele tremia, e ela se horrorizou de ver lágrimas nos olhos *dele*; ah, a coisa estava indo de mal a pior. — Sinto muito. — Ele se virou bruscamente, correu para o banheiro, puxou uma toalha do porta-toalhas e enxugou o rosto. Enquanto fazia isso, Jessie se esforçou para pensar com rapidez.

— Papai?

Ele espiou por cima da toalha. As lágrimas em seus olhos tinham desaparecido. Se não as tivesse visto, juraria que jamais tinham estado ali.

A pergunta quase entalou em sua garganta, mas precisava fazê-la. *Tinha* que ser feita.

— Temos de... temos de contar à mamãe?

Ele respirou longa, suspirante e tremulamente. Ela aguardou, com o coração na boca, e quando ele disse:

— Acho que temos, não é? — a resposta calou fundo.

Atravessou o quarto até o pai, vacilando um pouco — suas pernas pareciam ter perdido totalmente a sensibilidade, e o abraçou.

— Por favor, papai, não conte. Por favor, não conte. *Por favor*, não. Por favor... — Sua voz enrolou, desfez-se em soluços, e ela apertou o rosto contra o peito nu do pai.

Um instante depois ele passou os braços em volta dela, desta vez do jeito paternal de sempre.

— Detesto fazer isso — falou — porque as coisas têm estado muito tensas entre nós ultimamente, querida. Ficaria surpreso se me dissesse que não sabia. Uma coisa dessas poderia piorar a tensão. Ela não tem sido muito... bem, muito afetuosa ultimamente, e foi esse o problema maior hoje. Um homem tem... certas necessidades. Você vai entender isso algum d...

— Mas se ela descobrir, vai dizer que foi *minha* culpa!

— Não, acho que não — Tom respondeu, mas seu tom era de surpresa, de reflexão... e, pareceu a Jessie, tão terrível quanto uma sentença de morte. — Nããá-o... Tenho certeza, bem, *quase* certeza, de que ela...

Ergueu os olhos para ele, vermelhos e lavados de lágrimas.

— *Por favor*, não conte a ela, papai! Por favor, não! Por favor, não!

Ele beijou a filha na testa.

— Mas Jessie... eu *tenho* de contar. Temos.

— Por quê? *Por que*, papai?

— Porque...

Capítulo Vinte e Dois

JESSIE se mexeu um pouquinho. As correntes tilintaram; as algemas chocalharam nos pilares da cama. A luz agora penetrava pelas janelas do leste.

— Porque você não saberia guardar um segredo — disse ela apaticamente. — Porque se isso vier à tona, Jessie, é melhor para nós dois que seja agora, e não daqui a uma semana, ou um mês, ou um ano. Ou mesmo daqui a *dez* anos.

Como ele a manipulara bem — primeiro o pedido de desculpas, depois as lágrimas, e finalmente o passe de mágica: transformou o problema *dele* num problema *dela. "Raposinha, raposinha, pode fazer o que quiser, mas não me atire às urtigas!"* Até que, finalmente, ela estava jurando ao pai que guardaria segredo para sempre, que nem um torturador conseguiria arrancá-lo com alicates e carvões em brasa.

De fato, lembrava ter lhe prometido algo assim em meio a um dilúvio de lágrimas quentes e assustadas. Por fim, ele parara de sacudir a cabeça e dirigira o olhar para o outro lado do quarto, com os olhos semicerrados e os lábios contraídos — isto ela viu pelo espelho, o que ele provavelmente previra.

— Você nunca vai poder contar a ninguém — disse finalmente, e Jessie se lembrava do alívio desvanecedor que sentira ao ouvir isso. O que o pai dizia era menos importante do que o tom em que o dizia. Ouvira aquele tom muitas vezes antes, e sabia que enfurecia sua mãe que ela, Jessie, o levasse a falar assim mais vezes do que a própria Sally.

Estou mudando de ideia, dizia. *Com isso estou contrariando o meu bom senso, mas estou mudando; estou me bandeando para o seu lado.*

— Não — ela prometeu. A voz tremia entrecortada de lágrimas. — Eu não contaria, papai... nunca.

— Não é só para sua mãe — ele continuou —, para *ninguém. Jamais*. Bobrinha, isso é uma enorme responsabilidade para uma menininha. Você poderia se sentir tentada. Por exemplo, quando for estudar com Caroline Cline ou Tammy Hough depois das aulas e uma delas lhe contar um segredo, você pode querer...

— A elas? *Nunquinha!*

E ele deve ter visto a sinceridade no rosto da filha: a ideia de Caroline ou Tammy descobrirem que o pai a tocara deixou Jessie horrorizada. Satisfeito com este quesito, ele mencionou o que ela hoje imaginava que fosse sua principal preocupação.

— Nem para sua irmã. Ele a afastou de si e a encarou com severidade por um longo tempo. — Pode chegar o dia, entende, que queira contar a ela...

— Papai, não, eu nunca...

Ele a sacudiu com delicadeza.

— Fique quieta e me deixe terminar, Bobrinha. Vocês duas são muito unidas, eu sei disso, e sei que as meninas por vezes sentem vontade de dividir segredos que normalmente não revelariam. Se você se sentir assim com Maddy, vai conseguir ficar calada?

— *Vou!* — Em seu desespero para convencer o pai, recomeçou a chorar. Naturalmente era mais provável que contasse a Maddy — se houvesse alguém no mundo a quem pudesse um dia confiar um segredo tão desesperador, seria sua irmã... a não ser por um detalhe. Maddy e Sally tinham o mesmo tipo de apego que existia entre Jessie e Tom, e se Jessie algum dia contasse à irmã o que acontecera no deque, as chances de que a mãe viesse a saber no mesmo dia eram muito grandes. Depois dessa intuição, Jessie achou que poderia resistir muito bem à tentação de contar a Maddy.

— Você tem absoluta certeza? — ele perguntou como se duvidasse.

— Tenho! Verdade!

O pai recomeçara a sacudir a cabeça daquele jeito arrependido que a aterrorizou novamente.

— Estou achando, Bobrinha, que seria melhor esclarecer a coisa toda de uma vez. Receberemos o castigo que merecermos. Quero dizer, ela não vai nos *matar*...

Jessie, porém, testemunhara a fúria da mãe quando o pai pedira que dispensasse a filha da excursão ao monte Washington... e não fora só a fúria. Não lhe agradava pensar no assunto, mas a essa altura não podia se dar ao luxo de negá-lo. Percebera também, na voz da mãe, ciúme e uma coisa muito próxima ao ódio. Uma visão momentânea, mas de clareza paralisante, ocorrera a Jessie enquanto se encontrava ali parada com o pai à porta do banheiro, tentando tranquilizá-lo: os dois abandonados como Joãozinho e Maria, sem casa, vagando pelo país, de um lado para outro... dormindo juntos, é claro. Dormindo juntos à noite.

Desmontara completamente então, chorou até as raias da histeria, suplicou ao pai para não contar, prometendo-lhe que seria sempre uma boa menina se ele não contasse. Ele a deixara chorar até sentir que era o momento certo, e então falou solenemente:

— Você sabe que tem um poder enorme para uma menina tão pequena, Bobrinha.

Erguera os olhos para o pai, o rosto molhado e os olhos cheios de esperança renovada.

Ele concordou lentamente com a cabeça, e em seguida começou a enxugar as lágrimas da filha com a toalha que usara para si.

— Jamais consegui recusar uma coisa que você realmente quisesse, e não será desta vez que o farei. Vamos tentar fazer a coisa do seu jeito.

Ela se atirou nos braços do pai e começou a cobrir seu rosto de beijos. Bem no fundo da cabeça sentira medo de que isso pudesse

(*excitá-lo*)

recomeçar tudo, mas sua gratidão varreu inteiramente a cautela, e nada aconteceu.

— Obrigada! Obrigada, papai! Obrigada!

Ele a segurara pelos ombros mantendo-a afastada, desta vez sorridente, e não sério. Mas a tristeza ainda era visível em seu rosto, e agora, passados quase trinta anos, Jessie achava que aquela expressão não fazia parte da representação. A tristeza fora real, e de algum modo isso piorava ao invés de melhorar o mal que ele fizera.

— Acho que temos um trato — o pai disse. — Eu não falo nada e você não fala nada. Certo?

— Certo!

— Para ninguém, nem mesmo um para o outro. Por todos os séculos, amém. Quando sairmos deste quarto, Jess, nada terá acontecido. Certo?

Ela concordou imediatamente, mas na hora a lembrança daquele cheiro voltou, e ela percebeu que havia pelo menos uma pergunta que precisava fazer ao pai antes de esquecer tudo.

— E tem uma coisa que preciso repetir. Preciso dizer que lamento muito, Jess. Fiz uma coisa feia e vergonhosa.

O pai virara o rosto ao dizer isso, lembrou-se. Durante todo o tempo em que deliberadamente a levara a uma histeria de culpa, medo e desgraça iminente, todo o tempo em que se assegurara de que a filha jamais falaria, ameaçando-a de contar tudo, ele a olhara diretamente no rosto. Quando apresentou aquele último pedido de desculpas, porém, seu olhar procurou os desenhos a lápis de cera nos lençóis que dividiam o quarto. Essa lembrança lhe provocava um sentimento ao mesmo tempo de tristeza e raiva. Ele fora capaz de encará-la enquanto mentia; a verdade é que o fizera finalmente desviar o olhar.

Jessie se lembrou de ter aberto a boca para dizer ao pai que ele não precisa se desculpar, e de tê-la fechado novamente — em parte porque temia que pudesse dizer alguma coisa que o fizesse mudar outra vez de ideia, mas principalmente porque, mesmo aos 10 anos, compreendera que tinha direito a um pedido de desculpas.

— Sally tem andado fria, é verdade, mas isso como desculpa não vale merda nenhuma. Não tenho a menor ideia do que aconteceu comigo. — Deu uma risadinha, ainda sem encarar a filha. — Talvez tenha sido efeito do eclipse. Se foi, graças a Deus nunca veremos outro. — Então, como se falasse para si mesmo: — Nossa, se ficarmos calados e mesmo assim ela descobrir mais tarde...

Jessie encostou a cabeça em seu peito e disse:

— Não vai descobrir. Não vou contar nunca, papai. — Fez uma pausa e acrescentou: — O que é que eu *poderia* contar?

— Tem razão. — Ele sorriu. — Não aconteceu nada.

— E não estou... quero dizer, não poderia estar...

Olhou para o pai, esperando que ele dissesse o que precisava saber sem precisar perguntar, mas ele apenas retribuiu seu olhar, as sobrancelhas erguidas num gesto de interrogação. O sorriso tinha sido substituído por uma expressão de expectativa e preocupação.

— Eu não poderia estar grávida, então? — Jessie finalmente desabafou.

Ele estremeceu, e em seguida seu rosto se contraiu como se lutasse para reprimir uma forte emoção. Horror ou tristeza, pensou a menina; somente passados tantos anos lhe ocorreu que o que o pai provavelmente tentara reprimir fora uma violenta e explosiva risada de alívio. Finalmente conseguira se dominar e beijara a pontinha do nariz da filha.

— Não queridinha, claro que não. A coisa que faz as mulheres engravidarem não aconteceu. Não aconteceu *nada* nem parecido. Estive lutando um pouco com você, foi só...

— E você enfiou a mão na minha bunda de brincadeira. — Lembrou-se agora de ter dito isso muito claramente. — Você enfiou a mão, foi isso que você fez.

Ele sorriu.

— É. Foi quase isso. Você continua ótima como sempre esteve, Bobrinha. E agora, que acha? Com isso encerramos o assunto?

Ela concordou com a cabeça.

— Nada igual jamais voltará a acontecer... você sabe disso, não é?

Ela concordou de novo, com um sorriso hesitante. O que o pai dissera deveria tê-la aliviado, e aliviara um pouco, mas alguma coisa na seriedade de suas palavras e na aflição em seu rosto quase lhe despertara um novo pânico. Lembrou-se de ter agarrado as mãos do pai e de apertá-las com toda a força.

— Mas você me ama, não é, papai? Você ainda me ama, certo?

Ele concordara e respondera que a amava mais que nunca.

— Então me abrace! Me abrace com força!

E ele a abraçara, mas agora Jessie lembrou-se de mais uma coisa: a parte de baixo do corpo do pai não encostara nela.

Nem então nem nunca mais, Jessie pensou. *Não que eu me lembre. Mesmo quando me formei na universidade, a única outra vez que o vi chorar por minha causa, ele me deu um daqueles abraços desajeitados de solteirona, do tipo que se empina a bunda para não haver a mínima chance de* encostar na virilha da pessoa que se abraça. Coitado. Fico imaginando se alguma das pessoas com quem fazia negócios algum dia o viu tão perturbado quanto eu o vi no dia do eclipse. Toda aquela dor e por quê? Um acidente sexual que teve a seriedade de uma topada no pé. Deus, que vida. Que porra de vida.

Quase sem se dar conta, ela recomeçou a flexionar os braços para cima e para baixo, lentamente, querendo apenas manter a circulação do sangue nas mãos, pulsos e antebraços. Calculava que deveriam ser umas oito horas, ou quase isso. Estava acorrentada a essa cama havia 18 horas. Incrível, mas era verdade.

A voz de Ruth Neary manifestou-se tão subitamente que a assustou. Estava cheia de espanto e repulsa.

Você continua a inventar desculpas para ele, não é? Continua a inocentá-lo e a se culpar, depois de tantos anos. Mesmo agora. É espantoso.

— Corta essa — respondeu Jessie com rispidez. — Nada daquilo tem a menor relação com a enrascada em que estou metida agora...

Que gracinha que você é, Jessie!

— ... e mesmo que tivesse — continuou, elevando ligeiramente a voz —, *mesmo que tivesse* não tem a menor relação com a possibilidade de eu *me* safar da enrascada em que me encontro, então *vê se dá um tempo*!

— Você não foi Lolita, Jessie, não importa o que ele a tenha feito pensar. Você estava muito longe de ser Lolita.

Jessie recusou-se a responder. Ruth fez melhor; recusou-se a se calar.

Se você continua a achar que o seu querido paizinho era um perfeito e gentil cavaleiro medieval que passava a maior parte do tempo protegendo você da mamãe dragão que soltava fogo pelas ventas, é melhor pensar de novo.

— Cala a boca. — Jessie começou a flexionar mais rápido os braços para cima e para baixo. As correntes tilintaram; as algemas chocalharam. — Cala a boca, você é horrível.

Ele planejou tudo, Jessie. Você não compreende? Não foi um impulso momentâneo, um pai sexualmente faminto matando um desejo súbito; ele planejou tudo.

— Você está mentindo — Jessie rosnou. O suor escorria de suas têmporas em grandes gotas transparentes.

Estou? Muito bem, então se pergunte — *de quem foi a ideia de você usar o vestido de verão? Aquele que era ao mesmo tempo curto e justo demais? Quem sabia que você estaria escutando* — *e admirando* — *ele manobrar sua mãe? Quem pôs as mãos em seus peitinhos na noite anterior, e quem estava usando apenas short e nada mais naquele dia?*

De repente, ela imaginou o repórter de um programa sensacionalista de TV ali no quarto, vestindo um elegante terno, pulseira de ouro, parado junto à cama, enquanto um cara com uma câmera fazia uma lenta panorâmica de seu corpo quase nu de baixo para cima e finalmente se fixava em seu rosto suado e vermelho. O repórter fazia uma transmissão ao vivo com a Incrível Mulher Algemada, inclinava-se para ela com um microfone e perguntava: *Quando foi que você percebeu que seu pai sentia tesão por você, Jessie?*

Jessie parou de exercitar os braços e fechou os olhos. Tinha uma expressão obstinada. *Basta,* pensou. *Acho que posso conviver com as vozes de Ruth e da Esposa Perfeita se for obrigada... e até mesmo com as várias óvnis que se intrometem na conversa de vez em quando... mas não vou admitir uma entrevista ao vivo com um repórter sensacionalista vestida apenas de calcinha suja de xixi. Mesmo na minha imaginação isso é inadmissível.*

Me diga só uma coisa, Jessie — falou outra voz. Não era nenhuma óvni; era Nora Callighan. *Só uma coisa e daremos o assunto por encerrado, pelo menos por ora e, provavelmente, para sempre. Concorda?*

Jessie aguardou em silêncio, ressabiada.

Quando você finalmente perdeu as estribeiras ontem à tarde — *quando você finalmente esperneou* —, *a quem você estava chutando? Era o Gerald?*

— *Claro* que era o Ger... — começou a dizer, mas se interrompeu quando uma única imagem, perfeitamente nítida, ocupou sua mente. Era o fio branco de baba que estivera pendurado no queixo de Gerald. Ela o viu se alongar, cair em sua barriga logo acima do umbigo. Um cuspezinho à toa, foi só, nada muito sério depois de tantos anos de beijos apaixonados de bocas abertas e línguas enroscadas; ela e Gerald tinham trocado uma boa quantidade de lubrificantes, e o único preço que pagaram por isso tinha sido alguns resfriados compartilhados.

Nada de mais, isto é, até ontem, quando ele se recusara a libertá-la quando ela quis, precisou ser libertada. Nada de mais, até que sentiu aquele cheiro salobro e triste de minerais, aquele que ela associava com a água de poço de Dark Score e com o próprio lago nos dias quentes de verão... dias como o 20 de julho de 1963, por exemplo.

Viu o cuspe; *pensou* em porra.

Não, não é verdade, pensou, mas desta vez não precisou chamar Ruth para desempenhar o papel de advogada do diabo; sabia que era verdade. *É a maldita porra dele* — fora exatamente o que pensara, e depois disso parara completamente de pensar, pelo menos por algum tempo. Em vez de pensar, disparara aquele movimento instintivo de contra-ataque, metendo um pé na barriga e o outro no saco de Gerald. Não era cuspe, mas porra; não uma repugnância nova ao jogo de Gerald, mas aquele velho horror fedorento que subitamente vinha à tona como um monstro marinho.

Jessie lançou um olhar ao corpo encolhido e mutilado do marido. As lágrimas lhe arderam nos olhos por um instante, e então a sensação passou. Tinha a impressão de que o Departamento de Sobrevivência resolvera que as lágrimas eram um luxo a que não poderia se dar, pelo menos por ora. Contudo, teve pena — pena de que Gerald estivesse morto, é claro, mas uma pena ainda maior de que ela estivesse ali, naquela situação.

Seus olhos se ergueram para o vazio acima de Gerald, e Jessie deu um sorriso frouxo e triste.

— Acho que é só isso que tenho a dizer agora, seu repórter. Dê minhas lembranças aos apresentadores, e, por falar nisso... será que se importava de abrir as algemas antes de sair? Ficaria realmente muito grata.

O repórter não respondeu. Jessie não se admirou nem um pouco.

Capítulo Vinte e Três

SE você vai sobreviver a essa experiência, Jess, sugiro que pare de requentar o passado e comece a decidir o que vai fazer com o futuro... a começar pelos próximos dez minutos. Acho que morrer de sede nessa cama não seria muito agradável, não é?

Não, nem um pouco... e refletiu que a sede não seria o pior. Crucificação era a ideia que tinha no fundo da mente, praticamente desde que acordara, e que ia e vinha como uma coisa ruim submersa e encharcada demais para vir totalmente à superfície. Tinha lido um artigo sobre esse simpático método de tortura e execução para uma aula de história antiga na universidade, e se surpreendera ao descobrir que aquele negócio de cravar pregos nas mãos e nos pés era apenas o começo. Como no caso das assinaturas de revistas e calculadoras de bolso, a crucifixão era o presente que rendia juros.

O verdadeiro sofrimento começava com cãibras e espasmos musculares. Jessie reconhecia com relutância que as dores que sofrera até o momento, mesmo a paralisante rigidez do trapézio que encerrara o seu primeiro acesso de pânico, não passavam de beliscões se comparadas às que a aguardavam. Os espasmos iriam dilacerar seus braços, diafragma e abdômen, aumentando de intensidade, frequência e amplitude à medida que o dia avançasse. Com o tempo, a dormência se apossaria de suas extremidades por mais que ela se exercitasse para manter o sangue circulando, mas a insensibilidade não traria alívio; por essa altura certamente já teria começado a sentir cãibras excruciantes no peito e na barriga. Não havia pregos em seus pés e mãos e encontrava-se deitada em vez de pendurada em uma cruz à beira da estrada, como os gladiadores derrotados no filme *Spartacus*, mas tais variações provavelmente apenas prolongariam sua agonia.

Então que vai fazer agora, enquanto ainda se encontra relativamente livre de dores e capaz de pensar?

— O que puder — grasniu —, então por que não cala a boca e me deixa pensar um minuto no problema?

Pode pensar — esteja à vontade.

Começaria pela solução mais óbvia e viria descendo a lista... se precisasse. E qual era mais óbvia? As chaves, naturalmente. Continuavam em cima da cômoda, onde ele as deixara. Duas chaves, exatamente iguais. Gerald, que conseguia ser quase encantadoramente banal, muitas vezes se referira às chaves como a Primária e a Sobressalente (Jessie ouvira claramente as maiúsculas na voz do marido).

Suponhamos, apenas por hipótese, que houvesse uma maneira de empurrar a cama pelo quarto até a cômoda. Será que realmente conseguiria apanhar uma daquelas chaves e usá-la? Jessie percebeu com relutância que havia ali duas perguntas e não uma. Supunha que poderia agarrar uma das chaves com os dentes, mas e depois? Continuaria a não poder enfiá-la na fechadura; a experiência adquirida com o copo d'água indicava que, por mais que se esticasse, não alcançaria a fechadura.

Muito bem; risque as chaves. Passe ao próximo item na lista de possibilidades. Qual seria?

Pensou quase uns cinco minutos sem sucesso, revirando o problema na cabeça como se fossem lados de um cubo de encaixar, enquanto exercitava os braços e as pernas. Num dado ponto de suas reflexões, seus olhos bateram no telefone sobre a mesinha baixa ao lado da janela do leste. Descartara-o anteriormente por situá-lo em outro universo, mas talvez tivesse sido muito precipitada. Afinal de contas a mesa estava mais perto do que a cômoda, e o telefone era bem maior do que as chaves das algemas.

Se ela conseguisse deslocar a cama até a mesinha do telefone, quem sabe não poderia tirar o telefone do gancho com o pé? E uma vez feito isso, talvez pudesse usar o dedão para comprimir o botão de chamada da telefonista na parte inferior do aparelho, entre os botões * e #. Parecia uma cena meio maluca de teatro de revista, mas...

Aperto o botão, aguardo, então começo a gritar feito louca.

É, e meia hora depois a enorme ambulância azul de Norway ou a ambulância cor de laranja de Castle apareceriam e a levariam para um lugar seguro. Uma ideia maluca, verdade, mas transformar um cartão de assinatura em canudo também tinha sido. Maluca ou não, poderia funcionar — isso era o importante. Apresentava maior probabilidade do que empurrar a cama pelo quarto e, depois, tentar arranjar um jeito de meter a chave na fechadura da algema. Havia, porém, um problema nessa ideia: teria de descobrir uma maneira de deslocar a cama para a direita e isso não era nada fácil. Calculava que, com a cabeceira e os pés de mogno, deveria pesar no mínimo uns cento e trinta e tantos quilos, isso por baixo.

Mas você pode ao menos tentar, criança, e quem sabe terá uma surpresa — o chão foi encerado depois do feriado, lembra? E se um cachorro vira-lata com as costelas de fora pôde puxar seu marido, talvez você possa empurrar a cama. Você não tem nada a perder se tentar, não é?

Bem pensado.

Jessie foi deslocando as pernas para o lado esquerdo da cama, ao mesmo tempo que deslizava, pacientemente, as costas e os ombros para a direita. Quando se deslocou o máximo que pôde por esse método, girou sobre o quadril esquerdo. Os pés passaram pelo lado... e de repente as pernas e o tronco não estavam mais *avançando* para a esquerda, mas *despencando* como uma barreira. Uma cãibra horrível percorreu seu lado esquerdo enquanto o corpo se estirava em sentidos jamais imaginados, mesmo na melhor condição física. Parecia que alguém a esfregara rápida e bruscamente com um atiçador em brasa.

A curta corrente que unia o par de algemas da direita deu um estirão e, por um instante, as notícias que chegavam do lado esquerdo bloquearam a nova agonia que brotava no braço e ombro direitos. Era como se alguém estivesse tentando torcer aquele braço até parti-lo. *Agora sei o que sente a coxa do peru,* pensou.

Seu calcanhar esquerdo bateu no chão; o direito ficou pendurado uns 10 centímetros acima. O corpo torceu-se estranhamente para a esquerda enquanto o braço direito era jogado para trás como uma onda congelada. A corrente esticada acima do tubo de borracha brilhava sem piedade ao sol da manhã.

Jessie sentiu uma súbita certeza de que ia morrer nessa posição, com o lado esquerdo e o braço direito berrando de dor. Teria de ficar deitada assim, a dormência a invadir gradualmente seu organismo à medida que o coração enfraquecido perdia a batalha de bombear sangue para todas as partes do corpo estirado e retorcido. O pânico apoderou-se de Jessie outra vez e ela urrou pedindo socorro, esquecendo de que não havia ninguém nas vizinhanças, exceto um vira-lata imundo com a barriga cheia de advogado. Sacudiu a mão direita freneticamente tentando alcançar o pilar da cama, mas, ao deslizar, passara um pouco do ponto; o pilar de mogno escuro encontrava-se a uma distância mínima das pontas de seus dedos esticados.

— *Socorro! Por favor! Socorro! Socorro!*

Ninguém respondeu. Os únicos sons no quarto ensolarado e silencioso eram os que ela produzia: a voz rouca, os gritos, a respiração rascante, as batidas aceleradas do coração. Não havia mais ninguém ali além dela, e, a não ser que fosse capaz de voltar para cima da cama, ia morrer como uma mulher pendurada em um gancho de açougue. E a situação ainda não parara de piorar: sua bunda continuava a escorregar para a beirada da cama, puxando firmemente o braço direito para trás num ângulo que se tornava cada vez mais exagerado.

Sem pensar nem planejar (a não ser que o corpo, incitado pela dor, às vezes pense sozinho), Jessie fincou o calcanhar esquerdo no chão e deu um impulso para trás com toda a força. Era o único ponto de apoio que restava ao seu corpo dolorosamente contorcido, e a manobra deu certo. A parte inferior do corpo se arqueou, a corrente entre as algemas que prendiam sua mão direita afrouxou, e ela agarrou o pilar da cama com o fervor e pânico de quem agarra uma boia para não se afogar. Usou-o para se guindar para trás sem atender aos gritos das costas e dos bíceps. Quando os pés alcançaram a cama, ela remou freneticamente para se afastar da beirada, como se tivesse entrado numa piscina cheia de tubarõezinhos e reparasse nisso bem a tempo de salvar os dedos dos pés.

Finalmente recuperou a posição semideitada nas ripas da cabeceira, os braços abertos, os rins apoiados no travesseiro suado que uma fronha de algodão amarrotada recobria. Deixou a cabeça pender para trás contra as ripas de mogno, arfando, os seios nus besuntados com um suor que ela não podia se dar ao luxo de desperdiçar. Fechou os olhos e riu debilmente.

Ei, isso foi bem estimulante, não foi, Jessie? Acho que seu coração não batia tão rápido e tão forte desde o Natal de 1985, quando você quase foi para a cama com Tommy Delguidace. Não perco nada em tentar, não foi isso que pensou? Agora você já sabe a resposta.

Sei. E sei outra coisa também.

É? E o que é, boneca?

— Sei que a porra daquele telefone está fora do meu alcance — falou.

De fato. Quando empurrara com o calcanhar esquerdo agora a pouco, dera um impulso com todo o entusiasmo que um pânico total produz. A cama não mexera um milímetro, e agora, que tinha oportunidade de pensar no assunto, alegrava-se por isso. Se tivesse escorregado para a direita, ela ainda estaria pendurada para fora. E mesmo que tivesse sido capaz de empurrar a cama até a mesinha do telefone naquela posição...

— Estaria pendurada pela porra do lado errado — concluiu entre risos e soluços. Ai meu Deus, mereço ser fuzilada.

Não fica bem, disse uma das vozes óvnis — que ela definitivamente poderia dispensar. *Na verdade, está me parecendo que acabam de cancelar o Programa de Jessie Burlingame.*

— Escolha outra alternativa — Jessie disse, rispidamente. — Não gostei dessa.

Não há outra. Para começar não havia muitas, e você já examinou todas.

Jessie fechou os olhos de novo e pela segunda vez, desde que o pesadelo começara, viu o playground nos fundos da velha escola primária de Falmouth na Avenida Central. Só que desta vez não foi a imagem das duas menininhas equilibradas numa gangorra que lhe invadiu a mente; no lugar disso, viu um menininho — seu irmão Will — "esfolando o gato" num trepa-trepa.

Ela abriu os olhos, deixou-se afundar na cama, e virou a cabeça para examinar mais atentamente a cabeceira. Esfolar o gato queria dizer pendurar-se numa barra, depois encolher as pernas e passá-las por cima dos ombros. O movimento terminava com um giro rápido que permitia à pessoa cair novamente de pé. Will era tão hábil nesse exercício de movimentos simples e econômicos que parecia a Jessie que dava cambalhotas por entre as próprias mãos.

Suponha que eu pudesse fazer o mesmo? Esfolo o gato por cima dessa maldita cabeceira. Giro por cima e...

— Caio de pé — murmurou.

Por alguns instantes a proposta pareceu perigosa, mas viável. Teria de afastar a cama da parede, é claro — não poderia esfolar o gato se não houvesse onde aterrissar —, mas tinha a impressão de que poderia dar um jeito nisso. Uma vez que retirasse a prateleira da cama (e seria fácil deslocá-la dos suportes, uma vez que não estava pregada), daria uma cambalhota para trás e plantaria os pés na parede acima da cabeceira da cama. Não conseguira deslocar a cama para o lado, mas se usasse a parede como ponto de apoio...

— Mesmo peso, dez vezes mais alavancagem — resmungou. — Pura física moderna.

Começou a estender a mão esquerda para a prateleira, tencionando levantá-la e deslocá-la dos suportes, quando deu mais uma boa olhada nas malditas algemas policiais de Gerald, com aquelas correntes curtas e suicidas. Se ele as tivesse prendido mais acima nos pilares — digamos, entre a primeira e a segunda ripa —, ela poderia arriscar; a manobra provavelmente lhe custaria um par de pulsos fraturados, mas Jessie atingira um ponto em que um par de pulsos fraturados parecia um preço perfeitamente aceitável pela sua liberdade... afinal de contas os ossos emendariam, não é? As algemas, porém, não estavam entre a primeira e a segunda ripa, mas entre a segunda e a terceira, e isso era um pouco baixo demais. Qualquer tentativa de "esfolar o gato" por cima da cabeceira produziria mais do que uma fratura nos pulsos; em vez de deslocar os ombros, eles seriam arrancados das articulações pelo peso do corpo ao cair.

E tente empurrar essa maldita cama em qualquer direção com dois pulsos fraturados e dois ombros deslocados. Que tal, acha divertido?

— Não — respondeu rispidamente. — Nem um pouco.

Vamos falar sem rodeios, Jess — você está presa aqui. Pode me chamar de voz do desespero se isso a faz se sentir melhor, ou se a ajuda a manter a sanidade mental por mais tempo — Deus sabe que sou inteiramente a favor da sanidade —, *mas o que sou mesmo é a voz da verdade, e a verdade na atual situação é que você está presa aqui.*

Jessie virou a cabeça bruscamente para o lado, sem querer escutar essa pretensa voz da verdade, e descobriu que era tão incapaz de evitá-la quanto às outras.

Você está usando algemas de verdade, bem diferentes daquelas algemas de mentirinha, acolchoadas por dentro, com um pino camuflado que se pode puxar quando alguém se entusiasma e quer exagerar. Você está algemada de verdade, e acontece que não é nenhuma faquir do Misterioso Oriente, capaz de se contorcer como uma rosquinha, nem um ilusionista como Harry Houdini ou David Copperfield. Estou dando apenas uma opinião, certo? E na minha opinião, você está ferrada.

Jessie inesperadamente se lembrou do que acontecera depois que o pai saiu do seu quarto no dia do eclipse — como se atirara na cama e chorara até sentir que seu coração se partiria ou derreteria ou quem sabe emperrasse para sempre. E agora, quando sua boca começou a tremer, ela se pareceu extraordinariamente com a menina de então: cansada, confusa, assustada e perdida. Principalmente perdida.

Jessie começou a chorar, mas, depois das primeiras lágrimas, os olhos secaram; aparentemente tinham entrado em vigor severas medidas de racionamento. Chorou assim mesmo, sem lágrimas, os soluços secos como lixa raspando sua garganta.

Capítulo Vinte e Quatro

Na cidade de Nova York, a equipe fixa do programa *Today* tinha acabado de se despedir por aquele dia. Na afiliada da NBC que servia o sul e o oeste do Maine, ele foi substituído, primeiro, por um programa local de entrevistas (uma mulher grande e maternal, vestindo avental xadrez, mostrava como era fácil cozinhar feijões lentamente numa panela Crock), depois, por um programa de auditório em que celebridades trocavam piadinhas e os participantes davam gritos altos e orgásmicos quando ganhavam carros, barcos e aspiradores de pó. Na casa dos Burlingame, no pitoresco lago Kashwakamak, a nova viúva cochilava inquieta em sua prisão, e então recomeçou a sonhar. Era um pesadelo, tornado mais vivo e mais persuasivo pela própria leveza do sono.

Jessie estava deitada no escuro novamente e um homem — ou algo parecido — encontrava-se mais uma vez parado no canto oposto do quarto. O homem não era seu pai; o homem não era seu marido; o homem era um estranho, *o* estranho, aquele que assombra as nossas fantasias mais doentias e paranoides e os temores mais profundos. Era o rosto de uma criatura que Nora Callighan, com seus conselhos e sua natureza prática e meiga, nunca levara em conta. Esse ser negro não podia ser esconjurado por nenhuma ciência. Era um coringa cósmico.

Mas você me conhece, disse o estranho com o rosto comprido e pálido. Ele se abaixou e agarrou a alça da mala. Jessie reparou, sem nenhuma surpresa, que a alça era uma queixada e a mala, em si, feita de pele humana. O estranho ergueu-a, soltou os fechos e abriu a tampa. Novamente ela viu os ossos e as joias; novamente ele meteu a mão no conteúdo e começou a revolvê-lo, produzindo aqueles horrendos cliques e claques.

Não, não sei, falou. *Não sei quem você é, não sei, não sei, não sei!*

Sou a Morte, naturalmente, e voltarei hoje à noite. Só que hoje à noite farei mais do que me postar a um canto; hoje à noite acho que a atacarei... assim!

E avançou, largando a mala (ossos, pingentes, anéis e colares espalharam-se pelo chão até onde Gerald jazia esparramado, o braço mutilado apontando a porta do corredor), e atirou os braços para a frente. Ela reparou que seus dedos terminavam em unhas negras, sujas e tão longas que eram na realidade garras, e acordou sufocada e trêmula, as correntes das algemas se entrechocaram ruidosamente com os seus gestos para afastá-lo. Murmurava a palavra "Não" sem parar, com dificuldade, num sussurrar monótono.

Foi um sonho! Para, Jessie, foi apenas um sonho!

Ela abaixou lentamente as mãos, deixando-as mais uma vez pender inertes das algemas. Naturalmente tinha sido um sonho — apenas uma variação do pesadelo que tinha tido na noite anterior. Tinha sido muito real, porém — nossa, como tinha sido real. Bem pior, quando se parava para pensar, do que o sonho do jogo de croquet, ou mesmo o outro em que recordara aquele furtivo e infeliz interlúdio com o pai durante o eclipse. Era meio estranho que tivesse gastado tanto tempo esta manhã pensando nesses sonhos e tão pouco no sonho mais assustador de todos. Na realidade, não pensara na criatura de braços anormalmente compridos nem na macabra mala de souvenirs até há pouco quando cochilara e sonhara com eles.

Ocorreu-lhe o verso de uma música saída da era pós-psicodélica: *"Há quem me chame de caubói espacial... é... há quem me chame de gângster do amor..."*

Jessie estremeceu. Caubói espacial. Era um nome perfeito. Um forasteiro, alguém completamente alheio a tudo, um coringa, um...

— Um estranho — Jessie sussurrou, e de repente se lembrou do jeito com que ele enrugara o rosto quando começara a rir. E quando *aquele* detalhe se encaixou, outros começaram a se encaixar ao seu redor. Os dentes de ouro cintilando no fundo da boca sorridente. Os lábios carnudos e protuberantes. A testa lívida e o nariz muito fino. E havia a mala, naturalmente, algo que se esperava ver batendo nas pernas de um vendedor ao correr para apanhar o trem...

Pare, Jessie — pare de se apavorar. Já não tem problemas suficientes sem precisar se preocupar com o bicho-papão?

Certamente que tinha, mas descobrira que, uma vez que começara a pensar no sonho, parecia não saber parar. O pior era que, quanto mais pensava, menos onírico o sonho se tornava.

E se eu estivesse acordada?, ocorreu-lhe de repente, e ao articular essa ideia, horrorizou-se em descobrir que o tempo todo uma parte do seu eu acreditara nessa possibilidade. Estivera apenas à espera de que as outras partes chegassem à mesma conclusão.

Não, ah não, foi apenas um sonho, só isso...
Mas e se não foi? E se não foi?

Morte, o estranho de rosto pálido concordou. *Foi a Morte que você viu. Estarei de volta hoje à noite, Jessie. E amanhã à noite terei os seus anéis na minha mala com o resto das minhas preciosidades... meus suvenires.*

Jessie percebeu que tremia violentamente, como se tivesse apanhado uma friagem. Seus olhos arregalados olhavam desamparados para o canto vazio onde o

(*caubói espacial gângster do amor*)

estivera, o canto que agora se inundava de sol mas à noite estaria envolto em sombras. Uma onda de arrepios começou a brotar em seu corpo. A verdade inescapável tornou a emergir: provavelmente ia morrer ali.

Um dia alguém talvez a encontre, Jessie, mas pode levar muito tempo. A primeira suposição é que vocês dois partiram numa inesperada viagem romântica. Por que não? Você e Gerald não apresentavam todos os sinais exteriores de uma segunda década de felicidade matrimonial? Somente vocês dois sabiam que, no fim, Gerald só conseguia ter uma ereção confiável com você algemada à cama. Faz a gente desconfiar que alguém andou fazendo uns joguinhos com ele no dia do eclipse, não é?

— Parem de falar — murmurou. — Vocês todas, parem de falar.

Mas cedo ou tarde as pessoas vão ficar apreensivas e começarão a procurar por vocês. Provavelmente os colegas de Gerald é que vão tomar a iniciativa, não acha? Quero dizer, tem umas mulheres em Portland a quem você chama de amigas, mas, na verdade, nunca comentou sua vida com elas, não é? São apenas conhecidas, senhoras com quem toma chá e troca catálogos de compras. Nenhuma delas vai se preocupar muito se você desaparecer de vista por uma semana ou mais. Mas Gerald deve ter compromissos, e se não aparecer até sexta-feira à tarde, acho que os coleguinhas de trabalho vão começar a dar telefonemas e a indagar. É, provavelmente a coisa vai começar assim, mas acho que o caseiro é quem vai descobrir os corpos, não acha? Aposto que vai virar a cara quando cobrir o seu corpo com os cobertores guardados no closet, Jessie. Ele não vai querer ver o jeito com que seus dedos espetam para fora das algemas, duros como lápis e brancos como velas. Não vai querer olhar para sua boca rígida, ou para a espuma seca nos seus lábios. E, principalmente, não vai querer ver a expressão de horror em seus olhos, por isso vai desviar os dele enquanto a cobre.

Jessie sacudiu a cabeça de um lado para o outro num gesto lento e desanimado de negação.

Bill vai chamar a polícia, que vai mandar os investigadores e o legista do município. Eles vão se plantar em volta de sua cama, fumando charutos (aquele repórter de TV, com toda certeza metido no horrendo sobretudo branco, estará do lado de fora com a equipe de filmagem, é claro), e, quando o legista levantar o cobertor, todos vão estremecer. É — acho que até o mais durão vai estremecer, e alguns talvez até se retirem do quarto. Depois vão ter de ouvir as gozações dos colegas. E os que permanecerem vão balançar a cabeça e comentar uns com os outros que a mulher na cama morreu em sofrimento. "Basta olhar para ver isso", dirão. Mas não saberão da missa a metade. Não saberão que o verdadeiro motivo de seus olhos estarem arregalados e a boca paralisada num grito é o que você viu no fim. O que você viu sair das trevas. Seu pai pode ter sido seu primeiro amante, Jessie, mas o último será o estranho com o rosto comprido e pálido, e a mala de viagem feita de pele humana.

— Ah, por favor, você não *desiste* nunca? — Jessie gemeu. — Chega de vozes, por favor, chega de *vozes*.

Mas essa voz não desistia; nem ao menos lhe dava atenção. Continuava sem parar, sussurrava em sua mente vinda de algum canto profundo do cérebro. Ouvi-la era o mesmo que sentir um pedaço de seda enlameada sendo esfregado pelo rosto.

Vão levá-la para Augusta e o legista estadual vai abrir seu corpo e inventariar suas entranhas. Essa é a praxe nos casos de morte desassistida ou duvidosa, e a sua será as duas coisas. Dará uma olhada no que restou de sua última refeição — o sanduíche de salame e queijo do Amato's em Gorham — e retirará um pedacinho do cérebro para examinar ao microscópio, e no fim concluirá que a morte foi acidental. "A senhora e o cavalheiro estavam entretidos em um jogo normalmente inofensivo" — ele dirá —, "só que o cavalheiro teve o mau gosto de sofrer um ataque cardíaco num momento crítico e a mulher foi abandonada... bem, melhor não entrar em detalhes. Melhor nem pensar no caso mais do que o estritamente necessário. É suficiente dizer que a senhora morreu em sofrimento — basta olhar para ver isso". É assim que a coisa vai acabar, Jess. Talvez alguém repare que a sua aliança de casamento desapareceu, mas não irão procurá-la por muito tempo, se chegarem a procurá-la. Nem o médico legista vai reparar que um dos seus ossos — um ossinho sem importância, a terceira falange do pé direito, digamos — sumiu. Mas nós saberemos, não é, Jessie? De fato já sabemos. Saberemos que foi ele que levou. O forasteiro cósmico, o caubói espacial. Saberemos...

Jessie bateu a cabeça na cabeceira da cama com força suficiente para produzir um cardume de peixinhos faiscantes em seu campo de visão. Doeu — doeu bastante —, mas a voz mental saiu do ar como uma estação de rádio que sofre um colapso de energia, e isso compensou.

— Pronto — disse. — E se recomeçar, vou fazer o mesmo de novo. Não estou brincando, não. Estou cansada de ouvir...

Agora foi sua própria voz, alta e desinibida, falando para o quarto vazio, que saiu do ar como uma estação que sofreu um colapso de energia. À medida que os pontos diante dos olhos começaram a desaparecer, ela viu um raio de sol iluminar alguma coisa caída a meio metro da mão estendida de Gerald. Era um objeto pequeno e branco com um fiozinho de ouro retorcido no meio, que o fazia parecer um símbolo yin-yang. A princípio Jessie pensou que fosse um anel, mas era pequeno demais. Não era um anel, mas um brinco de pérola. Tinha caído no chão quando o visitante noturno revolveu o conteúdo da mala para lhe mostrar.

— Não — ela murmurou. — Não é possível.

Mas estava bem *ali*, reluzindo ao sol da manhã tão real quanto o morto que parecia apontar para a joia: um brinco de pérola preso com um delicado fio de ouro.

É um dos meus brincos! Caiu da caixa de joias e está ali desde o verão, mas só estou reparando nele agora!

Acontece que Jessie possuía apenas um par de brincos de pérolas, que não tinha fios de ouro, e de qualquer maneira ela o deixara em Portland.

Acontece que os homens da Skip's tinham vindo encerar os soalhos uma semana depois do último feriado, e se ela esquecesse um brinco no chão, um deles o teria apanhado e colocado em cima da cômoda ou metido no próprio bolso.

Acontece que ainda tinha mais alguma coisa.

Não, não tem. Não tem, e não se atreva a dizer que tem.

Estava um pouquinho além do único brinco.

Mesmo se tivesse, eu não olharia.

Mas ela *não* pôde deixar de olhar. Seus olhos, voluntariamente, passaram pelo brinco e se fixaram no chão um pouco abaixo da porta do corredor. Havia uma manchinha de sangue seco ali, mas não fora o sangue que atraíra sua atenção. O sangue pertencia a Gerald. O sangue não era problema. Era a pegada ao lado da mancha que a preocupava.

Se havia uma pegada ali, então já estava ali antes!

Por mais que Jessie quisesse acreditar, a pegada não estava ali antes. No dia anterior não havia uma única marca no chão, muito menos uma pegada. Nem ela nem Gerald tinham deixado a marca que estava vendo. Havia uma marca de sapato suja de lama seca, provavelmente trazida do caminho de terra que serpeava ao longo da praia do lago, por pouco mais de um quilômetro, antes de entrar na mata e cortar para o sul na direção de Motton.

Afinal, parecia que alguém estivera realmente no quarto na noite anterior.

Quando esse pensamento se firmou em sua mente estressada, Jessie começou a berrar. Fora, na varanda dos fundos, o vira-lata levantou, por um momento, o focinho esfolado e arranhado que descansava entre as patas. Esticou a orelha boa. Então perdeu o interesse e tornou a baixar a cabeça. Afinal o barulho não parecia vir de nada perigoso; era apenas a dona. Além disso, agora o cheiro da coisa escura que viera de noite estava nela. Era um cheiro com que o vira-lata estava muito acostumado. Era o cheiro da morte.

O ex-Príncipe fechou os olhos e voltou a dormir.

Capítulo Vinte e Cinco

FINALMENTE ela começou a recuperar algum controle sobre si mesma. Conseguiu-o, por absurdo que pareça, recitando o pequeno mantra de Nora Callighan.

— Um: meus pés — disse, a voz seca falhando e tremendo no quarto vazio —, dez dedinhos, dez fofos porquinhos, enfileiradinhos. Dois: minhas pernas, longas e belas, três: meu sexo, onde tudo é sem nexo.

Seguiu com firmeza, recitando os versinhos que conseguiu lembrar, pulando os que não conseguiu, mantendo os olhos fechados. Passou e repassou os versos meia dúzia de vezes. Reparou que seus batimentos cardíacos normalizavam e que o pior da sensação de terror ia se escoando novamente, mas não teve consciência da mudança radical que fizera em pelo menos um dos versinhos de Nora.

Depois da sexta repetição abriu os olhos, e observou o quarto como uma mulher que acabou de despertar de uma soneca revigorante. Evitou, porém, o canto da cômoda. Não queria olhar para o brinco outra vez, e certamente não queria olhar para a pegada.

Jessie? A voz era muito suave, muito hesitante. Jessie achou que era a voz da Esposa Perfeita, agora despojada tanto do fervor estridente quanto da negação febril. *Jessie, posso falar uma coisa?*

— Não — respondeu imediatamente naquela voz áspera cheia-de-poeira-nas-frestas. — Se manda. Não quero conversa com nenhuma de vocês, suas vacas.

Por favor, Jessie. Por favor, me escuta.

Fechou os olhos e descobriu que podia realmente ver aquela parte de sua personalidade que passara a chamar de Esposa Perfeita. Esposinha continuava no tronco, mas agora levantou a cabeça — um gesto que não deveria ter sido nada fácil com aquele cruel instrumento de tortura a lhe pressionar a nuca. Seus cabelos se afastaram momentaneamente do rosto, e Jessie ficou surpresa ao constatar que não era a Esposa, mas uma moça.

É, mas ela continua sendo eu, Jessie pensou, e quase riu. Se isso não era um caso de psicologia de revista de quadrinhos, então não sabia o que mais poderia ser. Estivera justamente pensando em Nora, e um dos temas favoritos de Nora era a maneira com que as pessoas cuidavam da "criança interior". Nora dizia que a razão mais comum da infelicidade era a incapacidade de alimentar e desenvolver a criança interior.

Jessie concordara solenemente com tudo, embora por dentro achasse que aquilo era uma baboseira sentimental da Era de Aquário. Mas gostava de Nora e, embora a psicanalista se apegasse a um número exagerado de chavões sobre o amor, do final dos anos 1960 e início dos 1970, via agora claramente a "criança interior" de que Nora falava, e isso parecia perfeitamente correto. Jessie supunha que o conceito poderia até possuir alguma validade simbólica, e nas circunstâncias atuais o tronco de tortura parecia uma imagem muito apropriada, não? A pessoa torturada era a Esposa Perfeita de honra, a Ruth de honra, a Jessie de honra. Era a menina que seu pai chamava de Bobrinha.

— Então fale — Jessie mandou. Seus olhos continuavam fechados e uma combinação de fadiga, fome e sede tinham se somado para tornar a visão da moça no tronco quase requintadamente real. Agora conseguia ver os dizeres por assédio sexual escritos numa folha de velino pregada acima da cabeça da garota. As palavras estavam escritas com batom Delícia de Hortelã rosa-bombom, é claro.

Sua imaginação não parava aí. Ao lado de Bobrinha havia um segundo conjunto de troncos, com outra moça. Esta talvez tivesse uns 17 anos e era gorda. Tinha a pele marcada de espinhas. Por trás das prisioneiras aparecia o parque municipal, e após alguns instantes Jessie distinguiu meia dúzia de vacas pastando. Alguém tocava um sino — lá no morro, ao que parecia — com regularidade monótona, como se o sineiro pretendesse continuar tocando o dia todo... ou pelo menos até as vacas voltarem para casa.

Você está ficando maluca, Jess, pensou debilmente, e achou que a afirmação era verdadeira, mas sem importância. Talvez viesse a considerar isso uma bênção dentro de pouco tempo. Afastou o pensamento e voltou a atenção para a moça no tronco. Ao fazê-lo, descobriu que sua irritação tinha sido substituída por ternura e raiva. Essa versão da Jessie Mahout era mais velha do que a que fora molestada durante o eclipse, mas não *muito* mais velha — 12 anos, talvez, 14 no máximo. Na sua idade não fazia sentido que a pusessem no tronco no meio do parque por um crime como assédio sexual! Assédio sexual, pelo amor de Deus! Que tipo de piada sem graça era essa? Como as pessoas podiam ser tão cruéis? Tão deliberadamente cegas?

Que é que você quer me dizer, Bobrinha?

Só que ele é real, disse a moça no tronco. Seu rosto ficou pálido de dor, mas os olhos estavam sérios, preocupados e lúcidos. *Ele é real, você sabe que é, e voltará hoje à noite. Acho que desta vez fará mais do que simplesmente olhar. Você tem de se livrar das algemas antes do pôr do sol, Jessie. Você tem de sair desta casa antes que ele volte.*

Mais uma vez sentiu vontade de chorar, mas não teve lágrimas; não havia mais nada além daquela pontada seca como uma lixa.

Não posso!, exclamou. *Já tentei tudo! Não consigo me libertar sozinha!*

Você esqueceu de uma coisa, a menina no tronco falou. *Não sei se é ou não importante, mas talvez seja.*

O quê?

A menina girou as mãos dentro do tronco que as prendiam, e lhe mostrou as palmas rosadas e limpas. *Ele disse que havia dois tipos, lembra? M-17 e F-23. Você quase se lembrou disso ontem, acho. Ele queria as F-23, mas fabricam poucas e são difíceis de encontrar, então ele teve de se contentar com dois pares de M-17. Você está lembrada, não é? Ele lhe contou tudo no dia em que trouxe as algemas para casa.*

Jessie abriu os olhos e olhou para a algema que prendia seu pulso direito. É, sem dúvida nenhuma ele contara tudo; de fato, até tagarelara como um viciado em cocaína depois de alguns tecos, a começar por um telefonema do escritório no fim da manhã. Quisera saber se havia mais alguém em casa — jamais conseguia lembrar os dias de folga da empregada — e, quando ela garantiu que não, pedira que vestisse uma roupa bem à vontade. "Uma coisa que seja quase aquilo" tinham sido suas palavras. Ela se lembrava de se sentir intrigada. Mesmo pelo telefone Gerald lhe parecera prestes a perder a cabeça, e ela suspeitara que estivesse falando de perversão. Por ela tudo bem; estavam beirando os 40 e, se Gerald queria fazer umas experienciazinhas, ela é que não iria se opor.

Gerald chegara em tempo recorde (devia ter deixado os 5 quilômetros de estrada fumegando, pensou), e o que Jessie mais lembrava daquele dia era a maneira com que ele andava pelo quarto, as bochechas vermelhas, os olhos cintilando. Sexo não era a primeira coisa que ocorria a Jessie quando pensava no marido (em um teste de associação de ideias, primeiro viria a *segurança*), mas naquele dia as duas coisas lhe pareceram praticamente intercambiáveis. Sem dúvida, sexo fora o único pensamento de Gerald; Jessie acreditava que o seu pau de advogado, em geral tão bem-comportado, teria rompido a braguilha de suas elegantes calças risca de giz se ele tivesse demorado mais um pouquinho para tirá-las.

Uma vez despidas as calças e as cuecas, ele tinha se acalmado um pouco e abrira cerimoniosamente uma caixa de tênis Adidas que trouxera para o quarto. Retirara os dois pares de algemas da caixa e levantara-as para que ela as visse. Uma veia latejava em seu pescoço, uma leve palpitação quase tão rápida quanto as asas de um beija-flor. Lembrava-se disso também. Seu coração já devia estar sob tensão naquela época.

Você teria me feito um enorme favor, Gerald, se tivesse batido as botas ali, naquele momento.

Quis se horrorizar com esse pensamento tão indelicado sobre o homem com quem partilhara tanta coisa na vida, e descobriu que o máximo que conseguia sentir era uma aversão quase clínica a si mesma. E quando seus pensamentos voltaram à aparência do marido naquele dia — as bochechas vermelhas e os olhos cintilantes — suas mãos se crisparam.

— Por que não pôde me deixar em paz? — perguntou a ele agora. — Por que teve de ser tão canalha? Tão *tirano*?

Não importa. Não pense no Gerald; pense nas algemas. Dois pares de algemas de segurança Kreig, tamanho M-17. O M indica que são masculinas; o 17, o número de dentes no fecho.

Uma sensação de calor intenso lhe invadiu o estômago e o peito. *Não sinta isso,* disse a si mesma, *e se não puder evitar de todo, finja que é indigestão.*

Um pedido impossível. O que sentia era esperança e não poderia negá-la. Na melhor das hipóteses poderia equilibrá-la com a realidade, continuar a lembrar da primeira tentativa fracassada de esgueirar as mãos das algemas. Mas, apesar dos esforços para lembrar a dor e o fracasso, viu-se pensando que tinha chegado perto — estupidamente *perto* — de se livrar. Mais uns 5 milímetros talvez fossem suficientes para realizar a mágica, pensara então, e 10 milímetros sem dúvida a teriam garantido. As saliências ósseas abaixo dos polegares eram um problema, verdade, mas será que ia realmente morrer nessa cama porque tinha sido incapaz de vencer uma distância pouco maior do que o seu lábio superior? Certamente que não.

Jessie fez um grande esforço para afastar esses pensamentos e voltar a atenção para o dia em que Gerald trouxera as algemas para casa. A maneira com que as erguera com a admiração muda de um joalheiro mostrando o mais belo colar de diamantes que já tinha passado por suas mãos. Pensando bem, ela ficara bastante impressionada com as algemas. Eram muito reluzentes e a luz da janela produzia reflexos no aço azulado das algemas e nos aros dentados que permitiam ajustá-la a vários tamanhos de pulsos.

Tinha desejado saber onde ele as comprara — apenas uma questão de curiosidade, não de acusação—, mas a única coisa que ele contou foi que um dos malandrinhos do tribunal o ajudara.

Deu uma meia piscadela ao dizer isso, como se houvesse dúzias de caras espertinhos vagando pelos corredores das várias salas e antecâmaras do fórum de Cumberland, e ele conhecesse todos. Na realidade, Gerald agira aquela tarde como se tivesse obtido mísseis Scud em vez de dois pares de algemas.

Ela estava deitada na cama, vestida com um macaquinho de renda e meias de seda combinando, um conjunto que era "quase aquilo", observando-o com uma mistura de divertimento, curiosidade e excitação... mas o divertimento tinha ganhado a *pole-position* naquele dia, não tinha? Sim. Ver Gerald, que sempre tentava ser o Mr. Cool, andar pelo quarto como um cavalo excitado fora realmente muito divertido. Tinha frizado os cabelos, que ficaram cheios de molinhas — que o irmão de Jessie costumava chamar de "galinhas" —, e não despira as meias de náilon preto que faziam parte do uniforme do sucesso. Lembrava-se de ter mordido as bochechas por dentro — e com bastante força — para evitar rir.

Naquela tarde, o Mr. Cool falara mais depressa do que pregoeiro em leilão de falência. Então, inesperadamente, parara no meio do falatório. Uma cômica expressão de surpresa se espalhara pelo seu rosto.

— Gerald, alguma coisa errada? — ela perguntou.

— Acabei de me dar conta de que nem ao menos sei se você quer *considerar* a proposta — respondeu. — Estou falando, falando, estou praticamente espumando com você-sabe-o-quê, conforme pode ver, e não perguntei nenhuma vez se você...

Ela sorrira então, em parte porque já tinha se entediado com os lenços e não soube como dizer isso ao marido, mas principalmente porque era bom vê-lo se excitar com sexo outra vez. Tudo bem, talvez fosse um pouco esquisito ficar excitado com a ideia de algemar a mulher antes de dar um mergulho com a longa vara branca. E daí? Ficaria apenas entre os dois — era uma brincadeira —, na realidade não passava de uma ópera-bufa e pornográfica. Gilbert e Sullivan apresentam novo musical *No Cativeiro Sou Apenas uma Dama na Marinha do Rei*. Além do mais havia taras mais estranhas; Frieda Soames, que morava em frente, confessara uma vez a Jessie (após dois drinques antes do almoço e meia garrafa de vinho durante) que o ex-marido gostava que passasse talco e pusesse fraldas nele.

Na segunda vez não tinha adiantado morder as bochechas por dentro, e ela caíra na gargalhada. Gerald se virara com a cabeça ligeiramente inclinada para a direita, e um sorrisinho levantando o canto esquerdo da boca. Era uma expressão que ela viera a conhecer muito bem nos últimos 17 anos — significava que ele ou iria se zangar ou iria rir com ela. Em geral era impossível prever qual dos dois.

— Quer me contar a graça para eu rir também? — perguntara.

Não respondera de imediato. Em vez disso, parara de rir e fitara o marido com uma expressão que esperava ser igual a da pior puta-deusa nazista a aparecer na capa da revista *Man's Adventure*. Quando sentiu que tinha atingido a dose certa de arrogância gélida, ergueu os braços e disse seis palavras impensadas que o trouxeram aos saltos para a cama, obviamente estonteado de excitação.

— Venha cá, seu filho da puta.

Num minuto ele fechara as algemas em seus pulsos, meio desajeitado, e em seguida prendera-as aos pilares da cama. Não havia ripas na cabeceira da cama de casal em Portland; se ele tivesse sofrido o ataque cardíaco lá, ela teria retirado as algemas na mesma hora pelas pontas dos pilares. Enquanto ofegava e se atrapalhava com as algemas, e, ao mesmo tempo, roçava prazerosamente um joelho lá embaixo, Gerald falava. E um dos assuntos de que falou foram as algemas M e F e o funcionamento das fechaduras. Quisera algemas F, contou-lhe, porque as algemas femininas tinham fechaduras com vinte e três dentes em vez de 17, que era o número de dentes na maioria das algemas masculinas. Mais dentes tornavam as algemas femininas mais justas. Estas algemas eram mais difíceis de se encontrar, e quando um amigo do tribunal lhe disse que podia conseguir dois pares de algemas masculinas por um bom preço, Gerald aproveitara a oportunidade.

— Algumas mulheres conseguem sair sem esforço das algemas masculinas — dissera —, mas você tem ossos grandes. Além do mais, eu não queria esperar. Agora... vamos ver...

Ele fechara a algema em seu pulso direito, empurrando o trinco para dentro com um movimento inicial rápido e mais lento ao se aproximar do batente, perguntando-lhe se estava machucando a cada dente que avançava. Correu tudo bem até o último dente, mas, quando o marido lhe pedira para experimentar tirar as mãos das algemas, ela não conseguira. O pulso deslizara sem problemas, e Gerald comentara depois que nem aquilo deveria ocorrer, mas, quando a algema prendera nas costas da mão e na base do polegar, a cômica expressão de ansiedade desaparecera do rosto de Gerald.

— Acho que vão servir muito bem — comentara. Lembrava-se muito bem disso, e se lembrava do que ele havia dito em seguida, com mais clareza ainda: — Vamos nos divertir à beça com essas algemas.

Com a lembrança daquele dia ainda vívida na cabeça, Jessie mais uma vez começou a puxar a algema para baixo tentando de todas as maneiras encolher suficientemente as mãos para esgueirá-las para fora das algemas. A dor atacou mais cedo desta vez, e não começou nas mãos, mas nos músculos sobrecarregados dos ombros e dos braços. Jessie apertou os olhos, fechou-os, aplicou mais força, e tentou bloquear a dor.

Agora suas mãos se somaram ao coro de indignação, e quando ela, mais uma vez, se aproximou do limite de alavancagem muscular e as algemas começaram a morder a pele fina das costas das mãos, elas começaram a berrar. *Ligamento posterior,* pensou, a cabeça empinada, os lábios repuxados num sorriso de dor, largo e seco. *Ligamento posterior, ligamento posterior, porra de ligamento posterior!*

Nada. Não cedeu nem um milímetro. E ela começou a desconfiar — a desconfiar *seriamente* — de que havia mais alguma coisa além dos ligamentos. Havia *ossos* também, uns ossinhos nojentos correndo pelo lado de fora das mãos abaixo da junta inferior do polegar, uns ossinhos nojentos que provavelmente iriam levá-la à morte.

Com um berro final de dor e desapontamento, Jessie deixou as mãos afrouxarem novamente. Os ombros e braços tremiam de exaustão. Assim se encerrava a possibilidade de esgueirar as mãos das algemas, porque eram M-17 em vez de F-23. O desapontamento era quase pior do que a dor física; queimava como urtiga.

— *Puta merda!* — exclamou para o quarto vazio. — *Puta merda, puta-merda, putamerda!*

Em algum ponto do lago — mais distante hoje, pelo som — a motosserra começou a trabalhar, e isso a deixou ainda mais zangada. O cara de ontem, voltando para mais um dia. Apenas um babaca balançando numa camisa de flanela xadrez vermelho e preto, bancando o lenhador imbecil com uma serra que faz um esporro infernal, enquanto sonha em transar com a namoradinha no fim do dia... ou talvez sonhe com o futebol, ou simplesmente com umas geladinhas no bar da marina. Jessie viu o babaca de camisa de flanela com a mesma nitidez com que vira a moça no tronco, e se pensamento matasse, a cabeça dele teria explodido pelo rabo naquele instante.

— *Não é justo!* — gritou. — *Porra, não é jus...*

Uma espécie de cãibra seca lhe apertou a garganta e ela se calou, fazendo uma careta de medo. Sentiu as lascas duras de osso que barravam sua fuga — meu Deus, se pudesse —, mas ainda assim tinha chegado perto. Essa era a fonte real de sua amargura — não era a dor, e certamente não era o lenhador invisível com a motosserra barulhenta. Era saber que tinha chegado próximo, mas não o bastante. Podia continuar a cerrar os dentes e a suportar a dor, mas já não acreditava que isso fosse lhe ajudar em nada. Os últimos 5 milímetros iam continuar, de sacanagem, fora do seu alcance. A única coisa que iria conseguir se continuasse a puxar era um hematoma, e o inchaço dos pulsos pioraria sua situação ao invés de melhorá-la.

— E não venha me dizer que estou frita, nem se *atreva* — disse num sussurro de censura. — Não quero ouvir isso.

Você tem de se livrar das algemas de alguma maneira, a voz da moça tornou a sussurrar. *Porque ele — a coisa — vai realmente voltar. Hoje à noite. Depois do pôr do sol.*

— Não acredito — Jessie berrou. — Não acredito que aquele homem fosse real. Não me interessa a pegada nem o brinco. Simplesmente não acredito.

Acredita, sim.

Não, não acredito!

Acredita, sim.

Jessie deixou a cabeça pender para um lado, os cabelos quase batendo no colchão, a boca tremendo desconsolada.

Acreditava, sim.

Capítulo Vinte e Seis

ELA começou a cochilar de novo apesar de sentir que a sede e o latejamento nos braços tinham piorado. Sabia que era perigoso dormir — que suas forças continuariam a se esvair durante a inconsciência —, mas na realidade que diferença faria?

Tinha explorado todas as opções possíveis e continuava a ser a Queridinha Algemada da América. Além disso, queria aquele esquecimento gostoso — ansiava mesmo por ele, como um viciado anseia pela droga. Então, quando ia adormecendo, um pensamento ao mesmo tempo simples e espantosamente direto lampejou em sua mente confusa e vaga como um foguete de sinalização.

O creme facial. O pote de creme facial na prateleira acima da cama.

Não vá se encher de esperanças, Jessie — isso seria um grave erro. Se ele não caiu direto no chão quando você levantou a prateleira, provavelmente escorregou para algum lugar de onde você não tem a mínima chance de pegá-lo. Portanto, não vá se encher de esperanças.

O problema era que não poderia *deixar* de se encher de esperanças, porque, se o pote ainda estivesse lá e continuasse atingível, poderia conter creme suficiente para livrar uma mão. Talvez as duas, embora não achasse isso necessário. Se conseguisse se livrar de uma algema, poderia se levantar da cama, e se pudesse se levantar da cama, a parada estava ganha.

Era apenas um desses potinhos plásticos de amostra que as firmas enviam pelo correio, Jessie. Devia ter escorregado para o chão.

Não tinha. Quando Jessie virou a cabeça para a esquerda o máximo que pôde sem deslocar o pescoço, conseguiu ver um contorno azul-escuro no cantinho do seu ângulo de visão.

O pote não está realmente ali, murmurou sua parte agourento-apocalíptica. *Você acha que está, é compreensível, mas na realidade não está. É apenas uma alucinação, Jessie, você está vendo o que a sua mente quer que veja, manda que você veja. Eu não. Sou realista.*

Ela voltou a olhar, forçando a cabeça um pouquinho mais para a esquerda apesar da dor. Em vez de desaparecer, o contorno azul tornou-se momentaneamente mais nítido. Era o potinho de amostra, sim. Havia um abajur do lado da cama de Jessie, que não despencara no chão quando ela ergueu a prateleira porque tinha a base presa na madeira. Um exemplar do *O Vale dos Cavalos*, esquecida na prateleira desde meados de julho, fora parar na base do abajur, e o pote de creme Nívea acabara preso pelo livro. Jessie percebeu a possibilidade de ter a vida salva por um abajur e um punhado de personagens fictícios do tempo das cavernas chamados Ayla, Oda, Uba e Thonolan. Era mais do que espantoso; era surreal.

Mesmo que esteja lá, você jamais conseguirá alcançá-lo, disse a agourento-apocalíptica, mas Jessie mal a ouviu. O importante era sua intuição de que conseguiria alcançar o pote. Tinha quase certeza.

Girou a mão esquerda na algema e esticou-a lentamente até a prateleira, movimentando-se com enorme cautela. Não era aconselhável cometer nenhum engano agora, empurrar o pote de Nívea na prateleira, deixando-o fora de alcance, ou derrubá-lo contra a parede. Pelo que sabia, talvez houvesse agora um espaço entre a prateleira e a parede, um vão por onde um potinho de amostra pudesse cair. E se isso acontecesse, tinha absoluta certeza de que enlouqueceria. Verdade. Ouviria o pote bater no chão, entre cocôs de ratos e acúmulos de poeira, e então sua cabeça... bem, entraria em colapso. Por isso precisava ter cuidado. Se tivesse, as coisas ainda poderiam dar certo. Porque...

Porque talvez haja um Deus, pensou, *e Ele não quer que eu morra aqui nesta cama como um animal com a perna presa numa armadilha. Faz sentido quando se para para pensar. Peguei aquele pote da prateleira quando o cachorro começou a mastigar o Gerald, então vi que era pequeno e leve demais para fazer qualquer estrago, mesmo que eu conseguisse atingir o* cachorro com ele. Naquelas circunstâncias — revoltada, confusa e apavorada —, a coisa mais natural do mundo seria largá-lo de qualquer jeito antes de voltar a apalpar a prateleira à procura de um objeto mais pesado. Mas não, eu o coloquei de volta na prateleira. Por que eu ou qualquer outra pessoa faria uma coisa tão ilógica? Deus, é por isso. É a única resposta que me ocorre, a única que se encaixa. Deus o poupou para mim porque sabia que eu iria precisar do pote.

Ela deslizou a mão algemada de leve pela madeira, tentando transformar os dedos abertos como uma antena de radar. Não podia haver enganos. Ela compreendia que, descontando a existência de Deus, do destino ou da providência, certamente esta seria sua melhor e última chance. E quando seus dedos tocaram a superfície lisa e curva do pote, lembrou-se do trecho de um blues, uma cantiga da região das secas provavelmente composta por Woody Guthrie. Ouvira-a pela primeira vez na voz de Tom Rush no tempo de universidade.

If you want to go to heaven
Let me tell you how to do it,
You gotta grease your feet
With a little mutton suet.
You just slide out of the devil's hand
And ooze on over to the Promised Land;
Take it easy,
*Go greasy.**

Deslizou os dedos envolvendo o pote, sem ligar para o repuxão nos músculos emperrados do ombro, mexendo-se devagar, com delicadeza e cautela, e puxou o pote devagarinho para si. Agora sabia o que sentiam os arrombadores de cofre quando usavam nitroglicerina. *Vá com calma,* pensou, *deslize.* Será que alguém teria dito palavras mais verdadeiras em toda a história do mundo?

— Acho que não, minha cara — disse naquele tom arrogantíssimo de Elizabeth Taylor em *Gata em Teto de Zinco Quente.*

---

* Se você quiser ir para o céu/ vou lhe dizer o que fazer, / é só besuntar bem os pés/ com sebo de carneiro./ Assim foge do demo/ pra Terra Prometida; / Vá com calma,/ Deslize.

Mas não se ouviu dizer isso, nem ao menos percebeu que falara.

Já conseguia sentir o bálsamo abençoado do alívio invadindo-a; tinha a doçura do primeiro gole de água fresca que passasse pelo arame farpado que enferrujara em sua garganta. Ia fugir do demo para a Terra Prometida; não havia a menor dúvida. Isto é, desde que fugisse com *muito cuidadinho*. Tinha sido testada; temperada no fogo; agora receberia sua recompensa. Tinha sido uma tola em duvidar.

Acho melhor você parar de pensar assim, a Esposa Perfeita falou em tom preocupado. *Você vai se tornar descuidada, e tenho a impressão de que foram muito poucos os descuidados que conseguiram fugir do demo.*

Provavelmente era verdade, mas Jessie não tinha a menor *intenção* de ser descuidada. Ela tinha passado as últimas 21 horas no inferno, e ninguém melhor do que ela sabia o que estava em jogo. Ninguém *poderia* saber, jamais.

— Vou tomar cuidado — Jessie cantarolou. — Vou planejar cada passo. Prometo. E então vou... vou...

Iria o quê?

Ora, iria deslizar, é claro. Não só até se livrar das algemas, mas dali por diante. Jessie de repente se ouviu falando com Deus outra vez, e dessa vez falou com muita fluência.

Quero Te fazer uma promessa, disse a Deus. *Prometo continuar no bom caminho. Vou começar fazendo uma grande faxina na minha cabeça e jogar fora todos os cacarecos e brinquedos que abandonei com a idade — em outras palavras, tudo que não serve para nada além de ocupar espaço e contribuir para aumentar o risco de incêndios. Talvez ligue para Nora Callighan e pergunte se quer me ajudar. Acho que talvez ligue para Carol Symonds também... Carol Rittenhouse atualmente, é claro. Se há alguém na nossa turma antiga que ainda saiba do paradeiro de Ruth, provavelmente é a Carol. Senhor, me ouça — não sei se alguém jamais chega ou não à Terra Prometida, mas prometo deslizar e não parar de tentar. Concorda?*

E ela viu (quase como se fosse uma resposta de aprovação para a sua prece) exatamente como deveria agir. Retirar a tampa do pote seria a parte mais difícil; exigiria paciência e muito cuidado, mas seu tamanho excepcionalmente pequeno ajudaria. Apoiaria o fundo do pote na palma da mão esquerda; firmaria a tampa com os dedos; usaria o polegar para desenroscar a tampa. Seria ótimo se a tampa estivesse solta, mas tinha plena certeza de que seria capaz de retirá-la de um jeito ou de outro.

Você está certíssima em dizer que vai retirar a tampa, boneca, Jessie pensou, sombria.

O momento mais perigoso provavelmente seria quando a tampa realmente começasse a girar. Se isto acontecesse de repente e ela não estivesse preparada, o pote poderia voar de sua mão. Jessie deu uma risadinha rouca.

— Nem por um cacete — falou para o quarto vazio. — Nem pela porra de um cacete, minha cara — disse a Elizabeth Taylor.

Jessie ergueu o pote, examinando-o fixamente. Era difícil ver através do plástico translúcido azul, mas o pote parecia conter creme, no mínimo, até a metade, talvez um pouco mais. Uma vez retirada a tampa, ela simplesmente tombaria o pote na mão e deixaria o creme derramar aos poucos pela palma. Quando tivesse juntado o máximo possível, levantaria a mão na vertical e deixaria o creme escorrer pelo pulso abaixo. A maior parte do creme se acumularia entre sua pele e a algema. Ela o espalharia girando a mão de um lado ao outro. Em todo caso já sabia qual era o ponto vital: a área logo abaixo do polegar. E, quando estivesse bastante besuntada, daria um último puxão, firme e forte. Bloquearia toda a dor e continuaria a puxar até conseguir esgueirar a mão da algema, e ficar finalmente livre, finalmente livre, Deus Todo-Poderoso, finalmente livre. Conseguiria. Sabia que sim.

— Mas com cuidado — murmurou, deixando o fundo do pote assentar na palma da mão e espaçando as almofadas dos dedos e do polegar em torno da tampa. E...

— Está *solta*! — exclamou com voz trêmula e rouca. Nossa mãe, está solta mesmo.

Mal podia acreditar — e a agourento-apocalíptica bem lá no fundo continuava incrédula —, mas era verdade. Sentia a tampa balançar um pouco na rosca, quando a comprimia suavemente para baixo e para cima com as pontas dos dedos.

Cuidado, Jess — *ah, muito cuidado. Daquele jeito que você visualizou.*

Sim. Mentalmente via agora mais uma imagem — ela sentada à escrivaninha em Portland, usando o melhor vestido preto, o curtinho elegante que comprara na primavera anterior de presente por ter seguido fielmente a dieta e perdido quase 5 quilos. Os cabelos recém-lavados, cheirando a um xampu de ervas perfumadas, em vez de suor azedo, estavam presos com um simples grampo de ouro. A superfície da escrivaninha estava inundada por um sol de tarde agradável que entrava pelas janelas. Viu-se escrevendo para a Companhia Nívea dos Estados Unidos, ou quem quer que fabricasse o creme no país. *Prezados Senhores*, escreveria, *não posso deixar de comentar que os senhores fabricam um produto realmente salvador...*

Quando Jessie comprimiu a tampa do pote com o polegar, começou a girá-lo suavemente, sem um único tropeço. Tudo conforme planejara. *Como um sonho*, pensou. *Obrigada, meu Deus. Obrigada. Muito, muito, muito obrig...*

Pelo canto do olho registrou um movimento repentino e seu primeiro pensamento não foi que alguém tivesse aparecido para salvá-la, mas que o caubói espacial voltara para levá-la sem lhe dar chance de escapar. Jessie emitiu um grito agudo e assustado. Seu olhar desconcentrou-se bruscamente do pote. Os dedos apertaram-no num espasmo involuntário de medo e surpresa.

Era o cachorro. O cachorro voltara para fazer uma boquinha antes do almoço e tinha parado à porta do quarto, examinando-o antes de entrar. No mesmo instante que Jessie percebeu isso, percebeu também que apertara com muita força o potinho azul. Ele espirrou por entre seus dedos como uma laranja descascada.

— *Não!*

Procurou recuperar o pote e quase conseguiu. Então ele rolou de sua mão, bateu no quadril e saltou fora da cama. Ouviu-se um pleque choco e patético quando o pote bateu no chão. Esse era exatamente o som que acreditara, menos de três minutos atrás, que a levaria à loucura. Não a levou, e agora descobria um terror mais novo, mais profundo: apesar de tudo que lhe acontecera, continuava muito distante da insanidade. Parecia que, fossem quais fossem os horrores que a aguardavam, agora que a última saída para a liberdade lhe fora barrada, precisava enfrentá-los em juízo perfeito.

— Por que teve de entrar agora, seu filho da puta? — perguntou ao ex-Príncipe, e alguma coisa em sua voz rascante e letal fez o cachorro parar e olhá-la com uma cautela que todos os seus gritos e ameaças não tinham sido capazes de inspirar. — Por que agora, seu maldito? Por que *agora*?

O vira-lata concluiu que a dona provavelmente continuava inofensiva apesar das arestas cortantes que percebia refletidas em sua voz, mas ainda assim fixou um olhar desconfiado nela enquanto trotava até a despensa de carne. Era melhor estar seguro. Sofrera muito para aprender essa lição simples, e não era coisa que se esquecesse depressa ou facilmente — era sempre melhor estar seguro.

Lançou-lhe um último olhar vivo e desesperado antes de mergulhar a cabeça e abocanhar um dos pneus de Gerald, dilacerando um bom naco. Presenciar isso era ruim, mas para Jessie não era o pior. O pior foi a nuvem de moscas que se ergueu da área escolhida para alimento e morada, quando o vira-lata cravou os dentes e arrancou um pedaço. O zumbido sonolento completou a tarefa de destruir em Jessie uma parte vital voltada para a sobrevivência, uma parte ligada, ao mesmo tempo, à esperança e ao coração.

O cachorro deu um passo atrás com a graça de um dançarino em filme musical, a orelha boa aprumada, a carne pendurada nas mandíbulas. Então virou-se e saiu do quarto num trote acelerado. As moscas retomaram as operações de pouso mesmo antes de o cachorro desaparecer de vista. Jessie recostou a cabeça na cabeceira da cama e fechou os olhos. Recomeçou a rezar, mas desta vez não pediu a liberdade. Desta vez pediu que Deus a levasse rápida e misericordiosamente, antes do sol se pôr e o forasteiro de cara pálida regressar.

Capítulo Vinte e Sete

AS quatro horas seguintes foram as piores da vida de Jessie Burlingame. As cãibras em seus músculos tornavam-se progressivamente mais frequentes e mais intensas, mas não foram as dores intramusculares que fizeram o período entre as 11 da manhã e as três horas da tarde tão terrível; foi a recusa obstinada e mórbida de sua mente de abrir mão da lucidez e mergulhar na escuridão. Lera o conto de Poe *O Coração Denunciador* no curso secundário, mas até agora não tinha entendido o verdadeiro terror das linhas de abertura: *Nervoso? É verdade! Sou e tenho sido nervoso, mas por que você diz que estou louco?*

A loucura seria um alívio, mas a loucura não vinha. Nem o sono. A morte talvez os antecipasse, e a noite, certamente, o faria. Deitada na cama, Jessie só existia numa realidade desbotada pontuada por ocasionais explosões de dor quando seus músculos entravam em cãibras. As cãibras tinham importância, sua horrível e cansativa sanidade também, mas pouca coisa mais — sem dúvida o mundo fora daquele quarto tinha deixado de possuir qualquer significação real. De fato, passara a acreditar com convicção que não *havia* um mundo fora daquele quarto, que todas as pessoas que um dia o povoaram tinham retornado a uma espécie de Escritório Central de Elenco existencial, e todos os cenários, encaixotados para transporte, como se fazia com os trainéis após as produções da sociedade universitária de teatro que Ruth tanto apreciava.

O tempo era um mar frio pelo qual sua consciência avançava penosa e pesada como um navio quebra-gelo. As vozes iam e vinham como fantasmas. A maioria falava dentro de sua cabeça, mas por algum tempo Nora Callighan se dirigia a ela do banheiro, em outro momento Jessie conversava com a mãe, que parecia estar à espreita no corredor. A mãe viera dizer que Jessie jamais se meteria numa enrascada dessas se tivesse sido mais aplicada em recolher suas roupas.

— Se eu tivesse ganhado cinco centavos para cada roupa que pesquei nos cantos e desvirei — disse a mãe —, poderia comprar a companhia municipal de gás. — Essa fora uma das frases favoritas da mãe, e Jessie percebia agora que nenhum dos filhos jamais tinha perguntado por que iria *querer* comprar a companhia municipal de gás.

Continuou a se exercitar com dificuldade, pedalando e levantando e baixando os braços até onde as algemas — e a fraqueza crescente — lhe permitiam. Já não fazia isso para manter o corpo pronto para a fuga quando finalmente lhe ocorresse a alternativa certa, porque enfim chegara à compreensão, intuitiva e racional, de que não haveria opções. O potinho de creme facial tinha sido a última. Exercitava-se agora somente porque o movimento parecia aliviar um pouco as cãibras.

Apesar do exercício, sentia uma friagem se apoderar lentamente das mãos e dos pés e se assentar sobre a pele como uma camada de gelo que se infiltrasse gradualmente. Isso não se parecia nada com a sensação de dormência com que acordara pela manhã; estava mais próxima do congelamento que sofrera, quando era adolescente, depois de uma longa tarde esquiando — sinistros pontos cinzentos nas costas da mão e na parte da panturrilha que o meião de lã não protegera de todo, pontos mortos que pareciam insensíveis até ao calor intenso da lareira. Imaginava que essa insensibilidade, com o tempo, venceria as cãibras e que, no fim, a morte talvez fosse bastante misericordiosa — um adormecer na neve —, mas estava custando demais a chegar.

O tempo passava mas não era o tempo, era somente um fluxo inexorável, imutável de informações que seus sentidos de vigília transmitiam à sua mente estranhamente lúcida. Havia apenas o quarto, a paisagem lá fora (os últimos trainéis, que aguardavam ser encaixotados pelo aderecista dessa produçãozinha de merda), o zumbido das moscas que transformavam Gerald numa incubadeira de fim de estação e o movimento vagaroso das sombras pelo assoalho, à medida que o sol se deslocava por um céu outonal de pintor. De vez em quando, uma cãibra espetava uma axila como um furador de gelo ou enterrava um prego grosso de aço do lado direito do corpo. Enquanto a tarde interminável avançava, as primeiras cãibras começaram a atingir sua barriga, onde deixara de sentir pontadas de fome, e os tendões excessivamente tensos do diafragma. Eram as piores, porque imobilizavam a bainha dos músculos em seu peito e impediam que os pulmões funcionassem plenamente. De olhos arregalados e agônicos, Jessie fitou a sucessão de ondinhas refletidas pela água no teto, os braços e pernas trêmulos com o esforço de manter a respiração normal até a cãibra passar. Era como estar enterrada até o pescoço em cimento molhado e frio.

A fome passou, mas a sede não, e à medida que aquele dia infindável transcorria ao seu redor, ela chegou à conclusão de que a simples sede (bastaria isso) poderia realizar o que os crescentes níveis de dor, e até mesmo a certeza da morte iminente, não tinham sido capazes: poderia enlouquecê-la. Agora não eram apenas a garganta e a boca; cada pedaço do corpo gritava por água. Até as órbitas dos olhos estavam sedentas, e a visão das ondinhas dançando no teto, à esquerda da claraboia, a fazia gemer baixinho.

Com perigos tão reais a rondá-la, o terror que sentira do caubói espacial deveria ter diminuído ou desaparecido inteiramente, mas com o passar da tarde descobriu que o forasteiro de rosto pálido pesava, ao invés de menos, cada vez mais em sua mente. Via seu vulto constantemente, postado um pouco além do pequeno círculo de luz que cercava sua consciência reduzida, e embora pudesse distinguir pouco mais que sua forma geral (emaciada de tão magra), descobriu que conseguia ver o riso fundo e doentio que lhe curvava a boca cada vez com mais clareza, à medida que o sol arrastava seu arado de horas para oeste. Pelos ouvidos captava o murmúrio abafado dos ossos e joias quando ele as revolvia com a mão na mala antiquada.

Ele viria buscá-la. Viria quando escurecesse. O caubói morto, o forasteiro, o espectro do amor.

Você realmente a viu, Jessie. Era a Morte, e você realmente a viu, como acontece frequentemente com as pessoas que morrem em solidão. Claro que a veem; está estampado em seus rostos contorcidos e nos olhos esbugalhados. É o velho caubói Morte, e hoje à noite, quando o sol se puser, voltará para buscá-la.

Pouco depois das três, o vento, que estivera calmo o dia inteiro, começou a soprar. A porta dos fundos tornou a bater continuamente contra o portal. Não demorou muito, a motosserra parou e ela começou a ouvir o som leve das marolas empurradas pelo vento contra as pedras da praia. O mergulhão não gritou; talvez tivesse decidido que chegara a hora de voar para o sul, ou pelo menos de se mudar para uma parte do lago onde não ouvisse a mulher que berrava.

Só existo eu agora. Pelo menos até que o outro chegue.

Já não fazia o menor esforço para acreditar que o sombrio visitante era apenas imaginação; as coisas tinham ido longe demais para isso.

Uma nova cãibra enterrou os dentes longos e cruéis em sua axila esquerda, e ela repuxou os lábios rachados numa careta. Era como se espetassem seu coração com os dentes de um garfo de churrasco. Então os músculos logo abaixo dos seios se contraíram e o feixe de nervos no plexo solar pareceu pegar fogo como uma pilha de gravetos secos. Essa dor era nova e imensa — muito maior do que qualquer coisa que tivesse vivido até aquele momento. Dobrou seu corpo para trás como uma vara verde, seu tronco se contorceu de um lado para o outro, os joelhos estalaram ao abrir e fechar bruscamente. Os cabelos voaram em grumos e mechas empastadas. Tentou gritar e não pôde. Por um instante pensou que chegara ao fim da linha. Uma convulsão final, com a força de seis bananas de dinamite enfiadas numa pedreira, e lá se vai você, Jessie; a caixa registradora fica na saída à direita.

Mas essa convulsão passou também.

Descontraiu-se lentamente, ofegante, a cabeça voltada para o teto. Pelo menos, no momento, os reflexos que dançavam no teto não a atormentavam; concentrou-se inteiramente no feixe de nervos em chamas logo abaixo dos seios, bem no meio, esperando ver se a dor ia realmente passar ou se ia piorar outra vez. Passou... mas de má vontade, prometendo voltar dali a pouco. Jessie fechou os olhos, rezando para dormir. A essa altura até mesmo um breve descanso da longa e extenuante tarefa de morrer seria bem-vindo.

O sono não veio, mas Bobrinha, a garota do tronco de tortura, sim. Agora livre como um passarinho, independentemente de ter ou não havido assédio sexual, caminhava de pés descalços pelo parque de qualquer que fosse a vila puritana em que morava, e estava gloriosamente só —

não havia necessidade de andar com os olhos decorosamente baixos para o caso de um garoto passar e querer atrair seu olhar com uma piscadela ou um sorriso. A grama era de um verde-escuro aveludado, e distante, no alto do morro (*deve ser o maior parque municipal do mundo*, Jessie pensou), um rebanho de ovelhas pastava. O sino que Jessie ouvira antes continuava a repicar monótona e secamente durante o crepúsculo.

Bobrinha vestia uma camisola de flanela azul com um grande ponto de exclamação amarelo na frente — um traje nada puritano, embora fosse, sem dúvida, bastante decente, pois a cobria do pescoço aos pés. Jessie conhecia bem a roupa e ficou encantada de revê-la. Entre os 10 e os 12 anos, quando finalmente foi persuadida a doá-la para a cesta de roupas velhas, devia ter usado aquela coisa boba em mais de vinte festinhas do pijama.

Os cabelos de Bobrinha, que lhe encobriam totalmente o rosto quando o tronco mantinha sua cabeça para baixo, agora estavam presos atrás por uma fita de veludo azul-meia-noite. A menina estava bonita e profundamente feliz, o que não surpreendeu Jessie em nada. Afinal, tinha se libertado de sua prisão; era livre. Jessie não invejou isso, mas nutriu um forte desejo — quase uma necessidade — de dizer à menina que deveria fazer mais do que simplesmente gozar a liberdade; deveria apreciá-la, protegê-la e usá-la.

Parece que afinal dormi. Devo ter dormido, porque isto tem que ser sonho.

Mais uma cãibra, desta vez não tão forte quanto a que incendiara seu plexo solar, imobilizou os músculos da coxa direita e deixou o pé sacudindo bobamente no ar. Jessie abriu os olhos e viu o quarto, onde a luz mais uma vez crescia longa e inclinada. Não era exatamente o que os franceses chamavam de *l'heure bleue*, mas essa hora estava se aproximando rápido. Ouviu a porta bater, cheirou seu suor, urina e hálito azedo e extenuado. Tudo estava como antes. O tempo passara, mas não voara, como tantas vezes parece quando acordamos de um cochilo involuntário. Tinha os braços um pouquinho mais frios, pensou, mas nem mais nem menos dormentes do que antes. Não estivera dormindo, nem sonhando — mas estivera fazendo *uma coisa*.

E posso fazê-la novamente, pensou, e fechou os olhos. Viu-se instantaneamente de volta ao parque municipal improvavelmente enorme. A garota com o grande ponto de exclamação amarelo brotando entre os seiozinhos fitava-a séria e carinhosamente.

Tem uma coisa que você não tentou, Jessie.

Não é verdade, disse à Bobrinha. *Tentei tudo, acredite. E sabe o que mais? Acho que, se não tivesse deixado cair aquele maldito pote de creme quando o cachorro me assustou, teria conseguido me livrar da algema esquerda. Foi muito azar aquele cachorro ter entrado na hora. Ou carma ruim. Ou outra coisa ruim qualquer.*

A menina se aproximou, a grama farfalhando sob seus pés descalços.

Não da algema esquerda, Jessie. É da direita que você pode se livrar. É um palpite, verdade, mas é possível. O que está em questão agora, eu acho, é se você realmente quer continuar a viver.

Claro *que quero viver!*

Mais perto. Aqueles olhos — de um tom cinza-fumaça que tentava ser azul, mas ficava um pouco aquém — agora pareciam varar sua pele até o coração.

Será que quer? Tenho minhas dúvidas.

Você é maluca? Acha que quero continuar aqui algemada a esta cama, quando...

Os olhos de Jessie — ainda daquele tom cinza que tentava ser azul mas, após todos esses anos, continuava não conseguindo — abriram-se devagarinho. Percorreram o quarto com uma expressão de solenidade aterrorizadora. Contemplou o marido que agora jazia numa posição insolitamente retorcida, de olhos arregalados para o teto.

— Não quero estar algemada a esta cama quando escurecer e o bicho-papão voltar — falou para o quarto vazio.

Feche os olhos, Jessie.

Fechou-os. Bobrinha estava ali na velha camisola de flanela, fitando-a calmamente, e havia outra moça também — a gorda com a pele espinhenta. A gorda não tivera a sorte de Bobrinha; não se libertara, a não ser que a própria morte fosse uma libertação em certos casos — uma hipótese que Jessie passara a aceitar de bom grado. A moça gorda ou fora esganada ou sofrera algum ataque. Seu rosto estava roxo como as nuvens de trovoada no verão. Um olho saltava da órbita; o outro estava estourado como uma uva esmagada. A língua, ensanguentada no ponto em que a mordera repetidamente no momento crítico, pendia por entre os lábios.

Jessie voltou-se para Bobrinha com um calafrio.

Não quero terminar assim. Haja o que houver de errado comigo, não quero terminar assim. Como foi que você conseguiu sair?

Me esgueirando — Bobrinha respondeu prontamente. *Fugindo do demo para a Terra Prometida.*

Jessie sentiu um impulso de cólera se sobrepor à exaustão.

Você não ouviu nenhuma palavra do que eu disse? Deixei cair o maldito pote de Nívea! O cachorro entrou e me assustou e deixei cair o pote! Como posso...

E, também, me lembrei do eclipse, Bobrinha falou abruptamente, com ar de quem se impacienta com uma regra social complexa, mas sem significação; você faz uma reverência, eu me curvo, e nós nos damos as mãos. *Foi assim que realmente escapei; lembrei-me do eclipse e do que aconteceu no deque enquanto o eclipse progredia. E você terá de se lembrar também. Acho que é a única chance de se libertar. Você não pode fugir mais, Jessie. Você tem de se virar e encarar a verdade.*

Outra vez? Só isso? Jessie sentiu uma profunda onda de exaustão e desapontamento. Por alguns instantes, a esperança quase retornara, mas não havia nada para ela ali. Absolutamente nada.

Você não está entendendo, disse a Bobrinha. *Já passamos por esse caminho antes — de ponta a ponta. Sei, suponho que o que meu pai me fez então poderia ter alguma relação com o que está me acontecendo agora, suponho que isso seja no mínimo possível, mas por que repassar todo esse sofrimento quando ainda há tanto sofrimento a enfrentar antes que Deus finalmente se canse de me torturar e decida baixar as cortinas?*

Não obteve resposta. A menininha de camisola azul, a menininha que um dia fora ela, desapareceu. Agora só havia escuridão sob as pálpebras cerradas de Jessie, como a escuridão de uma tela de cinema quando termina o filme, por isso reabriu os olhos e deu uma boa olhada no quarto onde ia morrer. Examinou da porta do banheiro a borboleta de batique emoldurada, dali até a cômoda e o corpo do marido, que jazia sob o tapete asqueroso de sonolentas moscas de outono.

— Pode parar, Jess. Volte ao eclipse.

Seus olhos se arregalaram. A ordem *parecia* real — uma voz de verdade que não vinha do banheiro nem do corredor, tampouco de sua cabeça, mas parecia escoar do próprio ar.

— Bobrinha? — Sua voz agora era apenas um grasnido. Tentou sentar-se melhor, mas outra cãibra feroz lhe ameaçou o diafragma e ela prontamente voltou a se recostar na cabeceira, esperando a dor passar. — Bobrinha, é você? É, querida?

Por um momento pensou que ouvira alguma coisa, que a voz dissera mais alguma coisa, mas se disse, ela foi incapaz de distinguir as palavras. Então sumiu de vez.

Volte ao eclipse, Jessie.

— Não há respostas lá — resmungou. — Não há nada exceto sofrimento e estupidez e... — E o quê? Que mais?

O velho Adão. A frase surgiu naturalmente em sua cabeça, pinçada de algum sermão que devia ter ouvido quando criança, cheia de tédio, sentada entre o pai e a mãe, sacudindo os pés para observar a luz que filtrava pelas janelas coloridas da igreja mudar e refletir em seus sapatos de verniz branco. Uma simples frase que se prendera no papel pega-moscas do seu subconsciente e permanecera ali. *O velho Adão* — e talvez fosse apenas isso, simples assim. Um pai que semiconscientemente tinha providenciado para ficar sozinho com a filha mocinha, bonita e vivaz, pensando o tempo todo *não haverá mal nenhum nisso, nenhum mal, nem sombra de mal.* Então o eclipse começara, e ela se sentara em seu colo com o vestido de verão que era ao mesmo tempo muito curto e muito justo — o vestido que ele mesmo lhe pedira que usasse —, e o que aconteceu, aconteceu. Apenas um breve interlúdio lúbrico que envergonhara e constrangera a ambos. E para encurtar a história — ele ejaculou; de fato esguichara nos fundilhos da calcinha — um comportamento definitivamente censurável em papais e, sem dúvida, uma situação que ela jamais vira explorada em *A Família Sol--Lá-Si-Dó,* mas...

Mas vamos encarar os fatos, Jessie pensou. *Escapei quase ilesa em vista do que poderia ter acontecido... o que acontece todo dia. Não acontece apenas em filmes como* Caminho Áspero *ou* Caldeira do Diabo. *Meu pai não foi o primeiro homem de classe média com educação superior a sentir um tesão pela filha, e eu não fui a primeira filha a encontrar uma mancha úmi-*

da na parte de trás da calcinha. *Não quero dizer com isso que foi certo, nem desculpável; só quero dizer que está encerrado e poderia ter sido muito pior.*

E no momento esquecer tudo parecia uma ideia muito melhor do que repassar o acontecido mais uma vez, apesar do que Bobrinha quisesse dizer sobre o assunto. Era melhor deixar o caso se dissolver na escuridão geral que ocorria em qualquer eclipse solar. Ainda tinha muito o que morrer nesse quarto fétido e infestado de moscas.

Fechou os olhos e imediatamente o cheiro da colônia do pai pareceu chegar às suas narinas. A colônia e o cheiro do seu leve suor nervoso. A sensação daquela coisa dura contra a sua bunda. A respiração ofegante do pai quando ela se mexia em seu colo, procurando uma posição mais confortável. O toque da mão dele ao pousar de leve em seus seios. A dúvida se ele estaria bem. O pai começara a respirar tão *rápido*. Marvin Gaye no rádio: *"Amo demais, meus amigos me dizem, mas acredito... acredito... que uma mulher deve ser amada assim..."*

Você me ama, Bobrinha?

Claro...

Então não se preocupe com nada. Eu nunca machucaria você. Agora a outra mão subia por sua perna nua, empurrando o vestido para cima, embolando-o no colo. *Quero...*

— Quero ser carinhoso com você — Jessie murmurou, mudando um pouquinho a posição na cabeceira da cama. Seu rosto estava macilento e cansado. — Foi isso que ele disse. Deus do céu, ele realmente *disse* isso.

"Todo mundo sabe... principalmente vocês, brotinhos... que um amor pode ser triste, o meu amor é duas vezes mais triste..."

Não tenho muita certeza se quero, papai... Tenho medo de queimar os olhos.

Você tem mais vinte segundos. No mínimo. Por isso não se preocupe. E não olhe para os lados.

Então tinha ouvido o barulho do elástico estalando — não o dela, mas o dele — quando o pai soltou o velho Adão.

Desafiando a desidratação avançada, uma lágrima singela escorreu do olho esquerdo de Jessie e rolou lentamente pelo seu rosto.

— Estou fazendo isso — disse numa voz rouca, engasgada. — Estou lembrando. Espero que esteja satisfeita.

Estou, Bobrinha respondeu, e embora Jessie já não pudesse ver, ainda sentia seu olhar estranho e meigo. *Você se adiantou demais. Volte um pouco atrás. Só um pouquinho.*

Uma imensa sensação de alívio invadiu Jessie quando percebeu que aquilo que Bobrinha queria que ela lembrasse não acontecera durante nem depois dos avanços sexuais do pai, mas antes... embora não muito antes.

Então por que tive de repassar o resto dessa história velha horrível?

A resposta era bastante óbvia, supunha. Não fazia diferença se a pessoa queria uma sardinha ou vinte, ainda era preciso abrir a lata e ver todas; tinha de sentir aquele insuportável fedor de óleo de peixe. Além do mais, uma historinha antiga não ia matá-la. As algemas que a prendiam à cama poderiam fazer isso, mas não as velhas recordações, por mais dolorosas que fossem. Já era tempo de parar de reclamar e gemer, e meter a mão na massa. Tempo de descobrir o que Bobrinha disse que deveria descobrir.

Volte até pouco antes de ele começar a te tocar do outro jeito — do jeito errado. Volte à razão por que os dois estavam lá fora, para começar. Volte ao eclipse.

Jessie fechou os olhos com força e voltou.

Capítulo Vinte e Oito

Bobrinha? Tudo bem?
Tá, mas... mas dá um pouco de medo, não é?
Agora ela não precisa olhar para a caixa refletora para saber o que está acontecendo; o dia está começando a escurecer do jeito que escurece quando uma nuvem encobre o sol. Mas isso não é uma nuvem; a escuridão se instalou e as nuvens existentes encontravam-se muito longe, para leste.
É, ele concorda, e quando ela olha para o pai fica imensamente aliviada de ver que está sendo sincero. *Quer se sentar no meu colo, Jessie?*
Posso?
Claro.
Então ela se senta, feliz com sua proximidade e calor e o seu perfume gostoso — o cheiro do papai —, e o dia continua a escurecer. E feliz, principalmente, porque *dá* um pouquinho de medo, mais medo do que havia imaginado que sentiria. O que mais a assusta é a maneira com que a sombra dos dois vai se apagando no deque. Nunca vira sombras desaparecerem desse jeito antes, e tem quase certeza de que nunca verá de novo. Tudo bem por mim, pensa, e se aconchega melhor, feliz por ser (pelo menos durante esse interlúdio ligeiramente apavorante) mais uma vez a Bobrinha do pai em vez da Jessie de sempre — muito alta, muito desajeitada... muito rangedora.
Já posso olhar pelos vidros esfumaçados, papai?
Ainda não. A mão pesada e quente do pai em sua perna. Jessie cobre a mão do pai com a sua, depois se vira para ele e sorri.

É excitante, não é?

É. É sim, Bobrinha. Na verdade bem mais do que pensei que seria.

Ela se mexe mais uma vez, querendo encontrar uma maneira de conviver com aquela parte dura dele em que sua bunda está apoiada. Ele inspira ruidosamente, assobiando pelo lábio inferior contraído.

Papai? Estou muito pesada? Machuquei você?

Não. Você está ótima.

Já posso olhar pelos vidros?

Ainda não, Bobrinha. Daqui a pouco.

O mundo perde a aparência que tem quando o sol se esconde atrás de uma nuvem; agora parece que o crepúsculo chegou no meio da tarde. Ela ouve a coruja piar na mata, e o som lhe dá arrepios. Na estação de Winston, Debbie Reynolds está terminando de cantar, e o DJ que entra antecipando o fim logo será substituído por Marvin Gaye.

Olhe lá o lago! O pai fala, e quando ela olha vê um lusco-fusco que avança sobre um mundo sem brilho, do qual todas as cores vivas foram subtraídas, deixando apenas tons pastéis esmaecidos. Ela estremece e comenta com o pai que é arrepiante; ele responde que tente não sentir medo e aproveite, um conselho que ela examinará com cuidado — muito cuidado, talvez — à procura de duplos sentidos, anos mais tarde. E agora...

Pai? Papai? Desapareceu. Posso...

Pode. Agora pode. Mas, quando eu disser que tem de parar, você tem de parar. Sem discussão, OK?

Ele lhe entrega três pedaços empilhados de vidro esfumaçado, mas primeiro lhe dá um pega-panelas. Isto porque fez os visores com vidros recortados de uma velha janela de galpão, e não tem muita confiança em sua habilidade de cortador de vidro. E quando ela vê o pega-panelas nesta experiência, que é simultaneamente sonho e lembrança, sua mente salta ainda mais para trás, com a agilidade de um acrobata dando uma cambalhota, e ela ouve o pai dizer: *A última coisa de que preciso...*

Capítulo Vinte e Nove

— ... É SUA mãe chegar em casa e encontrar um bilhete dizendo...

Os olhos de Jessie abriram-se de repente quando disse essas palavras para o quarto vazio, e a primeira coisa que viram foi o copo vazio: o copo de água de Gerald, ainda pousado na prateleira. Descansando ali ao lado da algema que prendia seu pulso ao pilar da cama. Não o esquerdo, o direito.

... um bilhete dizendo que levei você ao pronto-socorro para costurarem seus dedos no lugar.

Agora Jessie compreendia o objetivo de reviver aquela velha lembrança dolorosa; compreendia o que Bobrinha tentara lhe dizer o tempo todo. A resposta não tinha nada a ver com o velho Adão, nem com o leve cheiro mineral da mancha úmida em suas calcinhas velhas de algodão. Mas tinha tudo a ver com meia dúzia de lâminas de vidro cuidadosamente tiradas de uma velha janela de galpão. Perdera o potinho de Nívea, mas ainda lhe restava uma outra fonte de lubrificação, não era mesmo? Um outro jeito de fugir para a Terra Prometida. Havia o sangue. Até coagular, o sangue era quase tão escorregadio quanto o óleo.

Vai doer pra caramba, Jessie.

Claro que ia doer pra caramba. Mas ela pensou ter ouvido ou lido em algum lugar que havia um número menor de nervos nos pulsos do que em outros pontos vitais do corpo; por isso é que cortar os pulsos, de preferência em uma banheira cheia d'água quente, fora um método de suicídio prestigiado desde as festinhas de toga na Roma imperial. Além disso, já estava meio insensível mesmo.

— Aliás, eu estava meio dormente para deixá-lo me prender com essas algemas — grasniu.

Se você cortar muito fundo, vai se esvair em sangue até morrer como aqueles romanos de antigamente.

Claro que morreria. Mas, se não cortasse nada, ficaria ali deitada até morrer de convulsões ou desidratação... ou até seu amigo com a mala de ossos aparecer aquela noite.

— Muito bem — falou. Seu coração batia com muita força, pela primeira vez em horas se achava totalmente desperta. O tempo recomeçara com uma pancada e um tranco, como um trem de carga abandonando um desvio para voltar à linha principal. — Muito bem, isso me convenceu.

Ouça, uma voz chamou-a com urgência, e Jessie percebeu, com espanto, que era a voz de Ruth e a da Esposa Perfeita. Tinham se fundido, pelo menos por ora. *Ouça com atenção, Jessie.*

— Estou ouvindo — falou para o quarto vazio. Estava também olhando. Olhava o copo. Fazia parte de um conjunto de 12 que comprara numa liquidação da Sears havia três ou quatro anos. Uns seis ou oito já tinham se quebrado. Logo haveria mais um. Ela engoliu em seco e fez uma careta. Era o mesmo que tentar engolir com uma pedra enrolada em flanela entalada na garganta. — Estou ouvindo com muita atenção, pode crer.

Ótimo. Porque, uma vez que comece, não poderá parar. Tudo tem de acontecer rapidamente, porque o seu organismo já está desidratado. Mas lembre-se de uma coisa: mesmo que tudo dê errado...

— ... vai dar muito certo — completou. E era verdade, não era? A situação assumira uma simplicidade que era, ao seu jeito medonho, até elegante. Ela não queria sangrar até morrer, é claro — quem iria querer? —, mas seria melhor do que esperar as cãibras e a sede piorarem. Melhor do que ele. A coisa. A alucinação. O que fosse.

Lambeu os lábios secos com a língua seca e agarrou os pensamentos que voavam confusos. Tentou pô-los em ordem como fizera antes de tentar pegar o potinho de creme facial, agora inútil, caído no chão junto à cama. A cada hora tornava-se mais difícil pensar, descobriu. Não parava de ouvir trechos.

(go greasy)

Daquele blues falado, não parava de sentir o perfume da colônia do pai, não parava de sentir aquela coisa dura contra o seu traseiro. E ainda havia Gerald. Gerald parecia falar com ela de onde estava deitado. *Ele vai voltar, Jessie. Nada que você fizer vai impedi-lo. Ele vai lhe aplicar um corretivo, minha altiva bela.*

Pestanejou na direção do marido, em seguida voltou depressa o olhar para o copo d'água. Gerald parecia estar rindo ferozmente para ela com a metade do rosto que o cachorro deixara intacta. Fez mais um esforço para pôr a cabeça em funcionamento, e, após algum esforço, os pensamentos começaram a fluir.

Levou dez minutos, vendo e revendo cada passo. Na verdade, não havia muito o que rever — sua agenda era suicidamente arriscada, mas simples. Assim mesmo ensaiou mentalmente cada gesto várias vezes, procurando o errinho que poderia lhe custar a última chance de viver. Não conseguiu encontrá-lo. No final sobrou apenas um obstáculo — teria de agir com muita rapidez, antes que o sangue coagulasse — e só havia dois resultados possíveis: uma fuga rápida ou a inconsciência e a morte.

Repassou o plano mais uma vez — sem adiar o ponto necessariamente desagradável, mas examinando-o da maneira que faria com um cachecol que tricotasse, à procura de fios corridos e malhas perdidas — enquanto o sol progredia firme rumo ao oeste. Na varanda dos fundos o cachorro se levantou, abandonando a cartilagem reluzente que andara roendo. Saiu em direção à mata. Farejara aquele cheiro sombrio de novo, e com a barriga cheia, até mesmo cheirar um pouquinho já era demais.

Capítulo Trinta

DOZE-DOZE-DOZE, piscava o relógio, e qualquer que fosse realmente a hora, chegara a hora.

Mais uma coisa antes de começar. Você está com os nervos afiadíssimos, e isto é bom, mas mantenha a concentração. Se começar deixando cair o maldito copo no chão, você vai estar ferrada.

— Fique fora daqui, cachorro! — gritou estridente, sem fazer ideia de que o cachorro tinha se retirado uns minutos antes para a mata do outro lado da entrada da garagem. Hesitou mais algum tempo, pensando em fazer outra oração, mas concluiu que já tinha rezado todas as que pretendia. Agora confiaria em suas vozes... e em si mesma.

Ela estendeu a mão direita para o copo, movimentando-se sem o cuidado e a hesitação anteriores. Parte dela — provavelmente a parte que tanto admirava em Ruth Neary — compreendia que essa tentativa final não exigia concentração e cautela, mas um golpe violento daqueles.

Agora preciso ser a Senhora Samurai, pensou e sorriu.

Fechou os dedos em torno do copo que da primeira vez se esforçara tanto para alcançar, observou-o com curiosidade por um instante — observou-o como teria feito um jardineiro com uma planta inesperada que encontrasse crescendo entre os feijões ou as ervilhas —, então apertou-o. Fechou os olhos quase completamente para protegê-los dos estilhaços que por acaso voassem e, em seguida, bateu o copo com toda força na prateleira, como quem quisesse partir a casca de um ovo cozido. O barulho que o copo fez foi absurdamente familiar, absurdamente *normal*, um ruído em nada diferente daquele que produzem centenas de copos que lhe escapuliram por entre os dedos, enquanto os lavava, ou foram derrubados no chão por seu cotovelo ou por um gesto distraído da mão, desde que deixara de usar o copo de plástico com bico de pato aos 5 anos de idade. O mesmo *creck*, não houve nenhuma ressonância especial para indicar que iniciara a singular tarefa de arriscar a vida para salvá-la.

Sentiu um caco de vidro perdido lhe bater na testa, pouco acima da sobrancelha, mas foi o único a atingir seu rosto. Outro pedaço — grande, a julgar pelo som — rodopiou pela prateleira e se espatifou no chão. Jessie tinha os lábios comprimidos numa tensa linha branca, na expectativa do que certamente provocaria a maior dor, pelo menos de início: os dedos. Apertava o copo com força quando ele se estilhaçou. Mas não havia dor, apenas uma leve pressão e um calorzinho ainda mais leve. Comparados com as cãibras que a dilaceraram nas últimas duas horas, não significavam nada.

O copo mudou a minha sorte quando quebrou, e por que não? Já não é tempo de ter um pouquinho de sorte?

Então levantou a mão e viu que o copo afinal não mudara tanto a sua sorte ao quebrar. Bolhas de sangue vermelho-escuras formavam-se nas pontas do polegar e de mais três dedos; só o mínimo escapara de se cortar. Cacos de vidro espetavam os dedos polegar, médio e anular como espinhos estranhos. A insensibilidade crescente em suas extremidades — e talvez as arestas afiadas dos pedaços de vidro que a cortaram — tinha impedido que sentisse as lacerações, mas estavam ali. Enquanto observava, grossas gotas de sangue começaram a pingar na superfície fofa e rosa do colchão, produzindo manchas ainda mais escuras.

Aqueles dardos pontiagudos de vidro, espetados nos dedos como alfinetes numa almofadinha, deram-lhe ânsias de vomitar, embora não tivesse nada no estômago.

Grande Senhora Samurai você me saiu, caçoou uma das vozes óvni.
Mas são meus dedos!, exclamou. *Não está vendo? São meus dedos!*

Sentiu o pânico vir chegando, forçou-o a recuar, e voltou a atenção para o pedaço de copo que ainda segurava. Era um pedaço curvo da borda, provavelmente um quarto do copo, que de um lado se partira em dois arcos lisos. Terminavam quase numa ponta perfeita, que brilhava ameaçadora ao sol da tarde. Um sinal de sorte, aquilo... talvez. Se conseguisse sustentar a coragem. Para ela esse dente curvo de vidro parecia uma arma fantástica de conto de fadas — uma minúscula cimitarra, algo que pertencesse a um duende guerreiro a caminho da batalha sob o chapéu de um cogumelo.

Você está devaneando, querida, disse Bobrinha. *Pode se dar a esse luxo?*

A resposta, naturalmente, era não.

Jessie pousou o quarto do copo de volta na prateleira, com todo cuidado, de modo que pudesse alcançá-lo sem necessidade de grandes torções. Ficou apoiado sobre o lado curvo e liso, o dente em forma de cimitarra para cima. Um reflexozinho de sol cintilava na ponta. Jessie achou que serviria muito bem para a próxima tarefa, se tomasse o cuidado de não baixá-lo com força. Se o fizesse, provavelmente empurraria o caco para fora da prateleira ou partiria a ponta providencial.

— Tenha cuidado — disse. — Não precisa pressionar o copo para baixo, é só ter cuidado, Jessie. Finja que...

Mas o resto daquele pensamento
(*está trinchando rosbife*)
não lhe pareceu muito produtivo, por isso bloqueou-o mal começou a ganhar corpo. Ergueu o braço direito, esticando-o até deixar a corrente da algema quase tensa, e alinhou o pulso sobre a ponta brilhante de vidro. Teve muita vontade de varrer o restante dos cacos para fora da prateleira — sentia que a aguardavam ali como um campo minado —, mas não se atreveu. Não depois da experiência com o potinho de Nívea. Se, por acaso, derrubasse o copo em forma de lâmina para fora da prateleira ou o partisse, teria de procurar entre os cacos restantes um substituto aceitável. Tais precauções lhe pareciam quase surreais, mas nem por um minuto tentou dizer a si mesma que eram desnecessárias. Se pretendia escapar dessa situação, teria de sangrar muitíssimo mais do que estava sangrando agora.

Simplesmente aja da maneira que visualizou, Jessie... e nada de covardias.

— Nada de covardias — Jessie concordou com a voz rouca cheia-de-poeira-nas-frestas. Abriu bem a mão e em seguida sacudiu o pulso, na esperança de se livrar das lasquinhas espetadas nos dedos. Conseguiu livrar-se de quase todas: exceto o estilhaço no polegar, que tinha cravado muito fundo na carne macia sob a unha e se recusava a sair. Decidiu deixá-lo e prosseguir com os preparativos.

O que está pretendendo fazer é uma absoluta loucura, disse-lhe uma voz nervosa. Não era nenhuma óvni; era uma voz que Jessie conhecia bem. Era a voz da mãe. *Não que isso me surpreenda, entende; é uma reação exagerada típica de Jessie Mahout, e quem já a viu uma vez, já viu mil. Pense um pouco, Jessie — por que se cortar e talvez sangrar até morrer? Alguém virá salvá-la; qualquer outra opção é simplesmente impensável. Morrer em sua própria casa de veraneio? Morrer algemada? Absolutamente ridículo, pode crer. Portanto supere essa sua natureza chorona, Jessie — só dessa vez. Não se corte naquele vidro. Não faça isso!*

Era a mãe dela, sim; a imitação era tão boa que chegava a dar arrepios. Queria convencer a pessoa de que dizia palavras de amor e bom senso sob a máscara da raiva, e, embora a mulher não tivesse sido inteiramente incapaz de amar, Jessie achava que a verdadeira Sally Mahout era aquela que um dia adentrara seu quarto e atirara um par de sapatos altos nela, sem uma única palavra de explicação, nem na hora, nem nunca.

Além do mais, tudo que aquela voz dissera era mentira. Mentira *produzida pelo medo.*

— Não — falou. — Não *vou* acreditar em você. Ninguém virá... a não ser talvez o cara da noite passada. Nada de covardias.

Dizendo isso, Jessie baixou o pulso direito contra a lâmina brilhante de vidro.

Capítulo Trinta e Um

ERA importante ver o que estava fazendo, porque, em princípio, não sentiu quase nada; podia ter cortado o pulso em tiras sangrentas e sentir muito pouco exceto uma pressão e um calor distantes. Ficou muito aliviada ao descobrir que ver não ia ser problema; partira o copo num bom ponto da prateleira (*Finalmente uma chance!*, parte de sua mente alegrou-se ironicamente), e sua visão estava quase totalmente desobstruída.

A mão inclinada para trás, Jessie afundou a parte interna do pulso — a parte que tem as linhas que as quiromantes chamam de pulseiras da sorte — no caco curvo de copo. Observou fascinada quando a ponta fez uma covinha na pele, em seguida furou-a. Continuou a pressionar e seu pulso continuou a engolir o vidro. A covinha se encheu de sangue e desapareceu.

A primeira reação de Jessie foi de desapontamento. A ponta de vidro não provocou o jorro que esperara (ainda que receosa). Então a aresta afiada seccionou os feixes de veias azuis mais próximos à superfície da pele, e o sangue começou a escorrer mais rápido. Não saiu em jatos pulsantes como esperara, mas em um fluxo rápido e contínuo, como a água de uma torneira toda aberta. Então alguma coisa maior se partiu e o fluxo se transformou em um riachinho. Correu pela prateleira e desceu pelo seu antebraço. Tarde demais para recuar agora; já tinha entrado na dança. De um jeito ou de outro tinha entrado na dança.

Pelo menos puxe o braço!, a voz da mãe gritou. *Não piore as coisas — já cortou o bastante! Experimente agora!*

Uma ideia tentadora, mas Jessie pensou que o que fizera até ali estava longe de bastar. Desconhecia a palavra "desenluvar", um termo técnico usado comumente por médicos quando se referem a vítimas de queimaduras, mas, agora que começara essa medonha operação, compreendia que não podia depender apenas do sangue para se livrar. O sangue poderia não ser suficiente.

Lenta e cuidadosamente torceu a mão, dilacerando a pele esticada do punho. Sentiu um formigamento estranho subir pela palma, como se tivesse cortado um feixe pequeno mas vital de nervos que, para começar, estavam semimortos. Os dedos anular e mínimo da mão direita despencaram para a frente como se tivessem sido abatidos. O indicador e o médio, juntamente com o polegar, começaram a tremer violentamente. Por mais misericordiosa que fosse a insensibilidade de sua pele, Jessie achou algo indizivelmente horrendo nesses indícios de mutilação que estava se infligindo. Os dois dedos dobrados, que mais pareciam defuntinhos, eram piores do que todo o sangue que já tinha derramado até ali.

Então tanto esse horror quanto a crescente sensação de calor e pressão na mão ferida foram superados por uma nova cãibra que a pegou pelo lado como uma tempestade. Golpeou-a sem piedade, tentando distorcê-la da posição em que estava, e Jessie resistiu com uma fúria aterrorizante. Não *podia* se mexer agora. Tinha quase certeza de que derrubaria sua ferramenta improvisada de corte no chão.

— Não, não vai, não — murmurou por entre os dentes, imitando um famoso xerife do faroeste. — Não, seu filho da puta, dê o fora de Dodge City.

Aguentou-se firme em posição, tentando não comprimir demais a lâmina fina de vidro mais do que já o fizera, evitando parti-la para não precisar terminar a operação com uma ferramenta menos adequada. Mas se a cãibra avançasse do lado para o braço direito, como aparentemente tentava fazer...

— Não — gemeu. — Vá embora, está me ouvindo? Vá pra puta que *pariu*!

Esperou, sabendo que não podia esperar, sabendo também que não podia fazer mais nada; esperou e escutou o som do sangue de sua vida pingar no chão pelo fundo da cabeceira. Observou mais sangue escorrer da prateleira em pequenos filetes em que reluziam lasquinhas de vidro. Começava a se sentir como a vítima de um filme macabro.

Você não pode esperar mais, Jessie!, Ruth vociferou. *Você está ficando sem tempo!*

O que estou mesmo é sem sorte e, para começar, nunca tive muita, disse a Ruth.

Naquele momento ou sentiu a cãibra afrouxar um pouco ou conseguiu se enganar que afrouxara. Jessie girou a mão dentro da algema, berrando de dor, quando a cãibra tornou a atacá-la, cravando as garras quentes em seu abdômen, tentando incendiá-lo de novo. Ela, porém, continuou o movimento iniciado e agora perfurou as costas da mão. A parte macia interna ficou à mostra e Jessie observou, fascinada, o corte profundo nas pulseiras da sorte se abrir numa larga boca vermelho-escura, que parecia rir dela. Empurrou o vidro o mais fundo que se atreveu nas costas da mão, ainda lutando contra a cãibra na região do abdômen, e, em seguida, puxou a mão com força contra o peito, espalhando uma névoa de borrifos na testa, nas bochechas e na ponta do nariz. O pedaço de vidro com que executara essa cirurgia rudimentar rolou para o chão, e ali a espada de duende se espatifou. Jessie não deu a menor atenção; a tarefa estava concluída. Entretanto, havia mais uma passo a dar, mais uma coisa a observar: se a algema ia mantê-la sob seu domínio ciumento, ou se a carne e o sangue afinal se uniriam para libertá-la.

A cãibra do lado deu uma fisgada final e começou a afrouxar. Jessie não notou sua partida mais do que notara a perda do bisturi primitivo. Sentia a força de sua concentração — a cabeça parecia arder como uma tocha feita com resina de pinheiro — e toda ela estava voltada para a mão direita. Ergueu-a, examinou-a à luz dourada do fim de tarde. Tinha os dedos rajados de sangue coagulado. O antebraço parecia ter sido pintado com babas de látex vermelho-vivo. A algema era pouco mais que uma forma curva sobressaindo no dilúvio de sangue, e Jessie compreendeu que isso era o melhor que conseguiria fazer. Armou o braço e em seguida puxou-o para baixo, como já fizera duas vezes antes. A algema escorregou... escorregou mais um pouco... e então prendeu mais uma vez. Prendera mais uma vez na obstinada saliência óssea abaixo do polegar.

— *Não!* — berrou, e puxou com mais força. — *Me recuso a morrer deste jeito! Está me ouvindo?*

ME RECUSO A MORRER DESTE JEITO!

A algema mordeu fundo e, por um instante, Jessie sentiu uma certeza enauseante de que não avançaria nem mais um milímetro, que o próximo movimento da mão ocorreria quando um tira de charuto na boca abrisse a algema e removesse o seu cadáver. Não conseguiria esgueirar a mão, nenhum poder na terra conseguiria, nem os príncipes do céu, nem os potentados do inferno *conseguiriam* movê-la.

Então percebeu uma sensação no lado externo do pulso que parecia uma descarga magnética, e a algema deu um pequeno puxão para cima. Parou, em seguida recomeçou. Aquele formigamento quente e elétrico foi se espalhando e se transformou rapidamente numa queimadura escura, que primeiro envolveu toda a mão como uma pulseira e, em seguida, mordeu-a como um batalhão de formigas famintas.

A algema começava a mexer porque a pele em que se apoiava estava se mexendo, deslizava como um objeto pesado em cima de um tapete que alguém puxasse. O corte circular e desigual que fizera no pulso se alargou, puxando pela abertura fios de tendões molhados, que formaram uma pulseira vermelha. A pele nas costas da mão começou a se enrugar e a preguear acima da algema, e Jessie pensou no enrugamento da colcha quando a empurrara para os pés da cama ao pedalar.

Estou descascando minha mão, pensou. *Meu bom Deus, eu a estou descascando como se fosse uma laranja.*

— Largue! — gritou para a algema, tomada por uma fúria irracional. Naquele momento, para ela, o objeto ganhara vida, uma criatura odiosa e grudenta dotada de dentes, como uma lampreia ou uma doninha raivosa. — *Será que você nunca vai me largar?*

A algema avançara muito mais do que em suas tentativas anteriores para se livrar dela, mas continuava a resistir obstinadamente, recusando-se a ceder aqueles 6 (ou talvez agora fossem apenas 3) milímetros. A argola de aço, turva, cheia de sangue agora prendia uma mão parcialmente despelada, que deixava à mostra uma rede brilhante de tendões cor de ameixas frescas. As costas da mão pareciam uma coxa de peru de que tivessem removido a pele tostadinha. A pressão contínua que Jessie fazia para baixo arreganhara ainda mais o corte na parte interna do pulso, criando uma fenda profunda empastada de sangue. Começou a imaginar se não acabaria arrancando a mão nesse esforço final para se libertar. E agora a algema, que ainda continuava a deslizar um pouco — ou pelo menos ela assim imaginara —, parou de novo. E desta vez parou de vez.

Claro que parou, Jessie!, Bobrinha gritou. *Olhe só para ela! Está toda torta. Se você a endireitasse...*

Jessie empurrou o braço para a frente, encaixando, de um golpe, a corrente da algema outra vez no pulso. Então, antes que o braço pudesse sequer pensar em entrar em cãibra, tornou a puxá-lo para baixo, usando toda a força que lhe restava. Uma névoa vermelha de dor lhe invadiu a mão quando a algema rasgou a carne viva entre a palma e o pulso. Toda a pele levantada encontrava-se meio enrugada ali, sobre uma diagonal que ia da base do dedo mínimo à base do polegar. Por um instante a massa de pele solta prendeu a algema, mas em seguida passou por baixo do aço com um pequeno ruído. Com isso, restava apenas aquela última saliência de osso, mas foi o suficiente para interromper seu progresso. Jessie puxou com mais força. Nada aconteceu.

Acabou-se, pensou. *Todo mundo para fora da piscina.*

Então, quando ia começar a relaxar o braço dolorido, a algema deslizou por cima da pequena protuberância que a segurara por tanto tempo, saiu pelas pontas de seus dedos, e bateu com ruído contra o pilar da cama. Tudo aconteceu tão rápido que a princípio Jessie não conseguiu compreender o que *tinha* acontecido. Sua mão deixara de parecer o tipo de ferramenta com que os seres humanos são normalmente equipados, mas era sua mão, e estava livre.

Livre.

Jessie olhou da algema vazia e borrada de sangue para a mão deformada, o rosto começando lentamente a expressar compreensão. *Parece um passarinho que entrou numa máquina e foi cuspido pelo outro lado, pensou, mas a algema não a prende mais. Realmente não.*

— Nem posso acreditar — grasniu. — Não posso. Porra. Acreditar.

Não faz mal, Jessie. Você tem de se apressar...

Sobressaltou-se como alguém que acorda de um cochilo sendo sacudido. Pressa? É verdade. Não sabia quanto sangue perdera — meio litro parecia uma boa estimativa, a julgar pelo colchão empapado e os filetes que escorriam pela cabeceira e pingavam na cama —, mas sabia que se perdesse muito mais ia desmaiar, e a viagem da inconsciência para a morte seria breve — apenas uma rápida travessia de balsa por um rio estreito.

Não vai acontecer, pensou. Era a voz durona novamente, só que desta vez não pertencia a ninguém a não ser a ela mesma, e isso fez Jessie se sentir feliz. *Não passei por essa merda toda para morrer inconsciente no chão. Não vi os documentos, mas tenho plena certeza de que isso não está no meu contrato.*

Tudo bem, mas as suas pernas...

Era um lembrete de que ela realmente não precisava. Não se punha de pé fazia mais de 24 horas, e apesar dos esforços para manter as pernas acordadas, seria um grave erro depender muito delas, pelo menos no início. Poderiam entrar em cãibra; poderiam dobrar sob o peso de seu corpo; poderiam fazer as duas coisas. Mas uma mulher prevenida vale por duas... era o que diziam. Naturalmente recebera muitos conselhos como este durante a vida (conselhos muitas vezes atribuídos àquele grupo misterioso e ubíquo conhecido como "eles"), e nada que tivesse jamais visto em programas de TV ou lido na *Reader's Digest* a preparara para o que acabava de fazer. Ainda assim, tomaria todos os cuidados possíveis. Jessie tinha a impressão, porém, de que sua margem de ação não era muito grande.

Rolou para a esquerda, arrastando o braço direito às costas como uma rabiola de pipa ou o cano de escape enferrujado de um carro velho. A única parte do braço que parecia totalmente viva eram as costas da mão, onde os feixes de tendões expostos ardiam e deliravam. A dor era ruim, e a sensação de que o braço direito queria se divorciar do resto de seu corpo era ainda pior, mas tudo isso quase se perdia em meio à efusão de vitória e esperança. Sentia uma felicidade quase divina na capacidade de rolar pela cama sem ser detida pela algema em torno do pulso. Mais uma cãibra acometeu-a, como se fossem socos desferidos abaixo da cintura por um boxeador, mas ela ignorou-a. Chamara aquele sentimento de felicidade? Ah, a palavra era fraca demais. Era êxtase. Êxtase pleno e tot...

Jessie! A beirada da cama! Meu Deus, pare!

Não parecia a beirada da cama; parecia a beirada do mundo em um daqueles mapas antigos anteriores à época de Colombo. *Para além há monstros e serpentes marinhas*, pensou. *Sem falar no pulso esquerdo fraturado. Pare, Jess!*

Mas seu corpo não atendia à ordem; continuou rolando, com cãibra e tudo, e Jessie só teve tempo de girar a mão esquerda na algema antes de bater de barriga na beirada da cama e cair. Os dedos dos pés chocaram-se contra o chão, mas seu berro não foi somente de dor. Seus pés estavam, finalmente, pisando no chão de novo. *Estavam realmente no chão.*

Terminou a desajeitada fuga da cama com o braço esquerdo rígido esticado na direção do pilar ao qual ainda estava algemado, e o direito temporariamente seguro entre o peito e o lado da cama. Sentia o sangue quente subir à superfície da pele e fluir pelos seus seios.

Jessie virou o rosto para um lado, e precisou esperar nessa posição agonizante, enquanto uma cãibra vítrea e paralisante contraía suas costas da nuca às nádegas. O lençol contra o qual comprimia os seios e a mão lacerada empapou-se de sangue.

Tenho de me levantar, pensou. *Tenho de me levantar agora mesmo, ou vou sangrar até morrer aqui.*

A cãibra nas costas passou e finalmente ela se sentiu capaz de plantar os pés firmemente no chão. As pernas não pareciam tão fracas e bambas quanto receara que estivessem; na verdade, pareciam absolutamente ansiosas para prosseguir na tarefa que lhes cabia. Jessie levantou-se. A algema que prendia o pilar esquerdo da cama deslizou para o alto até bater na ripa seguinte da cabeceira e, de repente, Jessie se viu numa posição que suspeitara jamais atingir outra vez: de pé ao lado da cama que fora sua prisão... quase o seu caixão.

Um enorme sentimento de gratidão começou a invadi-la, mas ela o repeliu com a mesma firmeza com que repelira o pânico. Haveria tempo para gratidão mais tarde, o que não podia esquecer era que não estava livre da maldita cama, e o tempo para se libertar encurtava drasticamente. Era verdade que não sentira a menor sensação de fraqueza ou tonteira ainda, mas tinha a impressão de que isso não significava nada. Quando viesse o colapso, provavelmente ocorreria tudo ao mesmo tempo: um blecaute total.

Ainda assim, quando é que ficar de pé — apenas isso, nada mais — tinha sido tão fantástico? Tão indizivelmente maravilhoso?

— Nunca — Jessie grasniu. — Acho que nunca.

Segurando o braço direito contra o peito, e mantendo o ferimento na parte interna do pulso apertado contra o seio esquerdo, Jessie deu uma meia-volta, e firmou o traseiro contra a parede. Encontrava-se agora em pé do lado esquerdo da cama, numa posição que lembrava a de um soldado de parada militar em descanso. Inspirou longa e profundamente, então pediu ao braço direito e à pobre mão despelada que voltassem a trabalhar.

O braço se ergueu rangendo, como o braço de um velho e malcuidado brinquedo mecânico, e a mão se apoiou na prateleira da cama. O dedo anular e o mínimo ainda se recusavam a atender ao seu comando, mas ela conseguiu segurar a prateleira com o polegar, o indicador e o médio bem o bastante para deslocá-la dos suportes. A prateleira caiu no colchão onde Jessie estivera deitada tantas horas, o colchão que ainda mantinha o seu contorno, uma forma suada e funda impressa no acolchoado rosa, a metade superior parcialmente delineada com sangue. Olhar para aquilo fez Jessie se sentir enjoada, com raiva e amedrontada. Olhar a sombra fez com que se sentisse endoidar.

Correu o olhar do colchão onde agora estava a prateleira para a mão direita, que tremia. Levou-a à boca e usou os dentes para pinçar a lasca de vidro espetada sob a unha do polegar. O vidro escapuliu e deslizou por entre o canino e o incisivo superiores, cortando fundo a carne macia e rosada da gengiva. Jessie sentiu uma picada breve e penetrante, e o sangue esguichar em sua boca, um gosto doce-salgado, uma textura grossa como o xarope de cerejas para tosse que tinha de tomar quando criança se gripava. Nem tomou conhecimento do novo corte — fizera as pazes com coisa muito pior nos últimos minutos —, por isso tornou a pinçar a lasquinha e a retirou suavemente do polegar. Feito isto, cuspiu-a na cama numa golfada de sangue quente.

— Muito bem — murmurou, e começou a espremer o corpo entre a cabeceira da cama e a parede, ofegando asperamente.

A cama se afastou da parede mais facilmente do que poderia esperar, mas uma coisa que jamais questionara é que *se afastaria,* se ela conseguisse suficiente alavancagem. Conseguiu, e começou a tanger a cama pelo chão encerado. O pé do móvel se desviou para a direita durante o movimento, porque ela só podia empurrar o lado esquerdo, mas Jessie levara isso em conta e não se preocupou. Na verdade, tinha incorporado esse dado no seu plano rudimentar. *Quando a sorte muda, pensou, muda de vez. Você pode ter cortado a gengiva estupidamente, Jess, mas não pisou em nenhum caquinho de vidro. Portanto, continue a empurrar essa cama, queridinha, e continue a enumerar suas bên...*

Seu pé bateu em alguma coisa. Olhou para baixo e viu que tinha chutado o gordo ombro de Gerald. O sangue pingou no peito e no rosto do marido. Uma gota caiu em seu olho azul arregalado. Ela não sentiu pena dele; não sentiu raiva dele; não o amava. Sentiu uma espécie de horror e desgosto de si mesma, porque todos os sentimentos com que se ocupara durante anos — os chamados sentimentos civilizados que eram a substância de toda telenovela, programa interativo e de entrevistas — se provavam tão superficiais comparados ao instinto de sobrevivência, que eram ao fim (pelo menos em seu caso) tão poderosos e brutalmente insistentes quanto uma lâmina de escavadeira. Mas assim era, e tinha a impressão de que se Arsenio ou Oprah um dia se encontrassem na sua situação, fariam a maioria das coisas que fizera.

— Fora do meu caminho, Gerald — disse chutando-o (negando a enorme satisfação que isso lhe dava ao mesmo tempo que crescia dentro de si). Gerald se recusou a sair. Era como se as mudanças químicas que faziam parte de sua decomposição o tivessem colado ao chão. As moscas se levantaram zumbindo numa nuvem nervosa pouco acima do seu ventre inchado. E foi só.

— À merda, então. — E recomeçou a empurrar a cama. Conseguiu evitar pisar em Gerald com o pé direito, mas o esquerdo desceu em cheio sobre sua barriga. A pressão provocou um terrível zumbido na garganta do morto e forçou a saída de um breve mas nojento arroto de sua boca aberta. — Peça desculpas, Gerald — ela murmurou, e em seguida deixou-o para trás sem sequer olhar. Era a cômoda que tinha diante dos olhos agora, a cômoda com as chaves.

Assim que deixou Gerald para trás, o manto de moscas se reacomodou e retomou o trabalho do dia. Havia, afinal de contas, tanto a fazer e tão pouco tempo para fazê-lo.

Capítulo Trinta e Dois

SEU maior receio era que o pé da cama enganchasse na porta do banheiro ou no canto mais distante do quarto, obrigando-a a recuar e manobrar como uma mulher que tenta meter um carro enorme numa vaguinha. Aconteceu, porém, que o arco descrito pela cama para a direita, ao se deslocar lentamente pelo quarto, foi quase perfeito. Jessie só precisou fazer uma correção a meio caminho e puxar a ponta da cama, um pouco mais para a esquerda, de modo a garantir que a outra ponta se desviasse da cômoda. Foi quando fazia isso — empurrava, com a cabeça baixa, o traseiro empinado e os dois braços abraçando com força o pilar da cama — que sentiu o primeiro acesso de tontura... só que, ao apoiar o peso contra o pilar, parecendo uma mulher tão bêbada e cansada que só consegue se manter de pé fingindo dançar de rosto colado com o namorado, ela refletiu que a palavra *tortura* seria mais adequada para descrever o que sentia. A sensação que a dominava era de perda de capacidade — não apenas de pensar e querer, mas de receber informações dos sentidos. Por um instante confuso teve certeza de que o tempo dera um salto, atirando-a num lugar que não era nem Dark Score nem Kashwakamak, mas outro completamente diferente, um lugar à beira-mar em vez de um lago no interior. O cheiro não era mais de ostras e cobre, mas sim de maresia. Era o dia do eclipse outra vez, e essa era a única semelhança. Ela correra pelo emaranhado de amoras para fugir de um outro homem, um outro paizinho que queria fazer muito mais do que esguichar em sua calcinha. E ele agora estava no fundo do poço.

Uma sensação de déjà-vu abateu-se sobre ela como uma chuva estranha.

Ah, meu Deus, o que é isso?, pensou, mas não recebeu resposta, apenas a repetição daquela imagem intrigante, que não lhe ocorria desde que voltara ao quarto dividido por lençóis para trocar de roupa, no dia do eclipse: uma mulher magricela com um vestido caseiro, os cabelos escuros presos num coque, um amontoado de tecido branco ao lado.

Opa, Jessie pensou, agarrando-se ao pilar da cama com a mão dilacerada e tentando desesperadamente impedir que os joelhos se dobrassem. *Aguente firme, Jessie — aguente firme. Esqueça a mulher, esqueça os cheiros, esqueça a escuridão. Aguente que a escuridão vai passar.*

Ela obedeceu e a escuridão passou. Primeiro foi-se a imagem da mulher magricela ajoelhada ao lado da camisola, a espiar pela rachadura nas tábuas velhas, e, em seguida, a escuridão começou a se dissolver. O quarto clareou de novo, retomando aos poucos os tons anteriores de um fim de tarde outonal. Viu uma poeira fina dançando na luz que entrava perpendicularmente pela janela que dava para o lago, viu a sombra das próprias pernas se alongando no chão. Dobrava-se na altura dos joelhos para que o resto do corpo pudesse subir pela parede. A escuridão recuou, mas deixou um zumbido doce e agudo em seus ouvidos. Quando tornou a olhar para os pés viu que eles também estavam cobertos de sangue. Caminhava pelo sangue, deixando pegadas no chão.

O tempo está se esgotando, Jessie.

Ela sabia.

Jessie encostou o peito na cabeceira de novo. Desta vez foi mais difícil empurrar a cama, mas afinal conseguiu. Dois minutos depois estava parada junto à cômoda que por tanto tempo contemplara desesperançada do outro lado do quarto. Um sorrisinho seco tremia nos cantos da boca. *Sou como uma mulher que passou a vida inteira sonhando com as areias negras de Kona e não consegue acreditar quando finalmente pisa nelas*, pensou. *Parece que é apenas mais um sonho, talvez apenas um pouquinho mais real que a maioria, porque neste sente uma comichão no nariz.*

O nariz não comichava, mas ela contemplava a gravata de Gerald que parecia uma cobra amarrotada, embora conservasse o nó intacto. Esse era o tipo de detalhe que mesmo os sonhos mais realistas raramente mostravam. Ao lado da gravata vermelha havia duas chavinhas de cilindro oco, visivelmente idênticas. As chaves das algemas.

Jessie ergueu a mão direita e examinou-a criticamente. Os dedos anular e mínimo continuavam pendurados. Pensou por alguns instantes o quanto teria danificado os nervos da mão, mas logo abandonou o pensamento. Isso poderia fazer diferença mais tarde — como tantas outras coisas que tinha desprezado nessa estafante investida pela zaga do adversário poderiam fazer diferença mais tarde —, mas, por ora, o dano aos nervos da mão direita era tão importante quanto a cotação do porco no mercado futuro de Omaha, em Nebraska. O importante era que os dedos polegar, indicador e médio daquela mão continuavam a aceitar mensagens. Tremiam um pouco, como se expressassem choque pela perda súbita dos vizinhos de sempre, mas continuavam a reagir.

Jessie curvou a cabeça e falou com os dedos.

— Vocês precisam parar com isso. Mais tarde podem tremer feito loucos, se quiserem, mas agora precisam me ajudar. *Têm* de me ajudar. — É. Porque a ideia de deixarem escapar as chaves ou derrubá-las da cômoda depois de tanto esforço... era impensável. Encarou os dedos com severidade. Eles não pararam de tremer, não de todo, mas, enquanto os observava, o tremor foi se reduzindo a um dedilhado quase imperceptível.

— Muito bem — disse baixinho. — Não sei se isso é ou não suficiente, mas vamos descobrir.

Pelo menos as chaves eram iguais, o que lhe garantia duas oportunidades. Não achou nada estranho que Gerald tivesse trazido as duas: ele era extremamente metódico. Planejar os imprevistos, costumava dizer, era a diferença entre ser bom e ser ótimo. O único imprevisto que não tinha planejado desta vez fora o ataque cardíaco e o pontapé que o desencadeara. O resultado, naturalmente, é que ele não estava nem bom nem ótimo, apenas defunto.

— O jantar do cachorrinho — Jessie murmurou, mais uma vez sem reparar que falava em voz alta. — Gerald costumava ser um vencedor, mas agora é apenas o jantar do cachorrinho. Certo, Ruth? Certo, Bobrinha?

Ela pinçou uma das chavinhas de aço com o polegar e o indicador da mão direita que parecia pegar fogo (ao tocar o metal, teve a sensação difusa de que tudo isso era um sonho recorrente), ergueu-a, examinou-a, então olhou para a algema que prendia o pulso esquerdo. A fechadura era um buraquinho redondo na lateral; lembrava a Jessie o tipo de campainha que uma pessoa rica instalaria na entrada de serviço de sua mansão. Para abrir a fechadura, bastava meter o cilindro oco da chave no círculo, esperar ouvir o clique de encaixe, e girá-la.

Ela levou a chave em direção à algema, mas, antes que pudesse enfiá-la na fechadura, outra onda daquela tontura esquisita. Ela oscilou e se viu mais uma vez pensando em Karl Wallenda. A mão recomeçou a tremer.

— Pare com isso! — gritou com ferocidade, e tentou meter a chave desesperadamente na fechadura. — Pare com...

Errou o buraco, bateu no aço duro da algema, e a chave girou em seus dedos pegajosos de sangue. Ela a reteve ainda por um instante, e então deixou-a escorregar — melar, por assim dizer — e cair no chão. Agora restava apenas uma chave, e se ela a perdesse...

Não vai perder, falou Bobrinha. *Juro que não vai. Apanhe a chave logo antes que desanime.*

Ela flexionou o braço direito uma vez e ergueu os dedos à altura do rosto. Examinou-os com atenção. O tremor recomeçou a diminuir, não o suficiente para o seu gosto, mas não podia esperar. Receava perder a consciência se esperasse demais.

Estendeu a mão ainda levemente trêmula, e por pouco não derrubou a segunda chave pela borda da cômoda em sua primeira tentativa de apanhá-la. Era a dormência — a maldita dormência que simplesmente não queria deixar seus dedos. Inspirou profundamente, prendeu o fôlego, fechou a mão, apesar da dor e do sangramento que este movimento provocou, então exalou o ar dos pulmões num suspiro longo e sibilante. Sentiu-se um pouquinho melhor. Desta vez apertou o indicador contra o pequeno punho da chave e arrastou-a até a borda da cômoda em vez de tentar pegá-la imediatamente. Não parou até que estivesse meio para fora da borda.

Se a deixar cair, Jessie!, a Esposa Perfeita gemeu. *Ah, se você deixar cair esta também!*

— Cala a boca, Esposinha — Jessie mandou, e comprimiu o polegar contra o punho da chave, formando uma pinça com o indicador.

Depois, procurando não pensar em absoluto no que aconteceria se errasse, ergueu a chave e levou-a à algema. Passaram-se alguns segundos apreensivos em que não conseguia alinhar o cilindro da chave que tremia com a fechadura, e outro pior quando a fechadura em si momentaneamente se duplicou... e depois quadruplicou. Jessie apertou os olhos, inspirou mais uma vez longamente, e abriu-os de súbito. Agora viu uma única fechadura de novo, e meteu a chave nela antes que seus olhos pudessem aprontar mais alguma coisa.

— Muito bem — suspirou. — Vejamos.

Fez pressão para girar a chave para a direita. Nada aconteceu. O pânico tentou subir à sua garganta, e então Jessie se lembrou de repente do velho furgão enferrujado que Bill Dunn dirigia nas rondas de vigia, e do adesivo gaiato que levava colado ao para-choque traseiro: ESQUERDA SOLTA, DIREITA PRENDE. Acima dos dizeres havia o desenho de um grande parafuso.

— Esquerda solta — Jessie murmurou, e tentou virar a chave para este lado. Por um instante ela não compreendeu que a algema abrira com um estalido; pensou que o ruído que ouvira era o da chave se partindo na fechadura, e gritou, cuspindo sobre a cômoda uma névoa de sangue da boca cortada. Um pouco de sangue salpicou sobre a gravata de Gerald, vermelho sobre vermelho. Então Jessie viu que o trinco dentado estava aberto, e percebeu o que tinha feito, o que realmente tinha conseguido fazer.

Jessie Burlingame puxou a mão esquerda — um pouquinho inchada em torno do pulso, mas de resto perfeita — da algema aberta, que bateu contra a cabeceira como fizera sua companheira pouco antes. Então, com uma expressão de profundo assombro, Jessie levou as duas mãos devagarinho à frente do rosto. Olhou da esquerda para a direita e de volta à esquerda. Não parecia consciente do sangue que cobria a direita; não era o sangue que lhe interessava, pelo menos por ora. No momento só queria certificar-se de que estava de fato livre.

Olhou de uma mão para a outra durante quase trinta segundos, movendo os olhos como uma mulher que acompanha um jogo de pingue-pongue. Então inspirou profundamente, jogou a cabeça para trás e soltou outro grito agudo e cortante. Sentiu uma nova onda de escuridão, grande, suave e maligna, mas não lhe deu atenção, continuou a berrar. Parecia-lhe não ter outra escolha; era berrar ou morrer. A frágil ponta de loucura naquele berro era inconfundível, mas, ainda assim, era um berro de absoluto triunfo e vitória. A uns 200 metros, escondido na mata próxima à entrada da garagem, o ex-Príncipe levantou a cabeça e lançou um olhar inquieto em direção à casa.

Jessie parecia incapaz de desgrudar os olhos das mãos, incapaz de parar de gritar. Nunca tinha sentido nada nem remotamente parecido com o que sentia agora, e uma parte distante de si pensou: *Se sexo desse metade do prazer que isso dá, todo mundo estaria fazendo sexo em todas as esquinas — ninguém seria capaz de se conter.*

Então começou a perder o fôlego e cambaleou para trás. Tentou se agarrar na cabeceira, mas tarde demais — perdeu o equilíbrio e se estatelou no chão do quarto. Ao cair, Jessie percebeu que uma parte dela esperara que as correntes das algemas detivessem sua queda. Era até engraçado quando se pensava nessa reação.

Ao se estatelar ela bateu com a ferida aberta do pulso no chão. A dor incandesceu o braço direito como luzinhas numa árvore de Natal, e desta vez, quando ela gritou, foi de *pura* dor. Segurou a dor imediatamente quando sentiu que estava perdendo a consciência novamente. Abriu os olhos e encarou o rosto dilacerado do marido. Gerald retribuiu seu olhar com uma expressão vidrada e extremamente surpresa. — *Isto não devia ter acontecido comigo, sou um advogado famoso, que tem o nome na porta do escritório.* — Então a mosca que estivera limpando as patinhas dianteiras em seu lábio superior desapareceu por uma de suas narinas e Jessie virou a cabeça tão rápido que a bateu nas tábuas do assoalho e viu estrelas. Quando reabriu os olhos desta vez, observava a cabeceira, com os seus respingos e filetes de sangue vermelho-berrante. Será que estivera de pé ali havia apenas alguns segundos? Seguramente que sim, mas era difícil acreditar — do chão, a porra da cama parecia ter a altura de um arranha-céu.

Mexa-se, Jessie! Era Bobrinha, fazendo ouvir mais uma vez aqueles seus gritos urgentes e incômodos. Para alguém com uma carinha tão meiga, Bobrinha sabia ser uma vaca quando tinha vontade.

— Vaca, não — falou, deixando os olhos fecharem de mansinho. Um sorrisinho sonhador tocou os cantos de sua boca. — Uma roda rangedora.

Mexa-se, porra!
Não posso. Preciso de um descansinho primeiro.
Se não se mexer já já, irá descansar para sempre! Agora sacuda essa bunda gorda!

Isso a atingiu. — Não tem nada gordo na minha bunda, Senhorita Sabichona — murmurou irritada, e tentou se levantar. Foram necessárias apenas duas tentativas (a segunda frustrada por outra daquelas cãibras paralisantes no diafragma) para convencê-la de que se levantar, pelo menos por ora, era má ideia. E insistir seria, na verdade, criar mais problemas do que resolvê-los, porque precisava entrar no banheiro, e o pé da cama encontrava-se atravessado na soleira da porta como uma barreira rodoviária.

Jessie meteu-se por baixo da cama, num movimento de natação e deslizamento quase gracioso, afastando do caminho, aos sopros, alguns acúmulos de sujeira errantes. Eles voaram como pedacinhos cinzentos de algodão. Por alguma razão os montinhos de sujeira a fizeram lembrar a mulher de sua visão — a mulher ajoelhada no emaranhado de amoras com a camisola empilhada ao lado. Escorregou, então, para a penumbra do banheiro, e um novo cheiro atingiu suas narinas: o cheiro escuro e musgoso de água. Água pingando das torneiras da banheira; água pingando do chuveiro; água pingando das torneiras da pia. Sentiu até mesmo o cheiro peculiar de mofo em formação da toalha úmida no cesto de roupa atrás da porta. Água, água, por toda parte, e cada gota à sua disposição. Sua garganta se contraiu seca no pescoço, parecendo gritar, e Jessie percebeu que estava na verdade *tocando* a água — uma pocinha acumulada por um vazamento debaixo da pia, aquele que o encanador nunca chegava a consertar, por mais que lhe pedissem. Ofegante, Jessie se arrastou até a poça, baixou a cabeça e começou a lamber o linóleo. O gosto da água era indescritível, a textura sedosa nos lábios e na língua superava todos os doces sonhos sensoriais.

O único problema é que não era suficiente. Aquela umidade encantadora, aquele cheiro *verde* encantador estava a toda volta, mas a poça sob a pia tinha acabado e sua sede não estava saciada, pelo contrário. Aquele cheiro, o cheiro de nascentes nas sombras e velhos poços escondidos fizeram o que mesmo a voz de Bobrinha não fora capaz de fazer: puseram Jessie novamente de pé.

Ela usou a borda da pia para se levantar. Viu apenas de relance a mulher de 800 anos de idade que a espiava do espelho, e então girou a torneira marcada com um F. Água fresca — toda a água do mundo — jorrou. Tentou soltar aquele berro de triunfo, mas desta vez só conseguiu emitir um sussurro rouco. Curvou-se para a pia, a boca abrindo e fechando como a de um peixe, e mergulhou naquele cheiro musgoso de nascente. Era também o leve cheiro mineral que a assombrara durante tantos anos, desde que o pai a molestara durante o eclipse, mas agora era bom; agora não era o cheiro do medo e da vergonha, mas da vida. Jessie inspirou-o, depois tossiu expelindo-o feliz, enquanto metia a boca aberta na água que escorria da torneira. Bebeu até que uma cãibra forte mas indolor a fez devolver tudo. O vômito saiu ainda frio da breve visita ao estômago e respingou o espelho de gotas cor-de-rosa. Então ela inspirou várias vezes e tentou de novo.

Da segunda vez a água ficou.

Capítulo Trinta e Três

A ÁGUA trouxe-a de volta maravilhosamente, e quando por fim fechou a torneira e se olhou no espelho outra vez, sentiu-se uma cópia razoável de um ser humano — fraca, dolorida, as pernas bambas... mas, assim mesmo, viva e consciente. Pensou que nunca mais experimentaria nada tão profundamente prazeroso quanto aqueles primeiros goles de água fria de uma torneira farta, e, em toda sua experiência anterior, somente o primeiro orgasmo ameaçava rivalizar com aquele momento. Nos dois casos obedecera sem restrições ao comando das células e tecidos do organismo durante breves segundos, o pensamento consciente (mas não a consciência em si) apagado, e o resultado: puro êxtase. *Nunca me esquecerei*, pensou, sabendo que já se esquecera, da mesma forma que tinha se esquecido da doce intensidade do primeiro orgasmo tão logo seus nervos pararam de vibrar. Era como se o corpo desdenhasse a memória... ou não quisesse se responsabilizar por ela.

Deixa isso para lá, Jessie — você tem de se apressar!

Será que não pode parar de dar ordens? — retrucou. Seu pulso ferido já não jorrava sangue, mas não se podia dizer que apenas gotejasse, e a cama que viu refletida no espelho do banheiro estava um horror — o colchão encharcado e a cabeceira riscada de sangue. Lera que as pessoas podiam perder uma grande quantidade de sangue e continuar ativas, mas quando começavam a sucumbir, todo o organismo entrava em colapso de uma vez. E Jessie não podia parar de forçar os limites do seu organismo.

Ela abriu o armário de remédios, olhou para a caixa de band-aids e soltou uma gargalhada rouca, quase um cacarejo. Seu olhar bateu numa caixinha de absorventes íntimos extragrandes guardados discretamente atrás de uma barreira de perfumes, colônias e loções pós-barba. Ela derrubou uns três vidros ao puxar a caixa para fora, e o ar se impregnou de uma mistura sufocante de aromas. Rasgou a embalagem de um absorvente e usou-o para envolver o pulso como uma gorda pulseira branca. Quase imediatamente brotaram florzinhas vermelhas no absorvente.

Quem teria pensado que a mulher do advogado sangraria tanto?, admirou-se, e soltou outra gargalhada rouca e cacarejante. Havia um rolo metálico de esparadrapo na última prateleira do armário. Apanhou-o, usando a mão esquerda. A direita agora parecia capaz de muito pouco, exceto sangrar e urrar de dor. Contudo, continuava a sentir um amor profundo por ela, e por que não? Quando precisara, quando não havia absolutamente mais nada, ela é que apanhara a segunda chave, metera-a na fechadura e a abrira. Não, não tinha nada contra Dona Direita.

Isso foi você, Jessie, Bobrinha lembrou. *Quero dizer... todas fomos você. Você sabe disso, não sabe?*

Claro. Sabia disso perfeitamente bem.

Empurrou a tampa do esparadrapo e segurou o rolo, meio desajeitada, com a mão direita, enquanto usava o polegar esquerdo para levantar a ponta da fita. Devolveu o rolo à mão esquerda, grudou a ponta do esparadrapo na bandagem improvisada e passou-o diversas vezes em torno do pulso, prendendo a bandagem já úmida de sangue bem apertada, de modo a comprimir o corte no lado interno do pulso. Cortou a fita com os dentes, hesitou, e em seguida acrescentou mais uma volta de esparadrapo logo abaixo do cotovelo direito. Jessie não tinha a menor ideia do bem que um torniquete improvisado como esse poderia fazer, mas achava que mal não faria.

Rasgou o esparadrapo uma segunda vez e, quando largou o rolo bastante reduzido na bancada, viu um vidro verde de aspirinas na prateleira do meio do armário. E sem tampa de segurança — graças a Deus. Apanhou-o com a mão esquerda e usou os dentes para retirar a tampinha de plástico branco. O cheiro dos comprimidos de aspirina era acre, forte, ligeiramente avinagrado.

Não acho uma boa ideia, falou nervosa a Esposa Perfeita. *A aspirina afina o sangue e retarda a coagulação.*

Provavelmente era verdade, mas os nervos expostos nas costas da mão direita agora guinchavam como um alarme de incêndio, e se ela não fizesse nada para amenizar um pouco a dor, Jessie achava que logo estaria rolando no chão e uivando para os reflexos no teto. Sacudiu duas aspirinas na boca, hesitou, sacudiu mais duas. Abriu a torneira, engoliu os comprimidos, e depois olhou cheia de culpa para a bandagem improvisada no pulso. O vermelho continuava penetrando as camadas de papel; logo seria possível tirar a bandagem do pulso e espremer o sangue do absorvente como se fosse água quente vermelha. Uma imagem horrível... e, uma vez que se formara em sua cabeça, Jessie não parecia capaz de esquecê-la.

Se você piorou... — começou Esposinha aflita.

Ah, dá um tempo — a voz de Ruth respondeu. Falava com vigor mas não de forma grosseira. *Se eu morrer de hemorragia agora, será que devo culpar as quatro aspirinas depois de quase escalpelar a mão direita para sair da cama? Isso é surreal!*

Sem dúvida alguma. Tudo parecia surreal agora. Só que surreal não era a palavra exata. A palavra exata era...

— Hiper-real — disse em voz baixa e pensativa.

Era isso. Definitivamente. Jessie virou-se de modo a ficar de frente para a porta do banheiro de novo, então arfou apreensiva. A parte de sua cabeça que controlava o equilíbrio informava que ela *ainda* estava girando. Por um instante imaginou dezenas de Jessies, uma série de sobreposições, que registravam o arco que descrevera ao se virar, como os fotogramas de um filme. Sua apreensão aumentou ao observar que os raios de luz dourada que entravam pela janela oeste tinham adquirido uma textura concreta — pareciam faixas de pele de cobra amarelo-vivo. Os grãos de poeira que rodopiavam à luz tinham se transformado em poeira de diamantes. Jessie ouvia as batidas leves e rápidas de seu coração, sentia os cheiros mesclados de sangue e água de poço. Era como cheirar um velho cano de cobre.

Estou prestes a desmaiar.

Não, Jess, não está, não. Você não pode se dar ao luxo de desmaiar.

Isso provavelmente era verdade, mas tinha a certeza de que de qualquer maneira era o que ia acontecer. Não havia como evitar.

Há sim. E você sabe disso.

Jessie olhou para a mão despelada, e levantou-a. Não havia necessidade de *fazer* realmente nada, exceto descontrair os músculos do braço direito. A gravidade se encarregaria do resto. E, se a dor da mão despelada batendo na borda da bancada não tinha sido suficiente para arrancá-la desse lugar ofuscante em que de repente se encontrava, nada mais faria isso. Manteve a mão à altura do peito sujo de sangue por um bom tempo, tentando reunir coragem para fazer o que era preciso. Finalmente deixou o braço pender junto ao corpo. Não podia, simplesmente não podia. Era demais. Era *dor* demais.

Então mexa-se antes que perca a consciência.

Também não posso fazer isso, respondeu. Sentia-se mais do que cansada; sentia-se como se tivesse acabado de fumar um cachimbo inteiro de haxixe sozinha. Só o que queria fazer era ficar parada ali observando os grãos de poeira brilhante girarem em lentos círculos nos raios de sol que entravam pela janela oeste. E talvez tomar mais um gole daquela água verde-escura com gosto de musgo.

— Nossa — disse numa voz distante e assustada. — Nossa, Louise.

Você tem de sair desse banheiro, Jessie — tem de sair. Por ora se preocupe apenas com isso. Acho que é melhor passar por cima da cama desta vez; não tenho muita certeza de que será capaz de passar por baixo de novo.

Mas... mas tem cacos de vidro na cama! E se eu me cortar?

Isso trouxe Ruth Neary de volta, e espumando de raiva.

Você já arrancou quase toda a pele da mão direita — e acha que mais alguns cortes vão fazer alguma diferença? Puxa vida, boneca, e se você morrer nesse banheiro com uma fralda de boceta no pulso e um sorriso idiota na cara? Que acha desse e se? Vê se se mexe, sua vaca!

Dois passos cautelosos levaram-na de volta ao portal do banheiro. Jessie apenas parou ali um momento, balançando e piscando os olhos para espantar o ofuscamento, como alguém que tivesse passado a tarde inteira num cinema. O passo seguinte levou-a até a cama. Quando as coxas tocaram o colchão sujo de sangue, ela ergueu cuidadosamente o joelho esquerdo, agarrou um pilar para se equilibrar, e então subiu na cama. Não estava preparada para a sensação de medo e repugnância que a assaltou. Não conseguia se ver dormindo outra vez nessa cama da mesma forma que não conseguiria se ver dormindo no próprio caixão. Só de ajoelhar ali lhe dava vontade de gritar.

Você não precisa ter uma relação profunda e significativa com ela, Jessie — simplesmente atravesse a porra da cama.

De alguma forma ela conseguiu, evitando a prateleira e os farelos e cacos do copo quebrado, atravessando pela beira do colchão. Cada vez que seus olhos batiam nas algemas penduradas nos pilares da cabeceira da cama, uma aberta, a outra uma argola de aço ensanguentado — com o seu sangue —, deixava escapar um murmúrio de nojo e aflição. As algemas não lhe pareciam objetos inanimados. Pareciam vivas. E ainda famintas.

Ela alcançou o outro lado da cama, agarrou o pilar dos pés com a mão boa, girou sobre os joelhos com a cautela de um convalescente no hospital, depois se deitou sobre a barriga e desceu os pés até o chão. Passou um mau bocado quando achou que não teria forças suficientes para se pôr de pé de novo; que ficaria deitada ali até desmaiar e escorregar da cama. Então inspirou profundamente e usou a mão esquerda para se empurrar. Um instante depois estava de pé. O balanço do corpo piorara agora — parecia um marinheiro cambaleando na manhã de domingo em um fim de semana de bebedeira —, mas estava de pé, graças a Deus. Mais uma onda de tontura singrou sua cabeça como um galeão pirata com enormes velas negras. Ou um eclipse.

Cega, cambaleando para diante e para trás, ela pensou: *Por favor, Deus, não me deixe desmaiar. Por favor, Deus, sim? Por favor.*

Finalmente a luz começou a retornar ao dia. Quando Jessie achou que as coisas tinham clareado o máximo, atravessou o quarto lentamente até a mesa do telefone, esticando o braço esquerdo a poucos centímetros do corpo para manter o equilíbrio. Apanhou o fone, que parecia pesar tanto quanto um volume do *Dicionário de Inglês Oxford*, e levou-o ao ouvido. Não havia ruído algum; a linha estava morta. De certa forma isso não a surpreendeu, mas levantava uma dúvida: será que Gerald tinha desligado o telefone na tomada da parede, como fazia às vezes quando vinham para o lago, ou será que o visitante noturno cortara o fio externo?

— Não foi Gerald — grasniu. — Eu o teria visto.

Então percebeu que não era bem assim — ela tinha se dirigido ao banheiro no momento em que chegaram em casa. Ele poderia ter desligado então. Abaixou-se, pegou o fio branco que ligava o telefone à tomada no rodapé atrás da cadeira e puxou. Pensou ter sentido o fio ceder a princípio e, em seguida, parar. Mesmo o movimento inicial poderia ter sido apenas imaginação; sabia perfeitamente bem que seus sentidos já não estavam muito confiáveis. A tomada poderia ter se prendido na cadeira, mas...

Não, Esposinha disse. *O fio não vai correr porque continua na tomada — Gerald não o desligou. A razão do telefone não funcionar é que a coisa que esteve aqui com você na noite passada cortou o fio externo.*

Não dê ouvidos a ela; por trás dessa voz forte, ela tem medo até da própria sombra, disse Ruth. *A tomada enganchou na perna traseira da cadeira — posso quase garantir. Além do mais, é muito fácil verificar, não é?*

Claro que era. Só precisava puxar a cadeira e olhar atrás. E se a tomada estivesse desligada, tornar a ligá-la.

E se você fizer tudo isso e o telefone continuar mudo?, Esposinha perguntou. *Então vai descobrir outra coisa, não é?*

Ruth: — *Pare de se agitar — você precisa de ajuda, e urgente.*

Era verdade, mas a ideia de puxar a cadeira a encheu de desânimo e cansaço. Provavelmente poderia puxá-la — a cadeira era grande, mas não devia pesar um quinto do que a cama pesara, e tinha conseguido *deslocar a cama* até o outro lado do quarto — mas a *ideia* em si pesava. E puxar a cadeira seria apenas o começo. Uma vez removida, teria de se ajoelhar... se arrastar por trás dela até o canto escuro, cheio de poeira, procurar a tomada...

Nossa, boneca!, Ruth exclamou. Parecia assustada. *Você não tem escolha! Pensei que finalmente tínhamos todas concordado pelo menos em uma coisa, que você precisa de ajuda, e urg...*

Jessie inesperadamente bateu a porta para abafar a voz de Ruth, e bateu-a com força. Em vez de empurrar a cadeira, curvou-se para ela, apanhou a saia-calça e vestiu-a. As gotas de sangue que encharcavam a bandagem do pulso respingaram na frente da saia, mas ela mal reparou. Estava ocupada em ignorar a babel de vozes irritadas e perplexas, se perguntando quem teria deixado toda essa gente esquisita entrar em sua cabeça, para começar. Era o mesmo que acordar uma manhã e descobrir que a casa da gente se transformara em uma pensão da noite para o dia.

Todas as vozes expressavam uma descrença horrorizada com o que planejava fazer, mas Jessie de repente descobriu que estava pouco ligando. A vida era dela. *Dela.*

Apanhou a blusa e meteu-a pela cabeça. Para sua mente confusa e chocada, o fato de que no dia anterior fizera calor suficiente para usar essa blusinha sem mangas parecia conclusivamente uma prova da existência de Deus. Não achava que teria sido capaz de escorregar a mão despelada por dentro de uma manga comprida.

Deixa para lá, pensou, isso é piração, e não preciso de vozes de mentirinha para me dizerem isso. Estou pensando em sair daqui de carro — pelo menos tentar — quando preciso apenas remover essa cadeira e ligar a tomada do telefone. Deve ser a perda de sangue — me deixou temporariamente fora de mim. Que ideia pirada. Essa cadeira não deve pesar mais de 20 quilos... Estou quase em casa sã e salva!

Estava, só que não era a cadeira, e não era a ideia dos caras da defesa civil a encontrarem no quarto com o cadáver nu e devorado do marido. Jessie tinha a impressão de que se prepararia para sair na Mercedes mesmo que o telefone estivesse funcionando perfeitamente bem e já tivesse chamado a polícia, a ambulância e a banda de música da escola secundária local. Porque o telefone não era importante — nem um pouco. O importante era... bem...

O importante é você ter de dar o fora daqui imediatamente, pensou, e sentiu um repentino calafrio. Seus braços nus se cobriram de arrepios. *Porque a coisa vai voltar.*

Na mosca. O problema não era o Gerald, nem a cadeira, nem o que os caras da defesa civil poderiam pensar quando chegassem e vissem a situação. Não era nem mesmo a questão do telefone. O problema era o caubói espacial; seu velho amigo Dr. Morte. *Por isso* é que estava vestindo as roupas e espalhando mais um pouco de sangue pelo quarto em vez de fazer um esforço para restabelecer as comunicações com o mundo exterior. O estranho andava ali por perto, disso tinha certeza. Aguardava apenas anoitecer, e a noite agora estava próxima. Se desmaiasse enquanto tentava desencostar a cadeira da parede, ou enquanto engatinhava alegremente pela poeira e as teias de aranha atrás da cadeira, talvez continuasse ali, sozinha, quando a coisa com a maleta de ossos chegasse. Pior, poderia ainda estar viva.

Além do mais, o visitante *tinha* cortado a linha. Não tinha maneira de saber disso... mas no íntimo sabia que era verdade. Se se desse ao trabalho de remover a cadeira e religar a tomada, o telefone poderia continuar mudo, tal como o da cozinha e o do hall de entrada.

E qual é o problema? — disse às suas vozes. *Estou pretendendo pegar o carro e dirigir até a estrada principal, só isso. Comparado à cirurgia improvisada com um copo d'água e a empurrar uma cama de casal pelo quarto enquanto se perde meio litro de sangue, vai ser moleza. O Mercedes é um bom carro, e a estrada é reta. Sigo devagarinho até a estrada 117, a menos de 20 quilômetros por hora, e se me sentir fraca demais para dirigir até o Dakin's, quando chegar à estrada, simplesmente encosto o carro, ligo os quatro pisca-piscas e deito em cima da buzina quando vir alguém vindo. Não há razão para o plano não funcionar, com uma estrada plana e desimpedida por 2 quilômetros e meio em cada direção. A grande questão com o carro são as fechaduras. Uma vez dentro dele, posso fechar as portas. A coisa não vai conseguir entrar.*

A coisa, Ruth tentou debochar, mas Jessie achou que parecia amedrontada — é, até ela.

Isso mesmo, retomou a conversa. *Não era você que costumava me dizer que eu devia pôr a cabeça de lado mais vezes e seguir meu coração? Era sim. E sabe o que é que meu coração está me dizendo agora, Ruth? Está me dizendo que o Mercedes é a minha única chance. E, se quiser rir, pode rir... mas já me decidi.*

Aparentemente Ruth não queria rir. Calara-se.

Gerald me deu as chaves do carro pouco antes de sair do carro, para poder alcançar o banco traseiro e apanhar a pasta. Fez isso, não fez? Por favor, meu Deus, faça com que a minha lembrança esteja correta.

Jessie meteu a mão no bolso esquerdo da saia e encontrou apenas uns lenços de papel. Baixou a mão direita, apalpou desajeitada o bolso daquele lado, e deixou escapar um suspiro de alívio ao sentir o volume familiar da chave do carro e do chaveiro redondo que Gerald lhe dera em seu último aniversário, com os dizeres COISINHA SEXY. Jessie concluiu que jamais tinha se sentido tão pouco sexy e tão mais coisinha na vida, mas tudo bem; podia conviver com esse sentimento. A chave estava no bolso e isso era o que importava. A chave era seu bilhete para sair desse lugar horrível.

Seus tênis estavam lado a lado debaixo da mesa do telefone, mas Jessie decidiu que já estava suficientemente vestida. Caminhou devagarinho em direção à porta do corredor, dando passinhos miúdos de inválida. No caminho, pensou em experimentar o telefone do hall antes de sair — não custava nada.

Mal contornara a cabeceira da cama, a luz do dia começou a sumir novamente. Era como se os largos raios de sol que entravam enviesados pela janela oeste estivessem ligados a um controle de luminosidade, e alguém mexesse no dimmer. À medida que os raios enfraqueciam, a poeira de diamantes que girava em sua luz desaparecia.

Ah não, agora não, suplicou. *Por favor, você tem de estar brincando.* Mas a luz continuou a empalidecer, e Jessie percebeu subitamente que voltara a cambalear, seu tronco descrevia círculos cada vez mais amplos no ar. Ela tateou à procura do pilar da cama, mas em vez disso, sentiu-se agarrando a algema ensanguentada de que se livrara há pouco.

20 de julho, 1963, pensou incoerentemente, *17h39. Eclipse total. Posso ter uma testemunha?*

Os cheiros mesclados de suor, sêmen e a colônia do pai invadiram suas narinas. Quis vomitá-los, mas se sentiu repentinamente fraca demais. Conseguiu dar mais dois passos hesitantes e caiu de bruços sobre o colchão manchado de sangue. Seus olhos estavam abertos e ela piscava de quando em quando, mas de resto achava-se inerte e imóvel como uma mulher que o mar atirasse, afogada, em alguma praia deserta.

Capítulo Trinta e Quatro

SEU primeiro pensamento ao voltar a si foi que a escuridão significava que estava morta.

O segundo foi que, se estivesse morta, não acharia que sua mão direita tinha sido atingida primeiro por napalm e depois açoitada com giletes. Seu terceiro foi a compreensão desanimada de que, se estava escuro e seus olhos estavam abertos — como pareciam estar —, então o sol tinha se posto. Isso a sacudiu depressa do limbo em que estivera deitada, não de todo inconsciente mas presa numa profunda lassidão pós-choque. A princípio não conseguia lembrar por que a ideia do pôr do sol era tão alarmante, mas então

(*caubói espacial — monstro do amor*)

tudo voltou num lampejo tão forte que parecia uma descarga elétrica. O rosto fino, de palidez cadavérica; a testa alta; os olhos extasiados.

Enquanto estivera deitada semi-inconsciente na cama, o vento voltara a soprar com força e a porta dos fundos a bater. Por alguns instantes o vento e a porta eram os únicos ruídos, então um uivo longo e tremido encheu o ar. Jessie achou que era o som mais pavoroso que já tinha ouvido; imaginava que assim fosse o grito de uma vítima de sepultamento prematuro ao ser retirada viva, mas demente, do caixão.

O som se diluiu na noite inquieta (era noite, não havia dúvida), mas um instante depois se repetiu: um falsete inumano, cheio de imbecilizante terror. Envolveu-a como uma coisa viva, fazendo-a estremecer desamparada na cama e levar as mãos aos ouvidos. Cobriu-os, mas não conseguiu abafar aquele grito horrível que ecoou uma terceira vez.

— Ah, por favor, não — gemeu. Nunca sentira tanto frio, tanto frio, tanto frio. — Ah, não... não.

O uivo afunilou-se na noite tempestuosa e não se repetiu de imediato. Jessie teve um momento para recuperar o fôlego e entender que afinal era apenas um cachorro — provavelmente o cachorro, de fato aquele que transformara seu marido num McDonald pessoal. Então o grito se *repetiu*, e tornou-se impossível acreditar que um ser do mundo natural pudesse produzir tal som; com certeza era uma *banshee* ou um vampiro contorcendo-se com uma estaca cravada no coração. Quando o uivo atingiu a nota máxima, cristalina, Jessie subitamente compreendeu por que o animal estava uivando daquele jeito.

A coisa voltara, exatamente como temera. O cachorro sabia, pressentia-o.

O corpo inteiro de Jessie tremia. Seus olhos esquadrinharam febrilmente o canto em que vira o visitante na noite anterior — o canto onde deixara o brinco de pérola e a pegada. Estava escuro demais para ver quaisquer desses indícios (sempre presumindo que estivessem ali), mas, por um instante, Jessie pensou ter visto a criatura, e sentiu um grito subir pela garganta. Fechou os olhos com força, tornou a abri-los, e não viu nada, exceto as sombras das árvores sacudidas pelo vento, do lado de fora da janela oeste. Mais adiante, na mesma direção, além das sombras revoltas dos pinheiros, ela podia ver uma faixa dourada desaparecendo no horizonte.

Talvez sejam 19h, mas, se estou vendo um restinho de sol, provavelmente não é tão tarde assim. O que significa que estive desacordada apenas uma hora, uma hora e meia, no máximo. Talvez não seja tarde demais para ir embora daqui. Talvez...

Desta vez o cachorro pareceu realmente gritar. O som deu em Jessie vontade de gritar em resposta. Agarrou um pilar dos pés da cama, porque tinha voltado a cambalear, e de repente percebeu que, para começar, nem ao menos se lembrava de ter se levantado da cama. Tal o pavor que o cachorro lhe causara.

Controle-se, garota. Respire fundo e se controle.

De fato *inspirou* profundamente, e sentiu no ar um cheiro que conhecia. Lembrava aquele cheiro salobro de minerais que a assombrara todos esses anos — o cheiro que sugeria sexo, água e pai para ela —, mas não era *exatamente* o de sempre. Havia outro odor ou odores mesclados nessa versão — alho velho... cebolas velhas... terra... pés enlameados, talvez. O cheiro projetou Jessie ao poço de anos e a encheu daquele terror inarticulado e impotente que as crianças sentem quando pressentem uma criatura sem nome nem rosto — uma Coisa — aguardando pacientemente embaixo da cama à espera de que ponham um pé para fora... ou talvez deixem pender a mão...

O vento soprava. A porta batia. E em algum lugar próximo, uma tábua estalou furtivamente, do jeito que as tábuas estalam quando alguém que tenta não fazer ruído pisa nelas de leve.

A coisa voltou, sua mente sussurrou. Eram todas as vozes agora; entremeadas, como se formassem uma trança. *Foi isso que o cachorro cheirou, foi isso que você cheirou, e Jessie, foi isso que fez a tábua estalar. A coisa que esteve aqui na noite passada voltou para buscá-la.*

— Meu Deus, por favor, não — gemeu. — Não, meu Deus, não. Não, meu Deus, não. Meu bom Deus, não deixe que isso seja verdade.

Tentou mexer-se, mas seus pés estavam grudados ao chão e a mão esquerda estava pregada no pilar. O medo a imobilizara do mesmo modo que os faróis de um veículo imobilizam um veado ou um coelho surpreendido no meio da estrada. Ficaria ali, gemendo silenciosamente e tentando rezar, até que a coisa se aproximasse, viesse *pegá-la* — o caubói espacial, o colhedor de amores, apenas um vendedor dos mortos que bate de porta em porta, a mala de amostras cheia de ossos e anéis no lugar de material de limpeza ou escovas.

O grito ululante do cachorro ergueu-se de novo no ar, avolumou-se em sua *cabeça*, e ela achou que, sem dúvida, a enlouqueceria.

Estou sonhando, pensou. *Por isso é que não me lembrei de ter levantado; os sonhos são a versão mental das Seleções do* Reader's Digest, *e nunca se consegue lembrar detalhes pouco importantes como esse, quando se está sonhando. Fiquei desacordada, sim — isso realmente aconteceu, só que, em vez de entrar em coma, mergulhei num sono natural. Acho que isso quer dizer que o sangramento parou, porque gente que vai morrer de hemorragia não tem pesadelos quando está entregando os pontos. Estou dormindo, só isso. Dormindo e tendo o mais antigo dos maus sonhos.*

Uma ideia fabulosamente reconfortante que tinha apenas um senão: não era verdade. As sombras das árvores que dançavam na parede perto da cômoda eram reais. E também o cheiro esquisito que pairava na casa. Estava acordada, e precisava sair dali.

Não consigo me mexer!, choramingou.

Claro que consegue, Ruth lhe disse, séria. *Você não se livrou das porras daquelas algemas para morrer de medo, boneca. Mexa-se já — eu não preciso lhe dizer como fazer isso, preciso?*

— Não — Jessie cochichou, e deu um tapinha no pilar com as costas da mão direita. O resultado foi uma imediata e enorme explosão de dor. O aperto de pânico que a imobilizava desfez-se em cacos, e, quando o cachorro soltou mais um daqueles uivos congelantes, Jessie mal o ouviu — sua mão estava bem mais perto, e uivava muito mais alto.

E você sabe o que fazer em seguida, boneca — não sabe?

Sei — chegara a hora de tirar o time de campo. A imagem do rifle de Gerald veio à tona por um segundo, mas ela a rejeitou. Não tinha a menor ideia do paradeiro da arma, e nem ao menos se estava ali.

Jessie atravessou lenta e cuidadosamente o quarto com as pernas trêmulas, mais uma vez esticando a mão esquerda à frente para se equilibrar. O corredor além da porta do quarto era um carrossel de sombras em movimento, a porta do quarto de hóspedes aberta, à direita, e a do quartinho que Gerald usava como escritório, aberta, à esquerda. Mais adiante nessa direção havia o arco que abria para a cozinha e a sala de estar. Mais à direita, a porta dos fundos destrancada... o Mercedes... e talvez a liberdade.

Cinquenta passos, ela pensou. *Não pode ser mais do que isso, provavelmente menos. Então comece a andar, está bem?*

Mas a princípio ela não conseguiu. Estranho que, como poderia parecer a alguém que não tivesse passado o que ela passara nas últimas 28 horas, o quarto representasse para ela uma espécie de segurança sombria. O corredor, porém... qualquer coisa poderia estar à espreita ali. *Qualquer coisa.* Então algo que soou como uma pedra bateu no lado oeste da casa, logo ali, do lado de fora da janela. Jessie soltou seu próprio gritinho de terror, antes de perceber que era apenas um galho do venerável abeto-azulado junto ao deque.

Controle-se, Bobrinha disse com severidade. *Controle-se e dê o fora daqui.*

Jessie avançou trôpega e corajosamente, o braço esquerdo ainda aberto, contando os passos em silêncio enquanto caminhava. Passou pelo quarto de hóspedes no décimo segundo. No décimo quinto chegou ao escritório de Gerald, onde começou a ouvir um som baixo e sibilante, como vapor escapando de um radiador muito velho. A princípio Jessie não associou o som ao escritório; achou que vinha dela mesma. Então, quando ia erguendo o pé direito para dar o décimo sexto passo, o som aumentou. Dessa vez registrou-o mais claramente, e Jessie percebeu que *não podia* vir dela, porque estava prendendo a respiração.

Devagar, muito devagar, voltou a cabeça para o escritório, onde o marido nunca mais prepararia seus mandados judiciais, fumando Marlboros sem parar, cantando baixinho velhos sucessos dos Beach Boys. A casa gemia em torno dela como um velho navio navegando em mar agitado, que o vento frio empurra fazendo ranger nas juntas. Agora ouvia uma veneziana bater ao mesmo tempo que a porta dos fundos, mas esses sons vinham de um outro lugar, de um outro mundo onde mulheres não eram algemadas nem maridos se recusavam a ouvir, nem criaturas da noite viviam emboscadas. Ouviu os músculos e os tendões do pescoço rangerem como molas velhas de camas quando virou a cabeça. Seus olhos latejavam nas órbitas como pedaços de carvão em brasa.

Não quero olhar!, sua mente berrava. *Não quero olhar, não quero ver!*

Mas sentia-se impotente para resistir. Era como se mãos fortes invisíveis virassem sua cabeça enquanto o vento soprava, a porta dos fundos batucava, a veneziana batia e o cachorro, mais uma vez, lançava seu uivo solitário de congelar ossos para o céu escuro de outubro. Sua cabeça se virou até ficar de frente para o escritório do marido morto, e sim, sem a menor dúvida, lá estava ele, o vulto alto parado junto à cadeira de Gerald, diante da porta corrediça de vidro. Seu rosto fino e branco destacava-se na escuridão como um crânio alongado. A sombra escura e quadrada da maleta de *suvenires* entre seus pés.

Ela inspirou para soltar um grito, mas o que saiu foi um som de chaleira com o apito quebrado.

— *Huhhh-aaahhhhhh.*

Só isso e mais nada.

Em algum lugar, naquele outro mundo, a urina quente escorreu por suas pernas; molhara as calças pelo segundo dia consecutivo, batendo novo recorde. O vento soprou naquele outro mundo, fazendo a casa tremer nos ossos. O galho do abeto-azul bateu novamente contra a fachada oeste da casa. O escritório de Gerald era uma lagoa de sombras dançantes e, mais uma vez, parecia difícil dizer o que estava vendo... ou se de fato estava vendo alguma coisa.

O cachorro lançou outra vez seu grito agudo e horrorizado e Jessie pensou: *Ah, você está vendo, sim. Talvez não veja tão bem quanto o cachorro a fareja, mas você está vendo a coisa.*

Como se quisesse remover alguma dúvida renitente sobre a questão, seu visitante esticou a cabeça para a frente num gesto inquisitivo e debochado, permitindo a Jessie uma visão clara, mas misericordiosamente breve, de seu rosto. Era o de um alienígena que tentasse imitar feições humanas, sem muito sucesso. Era fino demais — mais fino do que qualquer rosto que Jessie já vira na vida. O nariz parecia não ser mais espesso do que uma faca de manteiga. A testa alta era volumosa como um grotesco bulbo vegetal. Os olhos da coisa eram simples círculos negros, sob sobrancelhas finas em forma de vês invertidos; os lábios grossos, cor de fígado, pareciam simultaneamente fazer bico e se desmanchar.

Não, não é desmanchar, pensou com aquela lucidez brilhante e estreita que por vezes resiste, como o filamento de uma lâmpada, numa esfera de completo terror. *Não é desmanchar, é sorrir. A coisa está tentando sorrir para mim.*

Então a coisa se abaixou para apanhar a maleta, e seu rosto fino e incoerente tornou a desaparecer misericordiosamente de vista. Jessie deu um passo cambaleante para trás, tentou gritar de novo, e só conseguiu produzir mais um sussurro desconexo e vítreo. O vento gemeu nos beirais da casa com mais força.

O visitante ergueu-se, segurou a maleta com uma mão e destrancou-a com a outra. Jessie percebeu duas coisas, não porque quisesse, mas porque sua capacidade mental de selecionar e destacar o que queria perceber tinha desmoronado inteiramente. A primeira estava ligada ao cheiro que notara antes. Não era alho nem cebola nem suor nem lama.

Era carne em decomposição. A segunda estava ligada aos braços da criatura. Agora que se achava mais próxima, via-os melhor (gostaria que não fosse assim, mas era), eles a impressionavam de forma contundente — membros anormalmente compridos que pareciam se agitar entre as sombras impelidas pelo vento como tentáculos. A coisa apresentou-lhe a maleta como se esperasse sua aprovação, e agora Jessie viu que não era um mostruário de vendedor, mas uma mala de vime que lembrava um enorme cesto de pescador.

Já vi uma mala dessas antes, pensou. *Não sei se foi em algum programa antigo de televisão ou na vida real, mas já vi. Quando era criança. Tiravam-na pela porta traseira de um comprido carro preto.*

Uma voz de óvni suave e sinistra falou inesperadamente dentro dela. *Era uma vez, Jessie, no tempo em que o presidente Kennedy vivia, e que todas as menininhas eram Bobrinhas, e ainda não tinham inventado sacos plásticos para cadáveres — no tempo do Eclipse, vamos dizer —, em que as caixas desse tipo eram comuns. Havia caixas de todo tamanho, desde extragrandes para homens até pequeninas para fetos de seis meses. Seu amigo guarda os* souvenirs *em um antigo cesto funerário, Jessie.*

Quando percebeu isso, percebeu também outra coisa. Era perfeitamente óbvio, quando se parava para pensar. A razão por que o visitante cheirava tão mal era porque estava morto. A coisa no escritório de Gerald não era seu pai, mas continuava a ser um cadáver ambulante.

Não... não, não pode ser.

Mas era. Sentira o mesmo cheiro vindo de Gerald, não fazia três horas. Tinha sentido-o *em* Gerald, cozinhando lentamente em sua carne como uma doença exótica que só pode ser contraída por um morto.

Agora o visitante tornava a abrir a caixa e a mostrá-la, e mais uma vez ela viu ouro e diamantes reluzirem e faiscarem em meio ao amontoado de ossos. Mais uma vez, viu a mão do morto mergulhar no cesto funerário e revolver seu conteúdo — um cesto que talvez tivesse carregado cadáveres de bebês ou criancinhas. Mais uma vez, ouviu o tenebroso entrechocar de ossos, um som semelhante ao de castanholas enlameadas.

Jessie contemplava-o, hipnotizada e quase estática de terror. Sua sanidade começava a ceder; podia senti-la ir embora, quase *podia ouvi-la,* e não havia nada nesse mundo de Deus que pudesse fazer.

Claro que há! Você pode correr! E tem de fazer isso já!

Era Bobrinha, aos gritos... mas ela também estava muito distante, perdida em algum vale estreito e profundo da mente de Jessie. Havia *muitos* abismos lá, Jessie começava a descobrir, e muitos cânions tortuosos e cavernas que jamais viram a luz do sol — lugares onde o eclipse jamais terminava, por assim dizer. Era interessante. Interessante descobrir que a mente de uma pessoa não passava de um cemitério construído sobre um lugar escuro e oco onde répteis monstruosos como esse se arrastavam pelo fundo. Interessante.

Lá fora, o cachorro uivou outra vez, e Jessie finalmente recuperou a voz. Uivou com ele, um som canino do qual a maior parte de sua sanidade tinha sido subtraída. Imaginou-se produzindo sons como aquele em um hospício. Para o resto da vida. Descobriu que não era nada difícil imaginar.

Jessie, não! Calma! Se acalme e corra! Fuja!

O visitante sorria para ela, os lábios se arreganhavam revelando mais uma vez reflexos de ouro no fundo da boca, reflexos que lhe lembravam Gerald. Dentes de ouro. Tinha dentes de ouro, e isso significava que era...

Significa que é real, claro, mas isso já ficou acertado, não foi? A única questão pendente é o que vai fazer agora. Tem alguma ideia, Jessie? Se tem, é melhor desembuchar, porque o tempo encurtou muito.

A aparição deu um passo à frente, mantendo o cesto aberto, como se esperasse que ela admirasse o conteúdo. Usava um colar, ela viu — um colar bem estranho. O cheiro denso e desagradável tornou-se mais forte. E também o cheiro inconfundível da maldade. Jessie tentou dar um passo atrás para compensar o que o visitante dera em sua direção, e descobriu que não conseguia mexer os pés. Era como se estivessem colados no chão.

A coisa quer te matar, boneca, falou Ruth, e Jessie compreendeu que era verdade. *Você vai deixar?* Não havia raiva nem ironia na voz de Ruth, agora, apenas curiosidade. *Depois de tudo que aconteceu, você vai realmente deixar?*

O cachorro ganiu. A mão mexeu. Os ossos sussurraram. Os diamantes e rubis faiscaram suas tênues chamas noturnas.

Pouco ciente do que fazia, muito menos por que o fazia, Jessie agarrou os próprios anéis, os que usava no anular da mão esquerda, com o polegar e o indicador da direita, que tremiam violentamente. A dor que atravessou as costas da mão quando fez isso pareceu fraca e distante. Tinha usado os anéis quase sempre, todos os dias e anos de seu casamento, e, na última vez que os tirara, precisara ensaboar o dedo. Mas não desta vez. Desta vez eles saíram facilmente.

Estendeu a mão sangrenta para a criatura, que tinha caminhado até a estante que ficava logo ao lado da entrada do escritório. Os anéis na palma da mão de Jessie formavam um oito místico, acima da bandagem improvisada com o absorvente íntimo. A criatura parou. O sorriso na boca torta e grossa se transformou em uma nova expressão que poderia ser raiva ou apenas confusão.

— Tome — Jessie falou num rosnado rouco e abafado. — Tome, pode levá-los. Leve-os e me deixe em paz.

Antes que a criatura pudesse se mover, ela atirou os anéis no cesto aberto como em outros tempos atirara moedas nas caixas de troco certo do pedágio de New Hampshire. A distância entre os dois era pouco mais de um metro e meio agora, e a boca do cesto era larga, de modo que os anéis acertaram o alvo. Ela ouviu distintamente os dois cliques quando as alianças de noivado e casamento bateram nos ossos de desconhecidos.

Os lábios da coisa se arreganharam de novo, expondo os dentes, e mais uma vez começou a emitir aquele assobio aveludado. A coisa deu mais um passo à frente, e algo — algo que jazia aturdido e incrédulo no chão da mente de Jessie — despertou.

— *Não!* — ela berrou. Virou as costas e se precipitou pelo corredor enquanto o vento soprava rajadas, a porta e a veneziana batiam, o cachorro uivava e *a coisa vinha logo atrás dela*, vinha, ela ouvia o silvo, e a qualquer momento a pegaria, uma mão fina e branca flutuando na ponta de um braço bizarro e comprido como um tentáculo e ela sentiria aqueles dedos brancos em decomposição se fecharem em torno de seu pescoço...

Então viu-se diante da porta dos fundos, abrindo-a, saindo para a varanda e tropeçando no próprio pé; viu-se caindo e, por alguma razão, lembrando de virar o corpo de modo a cair do lado esquerdo. Bateu com violência suficiente para ver estrelas. Rolou de costas, ergueu a cabeça e olhou para a porta, esperou ver a cara fina e branca do caubói espacial surgir por trás da tela. Não surgiu, e ela não ouviu mais o silvo. Não que essas coisas significassem muito; ele podia aparecer correndo a qualquer segundo, agarrá-la e dilacerar sua garganta.

Jessie lutou para se levantar, conseguiu dar um passo, e então suas pernas, tremendo do choque e da perda de sangue, a traíram e a lançaram de volta ao chão, junto ao compartimento telado em que guardavam o lixo. Ela gemeu e olhou para o céu onde as nuvens, transformadas em filigranas por uma lua quase cheia, corriam de oeste para leste numa velocidade alucinada.

Sombras passaram pelo seu rosto como tatuagens fabulosas. Então o cachorro uivou de novo, parecendo bem mais perto agora que ela estava do lado de fora, e isso lhe deu a motivação extra de que precisava. Estendeu a mão esquerda para a tampa baixa e inclinada do compartimento de lixo, tateou à procura da maçaneta, e usou-a para se levantar. Uma vez de pé, agarrou-se à maçaneta com força até o mundo parar de girar. Então largou-a e saiu andando vagarosamente até o Mercedes, agora estendendo os dois braços para se equilibrar.

Como a casa parece um crânio ao luar! — admirou-se após lançar um olhar frenético e arregalado para trás. *Como parece um crânio! A porta é a boca, as janelas são os olhos, as sombras das árvores, os cabelos...*

Então lhe ocorreu outro pensamento, e devia ter sido engraçado, porque ela riu às gargalhadas na noite batida pelo vento.

E o cérebro — não se esqueça do cérebro. O cérebro é Gerald, claro. O cérebro da casa, morto e em decomposição.

Riu outra vez ao se aproximar do carro, mais alto que nunca, e o cão uivou em resposta. *Meu cachorro tem pulgas, que mordem seus joelhos,* pensou. Seus próprios joelhos cederam e ela agarrou a maçaneta para não cair na entrada da garagem, mas não parou de rir. Exatamente *por que* ria estava além de sua compreensão. Poderia compreender se partes de sua mente, amortecidas em autodefesa, tivessem voltado a despertar, mas isso não aconteceria até ela sair dali. Se saísse.

— Imagino que irei precisar de uma transfusão mais tarde — disse, e isso lhe provocou outro acesso de riso. Ela procurou alcançar, desajeitada, o bolso direito com a mão esquerda, ainda rindo. Apalpava o bolso à procura da chave quando percebeu que o cheiro tinha voltado, e que a criatura com o cesto funerário estava parada bem atrás dela.

Jessie virou a cabeça, o riso ainda preso na garganta e um sorriso torcendo os lábios, e, por um instante, *viu* aquele rosto fino e os olhos estáticos, sem fundo. Mas somente os viu por causa

(*do eclipse*)

do medo que sentia, não porque *houvesse* realmente alguma coisa ali; a varanda dos fundos continuava deserta, a porta telada era um retângulo alto de escuridão.

Mas é melhor você se apressar, disse a Esposa Perfeita. *É, é melhor tirar o time de campo enquanto ainda pode, não acha?*

— Vou virar ameba e me dividir — Jessie concordou e riu um pouco mais enquanto puxava a chave do bolso. Quase deixou-a escorregar por entre os dedos, mas pegou-a pelo disco plástico do chaveiro. — Coisinha Sexy — Jessie falou, e ainda dava gargalhadas quando a porta bateu e o espectro do caubói do amor precipitou-se porta afora, envolto numa nuvem de pó de ossos, mas, quando ela se virou (quase deixando cair a chave de novo, apesar do enorme disco), não havia nada. Fora apenas o vento que batera a porta; apenas o vento e nada mais.

Ela abriu a porta do Mercedes, deslizou por trás do volante, e em seguida puxou para dentro as pernas trêmulas. Bateu a porta e, quando apertou a trava mestra que comandava todas as outras portas (e mais a do porta-malas, é claro; não havia nada no mundo que se comparasse à eficiência germânica), uma sensação de alívio inexprimível invadiu-a. Alívio e outra coisa. Essa outra coisa era a sanidade, e ela pensou que nunca sentira nada na vida que pudesse se comparar a esse doce e perfeito retorno... exceto aquele primeiro gole de água da torneira, naturalmente. Jessie tinha a impressão de que esse gole ia acabar virando o maior campeão de todos os tempos.

Estive muito próxima de enlouquecer lá dentro! Muito próxima mesmo, não foi?

Talvez você não vá querer ter certeza disso, boneca, Ruth Neary respondeu gravemente.

Não, talvez não. Jessie enfiou a chave na ignição e girou-a. Nada aconteceu.

A última risada secou, mas ela não entrou em pânico; continuava a se sentir mentalmente sã e relativamente inteira. *Pense, Jessie.* Ela pensou, e a resposta foi quase imediata. O Mercedes não era mais tão novo (não tinha muita certeza se os Mercedes cometiam a vulgaridade de ficar velhos), e a transmissão ultimamente vinha pregando umas pecinhas, com ou sem eficiência germânica. Uma delas era, por vezes, não querer pegar a não ser que o motorista empurrasse, e empurrasse com força, o câmbio de marchas no console, entre os assentos da frente. Girar a chave da ignição enquanto se empurrava a alavanca de marchas era uma operação que exigia as duas mãos, e a sua direita já estava latejando horrivelmente. A ideia de usá-la para empurrar a alavanca de marchas fazia Jessie se encolher, e não somente de dor. Tinha quase certeza de que reabriria o corte profundo no pulso.

— Por favor, meu Deus, preciso de uma ajudinha aqui — Jessie murmurou, e girou a chave da ignição de novo. Ainda nada. Nem mesmo um estalinho. E agora outra ideia penetrou furtivamente em sua mente como um ladrãozinho mal-humorado e perverso: sua incapacidade de dar partida no carro não tinha nada a ver com o defeito que aparecera na transmissão. Isso era mais uma obra do seu visitante. A coisa tinha cortado o fio do telefone; também tinha levantado o capô da Mercedes tempo suficiente para arrancar a tampa do distribuidor e atirá-la na mata.

A porta bateu. Ela olhou nervosa naquela direção, certa de ter visto de relance aquele rosto branco e risonho na escuridão do portal. Mais uns instantes e a coisa sairia. Agarraria uma pedra e quebraria a janela do carro, depois apanharia um dos cacos grossos do vidro de segurança e...

Jessie cruzou a mão esquerda pela cintura e empurrou a alavanca de marchas com toda a força que conseguiu reunir (embora, na verdade, a alavanca não parecesse ter se mexido nem um milímetro). Então, sem muito jeito, passou a mão direita por dentro do volante, agarrou a chave da ignição e tornou a girá-la.

Nada. Exceto pela risada silenciosa e debochada do monstro que a observava. Isso ela podia ouvir com muita clareza, ainda que mentalmente apenas.

— *Por favor, meu Deus, será que não pode me dar a porra de uma chance?* — berrou. A alavanca de marchas mexeu um pouquinho sob a palma de sua mão, e quando Jessie girou a chave para a posição de partida, dessa vez, o motor roncou com vigor — *Ja, mein Führer!* — Ela soluçou aliviada e acendeu os faróis. Um par de luminosos olhos cor de laranja a encaravam ferozes na entrada da garagem. Ela gritou, sentindo o coração tentar se desprender das artérias, entalar-se na garganta e sufocá-la. Era o cachorro, obviamente; o vira-lata que fora, por assim dizer, o último cliente de Gerald.

O ex-Príncipe imobilizou-se, momentaneamente ofuscado pela luz dos faróis. Se Jessie tivesse engrenado a marcha naquele instante, provavelmente poderia ter arrancado com o carro e matado o cachorro. O pensamento chegara a lhe ocorrer, mas de uma forma distante, quase acadêmica. O ódio e o medo do cachorro tinham desaparecido. Viu sua esqualidez e as bardanas presas no pelo embaraçado — uma pelagem fina demais para oferecer proteção contra o inverno que se aproximava. E, principalmente, viu a maneira com que ele se encolhia diante da luz, as orelhas caídas, o traseiro agachado.

Não achei que fosse possível, pensou, *mas acho que encontrei alguém ainda mais desgraçado do que eu.*

Ela meteu o punho da mão esquerda na buzina, que produziu um único som breve, mais um arroto do que um bipe, mas foi suficiente para fazer o cachorro se mexer. Ele se virou e desapareceu na mata sem sequer olhar para trás.

Siga o exemplo dele, Jess. Dê o fora daqui enquanto ainda pode.

Boa ideia. De fato era a *única* ideia. Tornou a cruzar a mão esquerda pelo colo, agora para levar a alavanca à posição de primeira marcha. A transmissão engrenou e o carro começou a subir lentamente pelo caminho pavimentado. As árvores agitadas pelo vento sacudiam-se como dançarinos de sombras pelos lados do carro, produzindo um redemoinho de folhas, o primeiro daquele outono, que espiralou em direção ao céu da noite. *Estou saindo,* Jessie pensou admirada. *Estou realmente saindo, realmente me arrancando daqui.*

Estava rodando pelo caminho de carros, rodando em direção à estradinha sem nome que a levaria a Bay Lane, que, por sua vez, a levaria à estrada 117 e à civilização. Ao observar a casa (parecia-se cada vez mais com um enorme crânio branco na noite de ventania e enluarada de outubro) encolher no espelho retrovisor, pensou: *Por que a coisa está me deixando ir? E será que está? Realmente?*

Parte do seu eu — a parte ensandecida de medo que nunca se libertaria inteiramente das algemas e do quarto principal da casa na margem norte do lago Kashwakamak — garantia-lhe que não; a criatura com o cesto apenas se divertia com ela, como um gato brinca com um camundongo ferido. Antes que fosse mais longe, certamente antes que alcançasse o alto da entrada da garagem, a coisa viria correndo atrás dela, usando as longas pernas de desenho animado para reduzir a distância entre os dois, esticando os longos braços de desenho animado para agarrar o para-choque traseiro e fazer o carro parar. A eficiência germânica era ótima, mas quando se tratava de uma coisa que tinha voltado do além... bem...

Mas a casa continuou a diminuir no espelho retrovisor, e nada saiu pela porta dos fundos. Jessie chegou ao topo do caminho de carros, virou para a direita e começou a acompanhar a luz dos faróis altos pela estradinha estreita em direção a Bay Lane, guiando o carro com a mão esquerda. A cada segundo ou terceiro mês de agosto um grupo de veranistas voluntários, abastecidos principalmente de cervejas e fofocas, cortava o mato e aparava os galhos que se debruçavam sobre o caminho até Bay Lane, mas não tinha sido nesse agosto e a estradinha estava muito mais estreita do que Jessie gostaria. Cada vez que um galho agitado pelo vento batia no teto ou nas laterais do carro, ela se encolhia.

Contudo *estava* fugindo. Um a um os marcos que aprendera a identificar durante anos surgiam diante dos faróis e desapareciam à sua passagem: a pedra com o topo rachado, o portão coberto de vegetação com o letreiro apagado, o abeto desenraizado entre abetos menores como um homenzarrão de porre carregado para casa por amigos menores e mais despertos. O abeto bêbado ficava a mais ou menos meio quilômetro de Bay Lane, e de lá eram apenas 3 quilômetros até a autoestrada.

— Posso dar conta se dirigir com calma — ela falou, e com todo o cuidado apertou o botão que ligava o rádio com o polegar direito. Bach — melodioso, imponente e sobretudo *racional* — inundou o carro vindo de quatro direções. Cada vez melhor. — Vá com calma — repetiu, falando um pouquinho mais alto. — Deslize. — Mesmo o último choque, os ameaçadores olhos cor de laranja do cachorro, estava se distanciando um pouco agora, embora sentisse que começava a tremer. — Não haverá nenhum problema, se eu dirigir com calma.

Dirigia com calma, sim — talvez com calma *demais*. O ponteiro do velocímetro mal tocava os 20 quilômetros por hora. Estar trancada em segurança no ambiente familiar do próprio carro era um tônico restaurador maravilhoso — já começava a se perguntar se não tinha andado o tempo todo se sobressaltando com sombras —, mas a hora não era boa para começar a presumir nada. Se tivesse *havido* alguém na casa, ele (*a coisa*, uma voz mais profunda — o óvni de todos os óvnis — insistiu) poderia ter usado outra porta para *sair*. Poderia estar seguindo-a nesse exato momento. Era mesmo possível que, se continuasse a se arrastar a menos de 20 quilômetros por hora, um perseguidor realmente determinado a alcançaria.

Jessie deu uma espiada rápida no retrovisor para se tranquilizar de que a ideia era apenas uma paranoia induzida por choque e exaustão, e sentiu o coração morrer no peito. Sua mão esquerda escorregou do volante e bateu no colo por cima da direita. Devia ter doído barbaramente, mas ela não sentiu dor alguma — absolutamente nada.

O estranho estava sentado no banco traseiro com as mãos bizarramente compridas comprimindo os lados da cabeça, como o macaco que não ouve o mal. Seus olhos negros a encaravam com sublime falta de interesse.

Você vê... eu vejo... NÓS vemos... nada a não ser sombras!, Bobrinha gritou, mas este grito estava mais do que distante; parecia vir do outro lado do universo.

E não era verdade. Eram mais do que sombras o que via no espelho. A coisa sentada ali estava *emaranhada* em sombras, verdade, mas não era *feita* de sombras. Viu seu rosto: a testa saliente, os olhos negros e redondos, o nariz fino como uma lâmina, os lábios grossos e tortos.

— Jessie! — o caubói espacial sussurrou euforicamente. — Nora! Ruth! Oba-oba! Doce de Bobrinha!

Os olhos de Jessie, paralisados, viram pelo espelho retrovisor o passageiro se curvar lentamente para a frente, viram a testa inchada acenar para sua orelha direita como se pretendesse lhe contar um segredo. Viram seus lábios grossos se afastarem dos dentes protuberantes e descoloridos num sorriso sem graça. Foi nessa altura que começou o colapso final da mente de Jessie Burlingame.

Não!, sua própria voz gritou num tom tão agudo quanto o de uma vocalista num velho disco arranhado de 78 rpm. *Não, por favor não! Não é justo!*

— Jessie! — O hálito fétido, áspero como uma lixa e frio como o ar em um frigorífico. — Nora! Jessie! Ruth! Jessie! Bobrinha! Esposa Perfeita! Jessie! Mamãe!

Os olhos esbugalhados de Jessie repararam que o rosto branco e comprido agora estava meio oculto por seus cabelos e a boca sorridente quase beijava sua orelha enquanto cochichava repetitivamente o delicioso segredo:

— *Jessie! Nora! Esposinha! Bobrinha! Jessie! Jessie! Jessie!*

Ela sentiu uma explosão branca dentro dos olhos, e o que restou foi um grande buraco negro. Quando mergulhou nele, teve um último pensamento coerente: *Eu não devia ter olhado — afinal acabei queimando os olhos.*

Então, desmaiou por cima do volante. Quando o Mercedes bateu num dos grandes pinheiros que margeavam aquele trecho da estrada, o cinto travou e com um tranco a puxou de volta ao encosto. A batida provavelmente teria inflado o *air bag*, se o Mercedes fosse um modelo mais recente equipado com tal dispositivo. Mas a pancada não foi bastante forte para danificar o motor, nem mesmo para fazê-lo morrer; a velha eficiência germânica triunfara mais uma vez. A pancada amassou o para-choque e a grade, e entortou o enfeite do capô, mas o motor continuou funcionando em marcha lenta satisfatoriamente.

Uns cinco minutos depois, um microchip no painel do carro acusou que o motor já tinha esquentado o suficiente para ligar o aquecimento. Ventoinhas sob o painel começaram a soprar suavemente. Jessie tinha tombado meio de lado contra a porta do motorista, a bochecha achatada contra a janela, parecendo uma criança cansada que finalmente apagara, praticamente à vista da casa da vovó, ali depois da próxima lombada. Acima de sua cabeça, o espelho retrovisor refletia o assento traseiro vazio e a estradinha deserta iluminada pela lua.

Capítulo Trinta e Cinco

ESTIVERA nevando durante toda a manhã — um tempo deprimente, mas bom para escrever cartas — e quando um raio de sol bateu no teclado do Macintosh, Jessie ergueu os olhos surpresa, interrompendo seus pensamentos. O que viu pela janela não a encantou apenas; provocou uma emoção que não sentia havia muito tempo e não esperava sentir ainda por muito tempo, se voltasse a senti-la. Era alegria — uma alegria profunda, complexa, que jamais teria conseguido explicar.

A neve não tinha parado de cair — pelo menos, não de todo —, mas um radiante sol de fevereiro rompera a camada de nuvens, colorindo a neve depositada no chão e a que ainda flutuava no ar de um branco cintiliante como diamante. A janela apresentava uma vista panorâmica do Passeio Oriental de Portland, um cenário que sempre acalmara e fascinara Jessie, em qualquer tempo ou estação, mas que nunca tinha se apresentado assim; a neve e o sol juntos tinham transformado o ar cinzento da baía de Casco em um fabuloso porta-joias de arco-íris entrelaçados.

Se existissem pessoas de verdade vivendo nos globos de neve, daqueles que a pessoa sacode quando quer para produzir uma nevasca, elas veriam essa paisagem o tempo todo, pensou, e riu. O som foi tão fabulosamente estranho aos seus ouvidos quanto o sentimento de alegria ao seu coração, e foi preciso pensar apenas um instante para descobrir o porquê: não ria desde outubro do ano anterior. Passara a se referir àquelas horas, as últimas de sua vida que pretendia passar em Kashwakamak (ou qualquer outro lago), simplesmente como "tempos difíceis". Achava que a frase informava o necessário e nem uma palavra a mais. Que era exatamente o que queria.

Nenhuma risada desde aquela época? Lhufas? Nada? Tem certeza?

Certeza *absoluta*, não. Supunha que talvez tivesse rido em sonhos — Deus sabe em quantos tinha chorado —, mas, contando-se apenas as horas de vigília, até agora não marcara nenhum gol. Lembrava-se da última vez com muita clareza: passava a mão esquerda pela frente do corpo para poder tirar as chaves do bolso direito da saia-calça, dizendo à escuridão e ao vento que ia se fingir de ameba e se dividir. Essa, que se lembrasse, tinha sido a última vez que rira.

— Só essa e mais nenhuma — Jessie murmurou. Tirou do bolso da blusa um maço de cigarros e acendeu um. Nossa, como aquela frase revivia tudo — a única outra coisa que tinha o mesmo poder com igual velocidade e detalhe, ela descobrira, era aquela música horrível de Marvin Gaye. Ouvira-a uma vez no rádio, quando voltava de uma das intermináveis consultas médicas que ocuparam sua vida nesse inverno, Marvin gemia, naquela voz macia e insinuante, "Todo mundo sabe... principalmente vocês, brotinhos...". Ela desligara o rádio na hora, mas se sentira trêmula demais para dirigir. Estacionara e aguardara o tremor mais violento passar. Depois de algum tempo passara, mas nas noites em que não acordava repetindo aquela frase de *O Corvo* para o seu travesseiro encharcado de suor, ela se ouvia cantando "Testemunha, Testemunha". Nas contas de Jessie, eram seis vezes de uma para meio milhão da outra.

Deu uma tragada profunda no cigarro, soprou três círculos perfeitos e observou-os subir lentamente, ultrapassando o Macintosh.

Quando as pessoas suficientemente burras ou inconvenientes faziam perguntas sobre sua provação (e descobrira que conhecia muito mais gente burra e inconveniente do que jamais imaginara existir), dizia-lhes que não conseguia se lembrar da maior parte do que tinha acontecido. Depois dos dois ou três primeiros depoimentos à polícia, ela começara a responder o mesmo aos tiras e a quase todos os colegas de Gerald. A exceção fora Brandon Milheron. A ele tinha contado a verdade, em parte porque precisava de sua ajuda, mas, principalmente, porque Brandon tinha sido a única pessoa que demonstrara alguma compreensão pelo sofrimento que tinha passado... e continuava a passar. Ele não perdera tempo com piedade, e isso foi um alívio. Jessie também descobrira que a piedade era artigo barato na esteira de uma tragédia, e que toda a piedade do mundo não valia um níquel furado.

Em todo o caso, os tiras e os repórteres tinham aceitado sua amnésia — e o resto de sua história — pelo que valia, isso era o que importava, e por que não? As pessoas que passavam por um sério trauma físico ou mental em geral bloqueavam a lembrança do que tinha acontecido; os tiras sabiam disso até melhor que os advogados, e Jessie sabia melhor do que qualquer um deles. Aprendera muito sobre traumas físicos e mentais desde outubro. Os livros e artigos ajudaram-na a encontrar razões plausíveis para não falar sobre o que não queria falar, mas não tinham servido para muito mais. Ou talvez ainda não tivesse lido os casos clínicos certos — os que tratavam de mulheres algemadas que eram forçadas a ver o marido se transformar em ração Purina para cães.

Jessie surpreendeu-se rindo novamente — uma boa e sonora risada, dessa vez. E *aquilo* tinha graça? Aparentemente tinha, mas também era uma dessas graças que a pessoa jamais poderia dividir com alguém. Por exemplo, o ridículo do pai ter se excitado tanto com um eclipse solar que ejaculara no fundilho de sua calcinha. Ou aquele outro — de *rolar* de rir — de pensar que o bocadinho de esperma que vazou no seu bumbum poderia engravidá-la.

De qualquer forma, a maioria dos casos clínicos sugeriam que a mente humana reagia aos traumas extremos da mesma forma que um polvo reage ao perigo — envolvendo a paisagem inteira em uma nuvem de tinta escura. A pessoa sabia que *alguma coisa* acontecera, e que não tinha sido nenhum piquenique, mas era só. Todo o resto desaparecia oculto pela tinta. Era o que diziam muitos pacientes desses casos clínicos — gente que fora estuprada, gente que sofrera acidentes de carro, gente que num incêndio se escondera num armário para morrer, até mesmo uma senhora paraquedista cujo paraquedas não se abrira e fora retirada, muito ferida mas milagrosamente viva, do pântano em que tinha caído.

Como foi sua descida?, perguntaram-lhe. *Em que foi que pensou quando percebeu que o seu paraquedas não abriu, nem ia abrir?* E a senhora respondeu: *Não me lembro. Lembro-me do instrutor me dar a partida* com um toque no ombro, e acho que me lembro do mergulho no ar, mas a próxima coisa de que me lembro é de estar numa maca e de perguntar a um dos homens que me colocavam na ambulância se estava muito machucada. Tudo o que aconteceu entre uma cena e a outra é apenas um borrão. É provável que eu tenha rezado, mas nem disso tenho certeza.

Ou talvez você realmente se lembrasse de tudo, minha amiga voadora, pensou Jessie, *e mentisse como eu. Talvez até pelas mesmas razões. Pelo que sei, todos os pacientes descritos nos casos clínicos em todos os livros que li mentiram*.

Acho que sim. Mas, se tinham mentido ou não, o fato é que ela *realmente* se lembrava das horas que passara algemada na cama — desde o clique da chave na segunda fechadura até o momento paralisante final, quando espiou pelo retrovisor e constatou que a coisa da casa tinha se transformado na coisa do banco traseiro, lembrava-se de tudo. Lembrava-se dessas cenas durante o dia e de noite revivia-as em terríveis pesadelos em que o copo d'água passava por ela escorregando pela prateleira inclinada e se espatifava no chão, em que o vira-lata desdenhava o bufê frio estendido no soalho e dava preferência à refeição quente em cima da cama, em que o pavoroso visitante noturno no canto perguntava, *Você me ama, Bobrinha?*, na voz do pai, e vermes esguichavam como sêmen do seu pênis ereto.

Mas *lembrar-se* de uma coisa e *revivê-la* não impunha a obrigação de *falar* dela, mesmo quando as lembranças faziam a pessoa suar e os pesadelos a faziam gritar. Perdera quase 5 quilos desde outubro (bem, isso era faltar um pouco com a verdade; perdera quase 8 quilos), voltara a fumar (um maço e meio por dia, e mais um avantajado cigarro de maconha antes de dormir), sua pele ficara destruída, e, de repente, seus cabelos estavam embranquecendo na cabeça toda e não nas têmporas apenas. Nisso podia dar jeito — não era o que fizera nos últimos cinco anos ou mais? —, mas até o momento simplesmente não tinha conseguido reunir energia suficiente para discar para o salão em Westbrook e marcar uma hora. Além do mais, para quem ia manter uma boa aparência? Estaria pensando talvez em passar por alguns bares para conferir os talentos locais?

Boa ideia, pensou. *Aí um cara vai me perguntar se pode me oferecer uma bebida, eu vou dizer que sim, e então, enquanto esperamos que o garçom nos sirva, conto para ele — assim, descontraidamente — que sempre sonho com meu pai ejaculando vermes em vez de sêmen. Com uma conversa interessante e amena assim, tenho certeza de que ele vai me convidar para o seu apartamento no ato. Não vai nem querer ver um atestado médico de que sou HIV-negativa.*

Em meados de novembro, quando começara a acreditar que a polícia realmente ia deixá-la em paz e que o aspecto sexual da história não ia aparecer nos jornais (levou muito tempo para acreditar nisso, porque seu maior temor fora o sensacionalismo), Jessie resolveu experimentar novamente uma terapia com Nora Callighan. Talvez não quisesse guardar isso no íntimo, a emanar vapores venenosos pelos próximos trinta ou quarenta anos, enquanto se decompunha. Como sua vida poderia ter sido outra se tivesse conseguido contar a Nora Callighan o que acontecera no dia do eclipse! Aliás, que diferença teria feito se aquela moça não tivesse entrado na cozinha na hora que entrou naquela noite na Paróquia de Neuworth! Talvez nenhuma... mas talvez muita.

Talvez *muitíssima*.

Então discou para a associação informal de psicanalistas a que Nora pertencia, e emudeceu de choque quando a telefonista lhe informou que Nora falecera de leucemia no ano anterior — uma variante estranha e traiçoeira que se escondera nos becos do seu sistema linfático até ser tarde demais para qualquer tratamento. Será que Jessie gostaria de marcar com Laurel Stevenson?, perguntou a recepcionista, mas Jessie se lembrava de Laurel — uma beldade alta, de cabelos e olhos escuros, que usava sandálias de saltos muito altos e parecia ser do tipo que só sente muito prazer sexual quando fica por cima. Respondeu à recepcionista que ia pensar. E com isto deu o assunto por encerrado.

Nos três meses que se seguiram à notícia da morte de Nora, Jessie teve bons dias (quando sentia apenas medo) e dias ruins (quando se sentia apavorada demais até para deixar o quarto, quanto mais a casa), mas somente Brandon Milheron conheceu a história mais ou menos completa dos tempos difíceis pelos quais Jessie Mahout tinha passado no lago... e Brandon não acreditara nos aspectos mais loucos da história que ouvira. Sentira compaixão, sim, mas não acreditara. Pelo menos, de início.

— Nada de brinco de pérola — comunicara-lhe um dia depois de ouvir falar do desconhecido de rosto pálido e comprido. — Nada de pegada, tampouco. Pelo menos nada disso consta dos registros policiais.

Jessie sacudiu os ombros e não disse nada. *Poderia* ter dito, mas lhe pareceu mais seguro não dizer. Sentira muita necessidade de um amigo nas semanas que se seguiram à fuga da casa de veraneio, e Brandon tinha desempenhado admiravelmente esse papel. Não queria distanciá-lo nem afastá-lo completamente com conversas sem pé nem cabeça.

E havia mais um detalhe também, algo simples e direto: Brandon talvez tivesse razão. Talvez o visitante não passasse de uma ilusão provocada pela luz da lua.

Aos poucos ela conseguiu se convencer, pelo menos durante as horas de vigília, de que essa era a verdade. O seu caubói espacial tinha sido uma espécie de teste psicológico de Rorschach, produzido com sombras impelidas pelo vento e imaginação em vez de tinta e papel. Não se culpava por nada disso; muito ao contrário. Se não fosse a imaginação, ela jamais teria visualizado como apanhar o copo d'água... e mesmo que o *tivesse* apanhado, jamais teria pensado em usar um cartão de assinatura como canudo. Não, achava que sua imaginação mais do que merecia o direito a algumas alucinações, mas Jessie continuava a achar importante lembrar que estivera sozinha naquela noite. Achava que, se a recuperação começava em algum ponto, esse ponto era a capacidade de separar a realidade da fantasia. Dissera a Brandon algo nesse sentido. Ele sorrira, abraçara-a, beijara sua testa e concluíra que ela estava melhorando sob todos os aspectos.

Então, na sexta-feira passada, aconteceu de seus olhos baterem numa reportagem em destaque na seção de notícias do *Press-Herald*. Todas as suas crenças começaram a mudar então, e continuaram a mudar à medida que a história de Raymond Andrew Joubert iniciou sua marcha progressiva deixando de ser notícia secundária no calendário de eventos da comunidade para a ronda da polícia, para finalmente ser manchete na primeira página. Então, ontem... sete dias depois do nome de Joubert ter aparecido pela primeira vez na página do jornal...

Jessie ouviu uma batida na porta, e sua primeira sensação, como sempre, foi uma pontada instintiva de medo. Veio e foi quase despercebida. Quase... mas não inteiramente.

— Meggie? É você?

— Sou eu, madame.

— Pode entrar.

Megan Landis, a empregada que Jessie contratara em dezembro (quando o primeiro cheque polpudo do seguro chegara via carta registrada), entrou trazendo um copo de leite numa bandeja. Ao lado do copo, uma pequena cápsula, cinza e rosa. À vista do copo, o pulso direito de Jessie começou a coçar violentamente. Isso nem sempre acontecia, mas não era uma reação incomum. Pelo menos os repuxões e aquela estranha sensação de que a pele estava se despregando dos ossos tinham praticamente cessado. Houve um momento, antes do Natal, em que Jessie realmente acreditou que ia passar o resto da vida bebendo em copos plásticos.

— Como está a patinha hoje? — Meggie perguntou, como se tivesse captado a comichão de Jessie por uma espécie de telepatia sensorial. E Jessie não achou a ideia ridícula. Por vezes achava as perguntas de Meggie, e a intuição que as provocavam, um pouco anormais, mas nunca ridículas.

A mão a que se referia, agora iluminada pela luz do sol que a sobressaltara e distraíra do que estivera escrevendo no Macintosh, estava protegida por uma luva preta, forrada com um polímero antiatrito da era espacial. Jessie supunha que a luva para queimaduras — era essa sua utilidade — tinha sido aperfeiçoada em uma guerrinha suja dessas que ocorrem pelo mundo. Não que fosse se recusar a usá-la por tal motivo, nem que fosse parecer ingrata. Sentia-se realmente grata. Depois do terceiro enxerto de pele, a pessoa aprendia que, na vida, a gratidão era uma das poucas salváguardas confiáveis contra a insanidade.

— Nada mal, Meggie.

A sobrancelha esquerda de Meggie se arqueou, parando um pouquinho abaixo da altura que indicava descrença.

— Não? Se andou batendo nesse teclado as três horas que esteve aqui dentro, aposto que a mão está cantando ave-marias.

— Verdade que estou aqui há...? — Consultou o relógio e constatou que era verdade. Olhou para a barra no canto da tela e viu que estava na quinta página de um texto que abrira logo depois do café. Agora era quase hora do almoço e o mais surpreendente é que a verdade não estava tão longe do que a sobrancelha arqueada de Meggie queria insinuar: a mão realmente não estava tão mal assim. Poderia ter esperado mais uma hora pela cápsula de analgésico se precisasse.

Contudo colocou-a na boca e a engoliu com o leite. Quando estava tomando o último gole, seus olhos se voltaram para a tela e leram o que escrevera:

Ninguém me encontrou naquela noite; acordei sozinha pouco antes do amanhecer. O motor tinha finalmente afogado, mas o carro continuava quente. Pude ouvir os passarinhos cantarem na mata, e através das árvores vi o lago, liso como um espelho, liberando serpentinas de vapor de sua superfície. Apreciei sua beleza ao mesmo tempo que senti ódio, o mesmo ódio que sinto desde então só de pensar nele. Você entende uma coisa dessas, Ruth? Eu não consigo.

Minha mão doía barbaramente — o efeito da aspirina passara havia muito tempo —, mas o que eu sentia, apesar da dor, era a mais incrível sensação de paz e bem-estar. Alguma coisa a perturbava, porém. Alguma coisa que eu tinha esquecido. A princípio não consegui me lembrar do que era, creio que o meu cérebro *não queria* que eu me lembrasse do que era. Então, de repente, lembrei. Ele estivera no banco traseiro e se inclinara para sussurrar os nomes de todas as minhas vozes no meu ouvido.

Espiei pelo espelho e vi que o banco traseiro estava vazio. Isso tranquilizou minha mente um pouco, mas então...

As palavras paravam nesse ponto, o cursor piscava ansiosamente adiante da última frase inacabada. Parecia chamá-la, insistindo que prosseguisse, e inesperadamente Jessie recordou-se de um poema que lera em um livrinho maravilhoso de Kenneth Patchen. O livro intitulava-se *Ainda assim*, e dizia: "Ora, criança, se quiséssemos te fazer mal, achas que estaríamos à espreita à beira do caminho na parte mais escura da floresta?"

Boa pergunta, Jessie pensou, e deixou o olhar vagar da tela para o rosto de Meggie Landis. Jessie gostava da irlandesa bem-disposta, gostava muito dela — ora bolas, *devia* muito a ela —, mas, se a tivesse surpreendido lendo o texto na tela do Macintosh, a empregada estaria descendo a avenida Forest com o dinheiro do aviso prévio no bolso, antes que alguém pudesse dizer: *Querida Ruth, imagino que esteja surpresa em receber notícias minhas depois de todos esses anos.*

Mas Megan não estava olhando para a tela do computador; apreciava a vista panorâmica do Passeio Oriental e da baía de Casco mais adiante. O sol ainda brihava e a neve continuava a cair, embora tivesse diminuído visivelmente.

— O diabo está surrando a mulher — Meggie comentou.

— Que foi que disse? — Jessie perguntou sorrindo.

— É o que minha mãe costumava dizer quando o sol saía antes de parar de nevar. — Meggie pareceu um pouco acanhada ao estender a mão para receber o copo vazio. — Não tenho muita certeza do significado dessa frase.

Jessie concordou com a cabeça. O acanhamento de Meggie Landis tinha se transformado em outra coisa — uma coisa que pareceu a Jessie inquietação. Por um instante não teve ideia de o que poderia ter feito Meggie reagir assim, então compreendeu — uma coisa tão óbvia que passava despercebida. Tinha sido o sorriso. Meggie não estava acostumada a ver Jessie sorrir. Jessie quis tranquilizá-la, que estava tudo bem, que o sorriso não significava que fosse pular da cadeira para cortar a garganta de Meggie.

Em vez disso, respondeu à empregada:

— Minha mãe costumava dizer: "O sol não bate no rabo do mesmo cachorro todos os dias." Eu também nunca soube o que isso queria dizer.

A empregada olhou na direção do Macintosh, então, mas foi um brevíssimo olhar de dispensa: *Está na hora de guardar os seus brinquedos, dona Jessie,* dizia o olhar.

— O comprimido vai lhe dar sono se você não comer alguma coisa em seguida. Tenho um sanduíche pronto e a sopa está esquentando no fogo.

Sopa e sanduíche — comida de criança, o almoço que você comia depois de andar de trenó a manhã inteira quando a escola fechava em dia de vento nordeste; pratos que você comia com o rosto tão vermelho de frio que parecia em chamas. A comida era absolutamente apetitosa, mas...

— Desta vez eu passo, Meg.

A testa de Meggie se enrugou e os cantos da boca caíram. Era uma expressão que Jessie observara muitas vezes, desde que Meggie começou a trabalhar, quando ela sentia tanta necessidade de um analgésico a mais que chegava a chorar. Megan, porém, jamais cedera às suas lágrimas. Jessie imaginava que fora essa a razão de ter contratado a irlandesinha — sentira desde o início que Meggie não era pessoa de ceder. Era dureza quando tinha de ser... mas não ia levar a melhor desta vez.

— Você precisa comer, Jess. Está parecendo um espantalho. — Agora era o cinzeiro cheio que recebia o seu olhar de açoite. — E precisa parar com *essa* merda também.

Farei você parar de fumar, minha altiva bela, Gerald falou em sua mente, e Jessie sentiu um calafrio.

— Jessie? Você está bem? Algum vento encanado?

— Não. Alguém pisou na minha sepultura. — Ela sorriu desanimada. — Estamos parecendo uma enciclopédia de ditos populares hoje, não estamos?

— Você já foi avisada várias vezes para não exagerar...

Jessie estendeu a mão direita coberta pela luva preta e, hesitante, tocou a mão esquerda de Meggie.

— Minha mão está melhorando muito, não acha?

— Acho. Se você está conseguindo usar a mão naquela máquina, mesmo com intervalos, durante três horas ou mais sem gritar pelo analgésico no minuto que entrei aqui, então acho que está melhorando até mais depressa do que o dr. Magliore previu. Ainda assim...

— Ainda assim está melhorando, e isso é ótimo... certo?

— Claro que é ótimo. — A empregada olhou para Jessie como se ela fosse maluca.

— Muito bem, agora estou tentando melhorar o resto. O primeiro passo é escrever uma carta a uma velha amiga. Prometi a mim mesma, em outubro, durante meus tempos difíceis, que, se conseguisse me safar da enrascada em que me metera, faria isso. Mas fui adiando. Agora finalmente comecei e não me atrevo a parar. Poderia perder a coragem se parasse.

— Mas a pílula...

— Acho que tenho apenas o tempo contado para terminar a carta e metê-la num envelope antes de sentir sono demais para trabalhar. Então posso tirar um grande cochilo, e quando acordar jantarei mais cedo. — Tocou a mão esquerda de Meggie com a sua direita, um gesto de reafirmação que era ao mesmo tempo desajeitado e carinhoso. — Um jantar grande e caprichado.

A testa de Meggie não desenrugou.

— Não faz bem pular refeições, Jessie, e você sabe disso.

Gentilmente, Jessie respondeu:

— Há coisas mais importantes do que refeições. Você também sabe disso tão bem quanto eu, não sabe?

Meggie tornou a olhar para o computador, então suspirou e concordou com a cabeça. Quando falou, foi no tom de alguém que se curva a um sentimento convencional em que realmente não acredita.

— Acho que sei. E mesmo que não soubesse, você é quem manda.

Jessie concordou, percebendo pela primeira vez que isso era mais do que uma fantasia que as duas alimentavam por uma questão de conveniência.

— Acho que nisso você tem razão.

A sobrancelha de Meggie subiu até a metade de novo.

— E se eu trouxer o sanduíche e deixar aqui no cantinho da escrivaninha?

Jessie sorriu.

— Negócio fechado!

Dessa vez Meggie retribuiu o sorriso. Quando trouxe o sanduíche três minutos depois, Jessie já tinha retomado sua posição diante da tela iluminada, que refletia em sua pele um verde doentio de revista em quadrinhos, e se concentrava no que lentamente digitava no teclado. A irlandesinha não fez nenhum esforço para ser silenciosa — ela era daquele tipo de mulher que provavelmente seria incapaz de andar pé ante pé mesmo que sua vida dependesse disso —, mas, ainda assim, Jessie não a ouviu entrar nem sair. Tinha retirado uma pilha de recortes de jornais da gaveta superior da escrivaninha e parara de teclar para folheá-los. Havia fotografias na maioria dos recortes, fotografias de um homem com um rosto estranho e fino, o queixo para dentro e a testa para fora. Seus olhos encovados eram escuros e redondos e absolutamente inexpressivos, olhos que fizeram Jessie pensar ao mesmo tempo em Dondi, o menino rejeitado, personagem de quadrinhos, e Charles Manson, líder de uma seita. Lábios grossos como fatias de fruta projetavam-se abaixo do nariz fino de lâmina.

Meggie parou às costas de Jessie por um instante, esperando ser percebida, então resmungou um "Hum!" em voz baixa e se retirou do aposento. Mais ou menos 45 minutos depois, Jessie olhou para a esquerda e viu o sanduíche de queijo quente. Esfriara, o queijo coagulara em grumos, mas ela o devorou assim mesmo, em cinco mordidas rápidas. Então voltou ao Macintosh. O cursor recomeçou sua dança diante dos olhos de Jessie, conduzindo-a com firmeza pela floresta adentro.

Capítulo Trinta e Seis

ISSO me tranquilizou um pouco, mas então pensei: "Ele poderia estar agachado ali atrás para não aparecer no espelho." Por isso fiz força para me virar, embora mal pudesse acreditar que estivesse tão fraca. Até uma batida mínima causava na minha mão a sensação de que alguém a cutucava com um atiçador em brasa. Não havia ninguém ali, naturalmente, e tentei me convencer de que, da última vez que o vira, na realidade, *havia* apenas sombras... sombras e excesso de imaginação.

Mas não conseguia acreditar inteiramente nisso, Ruth — nem mesmo com o sol no céu e eu livre de algemas, fora da casa, segura em meu próprio carro. Minha impressão era de que, se ele não estava no banco traseiro, então estaria na mala do carro, e, se não estivesse na mala, estaria agachado junto ao para-choque traseiro. Em outras palavras, minha impressão era de que ele continuava comigo e tem continuado comigo desde então. É isso que preciso fazer você — ou alguém — compreender; é isso que preciso realmente contar. *Ele tem estado comigo desde então.* Mesmo quando minha mente racional concluiu que ele provavelmente tinha sido um efeito de sombras e luar *todas* as vezes que o vira, ele continuava comigo. Ou talvez eu devesse dizer que a *coisa* continuava comigo. Meu visitante é "o homem de rosto pálido" quando o sol se levanta, entende, mas é a "coisa de rosto pálido" quando o sol se põe. De qualquer maneira, fosse gente ou coisa, com o tempo, minha mente racional desistiu dele, mas descobri que isso não bastou. Porque toda vez que uma tábua estala em casa de noite, sei que a coisa voltou, toda vez que uma sombra incomum dança na parede, sei que a coisa voltou, toda vez que ouço um passo estranho se aproximar na rua, sei que a coisa voltou — voltou para concluir sua tarefa. Estava no Mercedes naquela manhã quando acordei, e tem estado aqui na minha casa no Passeio Oriental quase toda noite, talvez escondido atrás das cortinas ou no closet, com sua cesta retangular entre os pés. Não há estacas mágicas para transpassar o coração de monstros reais e, Ruth, isso me deixa muito *cansada*.

Jessie fez uma pausa para esvaziar o cinzeiro que estava cheio demais e acender outro cigarro. Seus gestos foram lentos e deliberados. Suas mãos tinham adquirido um tremor ligeiro mas visível, e ela não queria se queimar. Quando o cigarro acendeu, ela deu uma grande tragada, exalou a fumaça, encaixou o cigarro no cinzeiro e voltou ao computador.

Não sei o que teria feito se a bateria do carro estivesse descarregada — ficaria sentada ali até aparecer alguém, acho, mesmo que isso significasse passar ali o dia todo —, mas não estava, e o motor pegou de primeira. Dei marcha à ré para me afastar da árvore em que tinha batido e consegui colocar o carro de volta na estradinha. O tempo todo senti vontade de dar uma espiada no retrovisor, mas tive medo. Tive medo de voltar a vê-lo. Não porque estivesse ali, entende — eu sabia que não estava —, mas porque minha mente poderia me *fazer* vê-lo.

Finalmente, assim que cheguei a Bay Lane, *espiei*. Não pude me conter. Não havia nada no espelho exceto o banco traseiro, é claro, e isso tornou o resto da viagem um pouco mais tranquilo. Entrei na estrada 117 e segui até o Dakin's — é um desses lugares que o pessoal local frequenta quando está duro demais para ir a Rangeley ou a um dos bares de Motton. Em geral sentam-se ao balcão, comem bolinhos e trocam mentiras sobre as aventuras do sábado à noite. Estacionei atrás das bombas de gasolina e fiquei sentada ali bem uns cinco minutos, observando os lenhadores, os vigias, os caras da companhia de luz chegarem e saírem. Não conseguia acreditar que fossem reais — não é uma piada? Achei que eram fantasmas, que meus olhos não demorariam a se ajustar à luz do dia e eu poderia simplesmente enxergar através deles. Senti sede outra vez e todas as vezes que alguém saía com um daqueles copinhos de café feitos de isopor, a sede aumentava, mas eu ainda não conseguia me dispor a sair do carro... caminhar entre os fantasmas, por assim dizer.

Sabia que teria de fazê-lo em algum momento, mas, antes que conseguisse reunir coragem para puxar a trava-mestra, Jimmy Eggart chegou e estacionou do meu lado. Jimmy é um alto executivo de Boston, aposentado, que mora no lago o ano inteiro desde que a mulher faleceu em 1987 ou 1988. Desceu do carro, olhou para mim, me reconheceu e começou a sorrir. Então seu rosto mudou, primeiro expressou preocupação e, em seguida, horror. Aproximou-se do Mercedes e se curvou para espiar pela janela, e foi tal o seu espanto que todas as rugas desapareceram de seu rosto. Lembro-me muito bem: o espanto rejuvenesceu Jimmy Eggart.

Vi sua boca formar as palavras "Jessie, você está bem?". Tive vontade de abrir a porta, mas, de repente, me acovardei. Ocorreu-me uma ideia maluca. Que a coisa que eu andara chamando de caubói espacial tivesse estado na casa de Jimmy também, só que Jimmy não tivera a minha sorte. A coisa o matara, cortara seu rosto, e vestira-o como se fosse uma máscara do dia das bruxas... Eu *sabia* que era uma ideia maluca, mas saber disso não mudava nada, porque eu não conseguia parar de pensar. Também não conseguia me decidir a abrir a porra da porta do carro.

Não sei qual era a minha aparência naquela manhã e nem *quero* saber, mas devia ter sido ruim, porque em seguida Jimmy Eggart abandonou o ar de espanto. Parecia apavorado o bastante para correr e enojado o bastante para vomitar. Não fez nenhuma das duas coisas, Deus o abençoe. O que ele fez foi abrir a porta do carro e me perguntar o que acontecera, se tinha sido um acidente ou se alguém tinha me atacado.

Só precisei baixar os olhos para ter uma ideia do que o alarmara. Em algum momento o corte em meu pulso devia ter reaberto, porque o absorvente com que eu o tinha amarrado era só sangue. A frente da minha saia também era só sangue, como se eu tivesse tido a maior menstruação de todos os tempos. Eu estava sentada em cima de sangue, havia sangue no volante, sangue no painel, sangue na alavanca de marchas... havia até respingos de sangue no para-brisa. Quase tudo tinha secado e assumido aquele feio vermelho-escuro característico do sangue — para mim lembra leite achocolatado —, mas ainda havia algum sangue úmido e vermelho. Até ver uma coisa dessas, Ruth, ninguém faz ideia da quantidade de sangue que realmente circula numa pessoa. Não admira que Jimmy tenha se apavorado.

Tentei sair do carro — acho que queria mostrar a ele que era capaz de fazer isso sozinha para tranquilizá-lo —, mas bati a mão direita no volante e tudo ficou branco e cinzento. Não perdi inteiramente os sentidos, mas foi como se o último feixe de ligações entre a minha cabeça e o meu corpo tivesse sido cortado. Senti que tombava para a frente e lembro-me de pensar que ia encerrar minhas aventuras perdendo a maioria dos dentes no asfalto... e olha que gastara uma fortuna para mandar encapar os incisivos ainda no ano anterior. Então Jimmy me segurou... logo pelos seios, imagine. Ouvi-o gritar para a loja — "Ei, pessoal! Preciso de uma ajudinha aqui!" — num tom alto e esganiçado de velho que me deu vontade de rir... só que eu estava cansada demais para rir. Apoiei a cabeça de lado em seu peito e respirei com dificuldade. Senti o coração bater acelerado, mas ele não parecia bater, como se não existisse o *que* bater. O dia começou a recuperar alguma luz e alguma cor, e vi meia dúzia de homens saírem para saber qual era o problema. Lonnie Dakin foi um deles. Vinha comendo um bolinho e usava uma camiseta cor-de-rosa com os dizeres NÃO HÁ BÊBADO OFICIAL NESTA CIDADE, TODOS FAZEMOS REVEZAMENTO. É engraçado o que a gente lembra quando acha que está prestes a morrer, não é?

— Quem fez isso com você, Jessie? — Jimmy perguntou. Tentei responder mas não consegui falar. O que provavelmente foi muito bom, considerando o que estava tentando dizer. Acho que foi "Meu pai".

Jessie apagou o cigarro, então baixou os olhos para a primeira fotografia da pilha de recortes. O rosto fino, bizarro, de Raymond Andrew Joubert encarou-a extasiado... do mesmo jeito que fizera do canto do quarto na primeira noite, e do escritório do marido recém-falecido na segunda. Ela passou quase cinco minutos nessa contemplação silenciosa. Então, com o ar de quem acorda sobressaltada de um rápido cochilo, acendeu outro cigarro e voltou sua atenção para a carta. A barra na tela agora informava que ela estava na página sete. Ela se esticou, ouviu os estalinhos que a coluna produziu, então recomeçou a digitar. O cursor retomou sua dança.

Vinte minutos depois — vinte minutos durante os quais descobri como os homens podem ser carinhosos, preocupados e comicamente birutas (Lonnie Dakin me perguntou se eu queria um Ponstan) —, eu me achava instalada numa ambulância a caminho do hospital de Northern Cumberland, com as luzes giratórias e a sirene ligadas. Uma hora mais tarde já estava deitada em uma cama de hospital, observando o sangue descer por um tubo e entrar no meu braço e ouvindo um cantor country babaca cantar como sua vida era dura desde que a mulher o deixara e seu furgão enguiçara.

Com isso termina a Parte Um da minha história, Ruth — vamos chamá-la Little Nell atravessa o gelo, ou Como me livrei das algemas e me salvei. Há mais duas partes, que imagino serem O Rescaldo e O Artilheiro. Vou passar rapidamente pelo Rescaldo, porque só tem algum interesse se a pessoa entende de enxertos de pele e dores, mas principalmente porque quero chegar ao Artilheiro antes que me canse demais e o computador me deixe tonta demais para contar do jeito que deve ser. E, pensando bem, do jeito que você merece ouvi-la. Essa ideia acabou de me ocorrer, e é a verdade com bunda de fora como costumávamos dizer. Afinal de contas, sem o Artilheiro provavelmente eu nem estaria lhe escrevendo.

Antes de entrar nessa parte, porém, preciso lhe falar um pouco mais sobre Brandon Milheron, o que realmente resume o período do Rescaldo para mim. Foi durante a primeira parte de minha recuperação, uma época terrível, que Brandon apareceu e mais ou menos me adotou. Gostaria de dizer que é uma pessoa gentil, porque esteve ali presente durante um dos momentos mais infernais de minha vida, mas ser gentil não o descreve de todo — ele tem o talento de levar as coisas até o fim, de manter a objetividade e cada coisa em seu lugar. E isso também não o descreve de todo — ele faz mais e é muito mais do que isso —, mas o tempo avança e não me estenderei agora. Basta dizer que, para um homem cuja função era cuidar dos interesses de um escritório de advocacia conservador após uma situação potencialmente escandalosa que envolvia um dos sócios mais antigos da firma, Brandon gastou muito tempo segurando minha mão e me animando. Além disso, nunca brigou comigo por chorar nas lapelas dos seus ternos elegantes. E, se fosse apenas isso, eu provavelmente não estaria falando sobre ele, há outra coisa. Algo que ele fez por mim ainda ontem. Tenha fé, criança — estamos chegando lá.

Brandon e Gerald trabalharam muito ligados nos últimos 14 meses da vida do meu marido — em uma ação que envolvia uma das principais cadeias de supermercados daqui. Ganharam a causa, qualquer que fosse, e, o mais importante para esta sua amiga, construíram um bom relacionamento. Tenho a impressão de que quando os velhotes que dirigem a firma finalmente retirarem o nome de Gerald do papel timbrado, o de Brandon ocupará o seu lugar. Mas, enfim, ele foi a pessoa ideal para essa missão que o próprio Brandon definiu como controle de danos durante seu primeiro encontro comigo no hospital.

Ele tem um jeito meigo de ser — tem mesmo — e foi sincero comigo de imediato, mas naturalmente tinha o seu próprio esquema em mente. Acredite em mim quando digo que tenho os olhos bem abertos nesse assunto, minha querida; afinal de contas fui casada com um advogado por quase vinte anos, e sei com que ferocidade compartimentam os vários aspectos de suas vidas e personalidades. É o que lhes permite sobreviver sem muitos colapsos nervosos, suponho, mas é também o que os torna, na maioria, absolutamente repugnantes.

Brandon nunca foi repugnante, mas era um homem que tinha uma missão específica: abafar qualquer publicidade desfavorável que pudesse atingir a firma. Isso significava abafar qualquer publicidade negativa que pudesse atingir a Gerald ou a mim, naturalmente. Esse é o tipo de tarefa em que o responsável pode acabar se ferrando se der o menor azar, mas Brandon aceitou-a assim mesmo, de imediato... e diga-se a seu favor, nem uma única vez tentou me dizer que aceitou a incumbência em respeito à memória de Gerald. Aceitou-a porque era o que Gerald chamaria de oportunidade de fazer carreira — o tipo de incumbência que, se for bem-sucedida, pode servir de atalho para chegar ao escalão superior. E Brandon está tendo sucesso, e isso me alegra. Tratou-me com extrema bondade e compaixão, o que já é razão suficiente para me alegrar por ele, mas há, também, outras duas razões. Ele nunca perdeu as estribeiras quando eu lhe contava que alguém da imprensa tinha me ligado ou visitado, e nunca agiu como se eu fosse apenas uma tarefa — e nada mais. Você quer saber o que realmente acho, Ruth? Embora eu seja sete anos mais velha que o homem de quem estou falando e ainda pareça arrasada, gasta e mutilada, acho que Brandon Milheron talvez tenha se apaixonado um pouquinho por mim... ou com a heroica Little Nell que ele vê quando olha para mim. Não acho que seja uma atração sexual (pelo menos por enquanto; com 49 quilos, ainda pareço uma galinha depenada pendurada numa vitrine de açougue), e isso não me desagrada; se nunca mais for para a cama com outro homem, me sentirei absolutamente feliz. Porém estaria mentindo se dissesse que não gosto de ver aquela expressão nos olhos dele, aquela que diz que agora faço parte de seus planos — eu, Jessica Angela Mahout Burlingame, em contraposição ao monte de imundície que seus chefes provavelmente chamam de o Infeliz Caso Burlingame. Não sei se me situo acima da firma nas prioridades de Brandon, ou abaixo, ou lado a lado, e não me faz diferença. Basta saber que figuro *na* lista e que sou mais do que um

Jessie parou aqui, batendo a ponta do dedo nos dentes e refletindo com cuidado. Deu uma profunda tragada no enésimo cigarro, que no momento estava aceso, e prosseguiu.

do que um efeito colateral da caridade.

Brandon esteve ao meu lado durante todos os meus depoimentos à polícia, de gravadorzinho ligado. Educado, mas com severidade, ele lembrava a todos os presentes, em todos os depoimentos — inclusive aos estenógrafos e enfermeiros —, que qualquer um que deixasse vazar os detalhes reconhecidamente sensacionalistas do caso teria de enfrentar as represálias que uma grande firma de advocacia da Nova Inglaterra extremamente moralista poderia engendrar. Brandon deve ter parecido a todos tão convincente quanto a mim, porque ninguém que conhecia os fatos jamais os contou à imprensa.

Os piores interrogatórios ocorreram durante os três dias que passei "sob custódia" no hospital de Northern Cumberland — a maior parte do tempo recebendo sangue, água e eletrólitos através de tubos plásticos. Os relatórios policiais sobre essas sessões foram tão estranhos que pareceram realmente dignos de crédito quando apareceram nos jornais, como aquelas histórias impossíveis de homens que mordem cachorros que são publicadas de tempos em tempos. Só que a minha era na realidade uma história de cachorro que morde homem... e mulher também, na nossa versão. Quer saber o que foi registrado no livro de ocorrências? Muito bem, aqui vai:

Nós dois decidimos passar o dia em nossa casa de campo no Maine ocidental. Após um interlúdio sexual que se dividiu em duas partes de jogos violentos e uma parte de sexo, tomamos banho juntos. Gerald saiu do boxe enquanto eu ainda lavava os cabelos. Queixou-se de gases intestinais, provavelmente provocados pelos sanduíches que comemos a caminho do lago, e perguntou se havia em casa algum remédio para aliviar o mal-estar. Respondi que não sabia, mas se houvesse estaria em cima da cômoda ou da prateleira da cama. Três ou quatro minutos depois, enquanto eu enxaguava os cabelos, ouvi Gerald gritar. O grito aparentemente marcou o início de um ataque cardíaco fulminante. Seguiu-se um baque pesado — o ruído de um corpo que bate no chão. Pulei fora do boxe e, ao me precipitar para o quarto, escorreguei. Bati a cabeça na lateral da cômoda ao cair e perdi os sentidos.

De acordo com esta versão, que foi composta pelo sr. Milheron e a sra. Burlingame — e, diga-se de passagem, endossada com entusiasmo pela polícia —, recuperei parcialmente a consciência diversas vezes, mas tornei a perdê-la. Quando voltei a mim pela última vez, o cachorro tinha se cansado de Gerald e estava me mordendo. Subi na cama (de acordo com a nossa história, Gerald e eu a encontramos na posição em que estava — provavelmente arrastada pelos sujeitos que vieram encerar o soalho — e estávamos tão excitados que nem nos demos ao trabalho de colocá-la de volta no lugar) e afugentei o cachorro atirando nele o copo d'água e o cinzeiro da fraternidade de Gerald. Então desmaiei outra vez e passei as horas que se seguiram desacordada, ensanguentando a cama toda. Mais tarde, tornei a acordar, entrei no carro, e finalmente cheguei a um lugar seguro... isto é, depois de perder a consciência uma última vez. Foi quando bati na árvore à beira da estradinha.

Somente uma vez perguntei a Brandon como tinha convencido a polícia a endossar uma besteira tão grande. Ele respondeu:

— É uma investigação da polícia estadual agora, Jessie, e nós, a firma, temos muitos amigos na polícia estadual. Estou cobrando todos os favores que forem precisos, mas na verdade não tive de cobrar tantos assim. Os tiras também são gente, você sabe. Tiveram uma imagem bastante precisa do que realmente aconteceu assim que viram as algemas penduradas nos pilares da cama. Não é a primeira vez que veem algemas quando alguém cai duro, acredite. Não houve um único policial — estadual *ou* local

— que quisesse ver você e seu marido transformados em motivos de piadas sujas, por algo que realmente não passou de um acidente grotesco.

A princípio não mencionei sequer a Brandon o homem que pensei ter visto, ou a pegada, ou o brinco de pérola, ou qualquer outra coisa. Esperei, entende — esperei que alguma coisa caísse do céu, suponho.

Jessie releu a última frase, balançou a cabeça, e começou a digitar novamente.

Não, isso é bobagem. Esperei que algum tira aparecesse com um saquinho plástico de provas e me pedisse para identificar os anéis.

— Temos certeza de que devem ser seus — diria — porque têm as suas iniciais e as de seu marido gravadas na parte interna, e também porque os encontramos caídos no escritório de seu marido.

Esperei que isso acontecesse porque, quando me mostrassem os anéis, eu teria certeza de que o visitante da meia-noite fora apenas uma fantasia da imaginação de Little Nell. Esperei muito tempo, mas isto não aconteceu. Finalmente, pouco antes da primeira operação na mão, confiei a Brandon minha impressão de que talvez não tivesse estado sozinha na casa, pelo menos não todo o tempo. Contei-lhe que talvez fosse imaginação, isso era sempre possível, mas que na hora me parecera muito real.

Não mencionei os meus anéis desaparecidos, mas insisti muito na pegada e no brinco de pérola. Sobre o brinco acho que seria justo confessar que *não disse coisa com coisa* e creio que sei o porquê: tinha de ocupar o espaço de tudo que eu não me atrevia a comentar, mesmo com Brandon. Você compreende? E, durante todo o tempo que lhe confidenciei o acontecido, eu não parava de dizer: "Então eu *acho* que vi" e "Tive *quase certeza* de que vi". Precisava contar a ele, precisava contar a alguém, porque o medo estava me devorando de dentro para fora como um ácido, mas procurei demonstrar de todas as maneiras possíveis que não estava confundindo emoções subjetivas com realidade objetiva. E acima de tudo procurei não deixá-lo perceber o pavor que *continuava* a sentir. Porque não queria que pensasse que eu tinha enlouquecido. Não me importava que pensasse que eu andava meio histérica; era um preço que estava disposta a pagar para não ficar entalada com mais um segredo doloroso, como o de meu pai abusar de mim no dia do eclipse, mas queria desesperadamente evitar que Brandon pensasse que eu tinha ficado louca. Não queria sequer que *cogitasse* essa possibilidade.

Brandon segurou minha mão, deu um tapinha carinhoso e me disse que compreendia uma impressão dessas; disse que, nas circunstâncias, era provavelmente inofensiva. Então acrescentou que o importante era lembrar que a impressão era tão real quanto o banho de chuveiro que Gerald e eu tínhamos tomado depois da nossa sessão de luta livre na cama. A polícia vasculhara a casa, e se tivesse havido mais alguém, muito certamente os policiais teriam encontrado vestígios de sua presença. O fato de que a casa passara por uma grande faxina de fim de temporada pouco antes tornava essa hipótese ainda mais provável.

— Talvez eles *tenham* encontrado vestígios — falei. — Talvez um tira tenha metido o brinco no bolso.

— Há muitos tiras de dedos leves no mundo, é verdade — ele ponderou —, mas acho difícil acreditar que mesmo um policial burro arriscaria a carreira por um brinco sem par. Seria mais fácil acreditar que o sujeito que você pensou que esteve na casa voltasse para buscá-lo.

— Seria! — falei. — É bem possível, não é?

Ele começou a concordar com a cabeça, então sacudiu os ombros.

— Tudo é possível, e nisso incluo a ganância e o erro humano dos investigadores, mas... — Fez uma pausa, então segurou minha mão esquerda e me deu um olhar que imagino que seja a expressão de tio bondoso na versão de Brandon. — Muitas das suas conclusões se baseiam na ideia de que os investigadores fizeram uma revista superficial na casa e se deram por satisfeitos. Não foi o caso. Se tivesse havido uma terceira pessoa lá, é muito provável que a polícia tivesse encontrado indícios de sua presença. E se tivessem encontrado indícios de uma terceira pessoa, eu saberia.

— Por quê? — perguntei.

— Porque uma coisa dessas poderia deixar você numa situação muito complicada — o tipo de situação em que a polícia para de ser gentil e começa a ler os seus direitos em voz alta.

— Não entendi muito bem a que está se referindo — falei, mas estava começando a perceber, Ruth, sem a menor dúvida. Gerald tinha mania de fazer seguros, e eu já tinha recebido aviso de três diferentes companhias de seguros de que iria passar o período oficial de luto, e outros tantos anos, com muito conforto.

— John Harrelson, de Augusta, fez uma autópsia muito minuciosa e precisa em seu marido — disse Brandon. — De acordo com o seu laudo, Gerald morreu daquilo que os especialistas chamam de simples ataque cardíaco, sem complicações como envenenamento alimentar, esforço exagerado ou trauma físico. — Era visível que Brandon pretendia continuar desempenhando aquele papel que passei a chamar de Modo Didático de Brandon, mas ele percebeu alguma coisa na minha expressão que o fez parar. — Jessie? Que foi?

— Nada — respondi.

— Nada, não: você está com uma cara horrível. Foi uma cãibra?

Finalmente consegui convencê-lo de que estava bem, e, àquela altura, era quase verdade. Imagino que você saiba em que eu estava pensando, Ruth, porque já mencionei isso anteriormente: o chute duplo que apliquei em Gerald quando ele não quis jogar limpo e me soltar. Um no estômago e outro em cheio nas joias da família. Fiquei pensando na sorte que tive em contar que o sexo tinha sido violento — o que explicou os hematomas. Tenho a impressão de que, de qualquer forma, não foram intensos, porque o ataque cardíaco sobreveio logo após os chutes e interrompeu o processo de arroxeamento praticamente no início.

Isso naturalmente leva a uma outra questão — será que provoquei o ataque cardíaco com os chutes? Nenhum dos livros médicos que consultei respondem à minha pergunta conclusivamente, mas vamos ser realistas: provavelmente contribuí para o ataque. Contudo, recuso-me a assumir toda a culpa. Gerald estava acima do peso, bebia demais e fumava como uma chaminé. O ataque cardíaco era previsível; se não tivesse ocorrido naquele dia, teria ocorrido na semana seguinte ou no mês seguinte. Eu acredito, Ruth, que chega um dia em que o diabo para de nos divertir. Se você não concorda, pode fazer uma bolinha com esse pensamento e enfiar naquele lugar onde o sol não bate. Acho que conquistei o direito de acreditar no que bem entender, pelo menos nesse terreno. *Particularmente* nesse terreno.

— Se te pareceu que engoli uma maçaneta — disse a Brandon —, é porque estou tentando me acostumar com a ideia de que alguém possa pensar que matei Gerald para receber seu seguro de vida.

Ele voltou a sacudir a cabeça mais um pouco, olhando sério para mim.

— Ninguém pensa isso de jeito nenhum. Harrelson afirma que Gerald teve um ataque cardíaco que pode ter sido precipitado por excitação sexual, e a polícia estadual aceita seu laudo porque John Harrelson é praticamente o melhor legista que existe. No máximo pode haver alguns cínicos que pensem que você bancou a Salomé e o excitou intencionalmente.

— Você acha? — perguntei.

Pensei que poderia chocá-lo com minha franqueza e uma parte de mim estava curiosa para saber que cara faria Brandon Milheron quando chocado, mas eu devia ter adivinhado. Ele apenas sorriu.

— Se acho que você teria imaginação suficiente para pensar na oportunidade de apagar o Gerald, mas não para perceber que poderia acabar morrendo algemada? Não. Pelo que valha a minha opinião, Jess, acho que tudo aconteceu como você me contou. Posso ser sincero?

— Eu não gostaria que você fosse outra coisa.

— Muito bem. Trabalhei com Gerald, e me dava bem com ele, mas havia muita gente na firma que não. Era o homem mais autoritário do mundo. Não me surpreende nem um pouco que a ideia de ter relações com uma mulher algemada o deixasse excitado.

Dei uma olhada rápida para ele quando disse isso. Era noite, somente a luz sobre a cabeceira da minha cama estava acesa, e ele estava sentado na sombra, dos ombros para cima, mas tenho quase certeza de que Brandon Milheron, a Jovem Raposa Legal da Cidade, tinha corado.

— Se a ofendi, lamento muito — falou, parecendo inesperadamente sem graça.

Quase soltei uma gargalhada. Não teria sido educado, mas naquele momento ele parecia um rapaz de 18 anos recém-saído da escola preparatória.

— Não, você não me ofendeu Brandon — respondi.

— Que bom. Isso resolve o meu caso. Mas a polícia continua a ter a obrigação de, no mínimo, levar em conta a possibilidade de um crime — de considerar que você pode ter ido um passo além da simples esperança de que seu marido tivesse um ataque cardíaco produzido por excitação.

— Eu não tinha a menor ideia de que Gerald sofria do coração! — falei. — Aparentemente as companhias de seguro também não. Se soubessem, não iriam emitir aquelas apólices, iriam?

— As seguradoras aceitam segurar qualquer pessoa que esteja disposta a pagar o preço certo, e as de Gerald não o viam fumar um cigarro atrás do outro nem encher a cara. Você via. Pondo os protestos de lado, você devia saber que ele era um ataque cardíaco à procura de um lugar para acontecer. Os tiras sabem disso, também. Então dizem: "Suponha que ela convidou um amigo à casa do lago e não contou ao marido? E suponha que esse amigo, por acaso, pulou de dentro do armário e berrou buuu exatamente na hora certa para ela e na hora errada para o velho?" Se os policiais tivessem a menor prova de que isso pudesse ter acontecido, você estaria numa fria, Jessie. Porque, em determinadas circunstâncias muito especiais, um sonoro *buuu* pode ser considerado assassinato qualificado. O fato de que você passou quase dois dias algemada e teve de se esfolar para se libertar contraria fortemente a ideia da existência de um cúmplice, mas, por outro lado, as próprias algemas tornam a existência de um cúmplice plausível para... bem, para determinada linha de pensamento policial, digamos.

Eu o encarava fascinada. Sentia-me como uma mulher que tinha acabado de perceber que dançou quadrilha na beira de um precipício. Até ali, observando os planos e curvas sombreados do rosto de Brandon, que se encontrava fora do círculo de iluminação da lâmpada à cabeceira, a ideia de que a polícia pudesse achar que eu tinha assassinado Gerald apenas me passara pela cabeça umas poucas vezes, como uma espécie de piada de mau gosto. Graças a Deus eu jamais tinha brincado com os policiais sobre tal assunto, Ruth!

Brandon falou:

— Compreende por que seria mais sensato não mencionar a ideia de um intruso na casa?

— Compreendo — respondi. — "É melhor não despertar o cão que dorme", certo?

Assim que acabei de dizer isso, vi a imagem do maldito vira-lata arrastando Gerald pelo quarto — vi a aba de pele que ele soltara e ficara pendurada em seu focinho. Por sinal encontraram o desgraçado uns dois dias depois — tinha feito uma toca embaixo da garagem de barcos dos Laglan, a quase 800 metros de distância, na margem do lago. Tinha carregado para lá um bom pedaço do Gerald, portanto deve ter voltado no mínimo mais uma vez depois que o afugentei com os faróis e a buzina do Mercedes. Atiraram nele. Usava uma identificação de bronze — não era a identificação oficial, de modo que o órgão de controle animal não pôde rastrear o dono e arrasá-lo, o que foi uma pena — com o nome Príncipe gravado. Príncipe, dá para imaginar? Quando o delegado Teagarden me procurou para contar que tinham matado o cachorro, fiquei contente. Não o culpava pelo que fez — ele não estava numa posição muito melhor do que a minha, Ruth —, mas fiquei contente na hora e continuo contente.

Tudo isso, porém, não faz parte do principal — eu estava descrevendo a conversa que tive com Brandon quando lhe contei que talvez tivesse havido um estranho na casa. Ele concordou, muito enfaticamente, que seria melhor não despertar o cão que dorme. Achei que isso não me tirava pedaço — já era um grande alívio ter contado a alguém —, mas ainda não estava muito convencida a esquecer o assunto.

— O que me convenceu foi o telefone — contei a Brandon. — Quando me livrei das algemas e tentei usá-lo, estava mais mudo que um defunto. Assim que percebi isso, a certeza se consolidou: *houve* um sujeito, e a certa altura ele cortou a linha externa que vinha da estradinha. Foi isso que me fez despertar e me enfiar no Mercedes. Você não sabe o que é pavor, Brandon, até perceber que pode estar sozinha no meio do mato com um convidado indesejado.

Ele sorria, mas receio que o sorriso era menos cativante desta vez. Era o tipo de sorriso que aparece na cara dos homens quando pensam na tolice das mulheres e concluem que realmente devia ser crime deixá-las sair sem um guardião.

— Você chegou à conclusão de que a linha externa estava cortada depois de verificar um telefone, o do seu quarto, e descobrir que estava mudo. Certo?

Não foi exatamente o que aconteceu nem foi exatamente o que eu pensei, mas concordei — em parte porque parecia mais fácil, mas principalmente porque é inútil falar com um homem quando ele tem aquela expressão no rosto. Aquela que diz: "Mulheres! Não se pode conviver com elas, nem se pode matá-las!" A não ser que você tenha mudado completamente, Ruth, estou certa de que sabe a que expressão estou me referindo, e tenho certeza de que vai entender quando eu disser que, àquela altura, o meu maior desejo era terminar aquela conversa.

— A tomada estava desligada, só isso — Brandon concluiu. Agora parecia Mister Rogers, explicando que, por vezes, *tem-se* a impressão de que há realmente um monstro debaixo da cama, mas que de fato não há. — Gerald puxou a tomada do telefone da parede. Provavelmente não queria que sua tarde de folga, e menos ainda sua fantasia de *bondage*, fosse interrompida por ligações do escritório. Ele também desligou o telefone do hall de entrada, mas o da cozinha continuou ligado e em perfeitas condições. Soube de tudo isso pelos relatórios da polícia.

De repente comecei a compreender, Ruth. Todos eles — os homens que investigaram o que aconteceu lá no lago — tinham estabelecido certas hipóteses sobre a maneira com que eu lidara com a situação e por que fizera o que fizera. A maioria me favorecia, e isso certamente simplificava tudo, mas ainda havia algo, ao mesmo tempo enfurecedor e assustador, na compreensão de que não tinham tirado a maioria das conclusões do que eu dissera, ou de alguma prova encontrada na casa, mas do simples fato de eu ser mulher, e da pressuposição de que as mulheres agem de maneiras previsíveis.

Quando se examina a questão deste ângulo, não há diferença alguma entre Brandon Milheron, com seus elegantes ternos, e o velho delegado Teagarden, com os seus blue jeans frouxos na bunda e seus suspensórios vermelho-bombeiro. Os homens continuam a pensar as mesmas coisas a nosso respeito que sempre pensaram, Ruth — não tenho a menor dúvida. Muitos aprenderam a dizer as frases certas nas horas certas, mas, como minha mãe costumava dizer: "Até um canibal é capaz de aprender a recitar o credo."

E sabe o que mais? Brandon Milheron me *admira*, e admira a maneira com que agi depois que Gerald caiu morto. Verdade, vi isso em seu rosto muitas vezes, e se ele aparecer hoje à noite, como normalmente faz, tenho a certeza de que verei isso outra vez. Brandon acha que, para uma mulher, realizei um feito, um feito de *coragem*... Na realidade, acho que quando tivemos nossa primeira conversa sobre o meu visitante hipotético, ele já tinha mais ou menos decidido que eu agira da maneira como ele teria agido em iguais circunstâncias... se, é claro, estivesse acometido de febre altíssima ao mesmo tempo que tentava resolver todo o resto. Tenho a impressão de que é assim que a maioria dos homens creem que as mulheres pensam: como advogados sofrendo de malária. Isso certamente explicaria o seu modo de agir, não é mesmo?

Estou me referindo à condescendência — esse confronto homem-mulher —, mas também a outra coisa bem maior e bem mais alarmante. Brandon não me compreendeu, percebe, e isso não tem qualquer relação com as diferenças entre sexos; é a maldição inerente ao ser humano, e a prova mais segura de que todos estamos realmente sozinhos. Coisas terríveis aconteceram naquela casa, Ruth, e só mais tarde pude avaliar *o quanto* foram terríveis, *mas ele não compreendeu isso*. Contei a ele o que contei para impedir que aquele terror me devorasse viva, e ele concordou, sorriu e se compadeceu de mim, e acho que sua atitude acabou me fazendo um certo bem, mas olhe que ele foi o mais compreensivo de todos, e não chegou sequer a um quarteirão da verdade... que o terror parecia crescer sem parar até se transformar numa enorme casa mal-assombrada dentro da minha cabeça. E continua lá, de porta aberta, me convidando a voltar sempre que quiser, e eu não *quero*, mas às vezes me surpreendo voltando, por alguma razão, e no minuto que atravesso a soleira, a porta bate e se tranca sozinha.

Bem, não importa. Suponho que deveria ter me sentido aliviada de que a minha intuição sobre a linha telefônica estivesse errada, mas não me senti. Porque havia uma parte de minha mente que acreditava — e ainda acredita — que o telefone do quarto não teria funcionado mesmo que eu *engatinhasse* por trás da cadeira e tornasse a ligá-lo na tomada, e que talvez o da cozinha funcionasse depois, mas tenho absoluta certeza de que não estava funcionando, e que a questão era fugir da casa no Mercedes ou morrer nas mãos daquela criatura.

Brandon se curvou para a frente até a luz da cabeceira iluminar totalmente seu rosto e disse: "Não havia homem algum na casa, Jessie, e o melhor que você tem a fazer é esquecer essa ideia."

Quase lhe falei dos meus anéis desaparecidos então, mas me senti cansada e cheia de dores e acabei não falando nada. Fiquei acordada durante muito tempo depois que ele saiu — nem mesmo um analgésico me teria feito dormir naquela noite. Pensei na operação de enxerto de pele que ia fazer no dia seguinte, mas provavelmente nem tanto quanto se poderia esperar. Pensei principalmente nos meus anéis e na pegada que ninguém mais viu, a não ser eu, e se ele — *a coisa* — teria ou não voltado para deixar tudo em ordem. E o que decidi, pouco antes de finalmente adormecer, foi que nunca houvera pegada nem brinco de pérola. Que algum tira tinha encontrado meus anéis no chão do escritório, ao lado da estante de livros, e simplesmente os embolsara. *Provavelmente, neste momento, encontram-se na vitrine de uma loja de penhores*, pensei. Talvez eu devesse me irritar com essa ideia, mas não. Senti a mesma emoção da manhã em que acordei ao volante do Mercedes — uma incrível sensação de paz e bem-estar. Não havia desconhecido; nenhum desconhecido; em lugar nenhum. Apenas um tira de dedos leves dando uma espiada rápida por cima do ombro para se certificar de que ninguém o via, e vapt-vupt dentro do bolso. Quanto aos anéis em si, não me importei com o seu destino e nem me importo agora. Ultimamente tenho começado a acreditar, e cada vez com mais convicção, que a única razão pela qual um homem enfia um anel em nosso dedo é porque a lei já não permite que o prenda em nosso nariz. Mas isso não faz diferença; a manhã se transformou em tarde, a tarde está se esgotando depressa, e não é hora de discutir questões femininas. É hora de falar de Raymond Andrew Joubert.

Jessie recostou-se na cadeira e acendeu mais um cigarro, pouco consciente de que a ponta de sua língua ardia devido ao excesso de fumo, que a cabeça doía, e que os rins protestavam contra a maratona diante do Macintosh. Protestavam *energicamente*. Havia um silêncio mortal na casa — o tipo de silêncio que só podia significar que a inacreditável Megan Landis tinha ido ao supermercado e à lavanderia. Jessie se admirou que Meggie tivesse saído sem tentar pelo menos mais uma vez separá-la do computador. Então concluiu que a empregada percebera que a tentativa seria inútil. *Melhor deixá-la tirar da cabeça, seja o que for*, Meggie teria pensado. Afinal, para ela aquilo era apenas um emprego. Esse último pensamento provocou uma pontada no coração de Jessie.

Uma tábua rangeu no andar de cima. O cigarro de Jessie parou a 3 centímetros da boca. *Ele voltou!*, Esposinha gritou. *Ah, Jessie, ele voltou!*

Não era verdade. Seus olhos vaguearam até o rosto fino que a encarava do amontoado de pontos de impressão e ela pensou: *Sei exatamente onde você está, seu miserável. Não sei?*

Sabia, mas parte de sua mente continuava a insistir do mesmo jeito que era ele — não, não ele, *a coisa*, o caubói espacial, o espectro do amor, que retornava para um novo encontro. Só estivera à espera de que não houvesse mais ninguém na casa, e se ela pegasse o telefone no canto da escrivaninha, descobriria que estava absolutamente mudo, como todos os telefones da casa do lago naquela noite.

Seu amigo Brandon pode sorrir o quanto quiser, mas nós sabemos a verdade, não é mesmo, Jessie?

Ela esticou subitamente a mão boa, tirou o fone do gancho com um movimento rápido e levou-o ao ouvido. Ouviu o tranquilizador zumbido do sinal de discar. Repôs o telefone no gancho. Um sorriso estranho e triste brincou nos cantos de sua boca.

É, eu sei exatamente onde você se encontra, seu filho da puta. Não importa o que Esposinha e as demais senhoras na minha cabeça pensem, Bobrinha e eu sabemos que você está usando um uniforme cor de laranja, sentadinho numa cela da prisão municipal — a última da ala antiga, Brandon falou, de modo que os outros prisioneiros não possam ferrá-lo até que o estado o ponha diante de um júri formado pelos seus colegas... como se uma coisa como você tivesse colegas. Talvez ainda não estejamos inteiramente livres de você, mas ficaremos. Eu te prometo que ficaremos.

O olhar de Jessie voltou distraidamente para o computador, e, embora a vaga sonolência produzida pela combinação do comprimido com o sanduíche já tivesse há muito se dissipado, sentia um cansaço nos ossos e uma completa descrença em sua capacidade de terminar a tarefa que começara.

Agora é hora de falar de Raymond Andrew Joubert, tinha escrito, mas seria? Poderia? Estava tão *cansada*. Claro que estava; tinha empurrado aquele maldito cursor pela tela do computador quase o dia inteiro. Forçar a barra, era o nome que davam a isso, e se a pessoa a forçasse durante muito tempo e com muito empenho, quebrava. Talvez fosse melhor subir e tirar um cochilo. Antes tarde do que nunca, e o resto da coleção de ditados bestas. Podia salvar o texto, reabri-lo amanhã de manhã e continuar a escrever...

A voz de Bobrinha interrompeu-a. Essa voz se manifestava muito raramente agora, e Jessie a escutava com toda a atenção quando isso ocorria.

Se decidir parar agora, Jessie, nem precisa se dar ao trabalho de arquivar a carta. Simplesmente exclua tudo. Nós duas sabemos que você jamais terá coragem de encarar Joubert de novo — não como se encara quando se está escrevendo sobre uma determinada coisa. Por vezes é preciso ânimo para escrever, não é? Para expulsar a coisa daquele cantinho lá no fundo da mente e estampá-la na tela.

— É — Jessie murmurou. — Um caminhão de ânimo. Talvez mais.

Deu uma tragada no cigarro, então apagou-o ainda pela metade. Folheou os recortes uma última vez e espiou pela janela a subida do Passeio Oriental. A neve tinha parado de cair havia muito tempo e o sol brilhava intensamente, embora isso não fosse durar muito; no Maine, em fevereiro, os dias são mesquinhos e ingratos.

— Que me diz, Bobrinha? — Jessie perguntou ao quarto vazio. Perguntou naquele tom altivo de Elizabeth Taylor que gostava de usar quando criança, aquele que deixava sua mãe completamente louca. — Continuamos, minha cara?

Não obteve resposta, mas não era necessária. Jessie curvou-se para a frente na cadeira e pôs o cursor em movimento mais uma vez. Não tornou a parar por muito tempo, nem mesmo para acender um cigarro.

Capítulo Trinta e Sete

AGORA é hora de falar de Raymond Andrew Joubert. Não será fácil, mas farei o possível. Portanto, sirva-se de outra xícara de café, querida, e se tiver uma garrafa de conhaque à mão, talvez queira pingar umas gotinhas no café. Aqui vai a Parte Três.

Tenho todos os recortes de jornal ao meu lado na escrivaninha, mas os artigos e notícias não contam tudo o que sei, muito menos o que *há* para saber — duvido que alguém tenha a menor ideia das coisas que Joubert fez (inclusive ele mesmo), o que é provavelmente uma bênção. Os detalhes que os jornais só puderam insinuar e outros que sequer chegaram à redação são realmente matéria de pesadelo, e eu não *gostaria* de conhecê-la totalmente. A maior parte das informações que não estão nos jornais chegou ao meu conhecimento durante a semana passada, por cortesia de um Brandon Milheron curiosamente calado e curiosamente arrependido. Pedira-lhe que viesse me ver assim que as ligações entre a história de Joubert e a minha se tornaram óbvias demais para serem desprezadas.

— Você acha que foi esse sujeito, não é? — Brandon perguntou. — O que esteve na casa com você?

— Brandon — respondi —, eu *sei* que foi.

Ele suspirou, fitou as mãos um minuto, então me encarou outra vez — estávamos neste mesmo quarto, eram nove horas da manhã e não havia sombras para ocultar seu rosto.

— Devo-lhe um pedido de desculpas — disse. — Não acreditei em você antes...

— Eu sei — respondi o mais gentilmente que pude.

— ... mas acredito agora. Ah, meu Deus. Quanto você quer saber, Jess?

Respirei fundo e falei:

— Tudo que você puder descobrir.

Ele queria saber o porquê.

— Quero dizer, se você me responder que isso só interessa a você e que não devo me meter, acho que terei de compreender, mas você está me pedindo para reabrir um caso que a firma considera fechado. Se alguém que sabe que cuidei dos seus interesses no outono passado notar que ando farejando Joubert neste inverno, é bem possível...

— Que você se encrenque — completei. Era uma coisa em que eu não tinha pensado.

— Isso mesmo — ele falou —, mas não estou muito preocupado com essa possibilidade, já sou grandinho e sei me cuidar... pelo menos acho que sei. Estou muito mais preocupado com você, Jess. Você poderia voltar às primeiras páginas, depois de todo o nosso trabalho para tirá-la do noticiário o mais rapidamente possível e de forma menos dolorosa. E isso ainda não é o mais importante, está longe de ser. O caso Joubert é o caso criminal mais sórdido a estourar no norte da Nova Inglaterra desde a Segunda Guerra Mundial. Quero dizer, alguns detalhes são tão hediondos que chegam a ser radioativos, e você não deveria se rebaixar a ponto de se expor à chuva radioativa sem uma razão muito forte. — Ele deu uma risadinha nervosa. — Droga, e eu também não deveria me expor sem uma boa razão.

Levantei-me, fui até onde ele estava e segurei sua mão com a minha mão esquerda.

— Eu não conseguiria explicar minhas razões nem em mil anos, mas acho que posso te revelar *uma coisa*... seria suficiente, ao menos para começar?

Ele segurou delicadamente minha mão e concordou com a cabeça.

— Há três coisas — falei. — Primeiro, preciso saber se ele é real. Segundo, preciso saber se o que fez foi real. Terceiro, preciso saber que nunca mais acordarei com ele dentro do meu quarto.

Isso trouxe todo o acontecido de volta, Ruth, e comecei a chorar. Não havia nem malícia nem cálculo nas lágrimas; elas simplesmente brotaram. Nada que eu pudesse fazer iria impedi-las.

— Por favor me ajude, Brandon. Todas as vezes que apago a luz, o homem está postado no escuro do outro lado do quarto, e tenho medo de que isso vá continuar para sempre, a não ser que eu possa iluminá-lo com refletores. Não há mais ninguém a quem eu possa pedir, e preciso saber. Por favor, me ajude.

Ele largou minha mão, tirou um lenço do bolso do terno extremamente elegante do dia e enxugou meu rosto. Fez isso com o carinho que minha mãe fazia quando eu entrava na cozinha berrando a plenos pulmões porque tinha ralado o joelho — isto foi nos primeiros anos, antes de me transformar na roda rangedora da família, entenda.

— Está bem — ele disse finalmente. — Vou descobrir tudo que puder e passarei as informações para você... a não ser que, ou até que, você me peça para parar. Mas tenho a impressão de que é melhor você apertar o cinto de segurança.

Ele descobriu muita coisa que agora vou relatar para você, Ruth, mas aviso: ele tinha razão quando me mandou apertar o cinto. Se decidir pular as próximas páginas, compreenderei. Gostaria de não precisar escrevê-las, mas tenho a impressão de que isto faz parte da terapia. A parte final, espero.

Este trecho da história — que suponho poderia receber o título de Relatório Brandon — começa por volta de 1984 ou 1985. Foi a época em que os casos de vandalismo em túmulos começaram a surgir no distrito dos lagos no Maine ocidental. Houve ocorrências semelhantes em pequenas cidades por todo o estado do Maine e de New Hampshire. Coisas como remoção de lápides de túmulos, pichações e roubo de bandeiras comemorativas são muito comuns no interior, e naturalmente sempre há uma quantidade de abóboras esmagadas para remover do ossário local, no dia seguinte ao das bruxas, mas os crimes a que me refiro não eram brincadeiras nem pequenos roubos. *Profanação* foi o termo que Brandon usou quando me trouxe o primeiro relatório no fim da semana passada, e essa palavra começou a aparecer na maioria dos registros criminais da polícia por volta de 1988.

Os crimes em si pareciam anormais para as pessoas que os descobriam e as que os investigavam, mas o *modus operandi* era bastante lúcido, cuidadosamente organizado e executado. Alguém — possivelmente dois ou três alguéns, mais provavelmente, apenas um — andava entrando em criptas e mausoléus nos cemitérios de cidades pequenas, com a eficiência de um bom arrombador de casas ou lojas. Provavelmente chegava ao local munido de furadeira, alicate de corte, serra para metal e talvez um guincho — Brandon diz que muitos furgões já vêm equipados com esses guinchos hoje em dia.

Os arrombamentos eram sempre realizados em criptas e mausoléus, nunca em túmulos individuais, e a maioria ocorria no inverno, quando o chão está duro demais para abrir covas e os corpos precisam ser guardados até que a camada de gelo mais profunda se derreta. Uma vez dentro do túmulo, o criminoso usava o alicate de corte e a furadeira elétrica para abrir os caixões. Retirava sistematicamente quaisquer joias que os mortos estivessem usando quando foram enterrados; usava alicates para arrancar os dentes e as obturações de ouro.

São atos desprezíveis, mas pelo menos compreensíveis. O roubo foi apenas o início da carreira do sujeito. Depois ele passou a arrancar olhos e orelhas e a cortar as gargantas dos mortos. Em fevereiro de 1989, foram encontrados no cemitério de Chilton dois cadáveres sem narizes — ele aparentemente os removera com martelo e cinzel. O policial que descobriu a profanação contou a Brandon:

— Deve ter sido fácil, o mausoléu parecia um congelador, e provavelmente os narizes partiram como picolés. A pergunta é o que faz um sujeito de posse de dois narizes congelados? Pendura-os no chaveiro? Será que salpica queijo ralado e leva-os ao micro-ondas para gratinar? O quê?

A quase todos os cadáveres profanados faltavam pés e mãos, por vezes braços e pernas, e, em diversos casos, o homem retirava também cabeças e órgãos sexuais. Os laudos periciais indicam que ele usava machado e cutelo para o trabalho pesado e uma variedade de bisturis para o mais leve. Ele não era nada inábil. "Um amador talentoso", um dos delegados do município de Chamberlain disse a Brandon. "Não gostaria que operasse a minha vesícula, mas acho que confiaria a ele a retirada de um quisto no braço... desde que o cara estivesse cheio de antidepressivos, é claro."

Em alguns casos ele abria os corpos ou o crânio e os recheava de fezes animais. O que a polícia encontrou com maior frequência foram casos de profanação sexual. Ele era democrático quando se tratava de roubar dentes de ouro, joias e membros, mas quando o assunto era a genitália — e as relações sexuais com mortos — tinha rigorosa preferência por cavalheiros.

Provavelmente essa foi a minha sorte.

Aprendi muito sobre o modo de operação dos departamentos de polícia rural durante o mês e pouco que se seguiu à minha fuga da casa do lago, mas isso não é nada comparado ao que aprendi nas últimas semanas. Uma das coisas mais surpreendentes é a discrição e o tato dos tiras de cidades pequenas. Acho que, quando se conhece todo mundo na área que se patrulha pelo primeiro nome, e se tem muitos parentes ali, agir com discrição se torna quase tão natural quanto respirar.

O jeito com que cuidaram do meu caso é um exemplo dessa estranha e sofisticada qualidade; a maneira com que cuidaram do de Joubert é outro. A investigação durou sete anos, e muita gente ficou sabendo de detalhes antes que ela terminasse — dois departamentos estaduais de polícia, quatro xerifes municipais, 31 delegados, e Deus sabe quantos policiais e agentes locais. Estava em primeiro lugar entre as pastas abertas, e por volta de 1989 eles já tinham lhe dado até um nome — Rodolfo, uma referência a Rodolfo Valentino. Falavam de Rodolfo no tribunal distrital enquanto aguardavam para testemunhar sobre outros casos, comparavam dados de Rodolfo nos seminários sobre ação policial em Augusta, Derry e Waterville, discutiam sua personalidade na hora do cafezinho. "E acabamos prendendo ele", disse um dos tiras a Brandon — aliás, o mesmo que contou sobre os narizes. "Sem a menor dúvida. Gente como nós sempre prende gente como Rodolfo. A gente fica sabendo das últimas nos churrascos de quintal, talvez troque umas ideias com um colega de outro departamento enquanto assiste aos filhos jogando minibeisebol. Porque nunca se sabe quando é que se vai encaixar um detalhe de um novo ângulo e tirar a sorte grande."

Mas aqui vem a parte mais surpreendente de todas (e você provavelmente já me passou a frente... isto é, se não estiver no banheiro chamando o Raul): durante todos esses anos os tiras sabiam que havia um monstro de carne e osso — um vampiro, na verdade — agindo na parte ocidental do estado, *e a história jamais apareceu na imprensa até Joubert ser apanhado*. De um jeito que considero meio estranho, meio sobrenatural, mas principalmente maravilhoso. Acho que a batalha pelo cumprimento das leis não corre muito bem em muita cidade grande, mas aqui na Nova Inglaterra o que a polícia faz tem dado certo.

Naturalmente você poderia argumentar que a polícia deixa muito a desejar se leva sete anos para apanhar um maluco como Joubert, mas Brandon tratou de esclarecer isso bem depressa. Explicou que o meliante (eles realmente usam esse termo) andava operando exclusivamente em cidades que "só têm um cavalo", onde os cortes no orçamento forçam os policiais a cuidar apenas dos problemas mais sérios e imediatos... ou seja, os crimes contra os vivos, em vez dos crimes contra os mortos. Os tiras dizem que há pelo menos duas quadrilhas de carros roubados e quatro ferros-velhos para desmontar a mercadoria operando na metade ocidental do estado, e esses são apenas os que a polícia conhece. Depois há os assassinos, os espancadores de mulheres, os arrombadores, os motoristas que correm demais e os bêbados. E, principalmente, há o tráfico de drogas. A droga é comprada, vendida, cultivada, e as pessoas se ferem e se matam por causa dela. Segundo Brandon, o chefe de polícia de Norway nem usa mais a palavra *cocaína* — trocou-a por bosta em pó, e nos seus relatórios escreve B... em Pó.

Entendi o que Brandon quis dizer. Quando se é policial em uma cidade pequena e se precisa cuidar de toda bizarrice que acontece com um carro de patrulha de quatro anos, que parece que vai desmontar cada vez que ultrapassa 100 quilômetros por hora, a pessoa começa logo, logo, a priorizar as tarefas, e um cara que gosta de brincar com mortos vai parar no fim da lista.

Ouvi tudo isso com atenção, e concordei, mas não inteiramente.

— Uma parte disso parece verdade, mas a outra faz parecer que o sujeito só trabalha a favor de si mesmo — falei. — Quero dizer, as coisas que Joubert anda fazendo... bem, vão um pouco além de uma "brincadeira com os mortos", não é? Ou será que estou errada?

— Você não está nem um pouco errada — Brandon respondeu.

O que nenhum dos dois queria admitir francamente é que, durante sete anos, esse anormal andara pulando de cidade em cidade, masturbando-se com os mortos, e, a meu ver, pôr um fim nisso era bem mais importante do que prender adolescentes que furtam cosméticos na drogaria local, ou descobrir quem andou plantando maconha na mata atrás da igreja batista.

Mas o importante é que não o esqueceram e todos continuaram a comparar o que iam descobrindo. Um meliante como Rodolfo deixa os tiras preocupados por vários motivos, mas o principal é que um sujeito suficientemente doido para fazer o que ele faz com os mortos pode ser suficientemente doido para fazer o mesmo com os que ainda estão vivos... não que alguém fosse viver muito tempo depois de Rodolfo decidir lhe rachar a cabeça com o seu machado de estimação. A polícia também se preocupava com os membros desaparecidos — para que serviriam? Brandon comentou que um memorando anônimo dizendo "Talvez Rodolfo, o Amante, seja realmente Hannibal, o Canibal" circulou por pouco tempo no escritório do xerife do município de Oxford. Destruíram-no, não porque se tratava de humor negro — não foi bem isso —, mas porque o xerife receou que a história vazasse para a imprensa.

Sempre que os vários órgãos policiais dispunham de homens e de tempo, mandavam investigar um cemitério. Há muitos no Maine ocidental, e acho que essa investigação quase se transformou numa espécie de passatempo para alguns caras até o caso ser resolvido. A teoria é que, se jogamos dados tempo suficiente, cedo ou tarde, acaba-se acertando o número escolhido. E isso é, em essência, o que finalmente aconteceu.

No início da semana passada — já faz dez dias, agora — o xerife Norris Ridgewick do município de Castle e um dos seus delegados estacionaram à porta de um celeiro abandonado próximo ao cemitério de Homeland. O celeiro fica numa estrada secundária que passa pelo portão dos fundos do cemitério. Eram duas horas da manhã e eles se preparavam para encerrar o expediente quando o delegado LaPointe ouviu o ruído de um motor. Só viram o furgão quando ele já ia parando ao portão, porque nevava e os faróis do carro estavam desligados. O delegado LaPointe quis prender o sujeito assim que o viram descer do furgão e começar a arrombar a grade de ferro do cemitério com um pé de cabra, mas o xerife o impediu.

— Ridgewick é um cara esquisito — Brandon comentou —, mas sabe o valor de um bom flagrante. Ele nunca perde de vista o tribunal na hora de agir. Aprendeu o que sabe com Alan Pangborn, o tira que ele substituiu, e isso quer dizer que aprendeu com quem há de melhor.

Dez minutos depois o furgão cruzou o portão. Ridgewick e LaPointe o acompanharam de faróis apagados e a velocidade tão baixa que o carro praticamente se arrastava pela neve. Seguiram as marcas dos pneus até se certificarem do paradeiro do furgão — a cripta municipal localizada de um lado do morro. Ambos pensaram em Rodolfo, mas nenhum dos dois falou isso em voz alta. LaPointe comentou que seria o mesmo que azarar um cara que estivesse tentando lançar uma bola irrebatível no jogo de beisebol.

Ridgewick disse ao delegado que parasse o carro na curva do morro em que se situa a cripta — queria dar ao cara toda a corda que precisasse para se enforcar. O resultado é que Rodolfo recebeu corda suficiente para ser pendurado na lua. Quando Ridgewick e LaPointe finalmente avançaram de armas na mão e lanternas acesas, apanharam Raymond Andrew Joubert metade dentro e metade fora de um caixão aberto. Segurava o machado em uma mão e o pau na outra, e LaPointe comentou que ele parecia pronto para usar os dois.

Acho que Joubert fez os policiais se borrarem de medo quando a luz das lanternas bateu nele, e não me admiro — embora me considere capaz de imaginar melhor que muitos o que é dar de cara com uma criatura como Joubert numa cripta de cemitério, às duas da manhã. Desprezando as demais circunstâncias, Joubert sofre de acromegalia, um crescimento progressivo das mãos, pés e rosto produzido pelo descontrole da glândula pituitária. Isso é que fazia sua testa se projetar daquele jeito, e os lábios engrossarem e saltarem. Ele tem também braços anormalmente compridos; chegam até os joelhos.

Houve um grande incêndio em Castle Rock há cerca de um ano — queimou a maior parte da cidade —, por isso o xerife leva os suspeitos dos crimes mais graves para o xadrez de Chamberlain ou Norway, mas nem o xerife Ridgewick nem o delegado LaPointe se dispuseram a viajar por uma estrada cheia de neve às três da manhã, então levaram-no para o galpão reformado onde funcionava a delegacia naquela época.

— *Alegam* que era muito tarde e havia neve nas estradas — contou Brandon —, mas tenho a impressão de que a razão foi outra. Acho que o xerife Ridgewick não quis dividir o doce com ninguém até que ele mesmo tivesse uma boa chance de aprofundar a investigação sozinho. Em todo o caso, Joubert não deu trabalho, sentou-se no banco traseiro do carro-patrulha, drogado até a alma, parecendo um personagem fugido do seriado *Contos da Cripta* e, os dois juram que é verdade, cantando *Happy Together*, aquela velha canção dos Turtles.

Ridgewick pediu pelo rádio que uns dois delegados viessem ao seu encontro. Certificou-se que Joubert ficasse trancado a sete chaves e que os delegados carregassem escopetas e muito café fresco, antes de ele e LaPointe saírem outra vez. Voltaram a Homeland para buscar o furgão, Ridgewick calçou luvas, forrou o assento do motorista com um desses sacos plásticos verdes que os tiras gostam de chamar de "cobertor de provas" quando usados em algum caso, e levou o veículo de volta à cidade. Dirigiu com todas as janelas abertas e disse que o furgão ainda fedia como um açougue após um colapso de energia de seis dias.

Ridgewick deu a primeira olhada na caçamba do furgão quando o estacionou sob as luzes da garagem municipal. Havia diversos membros em decomposição guardados em compartimentos construídos nas laterais. Havia também um cesto de vime, muito menor do que o que eu vi, e uma caixa de ferramentas completa com material para arrombamentos. Quando Ridgewick abriu o cesto, encontrou seis pênis enfiados em um fio de juta. Disse que adivinhou o que era na hora: um colar. Joubert mais tarde admitiu que muitas vezes o usava quando saía em suas expedições aos cemitérios, e afirmou acreditar que se estivesse usando o colar na última viagem, jamais teria sido pego. "Ele me dava muita sorte", falou, e considerando o tempo que levou para ser pego, Ruth, acho que você teria de lhe dar razão.

A pior coisa, porém, foi o sanduíche no banco ao lado do motorista. A coisa que saía por entre as duas fatias de pão de forma era sem dúvida alguma uma língua humana. Tinha sido coberta com aquela mostarda amarelinha que as crianças gostam.

— Ridgewick conseguiu sair do furgão antes de vomitar — contou Brandon. — Fez bem: a polícia estadual teria comido o rabo dele se estragasse as provas. Por outro lado, eu ia querer que fosse afastado do cargo por motivos psicológicos se ele *não* tivesse vomitado.

Transferiram Joubert para Chamberlain pouco depois do amanhecer. Enquanto Ridgewick lia os direitos de Joubert pela tela reforçada (era a segunda ou terceira vez que ele fazia isto — Ridgewick é supermetódico), virado para o banco traseiro do carro-patrulha, Joubert interrompeu-o para dizer que "talvez tivesse feito uma coisa horrível com papai-mamãe, lamentava muito". Àquela altura tinham descoberto, pelos documentos encontrados na carteira de Joubert, que ele estava morando em Motton, uma cidadezinha rural do outro lado do rio de Chamberlain, e assim que Joubert foi seguramente trancafiado em seu novo alojamento, Ridgewick comunicou aos policiais de Chamberlain e Motton o que Joubert lhes informara.

Na volta para Castle Rock, LaPointe perguntou a Ridgewick o que achava que os tiras que se dirigiam à casa de Joubert poderiam encontrar. Ridgewick respondeu: "Eu não sei, mas espero que eles tenham se lembrado de levar máscaras contra gases."

Uma versão do que encontraram e as conclusões que tiraram saíram nos jornais nos dias seguintes, cada vez com maiores detalhes, mas a polícia estadual e o procurador-geral do Maine tinham uma boa ideia do que ocorrera na casa de fazenda na estrada de Kingston quando terminou o primeiro dia de Joubert atrás das grades. O casal que Joubert chamara de papai-mamãe — na realidade a madrasta e o homem com quem vivia — estava bem morto. Tinha morrido havia meses, embora Joubert continuasse a falar como se tivesse feito alguma coisa ruim apenas dias ou horas antes. Esfolara os dois, e comera o "papai" quase todo.

Havia pedaços de corpos espalhados pela casa inteira, alguns em decomposição e cheios de vermes, apesar da baixa temperatura, outros cuidadosamente curados e conservados. As partes curadas eram, na maioria, órgãos sexuais masculinos. Numa prateleira junto à escada do porão, a polícia encontrou uns cinquenta vidros de conservas contendo olhos, lábios, dedos dos pés e mãos, e testículos. Joubert era um grande especialista em conservas caseiras. A casa encontrava-se também cheia — literalmente atulhada — de objetos roubados, a maioria roubada de acampamentos e chalés de veraneio. Joubert refere-se a eles como "minhas coisas" — eletrodomésticos, ferramentas, equipamento de jardinagem e lingerie suficiente para estocar a Victoria's Secret. Aparentemente gostava de usar lingerie.

A polícia ainda está tentando separar as partes de corpos que Joubert obteve em suas expedições a cemitérios das que vieram de suas outras atividades. Os policiais acreditam que ele pode ter assassinado umas 12 pessoas nos últimos cinco anos, andarilhos a quem ele deu carona no furgão. O número total pode ser maior, diz Brandon, mas o trabalho dos legistas é muito lento. Joubert não ajuda muito, não porque não fale, mas porque fala demais. Segundo Brandon, ele já confessou mais de trezentos crimes, inclusive o assassinato do presidente George Bush. Ele parece acreditar que Bush é na realidade Dana Carvey, o artista que faz o papel da mulher carola no programa *Saturday Night Live*.

Joubert esteve em várias instituições psiquiátricas desde os 15 anos de idade, quando foi preso por manter relações sexuais ilegais com um primo. O primo em questão tinha 2 anos de idade à época. Joubert também foi vítima de abuso sexual, é claro — aparentemente o pai, o padrasto e a madrasta o usaram. Como é mesmo que se costumava dizer? A família que brinca unida permanece unida?

Ele foi mandado para uma instituição em Hancock — que combinava as funções de abrigo e unidade de desintoxicação e psiquiatria para adolescentes — sob a acusação de grave abuso sexual, e recebeu alta quatro anos depois, aos 19 anos. Isto foi em 1973. Passou a segunda metade de 1975 e a maior parte de 1976 no Instituto de Saúde Mental de Augusta. A internação resultou do Período de Brincadeiras com Animais. Sei que provavelmente eu não deveria estar fazendo piadas com essas coisas, Ruth — você vai me achar mórbida —, mas, na verdade, não sei o que mais fazer. Às vezes sinto que se não brincar, vou começar a chorar, e que se começar a chorar não serei capaz de parar. Joubert andou metendo gatos em barris de lixo e, em seguida, os explodia com grandes rojões chamados "estoura-barris", era isso o que fazia... e de vez em quando, quem sabe se para variar a rotina, pregava um cachorrinho numa árvore.

Em 1979, ele foi mandado para a prisão psiquiátrica de Juniper Hill por estuprar e cegar um menino de 6 anos. Dessa vez pensaram que seria para sempre, mas quando se trata de política e instituições estaduais — principalmente instituições *psiquiátricas* administradas pelo estado —, acho que é justo afirmar que nada é para sempre. Joubert foi liberado de Juniper Hill em 1984, mais uma vez considerado "curado". Brandon acha — e eu também — que essa segunda cura foi mais um resultado de cortes no orçamento da instituição do que um milagre da ciência ou da psiquiatria modernas. De qualquer forma, Joubert voltou a Motton para viver com a madrasta e o companheiro e o estado se esqueceu dele... isto é, exceto pela concessão de uma carteira de habilitação. Ele fez exame de rua e recebeu uma habilitação absolutamente legal — de certa forma acho esse fato o mais extraordinário de todos — e em algum momento no fim de 1984 ou início de 1985, ele começou a usá-la para fazer suas excursões aos cemitérios locais.

Esteve muito ocupado. Durante o inverno trabalhava nas criptas e mausoléus; no outono e na primavera assaltava campos e casas de veraneio no Maine ocidental, levando tudo que lhe agradasse — "minhas coisas", sabe. Aparentemente gostava muito de fotografias emolduradas. Encontraram quatro malas de fotos no sótão da casa da estrada Kingston. Brandon diz que ainda não terminaram a contagem, mas que o número final será superior a setecentos.

É impossível dizer até que ponto "papai-mamãe" participaram dos acontecimentos antes de Joubert matá-los. Provavelmente muito, porque Joubert não fizera o menor esforço para esconder o que andava aprontando. Quanto aos vizinhos, pareciam seguir a máxima: "Eles pagavam suas contas e não se metiam com ninguém. Não eram nosso problema." Há uma certa perfeição macabra nisso, não acha? O Gótico na Nova Inglaterra, sob a ótica da *Revista de Aberrações Psiquiátricas*.

Encontraram outro cesto de vime maior no porão. Brandon conseguiu xerox das fotos policiais que documentaram o achado, mas a princípio hesitou em me mostrar. Bom... na realidade estou sendo boazinha. Foi o único momento em que ele cedeu à tentação que aparentemente todos os homens sentem — você sabe à qual me refiro, a de bancar o John Wayne. "Vamos, mocinha, espere até passarmos pelos índios mortos e fique olhando para o deserto. Eu lhe aviso quando já tivermos passado."

— Estou disposto a aceitar que Joubert provavelmente esteve na casa com você — disse-me. — Eu teria de ser um avestruz idiota com a cabeça metida na areia para não admitir tal ideia; tudo encaixa. Mas me responda uma coisa: por que continua interessada nele, Jessie? Que bem isso pode lhe trazer?

Eu não soube responder a essa pergunta, Ruth, mas sabia uma coisa: não havia nada que eu pudesse fazer que deixasse as coisas piores do que estavam. Então finquei o pé até Brandon perceber que a mocinha não ia entrar na diligência sem dar uma boa olhada nos índios mortos. Então vi as fotos. A que examinei por mais tempo tinha no canto uma etiqueta: Polícia Estadual, Prova 217. Examiná-la era como assistir a um vídeo que alguém fez do seu pior pesadelo. A foto mostrava um cesto quadrado de vime aberto para que o fotógrafo pudesse registrar o seu conteúdo, montes de ossos misturados a joias de todo tipo: algumas falsas, outras valiosas, algumas roubadas de casas de veraneio e outras sem dúvida arrancadas das mãos frias dos cadáveres mantidos em câmaras frigoríficas nas cidades pequenas.

Olhei aquela foto, tão flagrante e tão óbvia, como costumam ser as fotos de provas da polícia, e me vi de novo na casa do lago — na mesma hora, sem o menor lapso. Eu não estava relembrando, entende? Estava ali, algemada e impotente, observando as sombras passarem voando pelo rosto sorridente de Joubert, ouvindo a minha voz lhe dizer que ele estava me assustando. E então ele se curva para apanhar o cesto, aqueles olhos febris fixos no meu rosto, e eu o vejo — eu vejo *a coisa* — meter a mão retorcida e deformada no cesto, vejo aquela mão começar a revolver os ossos e joias, e ouço seu ruído de castanholas enlameadas.

E sabe o que é que me assombra mais? Pensei que era o meu pai, que era o meu *paizinho*, que ressuscitara dos mortos para fazer o que quisera fazer antes.

— Vá em frente — falei. — Vá em frente, mas prometa que vai abrir as algemas e me deixar sair depois. Só me prometa isso.

Acho que teria dito a mesma coisa se soubesse quem ele realmente era, Ruth. *Acho? Sei* que teria dito. Teria deixado que ele usasse o peru — o pau que ele enfiava na garganta em decomposição dos mortos — em mim, se ao menos me tivesse prometido que eu não precisaria morrer como um cachorro, em meio às cãibras e convulsões que me aguardavam. Se ao menos ele tivesse prometido que me libertaria.

Jessie parou um instante respirando com tanta força e rapidez que praticamente ofegava. Leu as palavras na tela — a confissão inacreditável, impronunciável na tela — e sentiu uma vontade súbita e intensa de apagá-la. Não porque tivesse vergonha que Ruth a lesse; tinha, sim, mas não era isso. Não queria era *enfrentá-las*, e supunha que, se não as apagasse, era exatamente o que teria de fazer. As palavras tinham o poder de criar os seus próprios imperativos.

Não até saírem de suas mãos, Jessie pensou, e esticou o indicador da mão direita coberta pela luva preta. Tocou a tecla DELETE — de fato, acariciou-a — e então encolheu o dedo. *Foi* verdade, não foi?

— Foi — disse no mesmo tom murmurante que usara tantas vezes durante as horas de cativeiro, só que pelo menos agora não falava com Esposinha nem com a mente-Ruth; tinha voltado a ser ela mesma sem precisar criar nenhum problema. Talvez isso representasse um certo progresso. Foi, foi verdade, sim.

E nada além da verdade, com a ajuda de Deus. Não usaria a tecla DELETE para suprimir a verdade, por mais desagradável que as pessoas — inclusive ela mesma — pudessem considerá-la. Ficaria ali. Talvez até decidisse não remeter a carta (não tinha sequer certeza se seria justo importunar uma mulher a quem não via há anos com essa dose de dor e loucura), mas não ia apagar a verdade. O que significava que seria melhor terminar depressa, antes que o restinho de coragem a abandonasse e o restinho de força se escoasse.

Jessie curvou-se para a frente e voltou a digitar.

Brandon disse:

— Tem uma coisa que você terá de lembrar e aceitar, Jessie: não há provas concretas. Verdade, eu sei que seus anéis estão desaparecidos, mas, caso você talvez estivesse certa desde o início, algum tira de dedos leves pode ter passado a mão neles.

— E a Prova 217? — perguntei. — O cesto de vime?

Ele sacudiu os ombros e tive um daqueles súbitos lampejos de compreensão que os poetas chamam de epifania. Ele se apegava à possibilidade de que o cesto de vime fosse apenas uma coincidência. Isso não era fácil, mas era mais fácil do que ter de aceitar todo o resto — principalmente o fato de que um monstro como Joubert podia realmente tocar na vida de alguém que ele conhecesse e de quem gostasse. O que vislumbrei no rosto de Brandon Milheron naquele dia foi perfeitamente simples: ele ia desprezar uma pilha de provas circunstanciais e se concentrar na falta de provas concretas. Ia se segurar na ideia de que tudo era apenas minha imaginação tirando partido do caso Joubert para explicar uma determinada alucinação particularmente vívida que eu tinha sofrido enquanto algemada à cama.

E esse insight foi seguido de outro, ainda mais nítido: que eu poderia fazer o mesmo. Poderia vir a acreditar que estivera errada... mas, se eu fizesse isso, minha vida estaria destruída. As vozes começariam a voltar — não apenas a sua, a de Bobrinha, a de Nora Callighan, mas a de minha mãe, irmã, irmão, as das garotas com quem me enturmei no ensino médio, gente que conheci durante dez minutos em consultórios médicos, e só Deus sabe quantas mais. Acho que seriam, na maioria, aquelas assustadoras vozes óvnis.

Eu não aguentaria isso, Ruth, porque nos dois meses seguintes à minha provação na casa do lago, lembrei-me de coisas que passara anos reprimindo. Acho que as lembranças mais importantes vieram à tona entre a primeira e a segunda operação da minha mão, quando eu estive "sob medicação" (esse é o termo hospitalar para "completamente dopada") quase todo o tempo. A lembrança era a seguinte: num período de mais ou menos dois anos entre o dia do eclipse e o dia do aniversário do meu irmão Will — aquele em que ele enfiou a mão na minha bunda durante o jogo de croquet — *ouvi todas essas vozes quase continuamente*. Talvez o gesto de Will tenha funcionado como uma espécie de terapia rudimentar e fortuita. Suponho que isso seja possível; não dizem que os nossos antepassados inventaram a cozinha depois de provar o que os incêndios florestais deixavam para trás? Porém, se houve alguma terapia acidental naquele dia, tenho a impressão de que não foi provocada pelo gesto de Will, mas pela bronca e o soco direto que lhe mandei na boca... e a esta altura nada disso tem muita importância. O importante é que depois daquele dia no deque, passei dois anos dividindo minha cabeça com uma espécie de coro de sussurros, dezenas de vozes que julgavam cada palavra e cada ato meu. Algumas eram carinhosas e amigas, mas a maioria eram vozes de pessoas amedrontadas, pessoas confusas, pessoas que achavam que Jessie era uma piranhazinha barata que merecia tudo de ruim que lhe acontecesse e que teria de pagar em dobro por tudo de bom que recebesse. Durante dois anos ouvi aquelas vozes, Ruth, e quando elas pararam, eu as esqueci. Não aos poucos, mas de uma vez só.

Mas como podia acontecer uma coisa dessas? Não sei, e num sentido muito real, não me importo. Talvez me importasse se a mudança tivesse piorado minha vida, suponho, mas, muito ao contrário, melhorou-a incomensuravelmente. Passei os dois anos entre o eclipse e o aniversário de Will numa espécie de estado de fuga, em que meu consciente se manteve fragmentado em mil pedaços conflitantes, e a verdadeira epifania foi a seguinte: se deixasse o simpático e bondoso Brandon Milheron fazer o que queria, eu iria terminar exatamente onde tinha começado — rumando para a estrada do Hospício pela alameda da Esquizofrenia. E desta vez não haveria nenhum irmãozinho para administrar aquela terapia de choque primitiva; desta vez teria de aplicá-la eu mesma, da mesma forma que tive de me livrar das malditas algemas do Gerald sozinha.

Brandon me observava, tentando avaliar o resultado do que me dissera. Não deve ter tido êxito, porque se repetiu, desta vez de uma forma ligeiramente diferente.

— Você precisa lembrar que, mesmo que pareça possível, você poderia estar enganada. E acho que precisa se conformar com o fato de que, seja como for, jamais terá certeza.

— Não, não preciso.

Ele ergueu as sobrancelhas.

— Ainda há uma excelente chance de eu me certificar. E você vai me ajudar nisso, Brandon.

Ele estava começando a esboçar de novo aquele sorriso não-tão-agradável, aquele que, aposto, nem ele sabe que faz parte do seu repertório, aquele que diz que não se pode viver com elas nem se pode matá-las.

— Ah? E como é que vou fazer isso?

— Me levando para ver Joubert — respondi.

— Ah, não — retrucou. — Isso é uma coisa que eu absolutamente não vou, não *posso*, fazer, Jessie.

Vou te poupar a hora de rodeios que se seguiu, uma conversa que em determinado ponto degenerou em afirmações intelectualmente profundas do tipo "Você é maluca, Jess" e "Pare de querer mandar na minha vida, Brandon". Pensei em brandir o porrete da imprensa diante dos olhos dele — era a única coisa que eu tinha quase certeza de que o faria ceder —, mas, afinal, não foi preciso. Só precisei mesmo chorar. De um lado me sinto incrivelmente frágil em escrever isso, mas de outro não; por um terceiro, reconheço nisso apenas mais um sintoma do que está errado entre os homens e as mulheres nessa contradança. Ele não acreditou inteiramente na minha seriedade até eu começar a chorar, entenda.

Para encurtar ao menos um pouquinho uma longa história, ele foi ao telefone, deu quatro ou cinco ligações, e então voltou com a notícia de que Joubert ia comparecer no dia seguinte ao tribunal distrital do município de Cumberland para responder a uma série de acusações secundárias — principalmente furtos. Disse que, se eu realmente falava sério — e se eu tivesse um chapéu com um véu —, ele me levaria. Concordei imediatamente, e embora o rosto de Brandon exprimisse sua crença de que estava cometendo um dos maiores erros da vida, ele manteve sua palavra.

Jessie fez nova pausa, e quando voltou a escrever o fez tão lentamente, olhando para ontem através da tela, quando os 15 centímetros de neve que tinha caído durante a noite eram apenas uma ameaça branca e sedosa no céu. Viu pisca-piscas azuis na rua à frente, percebeu o Beamer azul de Brandon diminuir a marcha.

Chegamos à sessão do tribunal atrasados porque havia uma carreta virada na I-295 — a estrada secundária da cidade. Brandon não disse, mas sei que alimentara a esperança de chegarmos tarde demais, de Joubert já ter sido levado de volta à sua cela no fim da ala de segurança máxima da cadeia municipal, mas o guarda à porta informou que o tribunal continuava em sessão, embora estivesse quase no fim. Quando Brandon abriu a porta para mim, inclinou-se para o meu ouvido e murmurou:

— Baixe o véu, Jessie, e mantenha-o baixado.

Obedeci e Brandon pôs a mão na minha cintura e entrou comigo. O tribunal...

Jessie parou, olhou pela janela a tarde que escurecia com olhos arregalados, cinzentos e inexpressivos.
Lembrando.

Capítulo Trinta e Oito

A SALA do tribunal é iluminada com o tipo de globos pendurados que Jessie associa às lojas de miudezas de sua juventude, e é tão sonolenta quanto uma aula de gramática no fim de um dia de inverno. Ao avançar pelo corredor, ela tem consciência de duas sensações — a mão de Brandon que ainda enlaça sua cintura, e o véu que faz cócegas em seu rosto como se fosse uma teia de aranha. Esses dois toques mesclam-se numa sensação estranhamente nupcial.

Dois advogados estão de pé diante da mesa do juiz. O magistrado, curvado para a frente, olha atento para seus rostos erguidos, os três absortos nos murmúrios de uma conversa técnica. Parecem a Jessie um quadro vivo do ilustrador Boz, em um romance de Charles Dickens. O antigo magistrado encontra-se à esquerda, junto à bandeira americana. Próximo, o estenógrafo do tribunal aguarda o fim da presente discussão legal, do qual foi aparentemente excluído. E, sentado a uma mesa comprida no fim da grade que divide o espaço reservado aos espectadores e aquele que pertence aos contendores, encontra-se uma figura magérrima, incrivelmente alta, vestido com um macacão cor de laranja de prisioneiro. Ao seu lado há um homem de terno, certamente mais um advogado. O homem de uniforme cor de laranja se debruça sobre um bloco de papel amarelo, e parece escrever alguma coisa.

A milhões de quilômetros de distância, Jessie sente a mão de Brandon apertar com insistência sua cintura.

— Já estamos bastante próximos — ele murmura.

Jessie se afasta. Ele está enganado; *não* estão bastante próximos. Brandon não tem a menor ideia do que Jessie está pensando ou sentindo, mas não faz mal; ela sabe. Por ora, todas as suas vozes se uniram em uma só voz; ela se compraz com a inesperada unanimidade, e sabe de uma coisa: se não se aproximar mais de Joubert agora, se não chegar o mais perto que puder, ele nunca estará longe o bastante. Ele sempre estará no armário, do lado de fora da janela, ou escondido debaixo da cama à meia-noite, rindo, um riso pálido e enrugado — aquele que deixa à mostra o brilho do ouro no fundo de sua boca.

Ela caminha rapidamente em direção à grade divisória e o véu muito fino toca suas faces como minúsculos dedinhos preocupados. Ela ouve Brandon resmungar, mas o som está no mínimo a dez anos-luz de distância. Mais próximo (mas ainda em outro continente), um dos advogados, de pé diante da mesa do juiz, murmura: "... cremos que o estado tem sido intransigente nesta questão, Meritíssimo, e se Vossa Excelência examinar nossa exemplificação — principalmente a do caso *Castonguay* contra *Hollis*..."

Mais próximo, agora o magistrado ergue o olhar para ela, desconfiado por um instante, em seguida fica mais tranquilo quando Jessie afasta o véu e sorri para ele. Ainda sustentando o olhar dela, o secretário faz sinal com o polegar na direção de Joubert e acena minimamente a cabeça, um gesto que ela, na exacerbação emocional e perceptiva em que se encontra, entende com a clareza de uma manchete de tabloide. *Fique longe do tigre, madame. Não chegue ao alcance de suas garras.* Então ele se tranquiliza ainda mais ao ver Brandon alcançá-la, um perfeito e gentil cavalheiro, se é que isto existe, mas naturalmente não ouve o rosnado de Brandon:

— Baixe esse véu, Jessie, ou baixo-o eu, droga!

Ela não somente se recusa a obedecer, como se recusa a olhar para Brandon. Sabe que a ameaça é vã — ele não vai provocar um escândalo nesse ambiente sagrado e fará qualquer coisa para evitar que o envolvam numa cena —, mas não faria diferença se fosse para valer. Gosta de Brandon, gosta sinceramente dele, mas o tempo em que fazia coisas simplesmente porque um homem mandava acabou. Percebe apenas perifericamente que Brandon sibila para ela em tom de desaprovação, que o juiz continua a conferenciar com o advogado de defesa e o promotor municipal, que o secretário tornou a mergulhar no seu semicoma, a expressão sonhadora e distante. O próprio rosto de Jessie congelou no sorriso agradável que desarmou o secretário, mas seu coração bate violentamente no peito. Encontra-se agora a dois passos da grade — dois *passinhos* — e vê que se enganou a respeito da atividade de Joubert. Ele afinal não está escrevendo nada. Está desenhando. O desenho mostra um homem com um pênis ereto do tamanho de um bastão de beisebol. O homem no desenho está de cabeça baixa, e chupa o próprio pênis. Pode distinguir o desenho perfeitamente bem, mas só consegue ver uma fatia pálida do rosto do artista e das mechas úmidas de cabelo que o ocultam.

— Jessie, você não pode — Brandon começa, agarrando seu braço.

Ela se desvencilha sem olhar para trás; toda a sua atenção agora se concentra em Joubert.

— Ei! — ela sussurra para ele. — Ei, você aí!

Nada, pelo menos por ora. Sente-se tomada por uma sensação de irrealidade. Será *ela* quem está fazendo isso? Será possível? E será que *está* fazendo isso? Ninguém parece reparar nela, ninguém.

— Ei! Babaca! — Mais alto agora, zangada, mas ainda é um sussurro, ou quase isso. — *Psssiu! Psssiu!* Ei, estou falando com você!

Agora o juiz ergue a cabeça, franzindo a testa, então parece que conseguiu fazer *alguém* ouvi-la. Brandon dá um gemido de desespero e aperta o ombro de Jessie. Ela teria resistido bruscamente se ele tentasse fazê-la recuar, ainda que acabasse rasgando a blusa do vestido com tal movimento, e Brandon talvez saiba disso, porque só a obriga a sentar no banco vazio logo atrás da mesa da defesa (todos os bancos estão vazios; tecnicamente trata-se de uma audiência fechada), e nesse momento Raymond Andrew Joubert finalmente se vira.

Seu rosto grotesco de asteroide, com os lábios inchados e protuberantes, o nariz de lâmina de faca e a testa saltada que lembra um bulbo, está totalmente inexpressivo, totalmente desinteressado... mas *é* o rosto da coisa, ela o reconhece de imediato, e o forte sentimento que a invade não é de terror. É de alívio.

Então, de repente, o rosto de Joubert se ilumina. A cor toma conta de seu rosto como uma urticária, e então os olhos avermelhados adquirem um brilho pavoroso que ela já viu antes... Fixam-se nela agora como se fixaram na casa do lago Kashwakamak, com o fascínio exaltado do lunático irrecuperável, e ela se imobiliza, hipnotizada pela terrível expressão de reconhecimento que vê em seus olhos.

— Sr. Milheron? — o juiz chama asperamente de outro universo. — Sr. Milheron, pode me dizer o que faz aqui e quem é essa mulher?

Raymond Andrew Joubert desapareceu; este é o caubói espacial, o espectro do amor. Seus lábios enormes arreganham-se mais uma vez, revelando os dentes — os dentes manchados, feios e completamente funcionais de um animal selvagem. Ela vê o brilho do ouro, como olhos ferinos no fundo de uma toca. E lentamente, ah, muito lentamente, o pesadelo ganha vida e movimento; lentamente o pesadelo ergue os braços cor de laranja estranhamente longos.

— Sr. Milheron, eu gostaria que o senhor e a intrusa se aproximassem da mesa, e imediatamente!

O secretário, alertado pela aspereza do tom, desperta de seu torpor. O estenógrafo vira-se para olhar. Jessie acha que Brandon a toma pelo braço, pretendendo respeitar a ordem dada pelo juiz, mas ela não tem muita certeza, e em todo caso não faz diferença, porque não consegue se mexer; é como se estivesse enterrada até a cintura numa tina de cimento. Seguramente é o eclipse que retorna; o eclipse total, o eclipse final. Depois de tantos anos, as estrelas voltam a cintilar durante o dia. Cintilam dentro de sua cabeça.

Ela continua sentada ali e observa a criatura sorridente de macacão cor de laranja erguer os braços monstruosos, ainda prendendo-a com o seu olhar pardacento de contornos vermelhos. Ergue os braços até que as mãos longas e estreitas se penduram no ar a uns 30 centímetros de cada orelha pálida. A imitação é pavorosamente eficiente: ela quase pode enxergar os pilares da cama quando a coisa de macacão cor de laranja gira as mãos espalmadas de longos dedos... e depois as sacode para a frente e para trás, como se estivessem presas por alguma coisa que somente ele e a mulher de véu levantado podem ver. A voz que sai de sua boca sorridente faz um contraste bizarro com a enormidade da cara que a emite; é fina, queixosa, a voz de uma criança demente.

— Eu acho que você não é *ninguém*! — Raymond Andrew Joubert cantarola naquela voz infantil, aguda e hesitante. O som corta o ar abafado e quente do tribunal como uma lâmina reluzente.

— Você é apenas um efeito do luar!

Então começa a rir. Sacode as mãos horrendas para a frente e para trás dentro de algemas que apenas os dois veem, e ri... ri... ri...

Capítulo Trinta e Nove

JESSIE esticou a mão para apanhar os cigarros, mas só conseguiu espalhá-los pelo chão. Voltou ao teclado e à tela, sem fazer nenhum esforço para catá-los.

    Senti que estava enlouquecendo, Ruth — e quero dizer com isso que realmente sentia a loucura me dominar. Então ouvi uma voz dentro de mim, Bobrinha, acho; Bobrinha que me mostrou como me livrar das algemas e me animou a agir quando Esposinha tentou interferir — Esposinha com a sua pseudológica carregada de ansiedade. Bobrinha, Deus a abençoe.
    — Não lhe dê esse prazer, Jessie! — ela falou. — E não deixe Brandon afastá-la até você fazer o que precisa fazer!
    Brandon bem que tentava. Tinha as duas mãos nos meus ombros e me puxava como se eu fosse uma corda de cabo de guerra, enquanto o juiz batia o martelo sem parar e o magistrado corria em minha direção e eu percebia que só me restava aquele último segundo para fazer algo fundamental, algo que mudaria minha vida, que me mostraria que não há eclipse que dure para sempre, então eu...

Então ela avançou e cuspiu na cara dele.

Capítulo Quarenta

E NESSE ponto, inesperadamente, ela se recostou na cadeira da escrivaninha, levou as mãos aos olhos e começou a chorar. Chorou quase dez minutos — soluços altos, enormes, de sacudir o corpo, que ecoavam pela casa vazia —, então recomeçou a digitar. Parava com frequência para passar o braço pelos olhos lacrimosos, tentando limpar a visão embaçada. Passado algum tempo começou a se adiantar às lágrimas.

... então avancei e cuspi na cara dele, só que não lancei apenas cuspe; atingi-o com um belo escarro. Não creio que ele sequer tenha notado, mas não faz mal. Não foi por ele que fiz isso, não é?

Terei de pagar uma multa por tal privilégio, e Brandon diz que provavelmente será bem pesada, mas Brandon conseguiu escapar apenas com uma reprimenda, e isso é muito mais importante para mim do que qualquer multa que eu possa vir a pagar, porque fui eu que praticamente torci seu braço e o forcei a ir à audiência.

E acho que é só. Fim. Acho que realmente vou lhe enviar esta carta, Ruth, e depois vou passar as próximas semanas esperando ansiosa sua resposta. Tratei-a muito mal no passado, e embora não fosse rigorosamente minha culpa — só vim a perceber nos últimos meses a frequência e a intensidade com que somos motivados por outros, mesmo quando nos orgulhamos de ter controle e segurança interiores —, ainda assim gostaria de lhe pedir desculpas. E quero lhe dizer mais uma coisa, uma coisa em que estou realmente começando a acreditar: vou recuperar a sanidade. Não hoje, nem amanhã, nem na próxima semana, mas com o tempo. Serei tão sã quanto nós mortais temos o privilégio de aspirar a ser. É bom saber que — bom saber que a sobrevivência ainda é uma opção, e que, por vezes, chega a ser gostosa. A ter sabor de vitória.

Gosto de você, querida Ruth. Você e o seu jeito durão foram importantes para salvar minha vida em outubro, embora você não soubesse disso. Gosto muito de você, mesmo.

Sua velha amiga,
Jessie
P.S.: Por favor, me escreva. Melhor ainda, telefone... por favor?
J

Dez minutos depois ela depositou a carta, impressa e fechada em um envelope pardo (ficara volumosa demais para um envelope ofício comum), na mesa do hall de entrada. Obtivera o endereço de Ruth com Carol Rittenhouse — *um* endereço pelo menos — e escrevera-o no envelope na caligrafia esparramada e cuidadosa que era a que conseguia desenhar com a mão esquerda. Ao lado, deixou um bilhete cuidadosamente escrito com o mesmo garrancho.

Meggie: Por favor, despache isto pelo correio. Se eu ligar para baixo e lhe pedir para não despachar, por favor concorde... e despache-o assim mesmo.

Foi até a janela da sala de visitas e parou ali algum tempo antes de subir, contemplando a baía. Escurecia. Pela primeira vez em muito tempo, essa simples percepção não lhe provocava terror.

— Ora, porra — exclamou para a casa vazia. — Que venha a noite. — Então se virou e lentamente subiu as escadas para o primeiro andar.

Quando Megan Landis voltou das compras uma hora depois e viu a carta sobre a mesa no hall de entrada, Jessie estava profundamente adormecida debaixo de dois edredons, no quarto de hóspedes do andar superior... que agora ela chamava de *seu* quarto. Pela primeira vez, em meses, seus sonhos não foram desagradáveis, e um sorrisinho felino brincava nos cantos de sua boca. Quando o vento frio de fevereiro soprou sob os beirais e gemeu pela chaminé, ela se enterrou ainda mais fundo sob os edredons... mas aquele sorrisinho sabido não se desfez.

16 de novembro de 1991
Bangor, Maine

2ª EDIÇÃO [2013] 6 reimpressões

ESTA OBRA FOI COMPOSTA EM ADOBE GARAMOND PELA ABREU'S SYSTEM E IMPRESSA EM OFSETE PELA LIS GRÁFICA SOBRE PAPEL PÓLEN NATURAL DA SUZANO S.A. PARA A EDITORA SCHWARCZ EM MAIO DE 2023

A marca FSC® é a garantia de que a madeira utilizada na fabricação do papel deste livro provém de florestas que foram gerenciadas de maneira ambientalmente correta, socialmente justa e economicamente viável, além de outras fontes de origem controlada.